中国古典
诗词品汇

元稹诗品汇

陈顺智　徐永丽　撰

长江出版传媒
崇文书局

图书在版编目（CIP）数据

元稹诗品汇 / 陈顺智，徐永丽撰. -- 武汉：崇文
书局，2024. 9. -- （中国古典诗词品汇）. -- ISBN 978-
7-5403-7706-9

Ⅰ. I207.227.42

中国国家版本馆 CIP 数据核字第 2024VZ1198 号

出 品 人　韩　敏
责任编辑　周　阳
封面设计　甘淑媛
责任校对　董　颖
责任印制　李佳超

元稹诗品汇

YUANZHEN SHI PIN HUI

出版发行　长江出版传媒｜崇文书局

地　　址　武汉市雄楚大街 268 号 C 座 11 层
电　　话　(027)87677133　邮政编码　430070
印　　刷　湖北新华印务有限公司
开　　本　880mm×1230mm　　1/32
印　　张　12.875
字　　数　322 千
版　　次　2024 年 9 月第 1 版
印　　次　2024 年 9 月第 1 次印刷
定　　价　59.80 元

前　言

　　元稹（779—831），字微之，行九。其先为鲜卑族拓跋氏后魏昭成皇帝，迁居洛阳（今河南洛阳）改汉姓元。隋时其六世祖兵部尚书、平昌郡公元岩迁居长安（今陕西西安）靖安坊，元稹即生于此。唐德宗贞元九年（793）十五岁以明经登第，其后于靖安坊老宅闭门苦读，又曾寓居永乐坊清都观（亦名"开元观"）与表兄胡灵之、吴士矩结邻读书，相伴游览，相与唱和。十二、十三年之间（796—797）曾至西河县，"解褐入仕"，学习吏治。少年倜傥的元稹先后与双文（一说即崔莺莺）、管儿等女性相识相恋。十九年（803）与白居易并中书判拔萃科，同时授秘书省校书郎，二人自此相识，开始了他们近三十年"坚同金石，爱等兄弟"（元稹《祭翰林白学士太夫人文》）的友谊。同年夏天娶原京兆尹韦夏卿的小女韦丛，往来于长安和洛阳之间。唐宪宗元和元年（806）复登制举甲科，授左拾遗，任职间上疏论政，屡触权幸，贬河南尉，旋丁母忧。四年（809）二月因宰相裴垍的赏识和提拔，拜监察御史。三月充剑南东川详覆使，奉命按覆任仲敬坐赃案，并意外发现已故东川节度使严砺等多名刺史违诏擅没庄宅、奴婢，于两税外加征钱、米、草等重大渎职行为，上《弹奏剑南东川节度使状》，"名动三川"（白居易《元公墓志铭》）。五六月间回长安，因"执政者有与（严）砺厚者恶之，使还，令分务东台"（《旧唐书·元稹传》），旋即以监察御史分司东都洛阳。七月妻子韦丛去世。五年（810）弹劾河南尹房式违法事，触怒权贵，以"专擅"之过罚俸回京，行至华阴敷水驿，因不让上房给后到的内侍宦官刘士元等，被马鞭击伤其面，宰相杜佑反诬其"务作威福"，贬为江陵士曹参军。九年（814）秋，严绶至唐州平淮西吴元济乱，稹为从事。十年（815）正月奉诏回京，三月再贬为通州司马，六月至任，九月至兴元（今陕西汉中）疗疾，其间与裴淑结婚。十二年（817）秋冬返通州，十三年（818）春夏间"权知州务"。十四年（819）正月移虢州长史，冬"宪宗皇帝开释有罪"（元稹《同州刺史谢上表》）拜为膳部员外郎。十五年（820）正月宪宗被宦官陈弘志所杀，穆宗即位，五月为祠部郎中、知制诰。唐穆宗长庆元年（821）正月为中书舍人、翰林承旨学士，赐紫金鱼袋。十月裴度上章论稹交结宦官魏弘简，因罢翰林学士，为工部侍郎。长庆二年（822）二月以工部侍郎同平章事。因李赏诬告稹"谋刺裴度"，遂罢相，六月贬为同州刺史。长庆三年（823）八月授浙东观察使、越州刺史兼御史大夫。唐文宗大和三年（829）九月诏为尚书左丞，岁杪至长安，受李宗闵排挤，指控其"经营相位"，于大和四年（830）正月出为武昌军节度使、鄂州刺史。大和五年（831）七月暴卒于任所，赠尚书右仆射，终年五十三岁。六年（832）七月葬于咸阳县奉贤乡洪渎源元氏祖坟。

乐府诗是元稹最为后人所推重的诗章。元和三年（808）李绅作《新题乐府二十首》，元稹以为其"雅有所谓，不虚为文"，"取其病时之尤急者，列而和之"，作《和李校书新题乐府十二章》，"以寓其讽刺之指，于朝政民风，多所关切"（胡震亨《唐音癸签》），白居易随之作《新乐府五十首》呼应以壮大其势。元和十二年（817）疗疾兴元时，见到刘猛、李馀所作古题乐府，以为"其中一二十章，咸有新意"，开始对古题乐府进行革新，作《和刘猛古题乐府十首》《和李馀古题乐府九首》，或"虽用古题，全无古意"，或"颇同古义，全创新词"，改变了"沿袭古题，唱和重复"之弊，赋予其"讽兴当时之事"之用。此外，元稹还创作了许多自制新题乐府诗，如《望云骓马歌》《有鸟二十章》《山枇杷》《志坚师》《何满子歌》等等，尤其《连昌宫词》更是不朽之名篇！

元白"死生契阔者三十载，歌诗唱和者九百章"（白居易《祭微之文》），其历时之久、数量之众，古今少见！长篇排律最为人所称道。《元氏长庆集》中五言排律计有三十余首，最长者至百韵。百韵长律如《酬翰林白学士代书一百韵》《酬乐天东南行诗一百韵》即为其次韵酬唱之代表。元稹居兴元疗疾，与白音讯断绝，暌违两载，后得乐天诗书，两天旋即酬唱三十二首，成为诗坛之佳话、绝唱！此类诗内容上"小通则以诗相戒，小穷则以诗相勉，索居则以诗相慰，同处则以诗相娱"（白居易《与元九书》），形式上"大凡依次用韵，韵同而意殊；约体为文，文成而理胜"（白居易《和微之诗二十三首序》），此种次韵形式开诗坛唱和历史之先河，"古人酬唱不次韵，此风始盛于元白、皮陆"（严羽《沧浪诗话》）。元白次韵之作，虽然引来逞才使学之诟病，却受到赵翼的极高评价："皆研炼精切，语工而词赡，气劲而神完，虽千百言，亦沛然有余，无一懈笔。当时元白唱和，雄视百代者正在此。"

艳情诗与悼亡诗是元稹诗的重要内容，陈寅恪评价说："微之以绝代之才华，抒写男女生死离别悲欢之感情，其哀艳缠绵，不仅在唐人诗中不多见，而影响于后来之文学者尤巨。"（《元白诗笺证稿》）元稹思念亡妻韦丛，多从往昔生活细节入手，或抚今追昔，或触景生情，或恍然惊梦，以表达沉痛之情，哀婉流丽，感人肺腑，"遂成古今悼亡诗一体之绝唱"（《元白诗笺证稿》）。对于艳情诗，元稹毫不掩饰，坦言自己曾作"艳诗百余首"（《叙诗寄乐天书》）。此类诗叙写诗人的情感经历与爱恋对象，或朦胧含蓄，或空灵蕴藉，读之令人心荡神摇。加之与《莺莺传》相交杂，也让后人揣测、争论不已，更有"纤艳""淫靡""轻靡"之目，当然也有评者认为"元氏艳诗，丽而有骨"（《诗人玉屑》），不是"多出于淫"而是"多出于恳"（《唐诗镜》），故不可以"轻靡"概之。

"杯酒光景间"的"小碎篇章"同样是元稹创作的重要部分，这些诗多为两韵四韵之律绝，或以叙迁谪行旅之感，或以遣幽独难言之怀，或以抒离别留恋之情，或以摹自然风物之景，往往营造出优美闲逸、颇富意趣的意境，呈现出"韵律调新"、"思深语近"、"风情宛然"、含蓄蕴藉的艺术风格，展现出极强的艺术魅力，而颇受时人的效仿追捧。

元稹当时即诗名极大，享有极高的声誉，有"元才子"之称，又与白居易并称，时号"元白"。白居易曾称赞他"海内声华并在身，箧中文字绝无伦"（《余思未尽加为六韵重寄微之》），影响极大，其诗风靡天下，为士庶所宗。元稹自己曾说："乐天曾寄予千字律诗数首，予皆次用本韵酬和。后来遂以成风耳"（《酬乐天余思不尽加为六韵之作》自注）；又于《白氏长庆集序》谈到元白诗当时的影响道："巴蜀江楚间洎长安中少年，递相仿效，竞作新词，自谓为'元和诗'。……然而二十年间，禁省、观寺、邮候墙壁之上无不书，王公妾妇、牛童马走之口无不道。至于缮写模勒，衒卖于市井，或持之以交酒茗者，处处皆是。……自篇章已来，未有如是流传之广者。"这绝不是元稹自炫自媒，《旧唐书·元稹传》说："稹聪警绝人，年少有才名，与太原白居易友

4

善。工为诗，善状咏风态物色，当时言诗者，称元、白焉。自衣冠士子，至闾阎下俚，悉传讽之，号为'元和体'。"复于传论中将其与建安曹植、刘桢，元嘉永明之谢灵运、沈约并提，视之为元和诗坛"文章新体"的盟主："若品调律度，扬榷古今，贤不肖皆赏其文，未如元、白之盛也。昔建安才子，始定霸于曹、刘；永明辞宗，先让功于沈、谢。元和主盟，微之、乐天而已。"《新唐书·元稹传》也说："稹尤长于诗，与居易名相埒，天下传讽，号'元和体'。"《新唐书·文艺传》更将元稹名列八大诗人之中，"诗则杜甫、李白、元稹、白居易、刘禹锡，谲怪则李贺、杜牧、李商隐，皆卓然以所长为一世冠，其可尚已"。

然而，由于韵事艳诗及史传误称其诣事宦官魏弘简得任宰相事及其他诸多历史原因，使元稹价减后世，其诗歌创作未能得到完整的呈现，其诗歌成就未能得到公允的评价，其诗史地位也未能得到客观的定位。至于其诗文整理、选注也仅寥寥数种，即便选诗，大多也不过数十百首而已，这不能不说是一件憾事！今从元稹现存八百余首诗歌中选出有代表性者145题、200首，以飨读者。其中陈顺智承担101题、149首，徐永丽博士承担44题、51首，全书由陈顺智统稿。本书选编注释广泛吸收了前贤时彦的研究成果，在此并致谢忱！至于舛误疏漏，尚望读者赐正！

陈顺智

2022 年 11 月 22 日

于武汉武昌水果湖寓所

目　　录

清都夜境 ①

夜久连观静，斜月何晶荧 ②。
寥天如碧玉 ③，历历缀华星 ④。
楼榭自阴映 ⑤，云牖深冥冥 ⑥。
纤埃悄不起，玉砌寒光清。
栖鹤露微影，枯松多怪形。
南厢俨容卫 ⑦，音响如可聆。
启圣发空洞 ⑧，朝真趋广庭 ⑨。
闲开蕊珠殿 ⑩，暗阅金字经 ⑪。
屏气动方息，凝神心自灵。
悠悠车马上，浩思安得宁？

【注释】

① 此诗贞元十年（794）春作于长安。题下原注："自此至《秋夕》七首并年十六至十八时作。"清都：本指神仙居住的宫阙，此指位于长安永乐坊的道观清都观，又名开元观。

② 何晶荧：多么明亮。

③ 寥天：辽阔的天空。

④ 历历：清晰貌。华星：明星。

⑤ 阴映：树荫掩映。

⑥ 云牖：为云雾所笼罩的窗户。冥冥：昏暗貌。

⑦ 厢：正屋两边的房屋，厢房；古代亦指正堂两侧夹室之前的小堂。《尔雅·释宫》："室有东西厢曰庙。"俨：矜庄、整齐。容卫：古代的仪

仗、侍卫。

⑧ 启圣：开启睿智。空洞：指道教化生元气的太虚之境。

⑨ 朝真：道教指朝见真人，也指修炼养性之术。

⑩ 蕊珠殿：也称蕊珠宫，道教经典所说的仙宫。

⑪ 金字经：此指道之经文。

【评析】

唐德宗贞元九年（793），元稹十五岁，以明经擢第，居西京开元观，与姨兄胡灵之等同好唱和。元和五年（810），诗人作诗追记昔日与胡灵之的交游，在《答姨兄胡灵之见寄五十韵》中对这段经历有所说明："予宅在靖安北街，灵之时寓居永乐南街庙中。予宅又南邻弩营。"又说："开元观古松五株，靖安宅牡丹数本，皆曩时游行之地。"诗云："醉眠街北庙，闲绕宅南营。柳爱凌寒软，梅怜上番惊。观松青黛笠，栏药紫霞英。尽日听僧讲，通宵咏月明。"而本诗正是诗人当时生活的一个侧面或片段。全诗由远及近、由高而下、由景及情，展现出一派清澈透明、宁静悠远的抒情空间，最后以"浩思安得宁"作结，表现了少年元稹不安于现状的内心追求与对未来前途的思考。物境之静与心境之动相互衬托、相得益彰。所以王万庆在《双溪醉隐集原跋》中说："昔唐元微之有《代曲江老人百韵》及《清都夜境》等篇，至于元和中李长吉《高轩过》，二公之作，皆年未及冠，今在集中，数百年间孰能以少壮为辨而少之耶？言诗者不当以区区岁月计其工拙矣！"许学夷《诗源辩体》评说道："微之集五言古有《清都夜境》，作下述云：'自此至《秋夕》七首并年十六至十八时作。'中颇有类韦苏州语，惜未尽工耳。故知微之初年即与乐天同一源也。"所谓"类韦苏州语"主要是指诗中那种清澈宁静的景致与悠然淡远的心境而言，而陆时雍《唐诗镜》评其"滴沥成响"则是侧重于景物罢了。

清都春霁寄胡三吴十一 ^①

蕊珠宫殿经微雨^②，草树无尘耀眼光^③。
白日当空天气暖，好风飘树柳阴凉^④。
蜂怜宿露攒芳久^⑤，燕得新泥拂户忙^⑥。
时节催年春不住，武陵花谢忆诸郎^⑦。

【注释】

①此诗贞元十年（794）春作于长安，与前《清都夜境》同时，一说作于贞元十二年（796）。胡三：诗人姨兄胡灵之，行三，与诗人早年于凤翔相处甚久。吴十一：指吴士矩，行十一，为章敬皇后弟吴溆之子。

②蕊珠宫：道教传说中神仙居住的宫殿，此处借指清都观。

③眼光：视线。贾岛《送刘知新往襄阳》诗："眼光悬欲落，心绪乱难收。"

④飘树：摇动树枝。

⑤怜：爱，喜欢。宿露：夜里的露水。唐太宗《咏雨》："新流添旧涧，宿露足朝烟。"攒芳：聚集于花露之上。

⑥新泥：谓春天之泥。拂户：掠过门户。

⑦武陵花：指武陵源桃花，典出陶潜《桃花源记》，后以"武陵源"借指避世隐居的地方，以武陵花指桃花。谢：凋谢。诸郎：指胡三、吴十一等人。

【评析】

全诗清浅晓畅，着色明丽，节奏欢快，表现出诗人"浅俗"的风格倾向。金圣叹《贯华堂选批唐才子诗》对此诗有较详细的剖析："（前解）此一解四句，更不能赞其如何着笔，直是满眼一片春霁，其光悦魂动魄。于是，一、二不知应说'宫殿'，不知应说'草树'，不知应说春色，不知应说日华。且先直书二句，定却自家眼光，然后三、四再与分别细写，言当天却是'白日'，风吹乃是'柳阴'，意谓此当天白日便是'霁'，风吹柳阴便是'春'也。（后解）此五、六写蜂燕，又细妙！'蜂怜宿露'，是怜连日未霁之露；'燕得新泥'，是得今朝新霁之泥。夫从连日未霁，以至今朝新霁，已自时节暗催，春去不知何限；又况两句脚又带'久'字、'忙'字，真是行尽如驰，而莫之能止。彼武陵诸郎，皆非金铁，如之何其使人不忆耶？"今人谢永芳《元稹诗全集》说："诗写春雨初霁，景色鲜丽，而面对此等景色，首先引起的却是对两位表兄兼好友的思念，足见三人情感友谊之亲密深笃。"

春晚寄杨十二兼呈赵八 ①

蒙蒙竹树深，帘牖多清阴。
避日坐林影，余花委芳襟 ②。
倾樽就残酌 ③，舒卷续微吟 ④。
空际飏高蝶，风中聆素琴 ⑤。
广庭备幽趣 ⑥，复对商山岑 ⑦。
独此爱时景，旷怀云外心 ⑧。
迁莺恋嘉木，求友多好音 ⑨。
自无琅玕实 ⑩，安得莲花簪 ⑪。
寄之二君子，希见双南金 ⑫。

【注释】

①此诗贞元十年（794）晚春作于长安。题下原注："时杨生馆于赵氏。"馆，意为寓居、留宿。杨十二：即杨巨源（700—?），字景山，行十二，河中（今山西永济）人，贞元五年（789）登进士第，与白居易、元稹、刘禹锡、王建等人交好，均有唱和。赵八：事迹不详，一说即赵昌。

②余花：晚春的残花。委：通"萎"，委顿、衰败。谢朓《暂使下都夜发新林至京邑赠西府同僚》："常恐鹰隼击，时菊委严霜。"芳襟：美人的衣襟，此指高尚的襟怀。

③倾樽：倾尽酒樽。残酌：樽中剩酒。

④舒卷：打开书卷。续：继续。微吟：小声吟咏。

⑤聆：听。素琴：不加装饰的琴。《晋书·陶潜传》："（潜）性不能音，而蓄素琴一张，弦徽不具。"

⑥广庭：宽阔的庭院。备：富足、丰足。幽趣：幽雅的情趣。

⑦商山：山名，在今陕西商州区东，亦名商岭、商坂、地肺山、楚山；地形险阻，景色幽胜；秦末汉初四皓曾在此隐居。岑：山峰。

⑧旷怀：豁达的襟怀。云外心：指世外之心。

⑨求友：寻求朋友。《诗经·伐木》："嘤其鸣矣，求其友声。"好音：犹言好消息。《诗经·匪风》："谁将西归，怀之好音。"

⑩琅玕：神话传说中的仙树，其实似珠。《山海经·海内西经》："服常树，其上有三头人，伺琅玕树。"郭璞注："琅玕子似珠。"

⑪莲花簪：道士所服之发簪。

⑫南金：荆州、扬州所产的优质铜，《诗经·泮水》："元龟象齿，大赂南金。"毛传："南谓荆、扬也。"郑玄笺："荆、扬之州，贡金三品。"孔颖达疏："金即铜也。"此喻杨、赵二人为美才。

5

诗前十句写晚春景象，后四句写寄呈杨、赵二人。全诗节奏宽缓，写景素雅，情感悠然，颇具魏晋古诗风采。《王闿运手批唐诗选》说："元白诗虽唱和，诗绝不似。元犹学古，白专自运。"本诗堪称一例。

春余遣兴 ①

春去日渐迟，庭空草偏长。

余英间初实，雪絮萦蛛网②。

好鸟多息阴，新篁已成响③。

帘开斜照入，树杪游丝上④。

绝迹念物闲，良时契心赏⑤。

单衣颇新绰，虚室复清敞。

置酒奉亲宾，树萱自怡养⑥。

笑倚连枝花⑦，恭扶瑞藤杖⑧。

步屦恣优游，望山多气象。

云叶遥卷舒，风裾动萧爽⑨。

簪缨固烦杂⑩，江海徒浩荡⑪。

野马笼赤霄⑫，无由负羁鞅⑬。

【注释】

①此诗贞元十年（794）至十二年（796）间作于长安。遣兴：抒发情怀，解闷散心。

②雪絮：刘义庆《世说新语·言语》："谢太傅寒雪日内集，与儿女讲论文义。俄而雪骤，公欣然曰：'白雪纷纷何所似？'兄子胡儿曰：

'撒盐空中差可拟。'兄女曰：'未若柳絮因风起。'公大笑乐。"后因以"雪絮"称柳絮。

③ 新篁：新竹。

④ 树袅：树枝飘舞。

⑤ 良时：良辰美景。契：契合；心赏：心情之欢畅。杨炯《李舍人山亭诗序》："唯谈笑可以遣平生，唯文词可以陈心赏。"

⑥ 树萱：种植萱草。萱草，俗名忘忧草，《诗经·伯兮》："焉得谖草，言树之背。"毛传："谖草，令人忘忧。"陆德明释文："谖，本又作萱。"后以"树萱"为消忧之词。

⑦ 连枝花：并蒂花。

⑧ 瑞：祥瑞。藤杖：古人之杖，多以藤为，尤以朱藤为上品。

⑨ 萧爽：清静闲适。雍陶《和刘补阙秋园寓兴》之四："人来多爱此，萧爽似仙家。"

⑩ 簪缨：古代官吏之冠饰，比喻显贵。固：确实。

⑪ 江海：此指隐居处。徒：空，徒然。浩荡：广大旷远貌。

⑫ 野马：指野外蒸腾的水汽。《庄子·逍遥游》："野马也，尘埃也。生物之以息相吹也。"郭象注："野马者，游气也。"成玄英疏："此言青春之时，阳气发动，遥望薮泽之中，犹如奔马，故谓之野马也。"赤霄：极高的天空。

⑬ 无由：没有门径、没有办法。羁靮：泛指驾驭牲口的用具。羁，马络头。靮，牛缰绳。

【评析】

全诗神情气韵颇饶古意，春日春服、山川景物，朗畅可爱，所以陆时雍《唐诗镜》总评曰："爽霁。"而清王尧衢《古唐诗合解》则分段论析评说，更为完备，可细细玩赏："'春去'四句：'写春晚字字雅贴，春暮则日渐长，庭空则草易长，残花所余之英与初生之实相间，而柳飘之絮，萦网如雪也。'‘好鸟'四句：‘好鸟且知息阴，人可不知休息？新竹成响，将有干霄之势矣；帘外乏客，开斜照以入来；树静无风，袅游丝而直上。二句写闲静寂寥之况如见。'‘绝迹'四句：‘绝迹于世，念时物之长闲，抚此良时，得吾心之幽赏，春服颇成宽绰之衣，虚室复有清旷之地，以下便力描遣兴处。'‘置酒'四句：‘此解是家乐，置酒以奉亲朋，即《伐木》章饮醑之意。倚花所以乐少年，扶杖所以敬长者也。'‘步屟'四句：‘此外游之乐。屟，屐也。登山步屟以恣悠游，望山而春甚多气象。云如雪叶，望空中之卷舒；风动衣裾，觉秋气之萧爽，殊自得矣。'‘簪缨'四句：‘簪缨仕宦之途，固烦杂而难久；江海水云之乡，徒渺茫而奚适。吾观野马笼赤霄，遍地红尘，吾亦何由负羁鞿他往哉？野马者，尘埃也，出《庄子》。羁，所以络马。鞿，靮也。皆行具。'"

白衣裳二首 [①]

其一

雨湿轻尘隔院香，玉人初著白衣裳 [②]。
半含惆怅闲看绣 [③]，一朵梨花压象床 [④]。

其二

藕丝衫子柳花裙 [⑤]，空著沈香慢火熏。
闲倚屏风笑周昉 [⑥]，枉抛心力画朝云 [⑦]。

8

【注释】

①此诗贞元十六年（800）作于蒲州，一说贞元十一年（795）作于洛阳。

②玉人：《世说新语·容止》："（裴楷）粗服乱头皆好，时人以为玉人。"后多称美丽的女子。

③绣：绣花衣服。

④梨花：形容身着白衣裳的女子。象床：象牙装饰的床。

⑤藕丝衫子：即白色衣衫。李贺《天上谣》："粉霞红绶藕丝裙，青洲步拾兰苕春。"王琦汇解："粉霞、藕丝，皆当时彩色名。"叶葱奇注："藕丝即纯白色。"柳花裙：鹅黄色的裙子，因柳花呈鹅黄色故。杨伯嵒《臆乘·柳花柳絮》："柳花与柳絮迥然不同。生于叶间成穗作鹅黄色者，花也；花既褪，就蒂结实，其实之熟乱飞如绵者，絮也。古今吟咏，往往以絮为花，以花为絮，略无分别，可发一笑。"

⑥周昉：唐代著名画家，以善画仕女闻名。

⑦枉抛：枉费。朝云：喻巫山神女，典出宋玉《高唐赋》。

【评析】

诗歌描绘了一位白衣玉人，风姿绰约，神情高朗，而又深情款款、饱含无限情思。清宋邦绥《才调集补注》说："此诗亦为双文作也。观《会真记》'常服粹容，不加新饰'，盖性爱雅淡，不喜艳服，而自有天然美丽者。……（'闲倚屏风笑周昉'句）《后汉书》：'宋宏当宴，见御坐新屏风图画列女。'……（'枉抛心力画朝云'句）《伽蓝记》：'河间王琛有婢朝云，善吹箎，能为《团扇歌》《垅上声》。'"谢永芳《元稹诗全集》评析说："第一首对人物作剪影式的刻画，极富诗情画意：雨后的院落散发出淡淡的幽香，在梨花底下坐着一位身着白裙的姑娘，双手绣花，眉头半皱，若有所思。似非亲身经历者不能写出。第二首通过纤巧的轻薄罗衫子、如柳絮般白的裙，沁透出沉香的馨香，写出'玉人'的天姿绰约，淡妆宜人。'闲倚'二句，谓以仕女画冠绝古今的周昉，所画妇女多为丰厚态度，东坡曾有诗云：'书生老眼省见稀，画图但觉周昉肥。'（《作书寄王晋卿忽忆前年寒食北城之游走笔为此诗》）笑周昉，亦即笑其画之肥也，以此反衬白衣裳的雅淡。"吴伟斌《新编元稹集》以为："此诗应该与元稹宦游洛阳，逗留'李著作家'而结识'管儿'，发生初恋，时间应该是在元稹明经及第之后的贞元十一年。本诗有'梨花''柳花'之语，虽然是描绘女子的服饰，但也应该是就眼前之景拿来作比，应该是春天的诗篇。"

赠双文 ①

艳极翻含态②，怜多转自娇③。
有时还暂笑④，闲坐爱无聊⑤。
晓月行看堕⑥，春酥见欲销⑦。
何因肯垂手⑧，不敢望回腰⑨。

【注释】

①此诗贞元十六年（800）作于河中府，一说贞元十二年（796）或十三年（797）间作于西河县。双文：一说指崔莺莺，一说指萧娘。

②翻：反而。态：一作"怨"。

③怜：怜爱，可怜之态。娇：娇态。

④暂笑：独自偷笑，一作"自笑"。

⑤爱：一作"更"。

⑥行看：且看。堕：太阳西落。

⑦春酥：女子雪胸肌肤之莹洁细腻。吴文英《秋蕊香》："佩玖尚忆春酥袅，故人老。断香忍和泪痕扫，魂返东篱梦窅。"销：销魂。

⑧何因：何故。肯：乐意、愿意。垂手：乐舞名。《乐府诗集》："《乐府解题》曰：'《大垂手》《小垂手》，皆言舞而垂其手也。'"

⑨回腰：舞曲名，也作"迴腰"。宋邦绥《才调集补注》卷五注曰："'月堕'，谢灵运《东阳溪中赠答》二首：'可怜谁家妇，缘流洒素足。明月在云间，苕苕不可得。''可怜谁家郎，缘流乘素舸。但问情若为，月就云间堕。'……'垂手'，《乐府杂录》：'舞有《大垂手》《小垂手》，或象惊鸿，或如飞燕。''回腰'，梁简文帝诗：'讵知长沙地，促舞不回腰。'"

【评析】

诗写女子双文之情态与艳丽，前四句以"翻""转""还""爱"四字通过内心感情与外在情态的变化，表现出女子娇媚娴静之美；后四句则通过晓月将尽与美色销魂、舞蹈醉心与不敢久望的矛盾，表现了作者对女子双文的留恋不舍。关于诗人早期这段恋情的对象、时期与地点，略有两说：宋王铚《传奇辨正》说："元稹诗多言'双文'，意谓二'莺'字，为双文也。"谢永芳《元稹诗全集》也说："关于元稹早年的恋情，流传最广的是《会真诗三十韵》。《会真诗三十韵》作为《莺莺传》的一部分，表面上写小说中张生与崔莺莺幽会，实则抒写的是作者自己当年的蒲城恋情。元稹的其他诗作，也有可与《会真诗三十韵》比观者。如此诗，贞元十六年（800）作于蒲州，即写幽会时双文的美色与情态，表达艳羡之意。"而吴伟斌《新编元稹集》则以为："出现在本诗中的双文，与《莺莺传》中性格稳重的崔莺莺完全不同，也与大家闺秀的崔莺莺风貌完全不同。双文应该是贞元中期元稹与杨巨源在西河县结识的风尘女子'萧娘'之名，元稹《别杨员外巨源》'忆昔西河县下时，青山憔悴宦名卑。揄扬陶令缘求酒，结托萧娘只在诗'就清楚明白地透露了其中的消息。……我们以为本诗的女主人公应该是风尘女子'萧娘'，时间在元稹与杨巨源相游的贞元十二或十三年，……地点在西河县，元稹当时仅仅是明经及第的士人而已，还没有任何官职在身。"

舞腰 [①]

裙裾旋旋手迢迢 [②]，不趁音声自趁娇 [③]。
未必诸郎知曲误 [④]，一时偷眼为回腰。

【注释】

　　[①] 此诗贞元十六年（800）作于河中府，一说贞元十二年（796）或十三年（797）间作于西河县，一说元和五年（810）年作于江陵。

　　[②] 旋旋：回还、旋转貌。迢迢：手摇摆下垂舞动貌。

　　[③] 不趁：不追求。

　　[④] 诸郎：众多年轻子弟。

【评析】

　　诗写观舞。前二句从舞者入手，只见她裙裾旋转、手臂摇摆，非常自如，接下来"不趁"一转，舞者不顾音乐的节奏旋律，全然只按照身体与情感的节律展现自己的娇态与妩媚；后二句从观者入手，面对舞者的"不趁音声"，"诸郎"未必知道，只是因为他们沉浸在魅力无穷的"回腰"上！似乎舞者本来就知道"诸郎"之所好不在"音声"

而在"回腰";而"诸郎"本来也不在乎"音声"而在乎"回腰"。这样一来"不趁音声"这种大忌讳，反而使"回腰"成为精彩之处！也成为彼此达成默契的关键点！"趁娇""偷眼"尽显舞者、观者心理！这种戏剧性的场面的确耐人寻味，所以吴乔《围炉诗话》以为是诗人借题发挥，另有寓意："唐人诗意不必在题中。……（王维）《西施篇》之'贱日岂殊众，贵来方悟稀。邀人傅香粉，不自著罗衣。君宠益娇态，君怜无是非'，当是为李林甫、杨国忠、韦坚、王鉷而作。元微之'未必诸郎知曲误，一时偷眼为回腰'，亦是胸有所不快，适于舞者发之也。崔国辅云：'悔不盛年时，嫁与青楼家。'亦必有故，意不易见也。"宋邦绥《才调集补注》则专从舞蹈音乐方面解释说："'迢迢'，吴均《乐府》：'垂手忽迢迢，飞燕掌中娇。''曲误'，《三国志》：'周瑜少精意于音乐，虽三爵之后，有阙误必知之，知之必顾。故时人谣曰：曲有误，周郎顾。'"谢永芳《元稹诗全集》评说："这位映入眼帘的舞伎，裙裾远远飞旋，手肢舒展，神态娇媚可人，并非来自音乐的陪衬，蓦然被一个'回腰'的瞬间镜头定格，其灵动鲜活的神韵令人叫绝。"

早春寻李校书 ①

款款春风澹澹云 ②，柳枝低作翠襕裙 ③。
梅含鸡舌兼红气 ④，江弄琼花散绿纹 ⑤。
带雾山莺啼尚小，穿沙芦笋叶才分。
今朝何事偏相觅，撩乱芳情最是君。

【注释】

①此诗贞元十五年（799）春作于长安。一说作于元和十三年（818）年。李校书：李建，字杓直；贞元十四年（798）进士及第，拜校书郎。一说为李景检之弟李景信，一说指薛涛。

②款款：徐缓貌。

③翠襦裙：绿色筒裙。

④鸡舌：鸡舌香，即丁香。古代尚书上殿奏事，口含此香。

⑤琼花：一种珍异花木，类似八仙子。叶柔而莹泽，花色微黄而有香。

【评析】

此诗前三联写早春之景，春光旖旎，万物生机勃发，末联抒发了对李校书的深情厚意。有人评此诗"轻艳"，《唐诗评选》为之辩护说："必欲抹此以轻艳，则《三百篇》之可删者多矣。但不犯梁家宫体，愿皋比先生勿易由言也。"孙安邦、蓓蕾《元稹集》继而说："有人批评此诗'轻艳'。而《唐诗评选》则驳论曰：'必欲抹此以轻艳，则《三百篇》之可删者多矣。但不犯梁家宫体（齐梁宫体），愿皋比先生勿易由言也。'又批评'轻艳'论者即所谓'坐虎皮讲学'的'皋比'学究先生，要他们不要轻易说话！"陈增杰《唐人律诗笺注集评》认为此为诗怀薛涛之作："此篇艳情之作。词采华丽，工于绘饰。通首借景物烘衬比况，校书之风姿芳情如见，艳而不亵。王夫之称为《国风》遗制，可谓具眼。校书，女校书，唐时对能诗文女妓的雅称。成都营妓薛涛能诗文，武元衡奏为校书郎。王建有《寄蜀中薛涛校书》诗。辛文房《唐才子传》卷六《薛涛》：'蜀中呼妓为校书，自涛始也。'"吴伟斌《新编元稹集》认为是怀念管儿之作："元稹与李建早在贞元十年就通过杨巨源、李逊的关系在洛阳相识，并在李建洛阳'李著作园'与管儿相识相恋，结下了'三十年'也难以忘怀的情结。此后元稹与李建来往不断，一直到李建谢世之日。元稹早春急急忙忙寻找李建的原因，就是《梦昔时》中表露的因春梦而对管儿的思念之情。"《贯华堂选批唐才子诗》则以为是咏春怀人之作："前解写'早春'。此解虽写早春，然只起句是清朝晏起，已下二、三、四句，一路推窗看柳，巡檐嗅梅，出门观江，便是渐渐行出高斋，闲闲漫寻江岸。一头虽是赏心寓目，一头已是随步访人也。逐句细玩之。……后解写'寻李校书'。五、六非又写'早春'，正是独取'尚小''才分'字，言一时春物，绝无足以撩乱我心者，然则今日之寻，乃是得得为君，而君不可不知也。"

莺莺诗①

殷红浅碧旧衣裳，取次梳头暗淡妆②。
夜合带烟笼晓日③，牡丹经雨泣残阳。
低迷隐笑原非笑④，散漫清香不似香⑤。
频动横波嗔阿母⑥，等闲教见小儿郎⑦。

【注释】

① 此诗作于贞元十六年（800）前后之蒲州。

② 取次：随便、任意。

③ 夜合：合欢的别称。

④ "低迷"句：一作"依稀似笑还非笑"。低迷：迷蒙，迷离。隐笑：暗笑。

⑤ "散漫"句：一作"仿佛闻香不是香"。散漫：零星、零碎。

⑥横波：喻女子眼神流动如水之横流。嗔阿母：一作"娇不语"。嗔：责怪、埋怨。

⑦等闲：轻易、随便。教见：让见。

【评析】

此诗写莺莺情态婉转、娇嗔含蓄，令人神魂颠倒。清人黄周星《唐诗快》以为莺莺不过一平常女子，幸赖诗人之笔而名与天地相伴："嗟乎！此一莺莺也，墓碑所载，不过礼部尚书郑恒夫人耳。古今来如此夫人，何啻恒河沙数，无不与草木同朽者，亏煞微之《会真》一记，实甫《西厢》一剧，遂令其名与天地相终始。然则人生最不可少者，其惟谤污之口乎？"

而今人吴伟斌《新编元稹集》则以为诗中女子并非后来《莺莺传》中的莺莺："这是一篇述说男女之间恋情的诗篇，属于元稹《叙诗寄乐天书》所云元和七年之前元稹自己编辑'十体'之中的艳诗一体。它对元稹后来撰作的《莺莺传》也许有所影响，但元稹与这位女主人公莺莺不存在恋爱的关系。从诗内容来看，本诗仅是对某一年轻女性外貌的描绘，装束打扮有些类似，最后两句也与《莺莺传》的故事情节有某种类似，但'频动横波嗔阿母'两句却不符《莺莺传》中崔莺莺稳重温顺的个性，也不符合《莺莺诗》的故事情节。"谢永芳《元稹诗全集》则主要分析诗歌本身："作者对莺莺的描写，在装扮、姿态和神态等三个方面都颇见功力，着墨不多，却让我们看到了一个活生生的、充满人间生活气息的女性形象。花季少女莺莺，在正当打扮的年纪，只是穿着暗红配淡绿的旧衣裳，发式随便，首饰也平常。这种质朴淡雅，恰恰是作者心目中的莺莺所特有的美。那时那刻的莺莺，恰似晓月中烟雾笼罩的夜合花，夕阳下含着雨露的牡丹花，带给人红润欲滴的朦胧美感。表情像是在笑又不是笑，脉脉含情，楚楚动人。

身上散发出的香气不是脂粉的香味，似有若无，似断还续。含蓄、神秘之美，再加上面对'小儿郎'时的娇嗔、矜持与羞涩，着实活灵活现，惟妙惟肖，让人神魂颠倒。"

恨妆成 ①

晓日穿隙明 ②，开帷理妆点。
傅粉贵重重 ③，施朱怜冉冉 ④。
柔鬟背额垂 ⑤，丛鬓随钗敛。
凝翠晕蛾眉，轻红拂花脸。
满头行小梳 ⑥，当面施圆靥 ⑦。
最恨落花时，妆成独披掩 ⑧。

【注释】

① 此诗作于贞元十六年（800）前后之蒲州。恨：遗憾。

② 穿隙：穿过房屋间的缝隙。

③ 重重：犹言层层。

④ 冉冉：光亮闪动貌。

⑤ 柔鬟：软软的环形发鬟。

⑥ 满头行小梳：古代一种将数把小梳别在头上的流行发式。

⑦ 圆靥：一种女性化妆样式。高承《事物纪原》卷三："近世妇人妆喜作粉靥，如月形，如钱样。又或以朱若燕脂点者，唐人亦尚之。……靥，钿之名。"

⑧ 披掩：遮掩，隐藏，言无人欣赏。

【评析】

诗写女子晨起精心妆饰打扮，层层铺叙展开："傅粉""施朱"虽是客观描写，但一"贵"字、一"怜"字却又透露了女主人微妙细腻的心理活动；"柔鬟"写头发，一写头上之"鬟"，一写两边之"鬓"，极为平常的状态，但有"垂""敛"的表达便立刻生动起来；"蛾眉""花脸"自然是重中之重，"晕""拂"流露出女性妩媚的动态之美；而头上有别满的"小梳"与脸上点缀的"圆靥"也表现了一种流行的时尚。当妆扮完成，达到感情高潮时，作者却笔锋一转，蹦出"最恨"二字，形成了感情与预期的逆转——"妆成独披掩"！何况是在这"落花"的季节啊！全诗巧于构思，精于描写，抒情张弛有度，堪称女性梳妆诗篇中的佳作。宋邦绥《才调集补注》卷五细数女性之妆道："'傅粉施朱'，《留青日札》：美人妆面，既傅粉，复以胭脂调匀掌中，施之两颊，浓者为酒晕妆，浅者为桃花妆，薄薄施朱以粉罩之为飞霞妆。"谢永芳《元稹诗全集》评说道："诗作以绝大篇幅描绘清晨梳妆的情景，非常细致，显然是建立在细心观察的基础上。这与中唐以前诗文中写意式的美人相比，可说是很接近于工笔式的写生了。末二句'最恨'云云，写伊人妆成之时，暗自嗟叹，担心这良辰美景会像摇曳的落花一样，不能被永远镌刻在那一刹那。"

会真诗三十韵 ①

微月透帘栊，萤光度碧空。
遥天初缥缈，低树渐葱茏。
龙吹过庭竹 ②，鸾歌拂井桐 ③。

罗绡垂薄雾，环佩响轻风。
绛节随金母④，云心捧玉童⑤。
更深人悄悄，晨会雨濛濛。
珠莹光文履⑥，花明隐绣襱。
宝钗行彩凤，罗帔掩丹虹。
言自瑶华浦⑦，将朝碧帝宫⑧。
因游李城北⑨，偶向宋家东⑩。
戏调初微拒，柔情已暗通。
低鬟蝉影动⑪，回步玉尘蒙。
转面流花雪⑫，登床抱绮丛。
鸳鸯交颈舞，翡翠合欢笼。
眉黛羞频聚，朱唇暖更融。
气清兰蕊馥，肤润玉肌丰。
无力慵移腕，多娇爱敛躬⑬。
汗光珠点点，发乱绿松松。
方喜千年会，俄闻五夜穷⑭。
留连时有限，缱绻意难终。
慢脸含愁态⑮，芳词誓素衷。
赠环明运合⑯，留结表心同⑰。
啼粉留清镜，残灯绕暗虫。
华光犹冉冉，旭日渐曈曈。
警乘还归洛⑱，吹箫亦上嵩⑲。
衣香犹染麝，枕腻尚残红。
幂幂临塘草⑳，飘飘思渚蓬。
素琴鸣怨鹤㉑，清汉望归鸿㉒。
海阔诚难度，天高不易冲。

行云无处所^㉓，萧史在楼中。

【注释】

① 此诗贞元十七年（801）作于长安。会真：即会仙，与天仙般的女子相会，唐人多称神仙为真。

② 龙吹：本指箫笛类管乐器，此指风吹过竹林之声。

③ 鸾歌：本指鸾鸟鸣叫声，此喻风拂过井桐之声。

④ 绛节：传说中上帝或仙君的仪仗之一。金母：指西王母。

⑤ 云心：云端、高空，也指神话中的仙境。

⑥ 文履：饰有文采的鞋子。

⑦ 瑶华浦：即瑶华圃，传说中的神仙住处。

⑧ 碧帝：即青帝，为东方司春之神。

⑨ 李城：《史记·平原君虞卿列传》注："怀州温县，本李城也。李同父所封。"

⑩ 宋家东：宋玉的东邻，语出宋玉《登徒子好色赋》。

⑪ 蝉影：犹蝉鬓，为魏晋流行的女性发式，两鬓薄如蝉翼，故名。

⑫ 花雪：雪粒，即霰，此喻眼泪。

⑬ 敛躬：弯腰缩身。

⑭ 五夜穷：犹言五更将尽。

⑮ 慢脸：细嫩美丽的脸。

⑯ 环：玉环，谐音还，暗寓还将再度相聚，故下文说"运合"。

⑰ 留结：旧时用绵带织成连环回文状，称同心结，以象征坚贞的爱情。

⑱ 警乘：警戒车乘，为车乘警卫。《文选·洛神赋》："腾文鱼以警乘，鸣玉鸾以偕逝。"李善注："文鱼有翅能飞，故使警乘。警，戒也。"吕延济注："既是水神，故文鱼为之警乘也。"一作"鹜乘""乘鹜"。洛：

洛水。

⑲吹箫：《列仙传·萧史》："萧史者，秦穆公时人也，善吹箫，能致孔雀、白鹤于庭。穆公有女，字弄玉，好之，公遂以女妻焉。"后遂以"吹箫"为缔结婚姻的典实。嵩：嵩山。

⑳幂幂：覆盖笼罩貌，一作"羃羃""幕幕"。

㉑怨鹤：即琴曲中之《别鹤操》，为商陵牧子所作，后用以咏夫妻分离，抒发别情。

㉒清汉：河汉、天河。陆机《拟迢迢牵牛星》诗："昭昭清汉晖，粲粲光天步。"望归鸿：古人有鸿雁传书之说，此喻盼望收到来信。

㉓行云：宋玉《高唐赋》："旦为朝云，暮为行雨。"用巫山神女之典，喻男女欢会。

【评析】

此诗原载于《莺莺传》中，为"河南元稹亦续（张）生"之作，所以《归田诗话》说："（元稹）作《莺莺传》，盖托名张生。复制《会真诗三十韵》，微露其意，而世不悟，乃谓诚有是人者，殆痴人前说梦也。"王骥德《西厢记古本校记》说："至《会真诗三十韵》，大都皆赋莺就张时景物。……署曰'河南元稹亦续生《会真诗》'，盖欲讳其事，而又不能自隐，益以征张生即为稹矣。"《说诗晬语》则批评诗歌太俗，不当与李白、王维之作并列："韦縠《才调集》选，固多明丽之篇，然如《会真诗》及'隔墙花影动'等作，亦采入太白、摩诘之后，未免雅郑同奏矣。奈何阐扬其体，以教当世耶？"苏仲翔《元白诗选注》详细解说道："此追忆少日与情人崔莺莺（即双文）欢会事也。一起至'晨会雨濛濛'，写会时节序，正在秋季，故曰'绛节随金母'。'微月''萤光''遥天''低树'写夜色极清幽。'罗绡''环佩'等句写渐与相近，呼之欲出。'珠莹光文履'以下至

'偶向宋家东'，写莺莺丰神之美。'宋家东'用宋玉《登徒子好色赋》
'臣东家之子……窥臣三年'事，以寓莺莺之求偶于己。'戏调微初拒'
至'缱绻意难终'一节，正写欢会之事。'慢脸含愁态'以下至'吹箫
亦上嵩'，写欢后两人分手。最后写事后相思，如隔天海。'还归洛'
比莺莺如洛妃之去，'亦上嵩'喻自己如王乔之别。'行云'句言莺莺
不知何往，'萧史'句言自己独居楼上。曰'会真'者，'真'犹仙人
也。唐人诗多称情人或妓女为'仙'。《元白诗笺证稿》考之甚详。"
谢永芳《元稹诗全集》说："全篇每十韵为一个段落，第一部分写相会
的环境及莺莺的到来，第二部分具体描写欢会之事，最后一部分写欢
后两人的分手。"《全唐诗广选新注集评》从内容上分析诗歌当分为
两部分，分属于不同的作者："而诗中所述，不仅有张生赠诗前崔张
西厢幽会的情节，也有张生授诗以后崔氏复信张生的故事以及莺莺被
弃的悲惨结局。前二十韵描写崔张幽会，非传文中的'元稹'所历，
'元稹'自然是写不出来的，这二十韵应该是张生赠送崔氏的前半首
诗。后十韵，所述故事发生在张生赠诗崔莺莺之后，实非张生所作，
而应是传文中的'元稹'所续。因此《会真诗三十韵》的前二十韵的
名义作者是张生，而后十韵的名义作者是传文中的'元稹'。"

赋得春雪映早梅①

飞舞先春雪②，因依上番梅③。
一枝方渐秀，六出已同开④。
积素光逾密⑤，真花节暗催。
抟风飘不散⑥，见晛忽偏摧⑦。

郢曲琴空奏^⑧，羌音笛自哀^⑨。
今朝两成咏^⑩，翻挟昔人才^⑪。

【注释】

① 此诗贞元十八年（802）作于长安，一说作于元和二年（807）。赋得：凡摘取古人成句为诗题，题首多冠以"赋得"二字；广泛应用于科举时代的试帖诗，亦应用于应制之作及诗人集会分题，即景赋诗者也往往以"赋得"为题。后遂将"赋得"视为一种诗体。

② 先春：早春。

③ 上番：初番，头回，多指植物初生。杜甫《三绝句》："无数春笋满林生，柴门密掩断人行。会须上番看成竹，客至从嗔不出迎。"

④ 六出：花分瓣叫出，雪花六角，因以为雪的别名。

⑤ 积素：积雪。

⑥ 抟风：《庄子·逍遥游》："抟扶摇而上者九万里。"后因称乘风捷上为"抟风"。

⑦ 见睍（xiàn）：指天晴日暖。《诗·小雅·角弓》："雨雪瀌瀌，见睍日消。"毛传："睍，日气也。"高亨注："睍，太阳的热气。"摧：摧折。此言雪为日气摧消。

⑧ 郢曲：泛指乐曲，典出宋玉《对楚王问》："客有歌于郢中者，其始曰《下里》《巴人》，国中属而和者数千人；其为《阳陵》《采薇》，国中属而和者数百人；其为《阳春》《白雪》，国中属而和者数十人而已也；引商刻角，杂以流徵，国中属而和者不过数人而已。"

⑨ 羌音：指羌笛之音，《乐府诗集·横吹曲辞》："《梅花落》，本笛中曲也。"羌笛：古代的管乐器，长二尺四寸，三孔或四孔。因出于羌中，故名。

⑩ 两成咏：指同时咏琴曲《白雪》与笛曲《梅花落》。

⑪翻：反而。挟：依恃，倚仗。《孟子·万章下》："不挟长，不挟贵，不挟兄弟而友。"朱熹集注："挟者，兼有而恃之之称。"

【评析】

全诗合咏雪与梅，非常类似当时的试帖体，平浅地表现了雪与梅在同一环境下的不同状态与遭际，似乎又有所寄托。《瀛奎律髓》评道："一句赋雪，一句赋梅，本不为难。起句'上番梅'，不走了'早'字。三四巧。'见晛忽偏摧'，此一句佳，谓日出则雪先消，梅如故也。"纪昀批："此试帖体，不以诗论。'抟风'句拙且不妥。结自誉非体，亦常语，未见其巧。"刘文蔚《唐诗合选详解》分析说："'飞舞先春雪，因依上番梅'，飞舞，写雪之貌。因依，言雪之相附。首二句平点题面。'一枝方渐秀，六出已同开'，一枝，谓梅秀吐华也。六出，谓雪花与梅花同开也。二句承题意夹出'映'字。'积素光逾密，填花节暗催'，光逾密，谓积雪已多，其光益密也。填花，谓雪压梅花也。节暗催，谓春节相催也。二句合写幽细。'抟风飘不散，见晛忽偏摧'，抟，捖聚也。晛，日气。摧，减也。二句侧写有致。'郢曲琴三奏，羌音笛几回'（另一版本），《白雪》，郢中曲名。羌笛有《落梅花引》。'今朝两成咏，翻挟昔人才'，两成咏，指《白雪》《梅花》两曲。四句引古衬今，语意一申。……（总评）言飞舞有先春之雪，因依土蚕放之梅。梅蘂一枝方渐吐秀，雪花六出已见同开。积素而朔光逾宾，推梅而时节暗催，抟风而雪仍不散，见晛而雪若相摧。夫郢有《白雪》之曲，抚琴三奏；羌中有《落梅》之引，吹笛几回；未若今朝雪梅曲两咏皆成，翻觉并挟昔人之才也。"谢永芳《元稹诗全集》评说："题境虽平浅，而借写早梅的被摧折，也伤叹自己，诗境不俗。诗中同用《梅花落》事，庾敬休《春雪映早梅》、许浑《闻薛先辈陪大夫看早梅因寄》、方干《胡中丞早梅》所抒哀、乐、思、愁之情各不相同，可以相互参读。"

赋得玉卮无当 ^①

共惜连城宝 ^②，翻成无当卮 ^③。
讵惭君子贵 ^④，深讶巧工隳 ^⑤。
泛蚁功全小 ^⑥，如虹色不移。
可怜殊砾石 ^⑦，何计辨糟醨 ^⑧。
江海诚难满，盘筵莫忘施 ^⑨。
纵乖斟酌意 ^⑩，犹得对光仪 ^⑪。

【注释】

①此诗贞元十八年（802）作于长安，一说作于元和二年（807）。一本题下原注："韵取卮字。"玉卮无当：谓玉杯无底。当：底。后多比喻东西虽好，却无用处。《韩非子·外储说右上》："一日，堂谿公见昭侯曰：'今有白玉之卮而无当，有瓦卮而有当，君渴将何以饮？'君曰：'以瓦卮。'"

②连城：据《史记·廉颇蔺相如列传》载，战国时，赵惠文王得和氏璧，秦昭王寄书赵王，愿以十五城易璧。后以"连城"指和氏璧或珍贵之物。葛洪《抱朴子·广譬》："连城之宝，非贫寒所能市也；高世之器，非浅俗所能识也。"

③翻成：反而成为。

④讵：岂。贵：视为宝贝。

⑤巧工：技艺高超的工匠。隳：毁坏、废弃。

⑥泛蚁：浮在酒上的泡沫，借指酒。

⑦ 可怜：可惜。殊：不同。砾石：砂石。

⑧ 何计：无计。糟醨：酒。

⑨ 盘筵：犹宴席。施：给予，施舍。

⑩ 纵乖：即使违背。斟酌，指饮酒。

⑪ 犹得：还能。对：一作"奉"。光仪：光彩的仪容，称人容貌的敬词，犹言尊颜。

【评析】

此诗咏无当玉卮，处处赞美"玉卮"之美，也时时叹惜"无当"之残，体现出诗人构思之巧与笔力之高。李因培《唐诗观澜集》评说："《韩子》：堂谿空（公）谓韩昭侯曰：'今有白玉之卮无当，有瓦卮有当，君宁何取？'曰：'取瓦卮。'左思《三都赋》序：'玉卮无当，虽宝非用。''讵惭君子贵'，承玉。'深讶巧工瑑'，承无当。'泛蚁功全小'，贴卮字。"刘文蔚《唐诗合选详解》详细解析说："'共惜连城宝，翻为无当卮'，秦以十五城换和氏璧，故曰连城宝。首二句笼起全题。'讵惭君子贵，深讶拙工瑑'，惟玉卮，故不愧为君子所贵重。惟无当，故深讶为拙工所毁瑑。二句上承衍玉卮，下承衍无当。'泛蚁功全少，如虹色不移'，泛蚁，酏汁滓酒也。如虹，玉之色也。惟无当，故泛蚁之功全少。惟玉卮，故如虹之色不移也。二句上实写无当，下实写玉卮字。'可怜殊砾石，何计辨糟醨'，砾，小石也。糟，滓酒；醨，薄酒也。言玉卮可怜，已殊于砾石，但曰无当，将何计而得辨其糟醨耶？二句上申写玉卮，下申写无当。'江海诚难满，盘筵莫妄施'，言已为无当，虽汲尽江海之水而实不能满，故盘筵之间莫妄相施也。二句又咏叹无当意。'纵乖斟酌意，犹得奉光仪'，乖，戾。斟酌，盛酒行觞也。光仪，光辉仪容也。末二句自占身分作结。而错综写来，风义自远。……（总评）言共惜其连城之宝，今翻为无当之

卮也。夫以玉为卮，讵惭于君子所珍贵；已云无当，深讶夫拙工之败
隳。虽泛蚁之功全少，而如虹之色不移。其色可怜，迥殊砾石。其功
何计，难辨糟醨。故实以江海之水，诚难盈满，若列于盘筵之间，莫
妄设施也。特是壶觞斟酌之时，纵乖而不适于用，犹得执玉卮而奉其
光仪也。"谢永芳《元稹诗全集》评说："玉卮无当，玉杯无底，喻东
西虽好，却无实际用途。玉卮无当，虽属废器，然本篇翻转落笔，语
语是惜无当，句句实赞玉卮，错综变化，可见作者腕力非凡。试律之
体，有褒无贬，有颂无刺，此实得体。"

菊花①

秋丛绕舍似陶家②，遍绕篱边日渐斜。
不是花中偏爱菊，此花开尽更无花。

【注释】

①此诗贞元十八年（802）作于长安，一说作于贞元十年（794）。
②秋丛：菊丛。陶家：指陶渊明家，因渊明爱菊，故诗文中多以陶
菊、陶家菊代指秋菊。

【评析】

白居易对此诗评价甚高，其《禁中九日对菊花酒忆元九》道："赐
酒盈杯谁共持，宫花满把独相思。相思只傍花边立，尽日吟君咏菊
诗。"可见赏爱之重。宋吴曾《能改斋漫录》记载说："李和文公作
《望汉月》词，一时称美。云：'黄菊一丛临砌。颗颗露珠妆缀。独教
冷落向秋天，恨东君不曾留意。　　雕栏新雨霁。绿藓上，乱铺金蕊。

此花开后更无花，愿爱惜、莫同桃李。'时公镇澶渊，寄刘子仪书云：'澶渊营妓有一二擅喉啭之技者，唯以"此花开后更无花"为酒乡之资耳。''不是花中唯爱菊，此花开后更无花'乃元微之诗，和文述之尔。"冯班《钝吟杂录》则从比较中肯定本诗之佳："夺胎接骨，宋人谬说，只是向古人集中作贼耳。冷斋称王荆公《菊花》诗'千花万卉凋零后，始见闲人把一枝'，以为胜郑都官《十日菊》，谬也。荆公诗多渗漏，上句'凋零'二字不妥，下句云'一枝'，似梅花，'闲人'二字牵凑。何如微之云'不是花中偏爱菊，此花开后更无花'（乐天深服此语），语意俱足。郑诗亦浑成，非荆公所及。"吴大逵、马秀娟《元稹白居易诗选译》评论说："在旧时诗文中，常将菊花作为封建士大夫道德品质的象征。元稹这首赏菊之作，约作于贞元十八年（802）。菊花在一年中开放最晚，诗中从这一自然现象着笔，说出自己特别喜爱菊花的心理原因，并不在于它无意与百花争春的谦退与淡泊，而在于它开后无花，显示出在萧瑟深秋独斗风霜的风姿。立意新颖，不落俗套，表现了诗人在政治上排难而进、锐意革新的意志和决心。"孙安邦、蓓蕾《元稹集》："总之元稹这首诗，无论是赞美菊花的'能后百花荣'，还是'露下发金英'，抑或二者皆有之，甚至由此而想到暮年之人……寓意很深，含蓄不露。先渲染爱菊之情，再道出爱菊之由。前两句景，后两句情，景有中情，情中有景，物我兼叙，花人一体，描写外意毕象，表达内情尽现。不同李诗（李梦阳之"不随群芳出，能后百花荣"）的浓郁而直露，有别于黄（巢）诗的刚劲而洒脱，相比之下，元稹诗则清丽而蕴藉，构思精巧，词语不俗，意味隽永，不失晦涩；在用词上，连用两'绕'字，三个'花'字，绝无堆砌赘疣之失，反添韵律优美之感，堪称咏菊佳作。"谢永芳《元稹诗全集》评说："诗作前两句叙事，但没有正面写菊花凝霜斗艳的品格，也没有写金钩挂月的形貌，而是用比喻写出一幅丛丛菊花满院绕屋盛开，好似到了陶渊明家的画图，令人流连忘返，陶醉其中。后两句抒情，写出之所以偏爱菊花的原因。深秋霜煞，百花凋零，菊花自然得天独厚，为人珍爱。诗人将平凡题材，发掘出非凡的诗意和哲理，开拓出幽美的意蕴和境界，因而具有巨大的艺术感染力。"

古决绝词三首 ①

其一

乍可为天上牵牛织女星 ②，不愿为庭前红槿枝 ③。

七月七日一相见，故心终不移。

那能朝开暮飞去 ④，一任东西南北吹。

分不两相守，恨不两相思。

对面且如此，背面当何知？

春风撩乱伯劳语 ⑤，况是此时抛去时。

握手苦相问，竟不言后期。

君情既决绝，妾意已参差 ⑥。

借如死生别 ⑦，安得长苦悲！

其二

噫！春冰之将泮 ⑧，何予怀之独结？

有美一人，于焉旷绝 ⑨。

一日不见，比一日于三年 ⑩，况三年之旷别！

水得风兮小而已波，笋在苞兮高不见节。

矧桃李之当春 ⑪，竞众人之攀折。

我自顾悠悠而若云，又安能保君皓皓之如雪！

感破镜之分明^⑫，睹泪痕之余血。

幸他人之既不我先，又安能使他人之终不我夺？

已焉哉！织女别黄姑^⑬，一年一度暂相见，彼此隔河何事无？

其三

夜夜相抱眠，幽怀尚沉结^⑭。

那堪一年事，长遣一宵说^⑮。

但感久相思，何暇暂相悦。

虹桥薄夜成^⑯，龙驾侵晨列^⑰。

生憎野鹤性迟回^⑱，死恨天鸡识时节^⑲。

曙色渐瞳眬^⑳，华星次明灭^㉑。

一去又一年，一年何时彻^㉒。

有此迢递期，不如生死别。

天公隔是妒相怜，何不便教相决绝。

【注释】

① 此诗贞元十九年（803）作于长安，一说贞元十七年（801）。古决绝词：《乐府诗集》题作"决绝词"；决绝，决然断绝。

② 乍可：宁可。

③ 红槿枝：红木槿枝。夏秋开花，花钟形，单生，有白、红、紫等色，朝开暮落。《淮南子·时则训》："木堇荣。"高诱注："木堇，朝荣莫落，树高五六尺，其叶与安石榴相似也。"

④ 那那：岂能，哪里可以。朝开暮飞：指木槿花。

⑤ 撩乱：纷乱、缤纷。伯劳：鸟名，又名鵙或鴂。《诗·豳风·七

30

月》："七月鸣鹀。"毛传："鹀，伯劳也。"《玉台新咏·东飞伯劳歌》："东飞伯劳西飞燕，黄姑织女时相见。"后借指离别的亲人或朋友。

⑥参差：纷纭繁杂，形容心乱如麻。谢朓《酬王晋安》诗："怅望一涂阻，参差百虑依。"

⑦借如：假如，即如。

⑧噫：表示悲痛或叹息。《论语·先进》："颜渊死。子曰：'噫！天丧予！天丧予！'"何晏集解引包咸曰："噫，痛伤之声。"泮：融化。《诗经·匏有苦叶》："士如归妻，迨冰未泮。"

⑨于焉：从此，于此。旷绝：从来没有，绝无仅有。

⑩比：类似，相类。《史记·天官书》："太白白，比狼；赤，比心。"张守节正义："比，类也。"一日于三年：《诗·王风·采葛》："彼采艾兮，一日不见，如三岁兮。"后以"一日三岁"形容对人思念殷切。

⑪矧：况且。

⑫破镜：东方朔《神异经》："昔有夫妇将别，破镜，人执半以为信。"后喻夫妇分离。

⑬黄姑：牵牛星。《玉台新咏·歌词二首之一》："东飞伯劳西飞燕，黄姑织女时相见。"吴兆宜注引《荆楚岁时记》："河鼓、黄姑，牵牛也。皆语之转。"

⑭幽怀：隐藏在内心的情感。沉结：沉积郁结。

⑮遣：抒发。《晋书·王濬传》："吾始惧邓艾之事，畏祸及，不得无言，亦不能遣诸胸中，是吾褊也。"元稹《〈白氏长庆集〉序》："夫以讽谕之诗长于激，闲适之诗长于遣。"长遣：谓尽情抒发、倾诉。

⑯虹桥：拱曲如虹的长桥。谷神子《博异志·许汉阳》："池中荷芰芬芳，四岸砌如碧玉，作两道虹桥，以通南北。"薄夜：傍晚。

⑰龙驾：龙拉的车。《楚辞·九歌·云中君》："龙驾兮帝服，聊翱游兮周章。"王逸注："言天尊云神，使之乘龙。"后泛指神仙的车驾。侵

31

晨：拂晓。

⑱生憎：最恨、偏恨。野鹤：鹤居林野，生性孤傲，来去无常。鹤，一作"鹊"。

⑲死恨：犹最恨，恨死。天鸡：神话中天上的鸡。任昉《述异记》卷下："东南有桃都山，上有大树，名曰'桃都'，枝相去三千里。上有天鸡，日初出，照此木，天鸡则鸣，天下鸡皆随之鸣。"识时节：犹言知道天亮时光。

⑳曈昽：日初出渐明貌，又作"曈胧"。《说文·日部》："曈，曈昽，日欲明也。"

㉑华星：明星。次明灭：依次暗淡闪烁。次，一作"欲"。

㉒何时彻：何时尽。时，一作"可"。

【评析】

本诗为诗人之所谓艳情诗，表现与情人恩断义绝之意。宋邦绥《才调集补注》在对诗歌的典故作详细解释的同时，还引述了诸家对本诗和元稹的批评：冯舒评："此章（第一首）立词颇伤忠厚。"冯班评："诗人以敦厚为教，元公如此，宜其焚尸不成敛也。"……"握手苦相问，竟不言后期"，冯班评："薄甚。""借如死生别，安得长苦悲"，冯班评："疑他别有所好，又放他不下，忍心割舍，作此以决绝，至今读之，犹使人伤心。""我自顾悠悠而若云，又安能保君皓皓之如雪"，冯班评："微之弃双文只是疑他有别好，刻薄之极。二人情事如在目前，细看只是元公负他。""天公隔是妒相怜"，冯班评："隔是，古语也，唐诗多用。《容斋随笔》：'隔是，犹言已是。'"王闿运《王闿运手批唐诗选》也批评道："'我自顾悠悠而若云，又安能保君皓皓之如雪'，小人之语，是微之本色。"王桐龄《会真记事迹真伪考》也同样是批评："《古决绝词》三首，叙其始乱终弃之理由。

其中若'……我自顾悠悠而若云，又安能保君皑皑之如雪？……幸他人之既不我先，又安能使他人之终不我夺……'则明明以己之心，度人之心，疑莺莺别有私矣。"谢永芳《元稹诗全集》分析说："这三首诗可以视为一个整体，其中交织的情事复杂而隐晦，对照元稹与莺莺的情感经历以及彼时元稹矛盾而又痛苦的心境，当为元稹自述。第一首，设想莺莺由对自己的日夜思念逐渐变为怨恨，并主动说出'君情既决绝，妾意亦参差'的绝情之语，用意或在于减轻始乱终弃的心理愧疚感。第二首，自表心境。本来，双方尤其是自己对莺莺的爱恋是'一日不见，比一日于三年'，但分离既久，彼此之间自然就有可能什么事情都会发生，至少不能保证什么事情都不会发生。通过不断、反复的疑问，表露出内心的重重疑虑。第三首，以议论作结。与其忍受这年复一年、遥遥无期的分离的折磨，还不如干脆一刀两断、恩断义绝了吧。"不过，吴伟斌《新编元稹集》认为全诗并非诗人元稹的自述，恰恰是女子的口吻："冯班的说法显然误解了《古决绝词三首》的原意。在这三首诗歌里，诗中主人公明显是女性而不是男性，诗中的话语均出于女主人之口，所以与'微之弃双文'云云根本扯不到一起。"又说："敬请读者注意：这首诗（第三首）的诗意，通篇都是诗中忧怀'独结'的'美人'在思念她的情人，均出于女主人之口，而不是男性在责备女性的背叛。"

靖安穷居 [①]

喧静不由居远近，大都车马就权门。
野人住处无名利 [②]，草满空阶树满园。

①此诗贞元十九年（803）作于长安。靖安：即靖安坊，在长安朱雀门东第二街，为元稹故宅。穷居：谓隐居不仕。

②野人：士人自谦之称。杜甫《赠李白》诗："野人对膻腥，蔬食常不饱。"仇兆鳌注："野人，公自谓也。"

【评析】

此诗当作于初任校书郎时。校书郎的职责是在藏书处校勘典籍，因而相对自由，较为闲散，元稹《赠吕三校书》诗曾描写过当时的生活情景道："同年同拜校书郎，触处潜行烂熳狂。"太过闲散，诗人甚至发起牢骚来："野人性僻穷深僻，芸署官闲不似官。"（《贞元二十年五月十四日夜宿天坛石幢侧十五日得鳌屋马逢少府书知予远上天坛因以长句见赠篇末仍云灵溪试为访金丹因于坛上还赠》）本诗也表现了诗人独居旧宅的感慨，当然也包括闲置不得建功立业的心情。吴伟斌《新编元稹集》在论及诗作时间时说："元稹、白居易能够在吏部乙科中及第，开始的时候内心充满了期待，但事实却给他们一头冷水，一月只需两次入省，其余时间没有'官事'可办，因而诗人在失望之余写下本诗，表达自己的不满。"郭自虎《新译元稹诗文选》题解说："元稹住在长安靖安坊元氏老宅，刻苦读书、作文，生活上甚为寂寞，本诗即是描述当时的生活和心态。"并研析说："他之所以要孜孜矻矻地刻苦攻读，乃在于改变为人轻忽之身份，表现了庶族文人那种急于求取功名官职改变自己身份的迫切心情。……他用冷眼观察着权贵们的生活，体验着自己寂寞的生活，两两相比。……因此，本诗有对自己寂寞生活的描述，有对世态炎凉的感慨，也包含着自己的理想与追求。"谢永芳《元稹诗全集》则从当时社会层面进行了剖析："在唐代诗人笔下，都市中的人际交往一般围绕着权势、金钱两个维度而进行，权势维度是封建城市的政治性本质的'朝'的一面在人际关系上的延伸。古代都市人际交往中趋炎附势的情形似乎并不少见，诗人对此也多有感叹，所谓'长安车马客，倾心奉权贵'（《元和五年予官不了罚俸西归……思怆曩游因投五十韵》）。其时犹未为官的元稹，所居地僻房窄，除了像白居易这样的诗友经常造访外，平时少有车马，门庭冷落。诗作正是当时此种情况的自我写照。"

曹十九舞绿钿 ①

> 急管清弄频②，舞衣才揽结③。
> 含情独摇手，双袖参差列。
> 騕袅柳牵丝④，炫转风回雪⑤。
> 凝眄娇不移⑥，往往度繁节⑦。

【注释】

① 此诗贞元二十年（804）作于洛阳，一说元和五年（810）作于江陵。曹十九：韦夏卿家女艺人，名字、生平不详。绿钿：用金、银、玉、贝等制成的绿色花朵状的首饰，此指舞蹈名。

② 急管：节奏急切的管乐。清弄：清雅的乐曲。

③ 揽结：采摘系结。

④ 騕袅（yǎo niǎo）：古骏马名，此形容舞姿疾速。

⑤ 炫转：光彩转动貌。回雪：形容舞姿如雪飞舞回旋。

⑥ 凝眄（miàn）：凝视眷顾。娇：娇柔貌。

⑦ 度：过。繁节：繁密的节奏。

【评析】

诗歌描写女艺人曹十九表演舞蹈《绿钿子》的情景，首联从急切的管乐节奏与舞者揽衣起；次联写舞者含情摇手、衣袖飘扬之貌；颈联表现其舞蹈节奏之迅疾：来去如骏马牵柳，旋转如飘风回雪；尾联写其静态，凝视含情，伫立不动，听任急管繁节的演奏。全诗以"急管"起，以"繁节"结，尽管音乐节奏相同，但舞者的舞姿却不尽相同，徐疾动静、来去旋转则分明有别；而且诗人还特意描写了舞者的情态："含情独摇手""凝眄娇不移"，这就使得舞者的形象更为丰满、更有感染力。宋邦绥《才调集补注》："教坊曲名有《绿钿子》，以此曲为节而舞。"吴伟斌《新编元稹集》说："本诗是元稹夫妇在洛阳履信坊韦夏卿的住宅中欣赏曹十九歌舞情形的再现。"还认为："《追昔游》'谢傅堂前音乐和，狗儿吹笛胆娘歌。花园欲盛千场饮，水阁初成百度过。醉摘樱桃投小玉，懒梳丛鬓舞曹婆。再来门馆唯相吊，风落秋池红叶多'中的'曹婆'即是其人，'十九'应该是其在姐妹或师姐妹中的排序。"

志坚师①

嵩山老僧披破衲②，七十八年三十腊③。
灵武朝天辽海征④，宇宙曾行三四匝。
初因怏怏剃却头⑤，便绕嵩山寂师塔⑥。
淮西未返半年前⑦，已见淮西阵云合⑧。

【注释】

①此诗或当贞元二十年（804）作于任校书郎时。志坚师：法号志坚

的僧人。

②嵩山：在今河南登封北，为五岳之中岳。古称外方、太室，又名崇高、嵩高。其峰有三：东为太室山，中为峻极山，西为少室山。破衲：破烂的僧衣。衲：缝，补缀，借指僧衣，因其常用许多碎布拼缀而成，故称。

③三十腊：谓三十年。佛教戒律规定比丘受戒后每年夏季三个月安居一处，修习教义，称一腊。亦指僧侣受戒后的岁数或泛称年龄。

④灵武：在今宁夏灵武南。《元和郡县志·灵州》："今为灵武节度使理所（管灵州、会州、盐州，管十县）。《禹贡》：……秦并天下为北地郡。……武德元年又改为灵州，仍置总管，七年改为都督府。开元二十一年于边境置节度使以遏四夷，灵州常为朔方节度使理所。"朝天：天宝十五载（756）七月，太子李亨即位于灵武，改元至德，是为肃宗，尊玄宗为太上皇。明年二月到凤翔（今陕西凤翔）。辽海：辽东，泛指辽河以东沿海地区。

⑤怏怏：不服气或闷闷不乐的神情。剃却头：落发为僧。

⑥寂师塔：普寂，俗姓冯，神秀弟子，嵩山寺僧，开元二十七年（739）终于上都兴唐寺，时称北宗七祖。此泛指寂灭僧师之塔。寂：佛教多称僧尼死亡。

⑦"淮西"句：淮西吴少诚叛乱在贞元十五年（799），《旧唐书·德宗纪》："八月壬申朔……丙午……吴少诚谋逆渐甚，陷临颍，进围许州。"返：一作"反"，指谋逆叛乱。

⑧阵云：浓重厚积形似战阵的云。古人以为战争之兆。《史记·天官书》："阵云如立垣。"

【评析】

此诗描写、赞美志坚禅师。首联便勾勒出志坚师的鲜明形象：

"嵩山"点地，"老僧"点年纪，"披破衲"描绘具体形象，也是僧人最具特征的衣着特征；"七十八"言其年岁之高，"三十腊"言其受戒之久。颔联承前"七十八"叙写其经历之丰富、战功之卓著，肃宗灵武即位时他便"朝天"成为扈从功臣，从此东征西讨，经历无数，横行天下，"宇宙曾行三四匝"极言其行军之远之久。颈联"初因"一转，上句补叙其皈依佛门的缘由乃是"怏怏"，下句写从此落发嵩山。尾联再度振起，指出志坚师在淮西叛乱之前半年就已经看出端倪，准确预测到吴少诚之乱，揭示了志坚师的军事眼光与谋略。有此一句，志坚师的形象顿时丰满起来。此诗可与《智度师二首》并读，二诗都折射出诗人对此类英雄人物的心仪与肯定。

早归 ①

春静晓风微，凌晨带酒归。
远山笼宿雾，高树影朝晖。
饮马鱼惊水，穿花露滴衣。
娇莺似相恼，含啭傍人飞。

【注释】

①此诗当为早年所作，具体时地未详。一说作于贞元二十年（804），姑系于此。

【评析】

此诗写春夜饮酒，凌晨归家时所见晨景。首联描写时间事件，颔联景象远阔，颈联景物清丽亲人，尾联表现出愉悦闲适之情。吴伟斌

《新编元稹集》以为："这是诗人从洛阳履信坊丈人韦夏卿家中，亦即妻子韦丛处回归西京，既为回到长安靖安坊，更为到秘书省官署履职。"或未允当。孙安邦、蓓蕾《元稹集》评曰："一首抒情小诗，全诗似乎句句在状物写景，而且景物鲜明生动：幽深、静谧，清凉、适人！但仔细吟诵玩味，诗中始终有人在，是人早归，是人带酒，是人饮马，是人穿花，是露滴人衣，是莺傍人飞。句句写景，景象鲜明，是人面对着大好春光，表现了人的喜悦之情，自始至终，有人的情感、人的活动蕴藉其中。"谢永芳《元稹诗全集》说："一首清新活泼的即景抒情小诗，句句状景，生动鲜明，且诗中始终有人在，还满含愉悦之情。当为未入仕途时所作。"

压墙花 ①

野性大都迷里巷 ②，爱将高树记人家 ③。
春来偏认平阳宅 ④，为见墙头拂面花 ⑤。

【注释】

　　①此诗贞元二十年（804）作于长安。压墙花：指生长在墙头上的鲜花。

　　②野性：指自然本性。大都：大多。

　　③将：用，以。人家：他人的家。

　　④平阳宅：指平阳公主宅第。平阳公主，唐高祖李渊女，柴绍妻，隋大业十三年（617）绍从李渊在太原举兵反隋，她回家散财招兵得七万人，亲率师与李世民会于渭北，时称娘子军，后封为平阳公主。后泛指权贵人家。

⑤墙头：墙上。

【评析】

元稹《酬翰林白学士代书一百韵》"墙花拂面枝"句下注云："昔予赋诗云：'为见墙头拂面花。'时唯乐天知此。"据此，则诗歌所述为元、白在长安校书郎任时的一段风流韵事。元稹的情事与艳诗，遭到后人的许多批评指责，如杜牧在《唐故平卢军节度巡官陇西李府君墓志铭》说："诗者可以歌，可以流于竹、鼓于丝，妇人小儿，皆欲讽诵。国俗薄厚，扇之于诗，如风之疾速。尝痛自元和以来，有元、白诗者，纤艳不逞，非庄士雅人，多为其所破坏。流于民间，疏于屏壁，子父女母，交口教授，淫言媟语，冬寒夏热，入人肌骨，不可除去。吾无位，不得用法以治之。"刘克庄《后村诗话》反驳道："杜牧罪元、白诗歌传播，使子父女母交口诲淫。且曰：'恨吾无位，不得以法绳之。'余谓此论合是元鲁山、阳道州辈口中语。牧风情不浅，如《杜秋娘》《张好好》诸篇，青楼薄幸之句，街吏平安之报，未知去元、白几何？以燕伐燕，元、白岂肯心服！"明代文人也参与讨杜的行列，如杨慎《升庵诗话》卷九《杜牧讥元白》说："杜牧尝讥元、白云：'淫词媟语，入人肌肤。吾恨不在位，不得以法治之。'而牧之诗淫媟者，与元、白等耳，岂所谓'睫在眼前犹不见'乎？"王世懋《艺圃撷余》也说："杜紫微掊击元、白，不减霜台之笔；至赋《杜秋》诗，乃全法其遗响，何也？"尤侗《艮斋杂说》更说："杜牧之尝言：'近日有元、白者，喜为淫言媟语，鼓扇浮嚣。吾恨方在下位，未能以法治之。'此直以门户相轧耳。扬州梦，真浪子行径；杜书记平善又谁治耶？文人不自反如此。"也有从诗本身发论者，如宋邦绥《才调集补注》："钝吟（冯班）云：'此有所指也，却叙得蕴藉。'……'平阳宅'，班固《汉武故事》：上幸平阳公主家，置酒作乐，子夫为讴者，善歌，能造曲，每歌挑上，上喜，起更衣，子夫因侍尚衣轩中，遂得幸。上见其美发，悦之，遂纳于宫中。"又如王桐龄《会真记事迹真伪考》："《压墙花》七绝之'为见墙头拂面花……'等语，暗点其秘密来往所由之路。"

西还 ①

悠悠洛阳梦②，郁郁灞陵树③。
落日正西归，逢君又东去。

【注释】

①此诗贞元二十年（804）作于自洛阳赴长安途中，一说作于元和五年（810）从东台罚俸召回西京时。

②悠悠：思念貌、忧思貌。

③郁郁：茂盛貌。灞陵：本作霸陵，汉文帝刘恒陵墓，故址在今陕西西安东。

【评析】

关于本诗的创作时间，吴伟斌《新编元稹集》以为："元稹元和五年'罚俸西归'时在敷水驿遭到宦官的毒打，内心的感受同'泣血西归'也相差无几，不太可能写出像《西还》这样心态平和的诗篇。青年时期是人生的多梦季节，对政治前程的厚望，对未来生活的憧憬，对荣宗耀祖的向往，还有对独自留在东都的妻子的思念……从'悠悠洛阳梦'的诗境来看，我们比较倾向于是元稹贞元二十年间的作品。"诗人的妻子韦<u>丛</u>随父住在洛阳，而元稹则在长安任职，夫妻小聚之后再回长安，所以表现出一心挂两头的心境：一边是对妻子悠悠深情的留恋，一边是对官场事业的追求。末两句一转，写归途遇故人，我正西归，君又东去，不得尽相聚之欢，顿生无限遗憾！一"正"字，一"又"字中含有多少惆怅！全诗明白如话，却又韵味悠长；"郁郁灞陵树""落日"是景语，更是情语！俞陛云《诗境浅说续编》评析说："首句言己之东游，次句言己之西还。辛苦归来，方冀与故人乐共晨夕，君又东去，马上相逢，能无怅怅？诗止言我还君去，而离情旅思皆于诗外见之。"

含风夕 ①

炎昏倦烦久 ②，逮此含风夕。
夏服稍轻清，秋堂已岑寂。
载欣凉宇旷 ③，复念佳辰掷 ④。
络纬惊岁功 ⑤，顾我何成绩。
青荧微月钩 ⑥，幽晖洞阴魄 ⑦。
水镜涵玉轮，若见渊泉璧 ⑧。
参差帘牖重，次第笼虚白。
树影满空床，萤光缀深壁 ⑨。
怅望牵牛星 ⑩，复为经年隔 ⑪。
露网裛风珠，轻河泛遥碧。
讵无深秋夜，感此乍流易 ⑫。
亦有迟暮年，壮年良自惜。
循环切中肠，感念追往昔。

接瞬无停阴⑬，何言问陈积⑭。
馨香推蕙兰⑮，坚贞谕松柏⑯。
生物固有涯⑰，安能比金石。
况兹百龄内，扰扰纷众役⑱。
日月东西驰，飞车无留迹⑲。
来者良未穷，去矣定奚适⑳。
委顺在物为㉑，营营复何益㉒。

【注释】

①此诗元和元年（806）作于长安。原题下有注："此后拾遗时作。"本年四月元稹参加制科考试，名列第一，拜左拾遗，九月罢贬河南县尉。含风夕：凉风吹拂的傍晚。

②炎昏：炎热的黄昏。

③载：语气词，用在句首或句中，起加强语气的作用。《诗·鄘风·载驰》："载驰载驱，归唁卫侯。"毛传："载，辞也。"高亨注："载，犹乃也，发语词。"凉宇：凉秋的天空。

④佳辰：良辰。掷：引申指抛弃。陶潜《杂诗》："日月掷人去，有志不获骋。"

⑤络纬：虫名，即莎鸡，俗称络丝娘、纺织娘，夏秋夜间振羽作声，声如纺线，故名。汉《古八变歌》："枯桑鸣中林，络纬响空阶。"岁功：一年农事的收获。《汉书·礼乐志》："阳出布施于上而主岁功，阴入伏藏于下而时出佐阳。阳不得阴之助，亦不能独成岁功。"

⑥青荧：青光闪映貌。《文选·羽猎赋》："玉石嶜嵒，眩耀青荧。"李善注："青荧，光明貌。"

⑦幽晖：月光。阴魄：月亮的别称。

⑧渊泉：深泉。《庄子·田子方》："其神经乎大山而无介，入乎渊

泉而不濡。"璧：玉器名，圆形扁平，中间有孔，此借指月亮。

⑨ 深壁：犹深垒。项斯《日东病僧》："深壁藏灯影，空窗出艾烟。已无乡土信，起塔寺门前。"

⑩ 怅望：惆怅地看望或想望。

⑪ 经年隔：《荆楚岁时记》："七月七日为牵牛织女聚会之夜。"一年一见，也是一隔一年。

⑫ 乍：忽；一作"年"。流易：演变。潘岳《悼亡诗》之一："荏苒冬春谢，寒暑忽流易。"

⑬ 停阴：谓光阴停滞。《文选·豫章行》："寄世将几何？日昃无停阴。"李周翰注："无停阴，言日月之速。"

⑭ 何言：言何，说什么。陈积：陈年的积聚，犹如陈芝麻烂谷子。

⑮ 馨香：散播很远的香气，《国语·周语上》："其德足以昭其馨香，其惠足以同其民人。"韦昭注："馨香，芳馨之升闻者也。"蕙兰：多年生草本植物，叶丛生，狭长而尖，初夏开花，色黄绿，有香味。《古诗十九首·冉冉孤生竹》："伤彼蕙兰花，含英扬光辉。"

⑯ 谕：比喻，比拟。

⑰ 生物：泛指自然界中一切有生命的物体。固：必，一定。《公羊传·襄公二十七年》："我即死，女能固纳公乎？"何休注："固，犹必也。"有涯：有边际，有限。

⑱ 挠挠：纷乱貌。《庄子·在宥》："挈汝适复之挠挠，以游无端。"俞樾《诸子平议·庄子二》："挠挠，乱也，《广雅·释诂》：'挠，乱也。'重言之则为挠挠矣。"纷众役：许多没完没了的事情。

⑲ 飞车：传说中乘风飞行的车。皇甫谧《帝王世纪》："奇肱民能为飞车，从风远行。"

⑳ 奚适：向往何方。

㉑ 委顺：委顺自然。白居易《委顺》："宜怀齐远近，委顺随南北。"

物为：勿为，"物"通"勿"。《吕氏春秋·恃君》："君道何如？利而物利章。"许维遹集释："俞樾云：物当为勿。《尚书·立政篇》'时则勿有间之'，《论衡·谴告篇》作'时则物有间之'……是古字本通也。"勿为：即无为。

㉒营营：忙碌，劳而不知休息。《庄子·庚桑楚》："全汝形，抱汝生，无使汝思虑营营。"钟泰发微："营营，劳而不知休息貌。"何益：何用。

【评析】

　　元稹的岳丈韦夏卿于贞元十九年（803）十月出任东都留守，并在东都履信坊自己的住宅里修了个小院落供元稹和韦丛居住，而此时的元稹却独自旅居西京长安，暑去秋来，自然生出许多感慨。此诗正是借写秋夕景物抒发所感所思。首八句写节序变化，感叹时光空掷；"青荧"八句写月夜景象，空明澄澈，"参差""次第"写景如在目前；"怅望"八句借河汉牛女，抒发思念之情，叹惜时光不再；"循环"八句绾结思念之情与叹逝之感，事追往昔而不问"陈积"，情比松柏却不如"金石"，前后长短，照应极佳！末八句于"来者""去矣"之间选择"委顺在物为"的人生。《王闿运手批唐诗选》则批评其叙写过于繁杂："不必如此多，此染乐天习气。"又曰："'委顺在物为'，'物'当作'无'。"

赋得数蓂 ①

将课司天历②，先观近砌蓂。
一旬开应月③，五日数从星④。

桂满丛初合⑤，蟾亏影渐零⑥。
辨时长有素⑦，数闰或余青⑧。
坠叶推前事⑨，新芽察未形⑩。
尧年始今岁⑪，方欲瑞千龄。

【注释】

① 此诗元和元年（806）作于长安，一说作于元和二、三年间。原题下有注："元和中作。"数：计算，查点。荚：即蓂荚，一名历荚，古代传说中的一种瑞草；每月从初一至十五，日结一荚；从十六至月终，日落一荚；所以从荚数多少，可以知道是何日。《竹书纪年》卷上："有草夹阶而生，月朔始生一荚，月半而生十五荚；十六日以后，日落一荚，及晦而尽。月小，则一荚焦而不落。名曰蓂荚，一曰历荚。"葛洪《抱朴子·对俗》："唐尧观蓂荚以知月。"

② 课：考核。司天：掌管有关天象的事务。

③ 一旬：十天。应月：按时按月。

④ "五日"句：谓月球运动进入箕、毕二星的天空区域。《书·洪范》："月之从星，则以风雨。"周秉钧《尚书易解》卷三："郭嵩焘《史记札记》卷四曰：'月入箕则风，入毕则雨。风雨者，天之所以发生万物也。而月从星之好以施行之，喻宣导百姓之欲以达之君。《孔传》以为政教失常以从民欲，大失经旨。'按郭说极是，此喻群臣之从民欲，当润泽斯民。"谢庄《月赋》："顺辰通烛，从星泽风。"

⑤ 桂满：月圆。因传说月中有桂树，故以桂代指月。丛：谓蓂荚草。

⑥ 蟾亏：月缺。因传说月中有蟾蜍，故以蟾蜍代指月。渐零：谓蓂荚凋零。

⑦ 辨时：明时、按时。有素：本来具有，原有。《文选·赠崔温一首》："古人非所希，短弱自有素。何以敺斯辞，惟以二子故。"李善注：

"郑玄《礼记》注曰：'素，犹故也。'"犹如有规律。

⑧数闰：闰月。《淮南子·汜论训》："芠宏，周室之执数者也。"高诱注："数，历术也。"余青：未落的余英。

⑨推：推知。前事：已经发生的事情。

⑩察：推察。未形：没有征兆的事情。

⑪尧年：古史传说尧时天下太平，因以"尧年"比喻盛世。沈约《四时白纻歌·春白纻》："佩服瑶草驻容色，舜日尧年欢无极。"又葛洪《抱朴子·对俗》："唐尧观蓂荚以知月。"今岁：指唐宪宗在位之年。

【评析】

此诗咏蓂荚，紧扣随日生长凋零的特征，层层展开，最后归结到"尧年"以称颂唐宪宗。清李因培《唐诗观澜集》评析说："'一句开应月，五日数从星'，二句合看，言旬有五日而遍也。'桂满丛初合，蟾亏影渐零。辨时长有素，数闰或余青'，工细。'司天'，《国语》：'少昊氏之衰，颛顼受之，乃命南正重司天以属神，火正黎司地以属民。''应月'，《帝王世纪》：'尧时有草，夹阶而生，每月朔日一荚生，至十五日而足，十六日一荚落，至晦而尽。月小一荚厌而不落。''从星'，《春秋运斗枢》：'老人星临国则蓂荚生。'"刘文蔚《唐诗合选详解》详解并评析说："'将课司天历，先观近砌蓂。'课，计也。谓将计其司天之历，先观其近阶砌之蓂。首二句点蓂。'一句开应月，五日数从星。'一月三十日，一旬开十叶，应月之数。又五日生五叶，应五星之数。二句承出数蓂。'桂满丛初合，蟾亏影渐零。'桂满，是望前。丛初合，是一日生一叶也。蟾亏，是月半后。影渐零，是一日落一叶也。二句实写数蓂。'辨时长有素，数闰或余青。'二句补写月小余一荚之意。'坠叶推前事，新芽察未形。'二句写足每月更生之意。言荚落一周坠叶，可推前事。荚生更始新芽，用察未形。'尧年始今岁，方欲瑞千龄。'末二句以颂扬意作结。（总评）此诗言王者将治历明时，先观砌内之蓂，便知是用之时朔也。盖一旬开十叶，以应一月之数。又五日生五叶，以从五星之数。月望则蓂叶俱全，望后则随日渐落。可以辨四时，可以数闰法，又可以验未来过去之事，真帝王之瑞应矣。噫，尧年蓂荚生于庭，亦始于今岁，正可以为千年之瑞也。"吴伟斌《新编元稹集》说："本诗以台阶前的'蓂'为题，发泄自己无所事事的苦闷心情。蓂是一种上半月每日生一荚下半月每日落一荚的瑞草，古人用来观察记录天数，用如今日的日历一般。从中可见当时诗人闲居在家无所事事，以观察阶前的瑞草来打发无奈的岁月。"谢永芳《元稹诗全集》评价说："全篇旁推交通，层次分明，题无剩义。"

赋得鱼登龙门用登字 [1]

鱼贯终何益，龙门在苦登 [2]。
有成当作雨，无用耻为鹏。
激浪诚难溯，雄心亦自凭 [3]。
风云潜会合，鬐鬣忽腾凌 [4]。
泥滓辞河浊 [5]，烟霄见海澄 [6]。
回瞻顺流辈，谁敢望同升！

【注释】

① 此诗为元和元年（806）作于长安。登龙门：比喻得到有名望者的接待和援引而提高身价。《后汉书·李膺传》："膺独持风裁，以声名自高。士有被其容接者，名为登龙门。"李贤注："以鱼为喻也。龙门，河

48

水所下之口，在今绛州龙门县。辛氏《三秦记》曰：'河津一名龙门，水险不通，鱼鳖之属莫能上，江海大鱼薄集龙门下数千，不得上，上则为龙也。'"用登字：用"登"韵；一本无此三字。

② 苦：一作此。

③ 自凭：依靠自己。

④ 鬐鬛（qí liè）：鱼龙的脊鳍。腾凌：腾跃。

⑤ 泥滓：泥渣。河浊：即混浊的河流，特指黄河。

⑥ 烟霄：云霄。海澄：澄澈的大海。

【评析】

此诗咏"鱼登龙门"之事。首四句说登龙门的两种结果，"鱼贯"四句写失败者虽然可以化而为鹏，但仍以为耻；得登龙门者虽然艰辛，但终有雨相随。中间六句写登龙门者的感慨：急流勇进完全凭借自己的雄心与坚持，一旦成功，风云际会，便可辞别浊河，腾凌于烟霄之上俯视"海澄"，其巨大的满足与自得难以言表！末两句回应首二句，颇有自持风标之意。全诗将叙事与抒情融为一体，并巧妙地表现了自己的遭遇与独特心性。袁枚《诗学全书》点评道："首二点题。次联、三联用开合法，写欲'登'之心。'沂'同'溯'，逆流而上也。四联实写'登'字。五联写足'登龙门'。'溟滓'，混茫貌。末二句抬高自己，有不肯乞怜意。"吴伟斌《新编元稹集》则将诗歌与元稹的遭遇结合起来："本诗以'鱼登龙门'为题，应该暗喻元稹元和元年以制科第一名及第，犹如'鱼登龙门'。'鱼贯终何益，龙门在此登'即反映了这种心态。而'有成当作雨，无用耻为鹏。激浪诚难溯，雄心亦自凭。风云潜会合，鬐鬛忽腾凌。泥滓辞河浊，烟霄见海澄'则正是这种心态的进一步宣泄。'回瞻顺流辈，谁敢望同升'则是元稹遭受宰相杜佑打击之后，出贬河南尉，而仍然不肯随同众流、仰宰相杜佑鼻息而钻营个人前程志向的坚持，与元稹的元和元年的《华之巫》《庙之神》属于同一性质的作品，读者不可等闲视之。"谢永芳《元稹诗全集》概括指出："全篇抱定'鱼登龙门'之题而赋，一气旋折，用笔如游龙戏海，首先就表现在起首二句'起得如怒猊转石'（李因培《唐诗观澜集》卷一七）。"

和李校书新题乐府十二首并序①（选六）

予友李公垂贶予乐府新题二十首②，雅有所谓③，不虚为文。予取其病时之尤急者④，列而和之，盖十二而已。昔三代之盛也⑤，士议而庶人谤。又曰：世理则词直，世忌则词隐⑥。予遭理世而君盛圣，故直其词以示后，使夫后之人谓今日为不忌之时焉。

【注释】

①此组诗元和四年（809）作于长安或洛阳。李校书：即李绅，字公垂，时任秘书省校书郎，故称。新题乐府：一种用新题写时事的乐府体诗。虽辞为乐府，已不被声律；此类新歌，创始于初唐，发展于李白、杜甫，至元稹、白居易更得到发扬光大，并确定了新乐府的名称。白居易《〈新乐府〉序》称其创作宗旨为规讽时事，"为君为臣、为民为事而作，不为文而作"，"欲闻之者深诫也"。十二首：一本作十五首。

②贶（kuàng）：特指他人赠与的书信或诗文，吴质《答东阿王书》："奉所惠贶，发函伸纸，是何文采之巨丽，而慰喻之绸缪乎？"

③雅：甚、颇。《后汉书·皇后纪上·章德窦皇后》："肃宗先闻后有才色，数以讯诸姬傅。及见，雅以为美。"白居易《燕子楼》诗序："善歌舞，雅多风态。"所谓：所为、作为。王引之《经传释词》卷二："所

50

谓，所为也。"

④病时：忧虑时政。病，忧虑。《礼记·乐记》："宾牟贾侍坐于孔子。孔子与之言，及乐，曰：'夫《武》之备戒之已久，何也？'对曰：'病不得其众也。'"郑玄注："病，犹忧也。"尤急：特别急切。

⑤三代：指夏、商、周三代。

⑥世忌：社会颇多忌讳，即忌讳颇多的时代。词隐：言辞隐晦。

【评析】

李绅原作新题乐府二十首已佚。郭茂倩《乐府诗集》略引元稹本序说："李公垂作《乐府新题》二十首，稹取其病时之尤急者，列而和之，盖十五而已。"并加按语说："今所得才十二篇，又得《八骏图一篇》，总十三篇。"元稹的十二篇及李绅二十篇的题目均在白居易《新乐府五十首》之中，由此可以推论，新题乐府的创作实由李绅首创，元稹择其"病时之尤急者"而和之，再由白居易唱和并扩大为五十首。元白的新乐府曾遇到许多批评，皮日休《论白居易荐徐凝屈张祜》为之辩护，可称的评："余尝谓文章之难，在发源之难也。元、白之心，本乎立教，乃寓意于乐府，雍容宛转之词，谓之讽谕，谓之闲适。既持是取大名，时士翕然从之。师其词，失其旨，凡言之浮靡艳丽者，谓之元白体。二子规规攘臂解辩，而习俗既深，牢不可破，非二子之心也，所以发源者非也。可不戒哉？"胡应麟《诗薮》评价说："元和中，李绅作《新乐府》二十章，元稹取其尤切者十五章和之。如《华原磬》《西凉伎》之类，皆讽刺时事，盖仿杜陵为之者，今并载郭氏《乐府》。语句亦多仿工部。如《阴山道》《缚戎人》等，音节时有逼近。"《元白诗笺证稿》谈元白乐府之异同道："李公垂作新题乐府，微之择和之，乐天复扩充之为五十首，遂成有唐一代诗歌之名著。……微之赋新题乐府，其不及乐天之处有二：一，为一题涵括数意，则不独词义复杂，不甚清切，而且数意并存，往往使读者不能知其专主之旨，注意遂难于集中。故读毕后影响不深，感人之力度较一意为一题，如乐天之所作者，殊相悬远也。二，为造句遣词，颇嫌晦涩，不似乐天作品词句简单流畅，几如自然之散文，却仍极富诗歌之美。且乐天造句多以三七言参差相间杂，微仿古乐府，而行文自由无拘牵滞碍之苦。微之所赋，则尚守七言古体诗之形式，故亦不如乐天所作之潇洒自然多矣。"至于元稹本诗序，吴伟斌《新编元稹集》揭示诗序的内在意义与用心说："元稹在这里以巧妙的笔法，将本来不是的'理世'说成'理世'，将根本不是'盛圣'之君的唐宪宗说成'盛圣'之君，把'直其词以示后'这种本来不能见容于当时的十二首诗篇，在'使夫后之人谓今日为不忌之时焉'高帽子的衬托下，堂而皇之公然面世。这是诗人利用当时所能允许的时代氛围，巧妙将自己的作品公之于众，值得深思也值得赞赏。"

上阳白发人 ①

天宝年中花鸟使 ②，撩花狎鸟含春思。
满怀墨诏求嫔御 ③，走上高楼半酣醉。
醉酣直入卿士家，闺闱不得偷回避 ④。
良人顾妾心死别，小女呼爷血垂泪。
十中有一得更衣 ⑤，永配深宫作宫婢。
御马南奔胡马蹙 ⑥，宫女三千合宫弃 ⑦。
宫门一闭不复开，上阳花草青苔地。
月夜闲闻洛水声，秋池暗度风荷气。
日日长看提象门 ⑧，终身不见门前事。
近年又送数人来，自言兴庆南宫至 ⑨。
我悲此曲将彻骨，更想深冤复酸鼻。

此辈贱嫔何足言，帝子天孙古称贵。

诸王在阁四十年^⑩，十宅六宫门户閟^⑪。

隋炀枝条袭封邑^⑫，肃宗血胤无官位^⑬。

王无妃媵主无婿^⑭，阳亢阴淫结灾累^⑮。

何如决壅顺众流^⑯，女遣从夫男作吏。

【注释】

①上阳：上阳宫，高宗所建洛阳行宫。凡失宠及未进御的宫人尽送于此。

②花鸟使：原注："天宝中密号采取艳异者为花鸟使。"

③墨诏：皇帝亲笔书写的诏书。嫔御：古代帝王、诸侯之侍妾及宫女。

④偷：暗地里。《庄子·渔父》："不择善否，两容频适，偷拔其所欲，谓之险。"王先谦集解引宣颖注："偷拔，谓潜引人心中之欲。"

⑤更衣：指被皇帝召幸。

⑥"御马"句：指安史之乱爆发，唐玄宗南奔入蜀。躔：逼近。

⑦合：连同、连带。

⑧提象门：上阳宫门名。

⑨兴庆南宫：长安兴庆宫，时称"南内"，玄宗幸蜀回京后，最初被安置于此。

⑩在阁：皇子未出就藩封称在阁。

⑪十宅：《新唐书·十一宗诸子》："开元后，皇子幼，多居禁内，既长，诏附苑城为大宫，分院而处，号'十王宅'，所谓庆、忠、棣、鄂、荣、光、仪、颍、永、延、盛、济等王。以十，举全数也。"

⑫袭封邑：原注："近古封前代子孙为二王三恪。"周朝新立，封前代三王朝的子孙，给以王侯的名号，称三恪，以示敬重。后世帝王亦多

承三恪之制。《左传·襄公二十五年》："昔虞阏父为周陶正，以服事我先王。我先王赖其利器用也，与其神明之后也，庸以元女大姬配胡公，而封诸陈，以备三恪。"杜预注："周得天下，封夏、殷二王后，又封舜后，谓之恪，并二王后为三国。其礼转降，示敬而已，故曰三恪。"

⑬肃宗：唐肃宗李亨（711—762），玄宗第三子，开元二十六年（738）立为皇太子。天宝十五载（756），安史叛军攻陷潼关，随玄宗西逃，至马嵬驿，当地士众遮拦西进，乃与玄宗分手，北上灵武即皇帝位，遥尊玄宗为太上皇。两京收复后，迎玄宗归长安。在位期间，宠信张皇后，纵其干预朝政；又信用宦官李辅国等，任其操纵军政大权，遂使宦官势力日益嚣张。宝应元年（762），李辅国、程元振发动事变，杀张皇后及越王係等，拥立太子李豫，肃宗惊忧而亡。原注："肃宗已后诸王并未出阁。"出阁：指王就封国。

⑭媵（yìng）：指以臣仆陪嫁，《左传·僖公五年》："执虞公及其大夫井伯，以媵秦穆姬。"杨伯峻注："以男女陪嫁曰媵。"主：指公主、郡主。婿：一作"夫"。

⑮阳亢阴淫：男女协调方可阴阳平衡，而诸王不娶、公主未嫁，则阳者极阳，阴者极阴，阴阳失调，酿成灾祸。

⑯决壅：疏通水道的壅塞。

【评析】

此诗叙写上阳宫女的悲惨命运，将史事与议论、描写、抒情融为一体。钱良择《唐音审体》说："杨妃专宠，后宫无复进幸，六宫有美色者，辄置别所，上阳其一也，贞元中尚存。'天宝年中花鸟使'，时密号采取艳异者为花鸟使。"苏仲翔《元白诗选注》说："此愍宫人之幽闭，可见封建统治阶级的残酷无人理，作者以十二分同情写出。与白居易同题，却另一手法。"谢永芳《元稹诗全集》评析道："此诗先叙天宝以来上阳宫中三千宫女遭弃的命运，又言及命运相同的兴庆南宫的宫人。紧接着的'我悲此曲将彻骨，更想深冤复酸鼻'二句，诗人以第一人称直接抒情。'此辈贱嫔何足言'句以下，是诗人联想到的另一个严重问题即宫中尚有'王无妃媵主无婿'的情况。结末二句'何如决壅顺众流，女遣从夫男作吏'，直陈己见，开出解决这一问题的药方，显示了与白居易新乐府相同的'卒章显其志'的特点。白居易同题之作，则通过描写一位上阳宫女长达四十余年的幽禁遭遇，揭示'后宫佳丽三千人'的悲惨命运，强烈控诉封建帝王强征民女以满足自己淫欲的行径。"

五弦弹

赵璧五弦弹徵调^①，徵声巉绝何清峭^②。
辞雄皓鹤警露啼^③，失子哀猿绕林啸。
风入春松正凌乱^④，莺含晓舌怜娇妙^⑤。
呜呜暗溜咽冰泉^⑥，杀杀霜刀涩寒鞘^⑦。
促节频催渐繁拨^⑧，珠幢斗绝金铃掉^⑨。
千戟鸣镝发胡弓^⑩，万片清球击虞庙^⑪。
众乐虽同第一部^⑫，德宗皇帝常偏召^⑬。
旬休节假暂归来^⑭，一声狂杀长安少。
主第侯家最难见，接歌按曲皆承诏。
水精帘外教贵嫔，玳瑁筵心伴中要^⑮。
臣有五贤非此弦^⑯，或在拘囚或屠钓^⑰。
一贤得进胜累百^⑱，两贤得进同周邵^⑲。
三贤事汉灭暴强^⑳，四贤镇岳宁边徼^㉑。
五贤并用调五常^㉒，五常既序三光曜^㉓。
赵璧五弦非此贤，九九何劳设庭燎^㉔。

【注释】

①赵璧：贞元时乐工，善五弦琴。徵（zhǐ）：古五音之一，《礼记·月令》："（孟夏之月）其虫羽，其音徵。"

②巉绝：本指山势陡峭，此形容声音高亢嘹亮。

③皓鹤：《琴操》中有《孤鹤吟》。警露：鹤每于天将晓时鸣，谓之"警露"。

④风入春松：乐府琴曲歌辞有《风入松》。《琴集》曰："《风入松》，晋嵇康作也。"

⑤晓舌：指鸟儿拂晓的啼鸣。娇妙：俏丽，此形容其声之明亮。

⑥呜呜：象声词，形容流水低沉的声音。

⑦杀杀：谓刀剑锋利，寒光逼人。涩寒鞘：形容琴声干涩如刀剑之出寒鞘。

⑧促节：急促或短促的节奏。繁拨：频繁、高频的拨弦。

⑨珠幢：舟车上形如车盖的珠饰帷幕。斗绝：突然断绝。斗，通"陡"。

⑩靫：箭袋。鸣镝：箭上置哨，射出有声。

⑪清球：指声音清越的玉磬。虞庙：指舜庙。

⑫第一部：即燕乐，狭义的燕乐即专指十部乐的第一部，坐部伎演奏的六部乐的第一部即燕乐。

⑬德宗皇帝：即李适，唐代第十一代皇帝，建中元年（780）至贞元二十一年（805）在位。

⑭旬休：唐时官员每十日休假一天。

⑮中要：中贵要人，指宦官。

⑯五贤：五位贤臣，指春秋晋文公之臣狐偃、赵衰、颠颉、魏武子、司空季子。

⑰ 拘囚：拘禁关押。屠钓：宰牲和钓鱼，旧指操贱业者，此指吕尚。《韩诗外传》卷八："太公望少为人婿，老而见去，屠牛朝歌，赁于棘津，钓于磻溪。"

⑱ 累百：数百。

⑲ 周邵：周成王时共同辅政的周公旦与邵公奭。

⑳ 三贤：汉代张良、萧何、韩信辅佐刘邦，代秦朝而立汉。

㉑ 四贤镇岳：相传为共工的后裔，因佐禹治水有功，赐姓姜，封于吕，并使为诸侯之长。《国语·周语下》："共之从孙四岳佐之。"韦昭注："言共工从孙为四岳之官，掌帅诸侯，佐禹治水。"一说四岳为尧臣羲和四子，分掌四方之诸侯。《尚书·尧典》："帝曰：'咨，四岳。'"孔传："四岳，即上羲和之四子，分掌四岳之诸侯，故称焉。"边徼：边境。

㉒ 五常：即君臣、父子、兄弟、夫妇、朋友五伦。

㉓ 三光：指日、月、星。

㉔ 九九：算术乘法名。庭燎：古代庭中照明的火炬。《韩诗外传》："齐桓公设庭燎，为便人欲造见者，期年而士不至。于是东野有以九九见者，桓公使戏之曰：'九九足以见乎？'鄙人曰：'……夫九九薄能耳，而君犹礼之，况贤于九九乎？'"

【评析】

诗分前后两部分，前二十句极力渲染赵璧五弦琴演奏技巧之高超，深得王公贵族之喜爱；而后十句则说"弦"不如"贤"，"五弦"之妙虽可愉声悦耳却不如"五贤"之德可安邦治国。《韵语阳秋》阐释琵琶之源流说："《晋书·阮咸传》云：咸善琵琶。今有圆槽而十三弦者，世号'阮'，亦谓阮咸……又有所谓'五弦'者，《唐书·乐志》云：'如琵琶而小，北国所出。乐工裴神符初以手弹，太宗悦甚，后人习为搊琵琶。'则五弦之制，亦出于琵琶也。乐天有《五弦弹》

诗云：……，亦可见五弦声韵、制作之仿佛矣。"陈寅恪《元白诗笺证稿》比较元白二人所作之异同说："此题公垂倡之，微之和之，乐天则《秦中吟》有《五弦》一篇，《新乐府》有《五弦弹》一篇……李公垂此题所咏今不可见，未知若何。元白二公则立意不同，微之此篇以求贤为说，乐天之作则以恶郑之夺雅为旨，此其大较也。微之持义固正，但稍嫌迂远。乐天就音乐而论音乐，极为切题。故鄙见以为白氏之作，较之元氏此篇，更为优胜也。……又元白二公此题诸篇之词句，并可与其后来所作之《琵琶歌》《琵琶引》参证。如微之诗中'风入春松正凌乱，莺含晓舌怜娇妙。呜呜暗溜咽冰泉，杀杀霜刀涩寒鞘'……等句是也。"苏仲翔《元白诗选注》评价说："此篇立意以求贤为主，白氏同题则以恶郑之夺雅为旨。'风入春松'，以下四句，极写弦声之妙，当与乐天此篇及《琵琶行》参看，可知诗容之妙。"

西凉伎

吾闻昔日西凉州^①，人烟扑地桑柘稠^②。
蒲萄酒熟恣行乐^③，红艳青旗朱粉楼。
楼下当垆称卓女^④，楼头伴客名莫愁^⑤。
乡人不识离别苦，更卒多为沉滞游^⑥。
哥舒开府设高宴^⑦，八珍九酝当前头^⑧。
前头百戏竞撩乱^⑨，丸剑跳踯霜雪浮^⑩。
狮子摇光毛彩竖，胡姬醉舞筋骨柔。
大宛来献赤汗马^⑪，赞普亦奉翠茸裘^⑫。
一朝燕贼乱中国^⑬，河湟没尽空遗丘^⑭。
开远门前万里堠^⑮，今来蹙到行原州^⑯。
去京五百而近何其逼^⑰，天子县内半没为荒陬^⑱，
西凉之道尔阻修^⑲。

连城边将但高会⑳，每听此曲能不羞㉑。

【注释】

① 西凉州：即凉州，西汉时所置州，十六国时前凉、后凉、北凉皆在此建国，唐时州治在今甘肃武威。

② 扑地：满地。柘（zhè）：柘树。

③ 恣：任意、肆意。

④ 卓女：即卓文君，西汉蜀中富人卓王孙之女，与司马相如私奔后曾在临邛卖酒，此指女店主。

⑤ 莫愁：古代乐府民歌中传说的女子，此借指妓女。

⑥ 更卒：轮流替换戍守边地的士兵。沉滞：沉沦滞留。

⑦ 哥舒：即哥舒翰，盛唐著名将领，长期驻守边地，以战功封西平郡王，安禄山叛乱时，兵败投降，为安禄山所杀。开府：古代高级官员有权成立府署，自选僚属，此指哥舒翰任陇右、河西节度使，建立军府，镇守一方。高宴：盛宴。

⑧ 八珍：泛指各种精美的菜肴。九酝（yùn）：汉代一种经过重酿的酒名，以湖北宜城所产最著名，此泛指美酒。

⑨ 百戏：古代众多乐舞杂技的总称。撩乱：同缭乱，纷乱。

⑩ 丸剑：古代杂技名，表演时使用铃和剑。霜雪浮，形容表演精彩，但见白光闪动如霜雪飘浮。

⑪ 大宛：古西域国名，今属乌兹别克斯坦。赤汗马：亦名汗血马，大宛所产的名马千里马，马汗色红，故名。

⑫ 赞普：吐蕃君主的称号。翠茸裘：亦称翠云裘，以翠鸟羽毛织成云纹的袍子。

⑬ 燕贼：指安禄山，安禄山镇河北，其地古属燕地，故称。

⑭ 河湟：指黄河、湟水两流域地，在今甘肃河西走廊与青海东北部，

安史乱后，地入吐蕃。

⑮ 开远门：唐代长安西北的城门，隋时名开远门。万里堠：唐代长安至安西远达万里，沿途立堠，故称万里堠。堠，古代探察敌情的土堡。原注："平时开远门外立堠，云去安西九千九百里，以示戎人不为万里行，其就盈数矣。"

⑯ 来：语气词。爱到：收缩到。行：指暂时设立之意。原州：唐代州名，治所本在平高（今宁夏固原），因原州陷于吐蕃，故将治所暂设于临泾（今甘肃镇原）。

⑰ 去：距离。逼：狭窄、局促。

⑱ 县：古称帝王所居之地。没：没落、沦为。荒陬（zōu）：荒僻的角落。

⑲ 尔：此，指凉州。阻修，阻隔且辽远。

⑳ 连城：即联城。高会：指盛宴。

㉑ 此曲：指凉州歌舞曲。羞：抱愧含羞。

【评析】

陈寅恪《元白诗笺证稿》揭示此诗之历史背景说："自安史乱后，吐蕃盗据河、湟以来，迄于宪宗元和之世，长安君臣虽有收复失地之计图，而边镇将领终无经略旧疆之志意，此诗人所以同深愤慨，而元白二公此篇所共具之历史背景也。"又说："微之少居西北边镇之凤翔，殆亲见或闻知边将之宴乐嬉游，而坐视河、湟之长期沦没，故追忆感慨，赋成此篇。颇疑其诗中所咏，乃为刘昌辈而发，既系确有所指，而非泛泛之言，此所以转为沉痛也。"吴大逵、马秀娟《元稹白居易诗选译》评说："安史乱后，唐王朝国势衰弱，被吐蕃乘机侵占的西北河湟地区，长期未能收复。诗中以今昔对比的手法，描绘了凉州的繁华以及诸国来朝的大唐帝国的声威，突出地显示当前凉州沦陷、国境日蹙的凄凉景象。面对边将宴饮游乐而不思恢复，诗人愤慨地进行了谴责。白居易亦有同题之作，都表现出可贵的爱国主义精神。"谢永芳《元稹诗全集》评道："此诗以'吾闻'开头，据所闻知，大力铺排凉州昔日的繁华景象，特点是大量使用偶句。'一朝燕贼乱中国'句以下，转叙安史乱后凉州的衰败和朝廷边境的局促，抒发今昔盛衰之感。结末二句'连城边将但高会，每听此曲能不羞'，以旁观发问方式，抒写诗人自身的感慨。"

驯犀①

建中之初放驯象②，远归林邑近交广③。
兽返深山鸟构巢，鹰雕鹞鹘无羁鞅④。
贞元之岁贡驯犀⑤，上林置圈官司养⑥。
玉盆金栈非不珍⑦，虎唉狴牢鱼食网⑧。
渡江之橘逾汶貉，反时易性安能长⑨。
腊月北风霜雪深，踯躅鳞身遂长往⑩。
行地无疆费传驿⑪，通天异物罹幽枉⑫。
乃知养兽如养人，不必人人自敦奖⑬。
不扰则得之于理，不夺有以多于赏⑭。
脱衣推食衣食之⑮，不若男耕女令纺。
尧民不自知有尧，但见安闲聊击壤⑯。
前观驯象后驯犀，理国其如指诸掌。

【注释】

①题下原注："李传云：贞元丙子岁，南海来贡，至十三年冬，苦寒，死于苑中。"李传：指李绅《乐府新题二十首》每首诗歌前的小序。

②建中：唐德宗李适登基时的年号，在公元780—783年。驯象：驯

养之象。《汉书·武帝纪》："南越献驯象、能言鸟。"注引应劭注："驯者，教能拜起周章，从人意也。"

③林邑：南海古国名，秦为林邑，晋、隋称林邑国，五代后周时称占城。交：交州，汉武帝所设，治所在今越南河内。广：广州，治所在今广东广州。

④羁鞅：泛指驾驭牲口的用具。羁，马络头。鞅，牛缰绳。元稹《春余遣兴》诗："野马笼赤霄，无由负羁鞅。"

⑤驯犀：驯化了的犀牛。

⑥上林：汉宫苑名，此泛指帝王的园囿。

⑦金栈：用黄金装饰而成的围栏。

⑧"虎啖"句：谓犀牛如虎啖于牢中、鱼食于网中。狴（bì）牢：牢狱。

⑨"渡江"二句：《周礼·考工记》："材美工巧，然而不良，则不时、不得地气也。橘逾淮而北为枳，鹳鹆不逾济，貉逾汶则死，此地气然也。"注："不时，不得天时。"

⑩踡蹐：弯曲不得伸展貌。鳞身：指犀牛身无毛发，似或有鳞。

⑪无疆：无边。费：浪费、枉费。传驿：驿站。

⑫通天："通天犀"的省称，苏鹗《杜阳杂编》卷中："夜明犀，其状类通天。"异物：珍奇之物。雁：遭遇。幽枉：冤枉。

⑬敦奖：推崇、褒扬。

⑭不夺：不强行夺取，不改变。有以：有道理、有规律。多：胜过，超出。《礼记·檀弓上》："多矣乎，予出祖者。"孔颖达疏："多犹胜也。"

⑮脱衣推食：指慷慨赠人衣食，谓施惠于人，语出《史记·淮阴侯列传》："汉王授我上将军印，予我数万众，解衣衣我，推食食我，言听计用，故吾得以至于此。"

⑯击壤：相传帝尧在位时，天下太平，有老人击壤而歌。王充《论衡·艺增》："传曰：有年五十击壤于路者，观者曰：'大哉，尧德乎！'击壤者曰：'吾日出而作，日入而息，凿井而饮，耕田而食，尧何等力！'"后因用作歌颂太平盛世的典故。

【评析】

此诗由驯犀之费尽运力远来中原、身陷牢笼不得自由，最终不耐严寒而"身遂长往"的悲剧，联想到"乃知养兽如养人"！要以"不扰"、"不夺"、顺其自然为最高法则，善待百姓！表现了诗人对待百姓的拳拳之心和殷殷之情！全诗运笔自如，转圜自然！陆时雍《唐诗镜》评道："宕荡纵横，是乐府本色。"而王闿运《王闿运手批唐诗选》说："'不若男耕女令纺'，宰相语，而在官无称，何也？"既肯定了诗人治国之理的正确，同时又批评了诗人身为宰相时却无实际建树，应该说是颇中肯綮的。苏仲翔《元白诗选注》说："本篇以不扰民为主旨。《元白诗笺证稿》：'微之是篇，议论稍繁，旨意亦略嫌平常，似不如乐天此篇末数语，俯仰今昔而特以"为善难终"为感慨之深挚也。'"

胡旋女①

天宝欲末胡欲乱，胡人献女能胡旋。
旋得明皇不觉迷，妖胡奄到长生殿②。
胡旋之义世莫知，胡旋之容我能传。
蓬断霜根羊角疾③，竿戴朱盘火轮炫④。
骊珠迸珥逐飞星⑤，虹晕轻巾掣流电⑥。
潜鲸暗噏笐波海⑦，回风乱舞当空霰。
万过其谁辨终始，四座安能分背面⑧。

63

才人观者相为言^⑨，承奉君恩在圆变。
是非好恶随君口，南北东西逐君盼。
柔软依身著佩带，徘徊绕指同环钏^⑩。
佞臣闻此心计回^⑪，荧惑君心君眼眩^⑫。
君言似曲屈如钩，君言好直舒为箭。
巧随清影触处行，妙学春莺百般啭^⑬。
倾天侧地用君力，抑塞周遮恐君见^⑭。
翠华南幸万里桥^⑮，玄宗始悟坤维转^⑯。
寄言旋目与旋心^⑰，有国有家当共谴^⑱。

【注释】

① 胡旋女：跳胡旋舞的女子。《乐府诗集》题解："白居易传曰：'天宝末康居国献胡旋女。'《唐书·乐志》曰：'康居国乐舞，急转如风，俗谓之胡旋。'《乐府杂录》曰：'胡旋舞，居一小圆球子上舞，纵横腾掷，两足终不离球上，其妙如此！'"题下原注："李传云：天宝中，西国来献。"

② 妖胡：指安禄山。奄：忽然，骤然。长生殿：在华清宫内。

③ 霜根：白草之根。羊角：旋风。

④ 竿戴朱盘：竹竿顶着红色的盘子。火轮：指太阳。

⑤ 骊珠：宝珠，传说出自骊龙颔下，故名。珥：日、月两旁的光晕，《隋书·天文志下》："青赤气圆而小，在日左右为珥……月晕有两珥。"飞星：一作"龙星"，星名，东方苍龙七宿的统称，七宿中的任何一宿，也可称为龙星。

⑥ 虹晕：形容飞舞有彩带形成环形波纹。

⑦ 噏（xī）：同"吸"。箧（qiè）：方言，歪斜。

⑧ 背面：背后与前面。

⑨ 才人：宫中女官名，多为妃嫔的称号，唐为宫官正五品，后升正四品。

⑩ 绕指：即绕指柔。环钏：手镯。

⑪ 佞臣：奸邪谄上之臣。闻此：指才人"相为言"。回：掉转，指改变到相反的方向。

⑫ 荧惑：眩惑，迷乱，一作"惑乱"。眩：眼昏发花。

⑬ 百般：谓想尽或用尽一切办法。啭：婉转鸣叫，此形容佞臣花言巧语。

⑭ 抑塞：压抑、阻塞。周遮：遮掩、掩盖。

⑮ 翠华：天子仪仗中以翠羽为饰的旗帜或车盖，代指御车或帝王。南幸：指唐玄宗安史之乱爆发后幸蜀。万里桥：在今四川成都东南走马河上。

⑯ 坤维：指西南方，因《易·坤》有"西南得朋"之语，故以坤指西南。句下原注："纬书云：僧一行尝奏玄宗曰：'陛下幸万里，圣祚无疆。'故天宝中岁幸洛阳，冀充盈数。及上幸蜀，至万里桥，乃叹喟左右曰：'一行之奏，其是乎？'"

⑰ 寄言：犹寄语、带信。旋目与旋心：指旋（眩）目与旋（眩）心之人。

⑱ 有国有家：意为天下之人。有，为语词。谴：谴责、责问。

【评析】

诗首六句叙写胡旋女来唐之时间、地点与唐明皇见后之沉醉，而对即将发生的叛乱毫无察觉，并借此传写胡旋舞。次八句具体展开对舞蹈的描绘，其旋转疾速或如"羊角"，或如"火轮"，或如"飞星"，或如"流电"，其吞吐如潜鲸之吸波海，其轻盈则如回风之飘雪霰；而观者更是不知道舞蹈的开始与结束，也看不到舞者的正面与背面。次六句转写宫中才人观后感叹，当"圆变"奉承君恩，以"君"之是非为是非，唯"君"之所盼为方向，贴紧"君"身如轻柔之佩带，缠绕"君"臂如绕指之手镯。再次八句写"佞臣闻此心计回"，"才人"曲意奉承是为讨好君主，而"佞臣"奉承君主则是"荧惑君心君眼眩"，扰乱视听、颠倒黑白、为非作歹、欺下瞒上。末四句以唐玄宗的醒悟和诗人的警告作结。苏仲翔《元白诗选注》评道："胡旋，舞名，康居国所献。元白两篇均以戒近习为主题，而元作尤为流利痛快，末路一结感激愤慨，与乐天异曲同工。"

缚戎人①

边头大将差健卒，入抄擒生快于鹘②。
但逢赪面即捉来③，半是边人半戎羯④。
大将论功重多级⑤，捷书飞奏何超忽。
圣朝不杀谐至仁⑥，远送炎方示微罚。
万里虚劳肉食费，连头尽被毡裘喝⑦。
华茵重席卧腥臊⑧，病犬愁鹕声咽喁⑨。
中有一人能汉语，自言家本长城窟。
少年随父戍安西⑩，河渭瓜沙眼看没⑪。
天宝未乱前数载，狼星四角光蓬勃⑫。
中原祸作边防危⑬，果有豺狼四来伐。
蕃马膘成正翘健，蕃兵肉饱争唐突⑭。
烟尘乱起无亭燧⑮，主帅惊跳弃旌钺。
半夜城摧鹅雁鸣，妻啼子叫曾不歇。
阴森神庙未敢依，脆薄河冰安可越。
荆棘深处共潜身，前困蒺藜后跪厄⑯。
平明蕃骑四面走，古墓深林尽株橛⑰。

66

少壮为俘头被髡^⑱，老翁留居足多刖^⑲。

乌鸢满野尸狼藉，楼榭成灰墙突兀。

暗水溅溅入旧池，平沙漫漫铺明月。

戎王遣将来安慰，口不敢言心咄咄^⑳。

供进腺腺御叱般^㉑，岂料穹庐拣肥脽^㉒。

五六十年消息绝，中间盟会又猖獗。

眼穿东日望尧云^㉓，肠断正朝梳汉发^㉔。

近来如此思汉者，半为老病半埋骨。

尚教孙子学乡音，犹话平时好城阙。

老者傥尽少者壮^㉕，生长蕃中似蕃悖^㉖。

不知祖父皆汉民，便恐为蕃心矻矻^㉗。

缘边饱喂十万众^㉘，何不齐驱一时发。

年年但捉两三人，精卫衔芦塞溟渤^㉙。

【注释】

①题下原注："近制，西边每擒蕃囚，例皆传置南方，不加剿戮，故李君作歌以讽焉。"

②入抄：侵入抄掠。擒生：活捉敌人。

③赪（chēng）面：红色、浅红色之脸，西蕃有面涂红色之俗。

④边人：居住在边疆的汉人，一作"蕃人"。戎羯：古代泛指我国西部的少数民族。

⑤级：首级。

⑥谐：办成、成就。至仁：最大的仁德。

⑦连头：一个接一个。毡裘：古代北方少数民族用毛皮做成的衣物。暍（yē）：中暑，伤暑。

⑧华茵：华丽的垫子。重席：层叠的坐席。古人席地而坐，以坐席

67

层叠的多少表示身份的高低。《左传·襄公二十三年》："季氏饮大夫酒，臧纥为客，既献，臧孙命北面重席，新樽絜之。"杨伯峻注："重席，二层席。古代席地坐，席之层次，依其位之高低。"

⑨ 咽喔（wà）：形容声音滞涩、悲切，亦指抽泣。

⑩ 安西：《新唐书·地理志四》："安西大都护府，初治西州。显庆二年平贺鲁，析其地置濛池、昆陵二都护府，分种落列置州县，西尽波斯国，皆隶安西，又徙治高昌故地。三年徙治龟兹都督府，而故府复为西州。……至德元载更名镇西，后复为安西。……吐蕃既侵河陇，惟李元忠守北庭，郭昕守安西，与沙陀、回纥相依，吐蕃攻之久不下。建中二年，元忠、昕遣使间道入奏，诏各以为大都护，并为节度。贞元三年，吐蕃攻沙陀、回纥，北庭、安西无援，遂陷。"

⑪ 河渭瓜沙：唐时的四个州名，河州州治在今甘肃和政，渭州州治在今甘肃陇西，瓜州州治在今甘肃玉门，沙州州治在今甘肃敦煌。

⑫ 狼星：星名，古时以为狼星发光，即要发生战争。

⑬ 中原祸作：指安史之乱。作，起。

⑭ 唐突：横冲直撞，乱闯。

⑮ 亭燧：古代筑于边境上用于报警的烽火亭。

⑯ 臲卼（niè wù）：原形容动摇不安之貌，此指令逃命者不安的东西。

⑰ 株榾（gǔ）：残根断树。

⑱ 髡（kūn）：古代剃发之刑，此指蕃人强迫被俘的汉人边民剃去头发。

⑲ 刖（yuè）：砍掉脚，为古代刑罚之一。

⑳ 咄咄：斥骂。

㉑ 供进：进献宫廷。腌腌：怕人觉察而竭力掩饰的样子，腌同"掖"；一说疑是川流不息貌。御：驾御。叱般：即叱拨，良马名。

㉒ 穹庐：本为游牧民族居住的毡帐，此代指其人。拣：挑拣。肥

68

脁（tú）：牲畜类膘肥肉厚，此指肥壮的牲畜。

㉓ 尧云：尧天之云，指故土华夏之地。

㉔ 正朝：每年正月初一的朝会。

㉕ 傥尽：假如都死了。

㉖ 蕃悖：犹言蕃人之逆种。

㉗ 便恐为蕃：即便是做蕃人。矻矻（kū kū）：石坚貌，引申为坚阻貌、坚执貌。

㉘ 缘边：沿边，指边境。

㉙ 精卫衔芦：义同精卫填海，传说炎帝之少女名女娃，游于东海而溺死，化为精卫鸟，常衔西山之木石，以填于东海。溟渤：大海。

【评析】

诗歌批评唐王朝错误的边疆政策，致使边疆沦陷，流落异乡的汉兵，反而被当作蕃人流置南方，并吃尽苦头。陈寅恪《元白诗笺证稿》："微之幼居西北边镇之凤翔，对于当时边将之拥兵不战，虚奏邀功，必有所亲见，故此篇言之颇极愤慨。乐天于贞元时既未尝在西北边陲，自无亲所闻见，此所以不能超越微之之范围而别有增创也。"苏仲翔《元白诗选注》评道："惩边将的贪功，达穷民的微情。"谢永芳《元稹诗全集》说："《乐府诗集》卷九七题解引李绅传曰：'近制：西边每禽蕃囚，皆传置南方，不加剿戮。故作歌以讽焉。'朝廷这一措施造成了一种荒唐的现象，即边地一些久陷蕃中的汉人，往往被俘后当成蕃人而送往炎方，吃尽苦头。如蕃法惟正岁一日，许唐人没蕃者服衣冠，所谓'肠断正朝梳汉发'。此诗先记述这一史实，而后自'中有一人能汉语'句以下，写了一个边人的遭遇。通过他的自述，道出他们所经历的辛酸和不公正，发泄他们的怨愤。这实际上是对朝廷不恤民命的间接批评。"

望云骓马歌并序[1]

德宗皇帝以八马幸蜀[2]，七马道毙，唯望云骓来往不顿。贞元中老死天厩[3]。臣稹歌以记之。

忆昔先皇幸蜀时，八马入谷七马疲。
肉绽筋挛四蹄脱，七马死尽无马骑。
天子蒙尘天雨泣，巉岩道路淋漓湿。
峥嵘白草眇难期，谽洞黄泉安可入[4]。
朱泚围兵抽未尽[5]，怀光寇骑追行及[6]。
嫔娥相顾倚树啼，鹓鹭无声仰天立[7]。
圉人初进望云骓[8]，形色憔悴众马欺。
上前喷吼如有意，耳尖卓立节踠奇。
君王试遣回胸臆[9]，撮骨锯牙骈两肋[10]。
蹄悬四蹢脑颗方[11]，胯耸三山尾株直[12]。
圉人畏诮仍相惑[13]，此马无良空有力。
频频啮掣辔难施[14]，往往跳趫鞍不得[15]。
色沮声悲仰天诉，天不遣言君未识。
亚身受取白玉羁[16]，开口衔将紫金勒。
君王自此方敢骑，似遇良臣久凄恻。
龙腾鱼鳖啅然惊[17]，骥肦驴骡少颜色。
七圣心迷运方厄[18]，五丁力尽路犹窄[19]。
橐它山上斧刃堆[20]，望秦岭下锥头石[21]。
五六百里真符县[22]，八十四盘青山驿[23]。
掣开流电有辉光，突过浮云无朕迹[24]。

地平险尽施黄屋㉕，九九属车十二纛㉖。

齐映前导引骓头㉗，严震迎号抱骓足㉘。

路旁垂白天宝民㉙，望骓礼拜见骓哭。

皆言玄宗当时无此马，不免骑骡来幸蜀。

雄雄猛将李令公㉚，收城杀贼豺狼空。

天旋地转日再中㉛，天子却坐明光宫。

朝廷无事忘征战，校猎朝回暮毬宴㉜。

御马齐登拟用槽㉝，君王自试宣徽殿㉞。

圉人还进望云骓，性强步阔无方便。

分鬃摆杖头太高㉟，擘肘回头项难转。

人人共恶难回跋㊱，潜遣飞龙减刍秣㊲。

银鞍绣鞯不复施㊳，空尽天年御槽活。

当时鄙谚已有言，莫倚功高浪开阔㊳。

登山纵似望云骓，平地须饶红叱拨㊵。

长安三月花垂草，果下翩翩紫骝好㊶。

千官暖热李令闲㊷，百马生狞望云老㊸。

望云骓，尔之种类世世奇㊹。

当时项王乘尔祖㊺，分配英豪称霸主。

尔身今日逢圣人，从幸巴渝归入秦。

功成事遂身退天之道，

何必随群逐队到死踏红尘！

望云骓，用与不用各有时，尔勿悲！

【注释】

① 此诗约元和四年（809）春作于洛阳。望云骓：名马名。李肇《国史补》："德宗幸梁洋，唯御骓马号望云骓者。"

②德宗皇帝：李适（742—805），代宗李豫长子，大历十四年（779）五月即位，贞元二十一年（805）正月崩，庙号德宗。幸蜀：指兴元元年（784）二月丁卯，李怀光反，德宗自奉天（今陕西乾县）入梁州。

③天厩：皇家马厩。

④"峥嵘"二句：原注："白草、谂洞，并雒谷中地名。古方谚云：'谂洞入黄泉。'"

⑤朱泚：幽州昌平（今北京昌平南）人，建中三年（782）其弟朱滔反唐，免泚凤翔陇右节度使职务，以太尉衔留居长安。四年（783），泾原兵变，德宗出奔奉天，变兵拥泚为帝，国号秦。明年，改国号曰汉，称天皇元年。不久为李晟战败，至宁州彭原为部将所杀。

⑥怀光：李怀光（729—785），渤海靺鞨（今东北松花江、牡丹江流域一带）人，本姓茹，后以军功赐姓，安史之乱中累立战功。德宗即位，为邠宁节度使，后兼朔方节度使。朱泚叛乱时，数败朱泚，德宗轻信奸相卢杞挑拨，不许怀光入觐，乃怀恨在心，遂与朱泚联合，迫德宗南逃汉中，怀光率军东占河中（今山西永济西）。贞元元年（785）兵败自缢。

⑦鹓鹭：鹓和鹭飞行有序，比喻班行有序的朝官。

⑧圉人：养马的人。

⑨回胸臆：指收缩胸部，作后退之状。

⑩撮骨：颈椎骨。《庄子·人间世》："支离疏者，颐隐于脐，肩高于顶，会撮指天。"陆德明释文引崔譔曰："会撮，项椎也。"锯牙：指鸟兽尖曲、锋利的爪牙。《文选·吴都赋》："钩爪锯牙，自成锋颖。"刘良注："言此群兽爪如钩戟，牙如刀锯。"骈两肋：即骈胁，意谓肋骨紧密连接，为受惊之状。

⑪蹄悬四踠：谓四蹄腾空屈曲，似欲奔走。

⑫三山：三山骨，指驴马后背近股外的骨骼。

⑬ 畏诮：害怕责备。

⑭ 啮挈：啮咬缰绳。挈，控制。

⑮ 跳趫（qiáo）：腾越，跳跃。

⑯ 亚身：低身，稍低其腰身。

⑰ 啅（zhuó）然：骚乱貌。一作"踔然"，高超特出貌。

⑱ 七圣心迷：据《庄子》载，轩辕黄帝等七圣人游于崆峒之野，迷途而不知返。此借以比德宗逃难。

⑲ 五丁：据《水经注》载，秦惠文王欲伐蜀，而不知道，乃作五石牛，以金置尾下，言石牛所粪。蜀王信之，令五力士曳之成道。此言德宗入蜀之路难。

⑳ 橐它山：即骆驼岭，在今陕西洋县境内。

㉑ 望秦岭：在今陕西洋县北群山中。

㉒ 真符县：《旧唐书·地理志》："天宝五载，分临翼郡之昭德、鸡川两县置昭德郡。乾元元年，改为真州，取真符县为名也。"

㉓ 青山驿：在今陕西兴道附近。

㉔ "挈开"二句：形容马行之速。朕迹：缝隙。

㉕ 黄屋：天子所乘之车，此言到平地。

㉖ 九九属车：秦汉以来，皇帝大驾属车八十一乘，法驾属车三十六乘，分左中右三列行进。属车：皇帝出行时的侍从车。纛：大旗。

㉗ 齐映：《旧唐书·齐映传》："齐映，瀛州高阳人。……兴元初，从幸梁州，每过险，映常执辔。会御马遰骏，奔跳颇甚，帝惧伤映，令舍辔，映坚执久之，乃止。帝问其故，曰：'马奔蹶，不过伤臣；如舍之，或犯清尘，虽臣万死，何以塞责？'上嘉奖无已。在梁州，拜给事中。"

㉘ 严震：《旧唐书·严震传》："严震，字遐闻，梓州盐亭人。……建中三年，代贾耽为梁州刺史，兼御史大夫，山南西道节度、观察等使。及朱泚窃据京城，李怀光屯军咸阳，又与之连结。泚令腹心穆庭光、宋

73

瑗等赍白书诱震同叛，震集众斩庭光等。时李怀光连贼，德宗欲移幸山南。震既闻顺动，遣吏驰表往奉天迎驾，仍令大将张用诚领兵五千至盩厔已东迎护，上闻之喜。……三月，德宗至梁州。山南地贫，粮食难给，宰臣议请幸成都府。……其年六月，收复京城，车驾将还京师，进位检校尚书左仆射。……以震为兴元尹，赐实封二百户。"

㉙ 垂白：白发老人。天宝民：唐玄宗天宝时的百姓。

㉚ 李令公：即李晟。朱泚兵变，晟率师讨伐，收复长安，平李怀光，甚有功勋，兴元元年（784）为司徒、中书令。

㉛ 日再中：指德宗回京。

㉜ 校猎：遮拦禽兽以猎取之，泛指打猎。毬（qiú）：古代泛称游戏用球类，最初以毛纠结而成，后以皮为之，中实以毛或充以气。宗懔《荆楚岁时记》："又为打毬、鞦韆之戏。"注："按：刘向《别录》曰：'寒食蹴鞠，黄帝所造，本兵势也。'或云起于战国。按：鞠与毬同。古人蹋蹴以为戏也。"

㉝ 拟用槽：原注："厩中号乘舆之马曰拟用槽。"

㉞ 宣徽殿：在长安大明宫内。

㉟ 鬃：马鬃。

㊱ 回跋：转向，往回走，意谓不听使唤。

㊲ 潜遣：暗地差遣。飞龙：皇家马厩名，此代指厩中围人。刍秣：牛马饲料。

㊳ 银鞍绣韂（chàn）：形容装饰精美的鞍韂。韂，垂在马背两旁以挡泥土。

㊴ 浪：轻易、随便。开阔：此有得意、居功自傲之意。

㊵ 红叱拨：唐玄宗时西域所进名马。

㊶ 果下：马之矮小者，乘之可行于果树之下，故名，产自百济。紫骝：古良马名。

74

㉒李令闲：平定朱泚后，德宗患将臣生事，复置张延赏当国。张与中书令李晟有隙，劝德宗解晟兵权，李晟遂处闲地。

㉓生狞：凶猛、凶恶。

㉔世世奇：世世代代都是稀世珍宝。

㉕项王：项羽骑名"骓"，《垓下歌》有"时不利兮骓不逝"句。

【评析】

此诗将咏马与史事结合起来表现，感慨良多。《全唐诗话》评道："臣按此诗为李令公晟而作，用意深长，与《连昌宫词》并美。"《石洲诗话》卷二也说："元相《望云骓歌》，赋而比也；玉川《月蚀诗》点逗恒州事，则亦赋而比也，而元则更切本事矣。"《王闿运手批唐诗选》评论道："'朝廷无事忘征战'四句，此等发议论处，必须用典以为色泽，乃增气势。'长安三月花垂草'四句，神力拉入不自知，比杜子美硬用'三抬头'，有工拙、灵笨之异。此模仿'沸水自清'笔法。"苏仲翔《元白诗选注》评道："此诗咏马，末寓'功成身退'之念。"谢永芳《元稹诗全集》评道："全篇咏史兼咏物，记述了兴元元年李怀光反时，德宗以宝马望云骓作为乘骑幸蜀的故事，通过望云骓的前后遭遇，抒发人才'用与不用各有时'的感慨。篇中纵横捭阖处，神似子美。"

智度师二首 ①

其一

四十年前马上飞 ②，功名藏尽拥禅衣 ③。

石榴园下擒生处^④，独自闲行独自归。

其二

三陷思明三突围^⑤，铁衣抛尽衲禅衣。
天津桥上无人识^⑥，闲凭栏干望落晖。

【注释】

①此诗约元和四年（809）作于洛阳，一说当作于贞元十一年（795）。"三陷"之句所述为安史之乱后期之事，从公元761年史思明被杀后推四十年，此诗当作于803年至805年间，诗人岳丈韦夏卿其时在洛阳为东都留守，其妻韦丛也在洛阳，诗人在长安任职校书郎，但经常来往于长安、洛阳间。此诗一作黄巢诗。智度师：法名智度的高僧。《池北偶谈》"黄巢"条云："《癸辛杂志》又云（智度师）即雪窦禅师。"聊备一说。方干有《题雪窦禅师壁》，崔融道有《雪窦禅师》。雪窦，山名，在今浙江奉化西，为四明山别峰。

②四十年前：指天宝十四载（755）发生的安史之乱，此乱历时八年至广德元年（763）才得以平定。马上飞：形容马上驰骋纵横，英勇杀敌。

③拥：围裹，穿上。禅衣：僧衣。

④石榴园：在今山西，为平定安史之乱的重要战场之一。《资治通鉴》"宝应元年"条载："镇西节度使马璘曰：'事急矣！'遂单骑奋击，夺贼两牌，突入万众中。贼左右披靡，大军乘之而入，贼众大败。转战于石榴园、老君庙，贼又败，人马相蹂践，填尚书谷，斩首六万级，捕虏二万人，朝义将轻骑数百东走。怀恩进克东京及河阳城，获其中书令许叔冀、王伷等，承制释之。怀恩留回纥可汗营于河阳，使其子右厢兵马使场及朔方兵马使高辅成帅步骑万馀乘胜逐朝义，至郑州，再战皆捷。朝义至汴州，其陈留节度使张献诚闭门拒之。朝义奔濮州。献诚开门出

降。"擒生：指生擒敌人。

⑤思明：指思明（703—761），为安史之乱的主将之一，宁夷州突厥族人。因战功为安禄山所亲信，官至平卢兵马使。安禄山叛乱，他率军南下攻取河北地区，被任为范阳节度使。安庆绪杀安禄山称帝，他一度降唐，后起兵再叛。公元759年于魏州（今河北大名东北）称大圣燕王，进兵援安庆绪，解邺城之围。继又杀安庆绪，还范阳，称大燕皇帝，出兵攻占洛阳及附近州县。后被其子史朝义所杀。

⑥天津桥：古浮桥名，故址在今河南洛阳西南。隋炀帝大业元年（605）迁都，以洛水贯都，有天汉津梁的气象，因建此桥，故名。

【评析】

诗写智度禅师今昔之状，处处对比以见昔日之勇猛杀敌与今日之从容隐遁。清人黄周星《唐诗快》卷十五说："此本微之诗也，何后人相传为黄巢题桥之作？然因诗而想其人，当亦非善菩萨矣。"孙安邦、蓓蕾《元稹集》："在艺术手法上，人物昔日战场上的英姿勃勃、勇武有为，同今日禅房中凄凉孤独、百无聊赖，今昔对比，对照强烈。'三陷''三突围'，他在战场上勇敢杀敌、战功卓著，不言而喻；'无人识''闲凭栏干望落晖'，他在天津桥孤影自吊、落日感伤，形神兼备！结二句感慨遥深，令人唏嘘不已。黄景仁《癸巳除夕偶成》绝句中'悄立桥头人不识，一星如月看多少'即从此二句诗化出，被人推为名句。"吴伟斌《新编元稹集》评说："本诗诗篇所述，智度师曾参加平定安史之乱的多次重要战役，战事结束之后退隐禅林。诗人在诗中并没有抨击什么，而只是把智度师'四十年前马上飞''三陷思明三突围'的英雄事迹与后来'铁衣抛尽衲禅衣''闲凭栏干望落晖'的无所事事加以对比。而读者正是从四十年前后情景完全不同的对比中，看到统治者姑息叛乱藩镇闲置平叛战将，以及重用奸佞小人埋没有功武臣的罪行。"谢永芳《元稹诗全集》评说："诗写'智度师'昔日在战场上英姿勃发，勇武有为，而今却是晚景凄凉，孤独终老。如此结局，不能不令人同情。全篇在强烈的今昔对比中，写尽英雄迟暮失路之悲，极感慨苍凉之致。"

褒城驿①

严秦修此驿，兼涨驿前池②。
已种万竿竹，又栽千树梨。
四年三月半③，新笋晚花时④。
怅望东川去⑤，等闲题作诗⑥。

【注释】

①此诗作于元和四年（809）使蜀途中。褒城驿：《关中胜迹图志》载："褒城驿，《通志》：在褒城县治西，今名开山驿。元稹为御史，奉使东川，饮于褒城驿窦明府厅，虞乡黄丞犯令逃去。再使东川至褒城驿，黄丞馈酒，稹与同酌，遍问褒阳山水，感今怀古，作诗赠黄。"驿在今陕西汉中，唐为梁州。题下原注："军大夫严秦修。"严秦：据《资治通鉴》"唐宪宗元和元年"条载，严秦为东川节度使严砺部将，元和元年（806）曾与高崇文一起破刘闢叛乱。

②涨：扩大，增加。

③四年三月半：指元和四年三月十五。

④晚花：一作牡丹。

⑤东川：指东川节度使，《旧唐书·地理志一》："剑南东川节度使。治梓州，管梓、绵、剑、普、荣、遂、合、渝、泸等州。"

⑥ "等闲"句：一作"偶然题此诗"，一作"偶然题作诗"。

【评析】

　　诗人由秦入蜀必须经过艰险万分的褒斜道，而褒城驿则是最后一个重要驿站，也是诗人经过长久车马劳顿之后得到片刻休息和补充给养之地，因此全诗写得极为轻松悠闲。首二句点题，写驿站是严秦所修建，并且扩大了驿站前原来的池塘，一个"兼"字用得紧凑；池塘在有水的地方可能不会引起诗人的特别关注，可是崇山峻岭之中便显得格外珍贵和显眼。接着三四句将视线转入驿站内，只见修竹茂盛，梨花芬芳！一个"已"字、一个"又"字，既表现出对驿站内景色的欣然之情，也同时充分肯定了修建者用心之精细！不独如此，更让诗人讶异的是，已经是三月半暮春的时节了，居然还有新笋冒土和晚桃开放！这是山深春来晚的独特景象！对美丽的驿站而言诗人只不过是匆匆过客，他又将启程前往东川，"怅望"只是淡淡二字，却把诗人的内心情绪兜露无遗，前面的愉悦心情也荡然无存，甚至诗兴全无，只得"等闲题作诗"了！难怪陆时雍《唐诗镜》点评说是"苦语"了！后来晚唐诗人薛能（817—880）至褒城，见元稹此诗，也有《褒城驿有故元相公旧题诗，因仰叹而作》一诗："鄂相顷题应好池，题云万竹与千梨。我来已变当初地，前过应无继此诗。敢叹临行殊旧境，惟愁后事劣今时。闲吟四壁堪搔首，频见青蘋白鹭鸶。"可谓前后相映，诗心相通了！

黄明府诗并序①

　　小年曾于解县连月饮酒②，予常为觥录事③。曾于窦少府厅中④，有一人后至，频犯语令，连飞十二觥，不胜其困，逃席而去。醒后问人，前虞乡黄丞也⑤。此后绝不复知。元和四年三月，予奉使东川，十六日至褒城东数里⑥，遥望驿亭，前有大池，楼榭甚盛。逡巡⑦，有黄明府见迎。瞻其形容，仿佛似识。问其前衔，则固曩时之逃席黄丞也。说向前事，黄生悯然而瘴⑧，因馈酒一槽⑨，舣舟请予同载⑩。予不免其意，与之尽欢。遍问座隅山川⑪，则曰："则褒姒所奔之城在其左⑫，诸葛所征之路次其右⑬。"感今怀古，作《黄明府诗》云。

少年曾痛饮，黄令困飞觥⑭。
席上当时走，马前今日迎。
依稀迷姓氏，积渐识平生⑮。
故友身皆远，他乡眼暂明。
便邀连榻坐⑯，兼共榜船行⑰。
酒思临风乱，霜棱扫地平⑱。
不堪深浅酌⑲，贪怆古今情⑳。
逦迤七盘路㉑，坡陀数丈城㉒。
花疑褒女笑㉓，栈想武侯征㉔。
一种埋幽石㉕，老闲千载名㉖。

【注释】

①此诗作于元和四年（809），时任监察御史，充剑南东川详覆使，按任敬仲狱，至褒城作。黄明府：其事迹不详。明府，唐代为县令之称谓。

②小年：犹称少年、幼年，约十五六岁。解县：唐属河中府，治所在今山西解县。《元和郡县志·河中府》："武德元年改虞乡县为解县，属虞州，因汉旧名也。仍于蒲州界别置虞乡县。贞观十七年，废虞州，解县属河中府。"

③觥录事：饮酒时掌管酒令、罚酒之人。元稹《痁卧闻幕中诸公征乐会饮酒因有戏呈三十韵》："红娘留醉打，觥使及醒差。"自注："酒中觥使，席上右职。"右职，即重要的职位，此指重要的角色。

④窦少府：其人不详。少府，唐代为县尉之别称。赵彦卫《云麓漫钞》卷二："唐人则以明府称县令……既称令为明府，尉遂曰少府。"

⑤虞乡黄丞：原虞乡县黄姓县丞，即如今襃城县的黄明府。丞，《通典·职官十五》："大唐县有令而置七司，一如郡制，丞为副贰。""武德元年诏：京令五品，丞一人七品，正六人八品。……上县令六品，丞一人八品，正四人九品，中下县各有差。"

⑥襃城：唐代山南西道属县，今属陕西汉中。

⑦逡巡：徘徊不进貌，停滞貌。此处指时间上的顷刻之间、不久之后。

⑧悯然：哀怜貌。

⑨槽：酿酒的器具。《文选·酒德颂》："先生于是方捧罂承槽，衔杯漱醪。"李善注："刘熙《孟子注》曰：'槽者，齐俗名之如酒槽也。'"

⑩舣（yǐ）：使船靠岸。

⑪座隅：座位的旁边。

⑫襃姒：周时襃国女子。襃国，姒姓。周幽王伐襃，襃侯献姒，为幽王所宠，故名襃姒。襃国故城在梁州襃城县东二百步。见《史记·周本纪》。

⑬诸葛：诸葛亮北伐曹魏，多次取道襃斜谷。襃斜谷在陕西终南山。谷有二口，南曰襃，北曰斜。全长四百七十里，两旁山势峻险。扼关陕而控川蜀，古来为兵家必争之地。参阅顾祖禹《读史方舆纪要·陕西五·汉中府》。

⑭飞觥：传杯斟酒行酒令。

⑮积渐：逐渐。

⑯连榻坐：并榻而坐，多形容关系密切。《晋书·外戚传·羊琇》："初，杜预拜镇南将军，朝士毕贺，皆连榻而坐。"

⑰榜船行：操船而行。《南史·隐逸传上·朱百年》："或遇寒雪，樵若不售，无以自资，辄自榜船送妻还孔氏。"

⑱霜棱：亦作"霜稜"，寒威，此指御史台官员的威势。御史职司弹劾，为风霜之任，故称御史台为霜台，并规定御史按察郡县期间，不得私自交接地方官员。

⑲不堪：不能承当。深浅酌：犹言深酌、多饮。

⑳贪怆：欲悲。贪，欲。《诗·大雅·桑柔》："民之贪乱，宁为荼毒。"郑玄笺："贪，犹欲也。"

㉑逦迤：曲折连绵貌。七盘路：指七盘岭，在四川广元东北与陕西宁强交界处，上有七盘关，为川陕重要关隘之一。

㉒坡陀：起伏不平貌，亦作"坡陁"。

㉓疑：一作"凝"。褒女笑：褒姒性不爱笑，幽王悦之不得，乃举烽火发召诸侯，诸侯急至，而无外敌入寇事，褒姒大笑。

㉔栈：栈道，褒城以北数里即石门，为古褒斜谷通道，有栈道。武侯征：诸葛亮北伐曹魏，六出祁连，即来往取径褒斜道。

㉕一种：一样，同样。

㉖老闲：老而无事，一作"空开"。

【评析】

年少爱交结，呼朋唤友、狂饮沉醉最是平常之事，许多故事、糗事也常常出于酒席之上，流传于闾里之间，或成为佳话美谈，或成为谈资笑柄。本诗描写了一个戏剧性的场面：十多年前在解县饮酒因不胜酒力而"逃席"的"黄丞"，不料今日在褒城不期而遇，而且正是迎接自己的黄明府！序文详细叙述了当年饮酒的情景与"黄丞""逃席"

之事，继而说明自己因赴东川路经褒城得与黄明府相见，最后详细刻画了黄明府的殷勤与热忱。诗歌前八句写与黄明府初见之状，回应序文内容，抒发了故友相逢的欣喜。中间六句刻画黄明府"连榻""榜船"的热情款待，并为自己因公务在身、"不堪深浅酌"而表示歉意！最后六句关联序中"座隅山川"形胜，抒发褒姒与武侯"一种埋幽石"的历史感叹。谢永芳《元稹诗全集》说："作者以监察御史的身份充剑南东川详覆使出使四川，来到褒城驿亭遇到迎接的官员，不曾想正是当年河中府虞乡县县丞。若干年后异地重逢，二人喜出望外，使得故事柳暗花明，平添了波澜，也不禁使人心生'感今怀古'之情。值得提出的是，诗序长达二百余字，主要是补充交代诗歌开头四句……所叙不仅有时间跨度，写出了人物性格的豪爽，而且表面上似乎给故事画上了句号，实际上暗暗留下悬念。"

使东川 并序 ①

　　元和四年三月七日，予以监察御史使东川 ②，往来鞍马间，赋诗凡三十二章。秘书省校书郎白行简 ③，为予手写为《东川卷》。今所录者，但七言绝句、长句耳，起《骆口驿》，尽《望驿台》二十二首云。

【注释】

　　① 此序元和四年（809）五六月间作于长安。题下原注："此后并御史时诗。"东川：为东川节度使的简称，府治梓州（今四川三台）。《元和郡县志·剑南道》："梓州……今为东川节度使理所。管梓州、剑州、绵州、遂州、渝州、合州、普州、荣州、陵州、泸州、龙州、昌州。管

县六十九。"

②监察御史：《旧唐书·职官志》："监察御史十员（正八品上）。监察掌分察巡按郡县、屯田、铸钱、岭南选补，知太府、司农出纳，监决囚徒。监祭祀则阅牲牢，省器服，不敬则勃祭官。尚书省有会议，亦监其过谬。凡百官宴会、习射，亦如之。"

③白行简：白居易之弟。《旧唐书·白行简传》："行简，字知退。贞元末，登进士第，授秘书省校书郎。元和中，卢坦镇东蜀，辟为掌书记。府罢，归浔阳。居易授江州司马，从兄之郡。十五年，居易入朝为尚书郎，行简亦授左拾遗。累迁司门员外郎、主客郎中。长庆末，振武奏水运营田使贺拔志言营田数过实，诏令行简按覆之。不实，志惧，自刺死。行简宝历二年冬病卒，有文集一十卷。"

【评析】

关于本序，吴伟斌《新编元稹集》认为："它应该赋成于元稹元和四年'五六月'回到长安以后与白居易、白行简、樊宗师等人相聚时，在友人的要求下，元稹出示了自己东川行的诗作三十二篇，白行简选择其中的短篇二十二首编为《东川集》，元稹应白行简的请求，在《东川卷》前面加一个序言以说明情况。……'起《骆口驿》，尽《望驿台》'的说法，只是《东川卷》编排的次序，部分诗篇赋成于元稹自东川回归长安途中。它们应该是《望驿台》之后诗篇，亦即'三月尽'之后的诗篇。"

亚枝红①

平阳池上亚枝红②，怅望山邮是事同③。
还向万竿深竹里④，一枝浑卧碧流中⑤。

①此诗作于元和四年（809），时任监察御史充剑南东川详覆使，按任敬仲狱，使蜀途中。题下原注："往岁与乐天曾于郭家亭子竹林中，见亚枝红桃花半在池水，自后数年，不复记得。忽于褒城驿池岸竹间见之，宛如旧物，深所怆然。"郭家，指郭子仪宅，在长安朱雀门街。亚枝红：指临水低枝桃花。杨慎《升庵集》卷六十《亚枝花》："白居易集有'亚枝'，谓临水低枝也。孟东野：'南浦桃花亚水红，水边柳絮扬春风。'白诗又云'亚竹乱藤多照岸'，亦佳句也。"

②平阳池：在郭子仪宅中。

③山邮：山间的驿站，此指褒城驿。是事：一作"事事"，一作"底事"。

④向：爱，偏爱。刘禹锡《秋中暑退赠乐天》诗："人情皆向菊，风意欲摧兰。"竿：一作"茎"。

⑤浑：完全，整个。

【评析】

这首小诗得到了爱新觉罗·弘历的充分肯定，他在《杂和唐元稹东川诗四首序》中说："偶阅微之诗集，见东川诸作，喜其辞高而意远。微之自序为白行简手写者三十二章，而自录者惟七言二体，凡二十二首。夫诗人骚客忧愁幽思，遭际患难贫贱，发为葩辞以舒其愤懑，故其诗乐者读之而可歌，悲者读之而可泣也！予则何有焉！然结习所在，正复难忘，杂和四章，聊适一晌。"其和诗《亚枝红》曰："百花都解亚枝红，独许绯桃占化工。桃叶成阴凝碧渚，渚花红尚傲西风。"而同时白居易《酬和元九东川路诗十二首·亚枝花》也可与之并读："山邮花木似平阳，愁杀多情骢马郎。还似升平池畔坐，低头向水自看妆。"另外，王士禛《渔洋诗话》还记录了一段与此诗有关的梦境，也增加了几许诗趣："余尝梦中得诗云：'溪流翡翠映烟空，溪上飞桥落彩虹。爱玩花丛忆元相，一枝浑卧碧流中。'既觉，不知所谓。及使蜀，乃悟是元微之《亚枝红》诗，即使东川作也。"吴伟斌《新编元稹集》对后二句评价说："似一幅浓淡相宜的水彩画一般呈现在读者面前，'万竿'与'一枝'量比，'万竿'之绿与'一枝'之红对比，'万竿'参天与'一枝''浑卧'之不同，'深竹'与'碧流'相较，'深竹'之静与'碧流'之动互衬，给人以亲临其境的享受。诗中有画，此其是也。"

江花落 ①

日暮嘉陵江水东 ②，梨花万片逐江风。
江花何处最肠断，半途江流半在空。

【注释】

① 此诗作于元和四年（809）。

② 嘉陵江：长江上游支流，在四川省东部。古称阆水，源出陕西凤县东北秦岭嘉陵谷，至重庆入长江，为长江第三大支流。两岸高山峻岭相连，水流奔腾湍急，声闻数十里。

【评析】

白居易有《酬和元九东川路诗十二首·江岸梨》一首："梨花有意缘和叶，一树江头恼杀君。最似婵闺少年妇，白妆素袖碧纱裙。"爱新觉罗·弘历《杂和唐元稹东川诗四首》和《江花落》诗道："临水秋花水面荷，西风飒沓落英多。归著处同生处异，不曾分别碧江波。"三诗虽然立意有别，但可并读以资借鉴。诗歌虽为咏梨花，但诸家对诗歌的主旨却有不同的理解，一说是思念妻子，如吴伟斌《新编元稹集》说："诗人借梨花起兴，暗寓对妻子的思念。而白居易的和作，也提供了元稹思念妻子的旁证。"更多的则认为是表现人生飘零之感，如吴大逵、马秀娟《元稹白居易诗选译》解析说："当时暮春三月，诗中写嘉陵江边即景所见。洁白的梨花身不由己，为江风吹裹，终于不可避免地落入江水，随波逐流而去。物犹如此，人何以堪。诗人通过梨花飘零情状的描述，对美好事物的沦落消逝表示了深沉的惋惜与慨叹。"谢永芳《元稹诗全集》评析道："此诗通过对江花飘落的瞬间展示，意在表现一种人生的飘零感。基于此，诗人将语言作了精心选择与安排。全诗四句，每句都有一个'江'字，分别放在第五个、第六个、第一个和第三个字上。这个'江'字在错落有致、起伏跌宕的声韵中，构成了一种象征的暗示，它如同一个浮标，在情感之流里的不同变化，正象征和暗示江花在江风鼓荡下的上下翻飞，以及人在无根状态，为某种社会必然性所裹挟，因而不得不处于飘零之中的可怜与无奈。"

梁州梦 [①]

梦君同绕曲江头 [②]，也向慈恩院院游 [③]。
亭吏呼人排去马 [④]，忽惊身在古梁州。

【注释】

① 此诗作于元和四年（809）。题下原注："是夜宿汉川驿，梦与杓直、乐天同游曲江，兼入慈恩寺诸院。倏然而窹，则递乘及阶，邮使已传呼报晓矣。"梁州：三国时蜀置，隋废，唐复置，属山南西道，管南郑、褒城、城固、西县、三泉五县，治南郑（今陕西汉中），兴元元年（784）升为兴元府，故称"古梁州"。汉川驿：当在南郑境内。杓直：李建字，《旧唐书·李逊传·附（弟）李建》："建，字杓直，家素清贫，无旧业。

87

与兄造、逊于荆南躬耕致养，嗜学力文。举进士，选授秘书省校书郎。德宗闻其名，用为右拾遗、翰林学士。"

②曲江：即曲江池，在今陕西西安东南；秦为宜春苑，汉为乐游原，有河水水流曲折，故称。隋文帝以曲名不正，更名芙蓉园。唐复名曲江，开元中更加疏凿，为都人中和、上巳等节日游赏胜地。

③慈恩：即慈恩寺，在曲江池之北。贞观二十二年（648）李治（高宗）为太子时，在隋无漏寺旧址为母后长孙氏建立，故名慈恩寺。唐玄奘自印度学佛归国，曾在该寺翻译经文长达八年，并倡议在寺旁建立雁塔，用以收藏从印度带回来的经像。神龙（705—707）以来，进士登科之士，皇帝赐宴曲江池，题名大雁塔，唐代诸多诗人在此均有诗作，也是士人、市民浏览登临的胜地。

④亭吏：驿站小吏。排去马：即排马，安排登程的车马诸事。

【评析】

诗写夜宿汉川驿，梦中与白居易同游慈恩寺、曲江池，后被驿站小吏叫醒起程，才知道自己身在梁州。而时在长安的白居易也有诗寄元稹，据孟棨《本事诗》第五载："元相公稹为御史，鞫狱梓潼。时白尚书在京，与名辈游慈恩寺，小酌花下，为诗寄元，曰：'花时同醉破春愁，醉折花枝作酒筹。忽忆故人天际去，计程今日到梁州。'时元果及褒城，亦寄《梦游》诗曰：……千里神交，合若符契，友朋之道，不期至欤？"至于白行简《三梦记》则说得更为神奇："元和四年，河南元微之为监察御史，奉使剑外。去逾旬，予与仲兄乐天、陇西李杓直同游曲江，诣慈恩佛舍，遍历僧院，淹留移时。……命酒对酬，甚欢畅。兄停杯久之，曰：'微之当达梁矣。'命题一篇于屋壁。其词曰：'春来无计破春愁，醉折花枝作酒筹。忽忆故人天际去，计程今日到梁州。'实二十一日也。十许日，会梁州使适至，获微之书一函，后寄《纪梦诗》一篇，其词曰：……日月与游寺题诗日月率同。盖所谓此有所为而彼梦之者矣。"当然也有学者认为白行简的《三梦记》是南宋之前的后人伪造出来的。后来宋人计有功《唐诗纪事》也根据各种材料记叙了此种，虽然记载不一，真假待辨，但作为一段文坛佳话，还是颇具意义与价值的。至于本诗，《唐人万首绝句选评》评道："布置得法，情味调度，胜白寄作。"孙安邦、蓓蕾《元稹集》评道："在布局结构上，这首诗的主要特点是'布置得法，情味调度，胜白寄作'（《唐人万首绝句选》评）。前两句写梦境，情调欢乐，兴致浓烈；后两句以突然梦醒，笔锋转折，收结于'官差不自由'（《水浒传》第 91 回）的宦游之苦，蕴含着诗人怅然若失的情态。正因为如此，所以使人读来倍感亲切，也备受感动。说它'胜白（乐天）寄作'，在这点上是有道理的，也是毋庸置疑的。"谢永芳《元稹诗全集》评说："相比而言，元诗前两句写梦境，情调欢乐，兴致浓烈；后两句写梦醒，笔锋转折，收于宦游之苦，怅然若失。布置得法，情味调度，胜于白居易寄作。"另外《古今诗话·诗人用也字》论及诗中"也"字："诗家用'也'字，本皆音'夜'。杜诗云'青袍也自公'，元稹云'也向慈恩寺里游'。今人读为如字，非也。"

嘉陵驿二首 ①

嘉陵驿上空床客，一夜嘉陵江水声。
仍对墙南满山树 ②，野花撩乱月胧明 ③。

墙外花枝压短墙 ④，月明还照半张床。
无人会得此时意，一夜独眠西畔廊 ⑤。

【注释】

①此诗作于元和四年（809）。题下原注："篇末有怀。"嘉陵驿：《明一统志·阆中县》："在广元县西二里。"张蠙《题嘉陵驿》："嘉陵路恶石和泥，行到长亭日已西。独倚阑干正惆怅，海棠花里鹧鸪啼。"足见嘉陵驿形势之险峻。

②仍：因，于是。

③撩乱：纷乱，杂乱。胧明：微明。

④短墙：矮墙。

⑤西畔廊：指驿站西屋。廊，厅堂周围的屋。《汉书·司马相如传上》："高廊四注，重坐曲阁。"颜师古注："廊，堂下四周屋也。"

【评析】

诗歌虽然以"嘉陵驿"为题，但并没有去写嘉陵的形势、环境和历史，而是将视角集中在自己住宿的驿站房间来叙写所见所闻：首句"空床客"毫不隐讳地直接袒露自己的孤单，而次句通宵达旦"一夜"不停咆哮的嘉陵江水更加强化了诗人内心情感的纷乱不平。诗人通宵不寐，于是只好看着墙南漫山遍野的树木、在朦胧月色中缤纷零乱的无名野花，还有从矮墙外伸进来开满鲜花的树枝，更有不离不弃照到床上来的月光。这些看似丰富多彩的景物，其实不过单调的月光、野花、客床而已！而"一夜"江水声、"一夜"独眠才是诗人真实的存在状态与情感状态！如此，"无人会得此时意"与题下原注的"篇末有怀"才有了着落！全诗将抒情与写景融为一体，确实如黄叔灿《唐诗笺注》所评："索莫情怀与凄凉景色夹写。若用钩粘，便落第二义矣。"不独如此，受赠的白居易则是"惟我知君此夜心"，并作《嘉陵夜有怀二首》酬和，以平复元稹的思念之情："露湿墙花春意深，西廊月上半床阴。怜君独卧无言语，惟我知君此夜心。""不明不暗胧胧月，非暖非寒慢慢风。独卧空床好天气，平明闲事到心中。"

望驿台 ^①

可怜三月三旬足 ^②，怅望江边望驿台 ^③。
料得孟光今日语 ^④，不曾春尽不归来 ^⑤。

【注释】

① 此诗作于元和四年（809），题下原注："三月尽。"望驿台：疑在今四川广元境内。李商隐《望喜驿别嘉陵江水二绝》："嘉陵江水此东流，望喜楼中忆阆州。"冯浩《玉谿生诗详注》："按，香山《酬元九东川路诗》中有嘉陵县望驿台，即望喜驿也。"

② 可怜：可惜。

③ 江边：当指涪水，时元稹在梓州办案。驿台：指驿站内的邮亭，也代指驿站。

④ 料得：预料，估计。孟光：东汉隐士梁鸿之妻，《后汉书·逸民传·梁鸿传》："梁鸿字伯鸾，扶风平陵人也。……势家慕其高节，多欲女之，鸿并绝不娶。同县孟氏有女，状肥丑而黑，力举石臼，择对不嫁，至年三十。父母问其故。女曰：'欲得贤如梁伯鸾者。'鸿闻而娉之。女求作布衣、麻屦，织作筐缉绩之具。及嫁，始以装饰入门。七日而鸿不答。妻乃跪床下请曰：'窃闻夫子高义，简斥数妇，妾亦偃蹇数夫矣。今而见择，敢不请罪。'鸿曰：'吾欲裘褐之人，可与俱隐深山者尔。今乃衣绮缟，傅粉墨，岂鸿所愿哉？'妻曰：'以观夫子之志耳。妾自有隐居之服。'乃更为椎髻，着布衣，操作而前。鸿大喜曰：'此真梁鸿妻也。能奉我矣！'字之曰德曜，名孟光。……遂至吴，依大家皋伯通，居庑下，为人赁舂。每归，妻为具食，不敢于鸿前仰视，举案齐眉。伯通察而异之，曰：'彼佣能使其妻敬之如此，非凡人也。'"后作为古代贤妻

91

的典型。

⑤不曾：未曾，没有。春尽：春天结束。

【评析】

此诗用朴实的语言表达了深挚的思妻之情：前二句说三月已尽，春光将去，而自己只能站立江边徒然远望，"可怜""怅望"便将诗人的盼归、思妻的内心情感表现出来。后两句转向妻子一方，设想妻子韦丛应该也在思念自己，暗忖归期了，这已是进层写法了。诗人再进一步反说"不曾春尽不归来"，这就更强化了夫妻情感的深度。所以黄周星《唐诗快》评论说："分明说'从来春尽不必归'耳，却反言之，愈觉句法之妙。"白居易和诗《望驿台三月三十日》可以参读："靖安宅里当窗柳，望驿台前扑地花。两处春光同日尽，居人思客客思家。"

江楼月 ①

嘉陵江岸驿楼中，江在楼前月在空。
月色满床兼满地，江声如鼓复如风。
诚知远近皆三五 ②，但恐阴晴有异同。
万一帝乡还洁白，几人潜傍杏园东 ③。

【注释】

①此诗作于元和四年（809），题下原注："嘉川驿望月，忆杓直、乐天、知退、拒非、顺之数贤，居近曲江，闲夜多同步月。"嘉川驿，在今四川广元。数贤，指诗人的几位朋友。其中李建字杓直、白居易字乐天、白行简字知退、李复礼字拒非、庾敬休字顺之。

②三五：十五月圆之夜。

③ 潜傍：悄无声息地贴近，不事声张地靠近。杏园：园名，故址在今陕西西安大雁塔南，为唐代新科进士赐宴之地。

【评析】

诗人出使东川，远离家乡朋友，时值三五月圆之夜，面对月光、江流、涛声，一种孤寂之情袭来，不禁思念起在京朋友。诗歌将月夜景色与思念情绪融为一体，渲染出一幅澄澈却不宁静的境界。孙安邦、蓓蕾《元稹集》新评说："《江楼月》看似写驿楼江上明月，驿楼面江，明月当空，月色满床，涛声似鼓，江声似风。普天之下，无论远近，同是'三五明月夜'，诗人却害怕'阴晴有异同'！尤其是尾联的抑郁与担忧，正是诗人在政治斗争漩涡中忧谗畏讥心情的流露与反映。"郭自虎《新译元稹诗文选》题解说："本篇写诗人独自来到嘉陵江畔驿楼，见月圆而引发对京城好友的思念。前四句写眼前景，后四句为抒情和议论。"白居易也唱和《江楼月》以慰友人思念孤寂之情："嘉陵江曲曲江池，明月虽同人别离。一宵光景潜相忆，两地阴晴远不知。谁料江边怀我夜，正当池畔望君时。今朝共语方同悔，不解多情先寄诗。"

西州院 ①

自入西州院，唯见东川城。
今夜城头月，非暗又非明。
文案床席满，卷舒赃罪名 ②。
惨凄且烦倦，弃之阶下行。
怅望天回转，动摇万里情。

参辰次第出^③，牛女颠倒倾^④。

况此风中柳，枝条千万茎。

到来篱下笋，亦已长短生。

感怆正多绪，鸦鸦相唤惊。

墙上杜鹃鸟^⑤，又作思归鸣。

以彼撩乱思，吟为幽怨声。

吟罢终不寝，冬冬复铛铛^⑥。

【注释】

①此诗元和四年（809）作于梓州。西州院：当为东川节度使客舍之一。题下原注："东川客舍。"东川：剑南东川节度使之治所，在梓州（今四川三台）。剑南东川，至德二载（757）置，领梓、遂、绵、剑等州，广德二年（764）废。大历元年（766）复置，二年又废，寻复置。

②卷舒：卷起打开。赃罪名：贪污受贿罪名。

③参辰：参星和辰星，分别在西方和东方，出没各不相见。辰星也叫商星。因用以比喻彼此隔绝。

④牛女：牵牛、织女两星或"牛郎织女"的省称。颠倒：歪斜不正，倾侧。

⑤杜鹃鸟：又名杜宇、子规。相传为古蜀王杜宇之魂所化。春末夏初，常昼夜啼鸣，其声哀切，声似"归去"，故又名思归鸟。

⑥冬冬：象声词，常指鼓声。铛铛：象声词，形容碰击金属的声音。

【评析】

此诗叙写详覆东川繁杂案件生活的一个片段。前八句描写视角由院内到城头、到月亮，再由"烦倦"室内的"文案床席满"，弃之走到室外。虽然只是寥寥几笔，但诗人疲惫的精神状态与厌弃的思想感情却表露无遗。而"非暗又非明"的月亮竟成了他最大慰藉！中八句之"怅望"四句写天空景象，流露出诗人的思念之情：参商二星依次出现、河汉夜深渐渐流转，诗人不禁想起远在洛阳的妻子，牵动"万里"相思之情！"况此"四句描绘初春欣欣向荣的景象，似乎又给人些许安慰：风中之柳，绿丝万千，婀娜摇曳；竹篱茂盛，嫩笋破土，高低参差。后八句以"声"作结：乌鸦声、杜鹃声、更鼓声使诗人原本"多绪"的心情更加难以平复。"感怆"收束前诗，乌鸦声聒噪不已让人心烦意乱，杜鹃声唤人归去令人"幽怨"不已，正当诗人无法入眠时，忽然又响起了街头冬冬铛铛的更鼓，再度将诗人矛盾冲突的情思激荡起来，从希望憧憬中跌回现实！全诗以三种音声作结，虽则嘈杂，却最大程度地烘托出诗人翻江倒海般的内心精神，也留下无穷意味，耐人咀嚼联想。

诗人此次赴东川本来是详覆任敬仲案，没想到却牵扯出故东川节度使严砺任内贪没百姓财产等大案，不久上书《弹奏剑南东川节度使状》，奏其"擅籍没管内将士、官吏、百姓及前资寄住塗山甫等八十八户庄宅共一百二十二所，奴婢二十七人"及"两税钱外加配百姓草""两税外加征钱"等罪。《旧唐书·元稹传》论及此事时说："时砺已死，七州刺史皆责罚。稹虽举职，而执政者有与砺厚者恶之。使还，令分务东台。"明乎此，也就不难理解诗人在从容地叙事、和缓的节奏中所酝酿着的矛盾与痛苦！

郭自虎《新译元稹诗文选》题解说："本诗属即景抒怀诗，表现元稹在查办案件时无所畏惧、秉公执法的精神，以及所付出的巨大辛劳。叙写从容，语言真切。"

东台去^①

陶君喜不遇，予每为君言。
今日东台去，澄心在陆浑^②。
旋抽随日俸^③，并买近山园。
千万崔兼白，殷勤承主恩。

【注释】

① 此诗元和四年（809）夏初作于长安。东台：唐时东都御史台的省称。赵璘《因话录》卷一："武后朝，御史台有左右肃政之号，当时亦谓之左台、右台，则宪府未曾有东西台之称。惟俗间呼京为西台，东都为东台。"本诗题下原注："仆每为崔、白二学士话陶先生喜不遇之事，且曰：仆得分司东台，即是以买山家。"崔白二学士：指崔群与白居易。崔群，《旧唐书·崔群传》："崔群，字敦诗，贝州武城人，山东著姓。十九登进士第，又制策登科，授秘书省校书郎，累迁右补阙。元和初，召为翰林学士，历中书舍人。"陶先生：陶渊明。分司：唐宋之制，中央官员在陪都（洛阳）任职者，称为分司。买山：《世说新语·排调》："支道林因人就深公买印山，深公答曰：'未闻巢由买山而隐。'"后以"买山"喻贤士的归隐，亦用以形容人的才德之高。

② 陆浑：古地名，也称瓜州，原指今甘肃敦煌一带。春秋时秦晋二国使居于其地之"允姓之戎"迁居伊川，以陆浑名之。故城在今河南嵩县东北，为古代著名隐逸之地。

③ 旋抽：逐渐抽取。

【评析】

元和四年（809）五六月间元稹从东川使回，随后奉诏前往洛阳分务东台。本诗即是告别崔群、白居易所作。白居易《代书一百韵寄微之》"南国人无怨，东台吏不欺"句下自注说："微之使东川，奏冤八十余家，诏从而平之，因分司东都。"诗歌表现出诗人比较轻松的心情，而且打算在"陆浑"买处庄园像陶渊明那样过着"澄心"平静恬淡的隐逸生活。临别之前还千叮咛万嘱咐地告诫朋友"殷勤承主恩"。但诗人万万没有想到等待他的却是两场重击：一是妻子的亡故，一是被贬江陵。至于"并买近山园"的愿望自然也落空，直到多年以后才在丹水附近的"商山淅岸村"（《归田》）实现了这一愿望，从江陵贬所回京的途中，他也兴奋地在《西归绝句十二首》之九说："今朝西渡丹河水，心寄丹河无限愁。若到庄前竹园下，殷勤为绕故山流。"并注云："丹淅，庄之东流。"谢永芳《元稹诗全集》谈及此事也说："唐代官员最后的理想，便是以洛阳为致仕地。正如元稹所写，在'殷勤承主恩'的同时，也计划将俸禄拿出一部分，在陆浑山买一座庄园，目的就是作为致仕后的养老之地。所谓'留作功成身退地'（刘禹锡《尉迟郎中见示之作因以和之》）。"

夜闲 ①

感极都无梦 ②，魂销转易惊。
风帘半钩落，秋月满床明。
怅望临阶坐，沉吟绕树行。
孤琴在幽匣，时迸断弦声 ③。

97

①此诗元和四年（809）作于洛阳，时任东台监察御史。题下原注："此后并悼亡。"

②感极：思念之极。感，思念。《古诗十九首·庭中有奇树》："此物何足贵，但感别经时。"《后汉书·刘平周磐等传赞》："周能感亲，啬神养福。"李贤注："感，思也。"

③断弦：古以琴瑟调和喻夫妇和谐，故谓丧妻为断弦。

【评析】

此诗作于元稹妻子韦丛离世不久，诗歌表现了诗人突然遭遇变故时心绪迷惘、手足无措的神情。首联极写思念、惊恐之状：思念之极居然连梦也没有，黯然销魂反而容易惊恐。"都无"二字将诗人的遗憾与失望表现无遗，而"转易"则将诗人的惊惕与脆弱之状描摹殆尽。颔联写妻子亡故后自己独处一室，以室内凄清之景表现其思念之情。颈联写诗人室外之行，以无所事事、不知所从、兀然一身空的行为来表现"怅望""沉吟"缱绻难释之情。此情此景都难以排遣内心的丧妻之痛，最后迸发出尾联，"孤琴"说抚琴之人已去，"断弦"说从此阴阳两隔，"时迸"写得惊心动魄，在静谧孤寂的秋夜里无异于一声惊雷！诗至此也戛然而止，给人留下无限遐想！吴伟斌《新编元稹集》说："这是元稹妻子刚刚谢世时诗人心态的真实写照，诗人因为妻子的突然亡故，'感极'而'无梦'，'魂销'而'易惊'，'怅望'而无眠，'沉吟'而徘徊，可见其当时精神的极度痛苦、内心的深刻哀楚。这应该是诗人存世最早的悼亡诗，幸请读者注意。"郭自虎《新译元稹诗文选》评析道："本诗或透过如梦如痴的情态，或透过细节描写，以凝练顿挫的语言传达沉痛之情，显得情真意切。"谢永芳《元稹诗全集》说："元稹写了不少梦中与妻子相聚的悼亡诗，但多是妻亡至少半年后的作品。在妻子亡故之初，这样的作品一篇也没有。原因可能在于，悲痛使他根本难以入睡，即便入睡了，也睡不深，极易醒转。因而，本篇起首二句'感极都无梦，魂销转易惊'的诉说，是相当真诚的。"

周先生 ①

寥寥空山岑 ②，泠泠风松林 ③。
流月垂鳞光 ④，悬泉扬高音。
希夷周先生 ⑤，烧香调琴心 ⑥。
神功盈三千 ⑦，谁能还黄金 ⑧。

【注释】

①此诗元和四年（809）作于洛阳，时任东台监察御史。周先生：字号生平不详，元稹曾有多首诗相赠，或称隐客，或称周隐客，或称周兄，当为同一人，是元稹在洛阳时一位在王屋山信奉道教的朋友。

②寥寥：辽阔、空旷貌。山岑：山峰。

③泠泠：此形容松风声清泠。

④流月：一作"流云"。鳞光：云彩因光线折射呈现出来的如鳞片般的鲜艳光彩。

⑤希夷：虚寂玄妙。《老子》："视之不见名曰夷，听之不闻名曰希。"河上公注："无色曰夷，无声曰希。"后亦指道家、道士。

⑥琴心：《黄庭内景经》的别名，《黄庭内景经·序》："《黄庭内景》者，一名《太上琴心文》。"亦可作琴瑟解。

⑦神功：神灵的功力。三千：《云笈七签》卷三八："太极真人曰：

学升仙之道，当立千二百善功，终不受报，立功三千，白日登天，皆济人应死之难也。"

⑧黄金：道教仙药名。葛洪《抱朴子·仙药》："仙药之上者丹砂，次则黄金，次则白银，次则诸芝。"

【评析】

诗写道士周隐客，前四句通过自然环境的描写烘托出其超尘脱俗、与自然浑然一体的形象；后四句则写其虚淡玄远的精神状态与专心炼丹求仙之术，末句更是赞扬其已"盈"三千之功，神仙之术指日可成！此外，本诗还有一个值得注意的地方，全诗用平声，读来却流畅上口。胡震亨《唐音癸签》评价说："元微之《赠周先生》诗云云，四十字用平声字至三十九。古有四声诗纯用平声者，此则偶然犯之，而调叶步虚，殊锵然可诵。"诗中唯一的仄声"月"字，其实在其他版本中又作"云"，果真如此，元稹是有意为之了。四声诗，有意识创作并以此命名的是晚唐诗人陆龟蒙，《唐诗纪事》卷六十四皮日休《杂体诗序》云："如四声诗、三字离合、全篇双声叠韵之作，悉陆生所为，又足见其多能也。"其诗有《夏日闲居作四声诗寄袭美·平声》。四声诗虽非诗歌形式之主流，后来响应者也寥寥，却足见元稹在诗歌创新方面的尝试与努力。

遣悲怀三首①

其一

谢公最小偏怜女②，自嫁黔娄百事乖③。

顾我无衣搜荩箧^④，泥他沽酒拔金钗^⑤。
野蔬充膳甘长藿^⑥，落叶添薪仰古槐^⑦。
今日俸钱过十万^⑧，与君营奠复营斋^⑨。

【注释】

①此诗作于元和五年（810）冬。遣悲怀三首：一本作"三遣悲怀"；遣：排遣，抒发。悲怀：悲伤，哀愁。

②谢公：谢安，字安石，东晋陈郡阳夏（今河南太康）人，孝武帝时位至宰相。韦丛的父亲韦夏卿亦为士族，官至太子少保，钟爱幼女，因以谢安借指韦夏卿。偏怜：偏爱。此句为"谢公偏怜最小女"之倒装句。

③黔娄：战国时齐国隐士，家甚贫，死时衾不蔽体，齐、鲁国君曾聘请他为官，他都拒绝。诗人以黔娄自喻，有居贫而清高之意。乖：违背，不称心、不顺利。

④顾：看。荩箧（jìn qiè）：一种草制的衣箱。荩，草名。箧，小箱子。

⑤泥：软磨、软缠。沽酒：买酒。金钗：妇女金首饰。

⑥充膳：充当饮食。甘：作意动词用，以为甘甜。长藿：长大老了的豆叶。藿，豆叶，嫩时可食。

⑦薪：柴火。仰：依靠。

⑧俸钱：俸禄，官吏所得的薪水。过十万：超过了十万钱，形容生活较富裕。此句有两种解释，一说是月俸超过十万，一说是现在累积的俸钱超过十万。

⑨营奠：设祭，向亡故者供献祭品。营斋：设斋食以供僧道，请为死者超度灵魂。《南齐书·刘瓛传》："子良遣从瓛学者彭城刘绘、顺阳范缜将厨于瓛宅营斋。"

【评析】

元稹的原配妻子韦丛是太子少保韦夏卿的幼女，二十岁时嫁与元稹。婚后夫妇关系和睦、感情深厚，元稹其时官职卑微，经济拮据。元和四年（809）七月九日，韦丛不幸病故，年仅二十七岁，元稹对亡妻思念不已，写了许多情真意切的悼亡诗，《遣悲怀三首》即是其中最著名的篇章。

此首写韦丛生时生活之贫困与感情之恩爱。前人评论甚多，如《唐体馀编》点评道："四句极写'百事乖'（首四句下）。以反映收，语意沉痛（末二句下）。"《唐诗笺注》评道："此微之悼亡韦氏诗。通首说得哀惨，所谓贫贱夫妻也。'顾我'一联，言其妇德，'野蔬'一联，言其安贫。俸钱十万，仅为营奠营斋，真可哭杀。"《精选评注五朝诗学津梁》说："此诗前六句形容甘受贫苦，第七句极写贵显，斋奠二句万种伤心，酒句亦亦，慨鸡豚养志，不逮生存。每读欧九'祭而丰'两句，不觉歔欷也。"

吴大逵、马秀娟《元稹白居易诗选译》评说："第一首追忆往日的艰苦处境与韦丛的体贴关怀，表达了共贫贱而未能共富贵的遗憾。"孙安邦、蓓蕾《元稹集》评说："诗从'百事乖'领起，'前六句形容甘受贫苦，第七句极写显贵，斋奠二句万种伤心……'（《精选评注五朝诗学津梁》）。'顾我无衣搜荩箧'四句叙述，凸显了韦丛的鲜明形象和可贵的精神境界，句句饱含着诗人对妻子的赞叹与怀念之情。通过日常生活的细节描写，表现韦丛安贫自乐的贤淑品德。末二句在出神的思念中猛然惊觉，对亡妻发出无限的愧憾深情，正所谓'通首说得哀惨，所谓贫贱夫妻也'，'俸钱十万，仅为营奠营斋，真可哭杀'（《唐诗笺注》）。在平和的诗句中蕴含着内心的极度凄苦，是夫妻二人艰难境遇的传神写照。出句极力一扬，反衬昔日贫困相处的难得，

'逼'出对句无法弥补的悲痛情怀。"谢永芳《元稹诗全集》说："其一，再现昔日夫妇在困顿中相守相爱的情形，感叹不能同享富贵，逼出'悲怀'二字，隐含无限凄惨。面对生与死无法逾越的鸿沟，诗人通过对昔日夫妻贫贱相守时几件生活琐事的回忆，表达深长的思念之情，其中成功使用了化静为动之法。"

其二

昔日戏言身后意^①，今朝都到眼前来。
衣裳已施行看尽^②，针线犹存未忍开。
尚想旧情怜婢仆^③，也曾因梦送钱财。
诚知此恨人人有，贫贱夫妻百事哀。

【注释】

① 戏言：开玩笑。身后意：死后的安排、遗嘱之类的。

② 施：施舍，给人财物。行看尽：即将没了。

③ 旧情：指与亡妻韦丛生前的恩爱情意。婢仆：指韦丛生前使唤的奴仆。

【评析】

此首写韦丛逝后之"身后意"。吴大逵、马秀娟《元稹白居易诗选译》评说："第二首描写韦丛死后的情景，以施舍旧衣、怜惜婢仆寄托深切的哀思。"孙安邦、蓓蕾《元稹集》评此首诗说："第二首承上，另辟蹊径，描写亡妻身后日常生活中引发哀思的几件事，事事触景伤情。由'诚知此恨人人有'的泛指，推进一步，宕开一笔，落实到结句'贫贱夫妻百事哀'的特指上，既关合题旨，又总收对亡妻生前的爱恋和身后的思念，抒发了自己对亡妻不同于一般的悲痛和于事无补的哀伤。在艺术上采用联想手法：人亡物在，人逝情牵；旧爱新愁，思极悲绝！达到了悲痛感宣泄的高潮。"

其三

闲坐悲君亦自悲，百年都是几多时。
邓攸无子寻知命 ①，潘岳悼亡犹费词 ②。
同穴窅冥何所望 ③，他生缘会更难期 ④。
惟将终夜长开眼 ⑤，报答平生未展眉 ⑥。

【注释】

① 邓攸：《晋书·邓攸传》："邓攸，字伯道，平阳襄陵人也。……石勒过泗水，攸乃斫坏车，以牛马负妻子而逃。又遇贼，掠其牛马，步走，担其儿及其弟子绥。度不能两全，乃谓其妻曰：'吾弟早亡，唯有一息，理不可绝，止应自弃我儿耳。幸而得存，我后当有子。'妻泣而从之，乃弃之。其子朝弃而暮及。明日，攸系之于树而去。……攸弃子之后，妻子不复孕。过江，纳妾，甚宠之，讯其家属，说是北人遭乱，忆父母姓名，乃攸之甥。攸素有德行，闻之感恨，遂不复畜妾，卒以无嗣。时人义而哀之，为之语曰：'天道无知，使邓伯道无儿。'弟子绥服攸丧三年。"此指与韦丛婚后无子。

② 潘岳：西晋文学家，字安仁，曾任河阳令、著作郎、散骑侍郎等职，后为赵王司马伦及孙秀所杀。他长于诗赋，与陆机齐名，妻死，作《悼亡诗》三首哀悼亡妻。费词：徒费言词。

③ 窅冥：幽暗貌，形容死后无知。何所望：有何期望，指死后重聚无望。

④ 他生：再世，来生。缘会：相会的缘分。陶弘景《冥通记》卷二："幸藉缘会，得在山宅。"此指结为夫妇的缘分。

⑤终夜：整夜。长开眼：始终睁眼不睡，指因思念韦丛而不眠。

⑥未展眉：形容韦丛生前因操劳忧虑而心情忧郁，未能因喜悦开心。

【评析】

此首悲己，无子悼亡，来生难期。《唐体馀编》评道："真镂肝擢肾之语（末二句下）。第一首生时，第二首亡后，第三首自悲，层次即章法。末篇末句'未展眉'即回绕首篇之'百事乖'，天然关锁。"然而《养一斋诗话》则有不同看法："微之诗云'潘岳悼亡犹费词'，安仁《悼亡》诗诚不高洁，然未至如微之之陋也。'自嫁黔娄百事乖'，元九岂黔娄哉！'也曾因梦送钱财'，直可配村笛山歌耳。"吴大逵、马秀娟《元稹白居易诗选译》评说："第三首慨叹人生短暂，一死便成永别，抒发了没有穷尽的长恨。三首诗直抒胸臆，朴素自然，夫妻间真挚的情爱洋溢于字里行间，凄苦酸辛，感人至深，是古代悼亡中的名篇。"孙安邦、蓓蕾《元稹集》评道："第三首巧用典故，由思量到幻想，由盼望到绝望，'诗情愈转愈悲，不能自已'，终于想出一个出人意料而又无可奈何的绝妙办法：惟将'终夜长开眼'，以报'平生未展眉'，层层逼进，既突出了悲怀，又深化了主题，真是痴情缠绵、哀恸欲绝！一个'悲'字从首句到结句，贯穿始终。悲亡妻，从生前到身后；悲自己，从眼前到将来，摄取夫妻日常生活中的典型细节材料，于叙事之中融入悲悼之情。诗中连用典故，一是哀叹韦丛青春早逝，而且未留下子嗣；二是表示自己就是有潘岳之才，也无法表达丧妻的悲怆情怀。所举事情虽小，却深深地触动着诗人的感情，也打动着读者的心扉。不但反映了诗人显贵而不忘贫贱的道德原则，同时又合乎于人们的生活实际和审美情趣。叙事实，抒情真，正是'极写悲痛'，且以'淡笔写之，而悲痛更甚'（施补华《岘佣说诗》）。这也正是此诗久为传诵而又深受赞誉的关键之所在。诚所谓'古今悼亡诗充栋，终无能出此三首范围者，勿以浅近忽之'（清孙洙《唐诗三百首》卷六）。"谢永芳《元稹诗全集》说："其三，首句以'悲君'总结前两首诗，以'自悲'引出下文。接下来巧用典故，由思量到幻想，由盼望到绝望，由眼前到将来，层层逼进，突出悲怀，深化主题。"

关于三首诗前人也有整体评价，如《小清华园诗谈》说："于夫妇则当如苏子卿之《别妻》，顾彦先之《赠妇》，潘安仁之《悼亡》，暨张正言之'南园春色正相宜，大妇同行小妇随……'，元微之之'谢公最小偏怜女，嫁与黔娄百事乖……'。"《唐贤小三昧续集》评道："字字真挚，声与泪俱。骑省悼亡之后，仅见此制。"《求志居唐诗选》以为："悼亡之作，此为绝唱。元、白并称，其实元去白甚远，唯言情诸篇传诵至今，如脱于口耳。"《唐诗三百首》更是评道："古今悼亡诗充栋，终无能出此三首范围者，勿以浅近忽之。"《元白诗笺证稿》则说："夫微之悼亡诗中其最为世所传诵者，莫若《三遣悲怀》之七律三首。……悼亡诸诗，所以特为佳作者，直以韦氏之不好虚荣，微之之尚未富贵。贫贱夫妻，关系纯洁，因能措意遣词，悉为真实之故。夫唯真实，遂造诣独绝欤？"孙安邦、蓓蕾《元稹集》总评说："就全诗而言，诗人善于将人人心中所有、人人口中所无的深刻含意，用极为浅近质朴的语词表达出来，如'昔日戏言身后意'二句，'诚知此恨人人有'二句，'闲坐悲君亦自悲'二句以及'泥他沽酒拔金钗''唯将终夜长开眼，报答平生未展眉'……既关合生者与死者，又紧扣'贫贱夫妻百事哀'，揭示悲伤情怀的无法排遣与不可排遣。不事雕饰，不见堆砌，浅显本色，如话家常，既状难写之情趋于真切，又写难言之隐颇为自然，'字字真挚，声与泪俱'（《唐贤小三昧续集》）。至情至性，至真至切，无限眷恋，一往情深，引人遐思，耐人寻味，读来令人情欲悲、心欲碎、泪欲下，不忍卒读，因而成为古今悼亡诗之名篇。"

辛夷花 ①

问君辛夷花，君言已斑驳 ②。
不畏辛夷不烂开 ③，顾我筋骸官束缚 ④。
缚遣推囚名御史 ⑤，狼藉囚徒满田地 ⑥。
明日不推缘国忌 ⑦，依前不得花前醉 ⑧。
韩员外家好辛夷，开时乞取三两枝。
折枝为赠君莫惜，纵君不折风亦吹。

【注释】

①此诗元和五年（810）春作于洛阳，作者时任东台监察御史。辛夷花：辛夷树属木兰科，因其形而俗称木笔，因其色又呼为玉兰，多以"辛夷"为木兰的别称，约于正月、二月开花。《楚辞·九歌·湘夫人》："桂栋兮兰橑，辛夷楣兮药房。"洪兴祖补注："《本草》云：辛夷，树大连合抱，高数仞。此花初发如笔，北人呼为木笔。其花最早，南人呼为迎春。"此诗题下原注："问韩员外"。韩员外：韩愈，时迁都官员外郎奉职洛阳。

②斑驳：色彩错杂貌。

③烂开：盛开。

④筋骸：犹筋骨。

⑤缚遣：抓捕遣送犯人。推囚：审问犯人。御史：王谠《唐语林·补遗四》："御史主弹奏不法，肃清内外。"

⑥狼藉：纵横散乱貌。田地：地方，处所。

⑦不推：不审问犯人。国忌：旧指帝、后的忌日。《唐律·杂律上》"国忌作乐"："诸国忌废务日作乐者，杖一百。"洪迈《容斋随笔·国忌休务》："盖唐世国忌休务，正与私忌义等。"唐德宗卒于贞元二十一年正月癸巳（二十三），顺宗卒于元和元年正月甲申（十九），国忌当指此。

⑧花前醉：花前饮酒，亦属"作乐"范畴，故称"不得"。

【评析】

此诗咏辛夷花。洪迈《容斋随笔》卷三对唐时国忌日规定作了更为详细的介绍："《刑统》载唐大和七年敕：'准令，国忌日唯禁饮酒举乐，至于科罚人吏，都无明文。但缘其日不合厘务，官曹即不得决断刑狱，其小小笞责，在礼律固无所妨，起今以后，纵有此类，台府更不要举奏。'《旧唐书》载此事，因御史台奏均王傅王堪男国忌于私第科决作人，故降此诏。盖唐世国忌休务，正与私忌义等，故虽刑狱亦不决断，谓之不合厘务者此也。……元微之诗云：'缚遣推囚名御史，狼藉囚徒满田地。明日不推缘国忌。'又可证也。"宋人胡仔《渔隐丛话·韩退之》辨析木笔、迎春为两种不同的花："苕溪渔隐曰：《感春》诗：'辛夷花高开最先。'洪庆善注云：'辛夷高数丈，江南地暖，正月开；北地寒，二月开。初发如笔，北人呼为木笔。其花最早，南人呼为迎春。'余观木笔、迎春自是两种，木笔色紫，迎春色白。木笔丛生，二月方开；迎春树高，立春已开。然则辛夷乃此花耳！"谢永芳《元稹诗全集》评析道："诗作开篇即紧扣题面，接下来以叙事与抒情相结合的方式，围绕辛夷花反复做文章。先说身为官缚，没有赏花的自由。再具体说不自由的情况，身为御史，平日要推囚；明日不推囚，却也因为是国忌日，纵使花'已斑驳'，仍然不能饮酒赏乐，这就彻底没有自由了。为了不辜负这'好辛夷'，无奈之下，只好向友人乞取花枝，聊为精神上的小补。乞花之际，又担心友人惜而不折，便又给他做了一番开导：花事将阑，'纵君不折风亦吹'。全篇层递转折，开阖有致。"

卢十九子蒙吟卢七员外洛川怀古六韵命余和 ①

闻道卢明府 ②，闲行咏洛神 ③。
浪圆疑靥笑 ④，波斗忆眉嚬 ⑤。
蹀躞桥头马 ⑥，空濛水上尘。
草芽犹犯雪，冰岸欲消春 ⑦。
寓目终无限，通辞未有因 ⑧。
子蒙将此曲 ⑨，吟似独眠人 ⑩。

【注释】

① 此诗元和五年（810）春作于洛阳。卢十九子蒙：卢贞，字子蒙，行十九；郡望范阳，元和九年（814）以大理评事为剑南西川节度使李夷简从事，后官侍御史内供奉；与元稹唱和较多，惜不传；晚年居洛阳，曾参与"七老会""九老会"。卢七员外：不详何人，一说即卢元辅，一说为卢简求，一说当为卢贞之族兄，其作《洛川怀古》今已散佚。

② 卢明府：即卢七。明府：唐以后多指县令。

③ 洛神：传说中的洛水女神宓妃。郦道元《水经注·洛水》："昔王子晋好吹凤笙，招延道士，与浮丘同游伊洛之浦，含始又受玉鸡之瑞于此水，亦洛神宓妃之所在也。"曹植有著名的《洛神赋》即咏此事。

④ 浪圆：指圆形的波浪。靥笑：微笑的酒窝。

⑤ 波斗：水波荡漾，波波相逐。眉嚬：指美人皱眉。

⑥ 蹀躞：马行走貌。

⑦ 消春：抵消春天的气息。

⑧ 通辞：传达话语。

⑨ 此曲：指卢七所作《洛川怀古》。

⑩ 似：与，给。独眠人：此指丧偶之人，诗人与卢贞均丧妻之不久。

【评析】

卢贞吟诵卢明府的《洛川怀古》之后让诗人唱和，所以诗歌以"闻道"起切入正题，中间六句将初春景象与洛川宓妃故事，还有卢明府的闲情雅致结合起来描绘，贴切清新；末四句以无缘与卢明府结识为憾，也以此诗来安慰同是丧妻的卢贞与自己，表现了"独眠人"对妻子的无限思念之情。宋邦绥《才调集补注》卷五："《唐诗纪事》：卢贞字子蒙，会昌五年为河南尹。乐天九老会，贞年未七十，亦与焉。曹子建《洛神赋序》：黄初三年，余朝京师，还济洛川。古人有言，斯水之神名曰宓妃。感宋玉对楚王神女之事，遂作斯赋。……'靥笑'，《洛神赋》'靥辅承权'注：辅，腮也。靥辅言辅上有靥文也。权，两颊。《古乐府》：'泪痕犹尚在，笑靥自然开。'……'水上尘'，《洛神赋》：'凌波微步，罗袜生尘。''通辞'，《洛神赋》：'托微波而通辞。''似'，圆至云：'似者，呈似之。'似犹言向也。"

听庾及之弹乌夜啼引①

君弹乌夜啼，我传乐府解古题②。
良人在狱妻在闺③，官家欲赦乌报妻。
乌前再拜泪如雨，乌作哀声妻暗语。
后人写出乌啼引，吴调哀弦声楚楚④。

四五年前作拾遗⑤，谏书不密丞相知⑥。
谪官诏下吏驱遣⑦，身作囚拘妻在远⑧。
归来相见泪如珠⑨，唯说闲宵长拜乌⑩。
君来到舍是乌力⑪，妆点乌盘邀女巫⑫。
今君为我千万弹，乌啼啄啄泪澜澜⑬。
感君此曲有深意，昨日乌啼桐叶坠。
当时为我赛乌人⑭，死葬咸阳原上地⑮。

【注释】

①此诗元和五年（810）春作于洛阳。庚及之：即庚承宣，与元稹为姻亲，韦丛为其母韦氏之侄孙女，元稹则为庚承宣之侄女婿。乌夜啼：为乐府清商曲辞名，《旧唐书·音乐志二》："《乌夜啼》，宋临川王义庆所作也。元嘉十七年，徙彭城王义康于豫章。义庆时为江州，至镇，相见而哭，为帝所怪，征还宅，大惧。妓妾夜闻乌啼声，扣斋阁云：'明日应有赦。'其年更为南兖州刺史，作此歌。……今所传歌似非义庆本音。"又为琴曲名，即《乌夜啼引》，与《西曲歌》义同事异。《乐府诗集·琴曲歌辞四·乌夜啼引》引李勉《琴说》："《乌夜啼》者，何晏之女所造也。初，晏系狱，有二乌止于舍上。女曰：'乌有喜声，父必免。'遂撰此操。"后世所见《乌夜啼》，内容多为男女恋情，与此已有不同。

②"我传"句：指诗人《和李校书新题乐府十二首序》所言之内容主张，一说指诗人《乐府古题序》，所论古今歌诗同异之旨。当以前者为是。

③"良人"四句：见前引《乌夜啼》本事。

④吴调：《乌夜啼》属清商曲中之吴声歌曲。楚楚：形容忧戚凄苦之貌。

⑤作拾遗：元稹元和元年（806）任左拾遗。拾遗，官名，武则天时

111

置左右拾遗，掌供奉讽谏。

⑥ "谏书"句：向君主进谏的奏章，元稹任拾遗时曾针对朝廷朝令夕改的现状献上《论迁制表》而得罪宰相杜佑。当时裴度等密疏论权幸，元稹"讼所言当"。八月，宪宗召对，宰相恶之。九月，出稹为河南县尉。

⑦ 谪官：贬官，此指贬河南尉。驱遣：驱使、差遣。

⑧ 囚拘：受到束缚的人。妻在远：时韦夏卿任东都留守，韦丛随父居洛阳。

⑨ 归来相见：诗人贬河南尉，未及到任便因母亲病故而返回长安，韦丛也从洛阳回长安。

⑩ 闲宵：寂寞无聊的夜晚。拜乌：向乌神礼拜，祈求保佑，本事见前。

⑪ 君：指庾及之。乌力：乌鸦的神力。

⑫ 妆点：装饰、安排。乌盘：拜乌设祭时所用器具。

⑬ 啄啄：象声词，乌啼声，也形容禽鸟反复不停啄食的样子。澜澜：泪流不断貌。

⑭ 赛乌人：指韦丛。赛，旧时酬神称赛。

⑮ "死葬"句：韦丛死于元和四年（809）七月九日，十月十三日葬于元氏家族祖坟咸阳奉贤乡洪渎原。

【评析】

诗歌借《乌夜啼》琴声讲述了歌曲的本事，回顾了自己的仕途坎坷，表达了对亡妻的深深怀念，读之令人感叹、唏嘘不已！另一方面，诗歌还表现了当时的"拜乌"——祭祀乌鬼以求福佑的民间风俗，所以《演繁露·乌鬼》说："按稹此诗即是其妻为稹赛乌而得还家者，则唐人祀赛乌鬼，有自来矣。"

忆事 ^①

夜深闲到戟门边 ^②，却绕行廊又独眠。
明月满庭池水渌，桐花垂在翠帘前。

【注释】

① 此诗约元和五年（810）初作于洛阳，一说贞元十六年（800）作于蒲州。

② 戟门：胡三省《资治通鉴》"唐僖宗光启三年"条注："唐设戟之制，庙社宫殿之门二十有四，东宫之门一十有八，一品之门十六，二品及京兆、河南、太原尹、大都督、大都护之门十四，三品及上都督、中都督、上都护、上州之门十二，下都督、下都护、中州、下州之门各十。设戟于门，故谓之戟门。"后指显贵之家或显赫的官署，此当指东都留守韦夏卿的宅门。

【评析】

此诗写夜深忆事，独自难眠，抒情写景如在目前，韵味绵绵如满庭月光。前两句写行走不安、漫无目的，一个"闲"字，一个"又"字，一个"独"字分明表达了诗人独卧难眠，复起闲逛，再度独眠的过程。后两句写房间所见窗外景象，独眠难成，只得再度起床，临窗对外，只见月光满庭、池水渌渌，桐花静静地映照在翠帘上。全诗含蓄婉转，深情绵渺，耐人寻味。至于诗歌所忆之事、所怀之人以及与之相关的创作时间，却有不同的两种说法。黄周星《唐诗快》卷一五评云："此亦必为双文而作。尔时双文知之否？"谢永芳《元稹诗全集》也承此说："诗作近似无题诗，只写氛围而不及情事本身，含蓄而味长。在元稹为莺莺所作的爱情诗中，算是写得较好的。题为《忆事》，表明对往事留恋之深，似不应看作虚写，而是有着自己的某种体验。"而吴伟斌《新编元稹集》则认为："本诗中的'戟门'，就是韦夏卿在洛阳履信坊的住宅之门。韦丛病故于元和四年七月九日，有韩愈为她作的'墓志铭'为证，当时的桐花已经结果，故元和四年可以排除在外。元稹离开洛阳在二月底，桐花已经开始开放，正是赋咏本诗的时间。元和四年一月，元稹的岳丈韦夏卿亡故；七月九日，夫人韦丛亡故；九月十九日，韦丛的继母段氏也亡故，但元稹仍居住在洛阳履信坊韦夏卿的旧居中。'独眠'之夜，难以入睡。元和五年二月，元稹接到回归西京的诏令，诗人在离开洛阳的前夕，徘徊在他与韦丛一起生活过的故宅，感慨万千，写下本诗，本诗也是元稹悼亡韦丛'数十首'悼亡诗篇之一。据此，本诗应该赋咏于诗人元和五年二月底离开洛阳的前夕，地点在洛阳履信坊韦夏卿的住宅。"

行宫 ①

寥落古行宫 ②，宫花寂寞红 ③。
白头宫女在，闲坐说玄宗 ④。

【注释】

①此诗约元和五年（810）作于洛阳，一说当作于贞元十一年（795）；此诗一作王建诗。行宫：京城以外供帝王居住的宫殿。

②寥落：冷清，冷落。

③宫花：明指宫中各种花卉，暗指宫中宫女。

④玄宗：唐玄宗李隆基（685—762）。

114

【评析】

此诗画面凄艳，叙写简单，却又融入了深厚的历史沧桑感，韵味悠长，耐人咀嚼，素来颇得历代诗评家的佳评。如洪迈《容斋随笔》卷二说："白乐天《长恨歌》、《上阳人歌》，元微之《连昌宫词》，道开、天间宫禁事，最为深切矣。然微之有《行宫》一绝句云：'寥落古行宫，宫花寂寞红。白头宫女在，闲坐说玄宗。'语少意足，有无穷之味。"叶寘《爱日斋丛钞》卷三说："元稹过华清宫诗'白头宫女在，闲坐说玄宗'，退之过连昌宫诗'宫前遗老来相问，今是开元几叶孙'，各有意味。剑南诗中亦云：'舍北老人同甲子，相逢挥泪说高皇。'"瞿佑《归田诗话》评道："乐天《长恨歌》凡一百二十句，读者不厌其长；元微之《行宫》诗才四句，读者不觉其短。文章之妙也。"高廷礼《唐诗正声》说："吴逸一评：冷语有令人惕然深省处，'说'字得书法。"黄周星《唐诗快》卷一四评："此宫女得与外人闲说旧事，胜于上阳白发人多矣。"徐增《而庵说唐诗》卷九评："玄宗旧事出于白发宫人之口，白发宫人又坐于宫花乱红之中，行宫真不堪回首矣。"沈德潜《唐诗别裁集》卷一九评："说玄宗，不说玄宗长短，佳绝。只四语，已抵一篇《长恨歌》矣。"黄叔灿《唐诗笺注》卷七说："父老说开元天宝遗事，听者藉藉，况白头宫女亲见亲闻。故宫寥落之悲，黯然动人。"李锳《诗法易简录》评曰："明皇已往，遗宫寥落，借白头宫女写出无限感慨。凡盛事既过，当时之人无一存者，其感人犹浅；当时之人尚有存者，则感人更深。白头宫女，闻说玄宗，不必写出如何感伤，而哀情弥至。"潘德舆《养一斋诗话》卷三云："《连昌宫词》收场用意实胜《长恨歌》，艳《长恨》而亚《连昌》，不知诗之体统者也。'寂寞古行宫'二十字，足赅《连昌宫词》六百余字，尤为妙境。诗品至微之，犹非浪得虚名也。瞿宗吉……以

二诗并称，非知诗者也。"王尧衢《古唐诗合解》卷四："评：寥落
故行宫：故行宫上加'寥落'二字，分外凄凉。宫花寂寞红：宫无人
焉则花光寂寞，空自落残红矣。白头宫女在：此行宫中谁人对此宫花
乎？只有白头宫女在耳。连用三'宫'字，凄然欲绝。闲坐说玄宗：
玄宗旧事，真不堪说，白发宫人，可怜一世眼见心痛，不觉于到花间
坐时说之，解此寥寂，而故宫中不堪回首矣。"宋宗元《网师园唐诗
笺》卷三评："妙能不尽。"俞陛云《诗境浅说续编》评："直书其事，
而前朝盛衰，皆在'说玄宗'三字之中。"刘永济《唐人绝句精华》
评道："首句宫之寥落，次句花之寂寞，已将白头宫女之所在环境景
象之可伤描绘出来，则末句所说之事，虽未明说，亦必为可伤之事。
二十字中，于开元、天宝间由盛而衰之经过，悉包含在内矣。此诗可
谓《连昌宫词》之缩写。白头宫女与《连昌宫词》之老人何异！"孙
安邦、蓓蕾《元稹集》："全诗二十字，写景、抒情、叙事乃至创造
意境，具有锻字炼句、字少意多、举一反三、精炼含蓄之妙。……发
乐景写哀情，以宫花红反衬白发宫女的凄凉幽怨。'红花''白发'相
映衬，表现红颜易老的感慨，不仅加强了时代盛衰之感，而且突出了
宫女被囚禁的哀怨之情。明写'闲坐说玄宗'，实则以玄宗朝之盛反
衬后来宪宗、穆宗之衰，有今昔对比、今不如昔之微旨。……全诗仅
二十字，言简意赅，'足赅《连昌宫词》六百余字，尤为妙境'（潘德
舆《养一斋诗话》）。在用词炼意上，连用三个'宫'字，不觉重复。
又如'寥落''寂寞''白头''闲坐'，既描绘情景、又沉浸烘托氛
围，尤见功力。"

思归乐 ①

山中思归乐，尽作思归鸣。
尔是此山鸟，安得失乡名 ②。
应缘此山路 ③，自古离人征。
阴愁感和气 ④，俾尔从此生。
我虽失乡去，我无失乡情。
惨舒在方寸 ⑤，宠辱将何惊 ⑥。
浮生居大块 ⑦，寻丈可寄形 ⑧。
身安即形乐 ⑨，岂独乐咸京。
命者道之本 ⑩，死者天之平。
安问远与近，何言殇与彭。
君看赵工部 ⑪，八十支体轻。
交州二十载，一到长安城。
长安不须臾，复作交州行。
交州又累岁，移镇广与荆。
归朝新天子，济济为上卿。
肌肤无瘴色，饮食康且宁。
长安一昼夜，死者如陨星。
丧车四门出，何关炎瘴萦。
况我三十二 ⑫，百年未半程。
江陵道涂近 ⑬，楚俗云水清。
遐想玉泉寺 ⑭，久闻岘山亭 ⑮。
此去尽绵历 ⑯，岂无心赏并。

红餐日充腹^⑰，碧涧朝析酲^⑱。

开门待宾客，寄书安弟兄。

闲穷四声韵^⑲，闷阅九部经^⑳。

身外皆委顺^㉑，眼前随所营^㉒。

此意久已定，谁能苟求荣^㉓。

所以官甚小，不畏权势倾。

倾心岂不易^㉔，巧诈神之刑^㉕。

万物有本性，况复人性灵。

金埋无土色，玉坠无瓦声。

剑折有寸利，镜破有片明。

我可俘为囚^㉖，我可刃为兵^㉗。

我心终不死，金石贯以诚^㉘。

此诚患不至，诚至道亦亨^㉙。

微哉满山鸟，叫噪何足听！

【注释】

①此诗约作于元和五年（810）三月贬赴江陵府士曹参军途中。思归乐：杜鹃鸟的别名，俗谓杜鹃鸣声近似"不如归去"，故名。

②失乡：指其既在家，为何却得"思归"之名。失乡，犹言无家可归或远离家乡。

③应缘：犹言大概是。

④阴愁：天气阴暗，令人生愁。和气：天地间阴气与阳气交合而成之气，万物由此"和气"而生。

⑤惨舒：惨指戚戚不乐，舒指心情愉快。张衡《西京赋》："夫人在阳时则舒，在阴时则惨，此牵乎天者也。"

⑥宠辱：荣宠与耻辱。《世说新语·栖逸》："阮光禄在东山，萧然

无事，常内足于怀。有人以问王右军，右军曰：'此君近不惊宠辱，虽古之沈冥，何以过此。'"

⑦浮生：以人生在世，虚浮不定，故称。《庄子·刻意》："其生若浮，其死若休。"大块：大自然，天地。

⑧寻丈：泛指八尺到一丈之间的长度，此指个人生活所需空间。寄形：寄托形体。

⑨形乐：体现内心的快乐。

⑩"命者"四句：《论语·颜渊》："商闻之矣：死生有命，富贵在天。"殇与彭：犹言夭与寿。殇，未成年而死。彭，指彭祖，高寿者。《庄子·齐物论》："莫寿于殇子，而彭祖为夭。"

⑪"君看"十六句：赵昌事迹见《新唐书·赵昌传》："赵昌，字洪祚，天水人。始为昭义李承昭节度府属，累迁虔州刺史。安南首獠杜英翰叛，都护高正平以忧死。拜昌安南都护，夷落向化毋敢桀。居十年，足疾，请还朝，以兵部郎中裴泰代之，入为国子祭酒。未几，州将逐泰，德宗召昌问状，时年逾七十，占对精明，帝奇之，复拜安南都护。诏书至，人相贺，叛兵即定。宪宗初立，检校户部尚书，迁岭南节度使。降辑陬荒，以劳徙节荆南。召入，再迁工部尚书，兼大理卿。出为华州刺史。对麟德殿，趋拜强驶，帝访其所以颐养。迁太子少保。卒，年八十五，赠扬州大都督，谥曰成。"支体：肢体，身体。交州：《新唐书·地理志》卷七："安南中都护府，本交趾郡，武德五年曰交州，治交趾。调露元年曰安南都护府，至德二载曰镇南都护府，大历三年复为安南。宝历元年徙治宋平。"新天子：指唐宪宗。济济：美盛貌。瘴色：因患瘴疠显病色。陨星：陨落之星。丧车：送葬者乘的车。四门：指长安城东南西北四门。炎瘴：南方湿热致病的瘴气。

⑫三十二：一作"三十余"。

⑬江陵：今属湖北荆州。道涂：路途。

119

⑭玉泉寺：在今湖北宜昌当阳，县西有乳窟，玉泉交流其中，山下有玉泉寺。李白《答族侄僧中孚赠玉泉仙人掌茶》诗："常闻玉泉山，山洞多乳窟。"王琦注引《潜确居类书》："玉泉山，在当阳，泉色白而莹，又曰珠泉。泉南为天台智者道场。"

⑮岘山：在今湖北襄阳南，又名岘首山，东临汉水，为襄阳南面要塞。《晋书·羊祜传》："祜乐山水，每风景，必造岘山，置酒言咏，终日不倦。"

⑯绵历：谓延续时间长久。

⑰红餐：红米，糙米。

⑱析酲（chéng）：解酒、醒酒。

⑲四声韵：指汉字平、上、去、入四声。《南史·陆厥传》："汝南周颙善识声韵。（沈）约等文皆用宫商，将平上去入四声，以此制韵，有平头、上尾、蜂腰、鹤膝。"

⑳九部经：指小乘佛教的九部经书，此泛指佛经。白居易《和思归乐》有："身委逍遥篇，心付头陀经。"一说指儒家的九经，误。

㉑身外：身外之物。委顺：顺其自然。皆委顺，一作"无所求"。

㉒随所营：随便怎么处理。

㉓苟求：任意求得，无原则地求取。一作"求苟"。

㉔倾心：本指葵藿之类植物本性倾向于太阳，比喻忠贞不贰。此指放弃操守。

㉕巧诈：机巧诈伪。

㉖俘为囚：被俘而为囚。

㉗刃为兵：被杀而死。刃，杀。兵，《释名·释丧制》："战死曰兵。"泛指被杀之人。

㉘金石：用以比喻事物的坚固、刚强，此喻坚定忠贞之心志。贯以诚：以诚贯之。

㉙亨：通达，顺利。

【评析】

此诗可作四层读：首二十句为一层，由杜鹃叫"思归"名不副实始，表达了诗人虽然"失乡"却并无"失乡情"，并表现了自己对身与形、命与道、远与近、殇与彭的达观态度。"君看"十六句为第二层，以元和初年屡次出镇岭南和荆南的"赵工部"赵昌的事迹勉励自己。"况我"十八句为第三层，对自己到江陵后的生活态度、行事准则乃至游赏名胜、浏览书籍都作了详尽的安排。"所以"十八句为第四层，诗人表达应当遵从人格禀性而不畏惧权势的政治原则。全诗畅达流利，开阖自然；词语平浅，命意韵长。清人叶矫然《龙性堂诗话》初集评道："元稹'玉碎无瓦声，镜破有半明'，白居易云：'捣麝成尘香不减，拗莲为寸丝难断'，较李义山'蚕死丝尽''蜡灰泪干'，又进一解。"吴伟斌《新编元稹集》评价道："从白居易的诗序（《和答诗十首序》），我们知道这十七首诗歌是元稹现实主义诗风的重要作品，也是诗人讽喻诗的代表作品，更是元稹诗风转变的重要标志。"

春鸠①

春鸠与百舌②，音响讵同年③？
如何一时语，俱得春风怜？
犹知化工意④，当春不生蝉。
免教争叫噪，沸渭桃花前⑤。

① 此诗约作于元和五年（810）春贬赴江陵府士曹参军途中。一说作于元和五年（810）自洛阳归长安途中。鸠：古为鸠鸽类，种类不一。今为鸠鸽科部分鸟类的通称。《吕氏春秋·仲春纪》："苍庚鸣，鹰化为鸠。"高诱注："鸠，盖布谷鸟。"

② 百舌：亦名伯劳，善鸣，声多变化。《淮南子·说山训》："人有多言者，犹百舌之声。"高诱注："百舌，鸟名，能易其舌效百鸟之声，故曰百舌也。以喻人虽事多言，无益于事。"

③ 同年：相同，犹言不可同日而语。

④ 化工：一本作"造物"。

⑤ 沸渭：形容声音喧腾嘈杂。

【评析】

春鸠与百舌两种鸟的鸣叫声之优美动听相去悬绝，完全不可同日而语，可当它们同时欢唱时，又怎么都能得到春风的怜爱呢？幸好老天是明白的，没有让令人生厌的知了生长在春天，与春鸠与百舌同时在盛开的桃花面前鼓噪不休。诗人不是一般地咏春鸠，也不是要在春鸠与百舌之间有所褒贬，而是要庆幸老天没有让蝉生长在春天。显然，诗人是有寓意的。孙安邦、蓓蕾《元稹集》评析说："诗中将斑鸠和百舌比并，发出了'如何一时语'的疑问。接着笔锋陡转，欣慰'当春不生蝉'，避免了'争叫噪'，避免了在'桃花前'的沸渭喧闹。……历代'咏鸠''喻鸠''闻鸠'诗很多，……而元稹诗却别具机杼：以之比百舌，埋怨其鸣声不像百舌那样宛转动听；以之比秋蝉，欣慰其当春未生以免争噪不休。总之，诗中寄托着诗人的人生感慨，构思巧妙，颇为别致有趣！发人深思，耐人寻味。"谢永芳《元稹诗全集》说："鸣声不似百舌那般婉转动听的春鸠，仍然能够得到春风的怜爱。不过，上天毕竟还是有分寸的，并没有让那些争噪不休的蝉也来参加春天的合唱。全篇在交织着困惑与欣慰之情的抒发中，寄寓了人生感慨。"吴伟斌《新编元稹集》进而解析说："而'沸渭'云云,主要是喻指京城的政敌们在元稹该不该出贬的问题上百般巧辩，犹如簧舌。从编年角度上来讲，应该是诗人离开长安不久，刚刚开始自己的贬途。"

春蝉 [①]

我自东归日 [②]，厌苦春鸠声 [③]。
作诗怜化工，不遣春蝉生。
及来商山道，山深气不平。
春秋两相似，虫豸百种鸣 [④]。
风松不成韵，蜩螗沸如羹 [⑤]。
岂无朝阳凤 [⑥]，羞与微物争。
安得天上雨，奔浑河海倾 [⑦]。
荡涤反时气 [⑧]，然后好晴明。

【注释】

① 此诗约作于元和五年（810）春贬赴江陵府士曹参军途经商山时。

② 东归：指自东都洛阳归西京长安。

③ 厌苦：厌烦以为苦事。

④ 虫豸（zhì）：小虫的通称。

⑤ "蜩螗（tiáotáng）"句：《诗·大雅·荡》："如蜩如螗，如沸如羹。"后因以"蜩螗沸羹"形容声音嘈杂喧闹，好像蝉噪、水滚、羹沸一

样。常以喻纷扰不宁。

⑥朝阳凤：《诗·大雅·卷阿》："凤凰鸣矣，于彼高冈。梧桐生矣，于彼朝阳。"后以比喻品德出众、正直敢谏之人。

⑦奔浑：犹奔涌。浑，水流声。

⑧时气：符合时节的气候。

【评析】

商山山高林密，鸣禽众多，春鸠、百舌等等聒噪不已，颇让已是忧思烦闷的诗人更加心烦。《春鸠》中诗人还在感谢"犹知化工意，当春不生蝉。免教争叫噪，沸渭桃花前"，可在山中走着走着就偏偏遇到了春蝉！人之不遂，竟然如此！诗的前四句即承接《春鸠》诗意；中间六句写由于"山深气不平，春秋两相似"，所以令人心烦意乱的春蝉竟然也出现了！末六句说：难道这里就是"虫豸百种"的天下不成？原来也有朝阳鸣凤，可它羞于与之一争高低啊！只有祈求上苍来一场暴雨，荡涤世间一切有悖于季节常理的事物，如此才能天下清明！于此诗人有所寄托，希望能出现清明的政治局面。诗以蝉之聒噪喻小人之非议，以朝阳鸣凤喻己之高洁，以反常之季节物象喻朝政之乱象。吴伟斌《新编元稹集》说："蝉本来是夏秋间才有，现在出现在春天，是反季节，故诗人称作'春蝉'，有'作诗怜化工，不遗春蝉生''荡涤反时气，然后好晴明'的感叹。"谢永芳《元稹诗全集》评析说："诗作即物起兴，以品高直谏的'朝阳凤'自比，在对得志小人如水滚羹沸一般的表现发泄不满情绪的同时，也表达出了对长安'晴明'、时局好转的期待。蝉，本不应活动于春天，但因商山（在今陕西商州东）道中的气候'春秋两相似'，才诱发了它在春天的活动。这跟白居易'人间四月芳菲尽，山寺桃花始盛开'（《大林寺桃花》）所表达的字面意思，有相类似的地方。所以，在作者看来，'荡涤反时气'，作为政治清平的前提条件，主要指的就是，希望扫除诱发蜩螗一类'微物''反时气'活动的不正常政治气候。"

松树①

华山高幢幢②，上有高高松。
株株遥各各③，叶叶相重重。
槐树夹道植，枝叶俱冥蒙④。
既无贞直干⑤，复有胃挂虫⑥。
何不种松树，使之摇清风？
秦时已曾种⑦，憔悴种不供。
可怜孤松意，不与槐树同。
闲在高山顶，樛盘虬与龙⑧。
屈为大厦栋，庇荫侯与公。
不肯作行伍，俱在尘土中。

【注释】

①此诗约作于元和五年（810）春贬赴江陵府士曹参军途中。

②华山：在今陕西华阴，以其西有少华山，故名太华，为五岳中的西岳。幢幢：高而团簇笼覆貌。

③遥各各：各各遥相距离。

④冥蒙：繁密阴暗貌。

⑤贞直：忠贞正直。

⑥胃（juàn）挂虫：缭绕悬挂在上吐丝的挂虫。

⑦"秦时"句：《汉书·贾山传》："（秦）为驰道于天下……道广

五十步，三丈而树，厚筑其外，隐以金椎，树以青松。"

⑧樛（jiū）盘：曲折盘结貌。

【评析】

诗歌写华山之松，高高在上，堪为大用，却远不如夹道而植的槐树受世人重视！槐树不过枝叶"冥蒙"而已，既没有正直挺拔的树干，又多胃挂的游丝飞虫！而松树却不然，它矗立高山，形似虬龙，可为栋梁，庇荫公侯！"夹道植"与"作行伍"两相对照，也颇具深意，令人联想！诗人以比兴手法抒发遭受排挤之意非常明显。故苏仲翔《元白诗选注》说："此诗以松树自比，以槐树比当时朋党。两相形容，褒贬自见。"孙安邦、蓓蕾《元稹集》评析说："元稹的《松树》是有感于朋党之争，有感于被贬斥，因此松树的'千尺蟠空，黛色犹浓''不受令于霜寒，不凋贞于寒暮'的劲节风格，比之于槐树的'枝叶俱冥蒙''复有胃挂虫'的猥亵低俗，在比兴之中，深寓其褒贬之旨。其议论虚实相间，立论深远，讥讽有致，颇耐人寻味！"吴伟斌《新编元稹集》也说："本诗也是感物寓意的作品，诗人以孤山之上的松树说事，赞扬松树的高尚品格，是含有自喻性质的诗篇，值得大家重视。"谢永芳《元稹诗全集》评道："无论如何，诸篇都用比与兴几乎完全融为一体的手法写成，颇有可以求之于言外之意者。即以本首而言，作者在并非完全不动声色的景物描写中，寄寓对现实的哀怨和不平，也表达了高自标持之意。"

雉媒①

双雉在野时，可怜同嗜欲②。

毛衣前后成，一种文章足。

一雉独先飞，冲开芳草绿。

网罗幽草中，暗被潜羁束。

剪刀摧六翮，丝线缝双目。

啖养能几时③，依然已驯熟④。

都无旧性灵，返与他心腹。

置在芳草中，翻令诱同族。

前时相失者，思君意弥笃⑤。

朝朝旧处飞，往往巢边哭。

今朝树上啼，哀音断还续。

远见尔文章，知君草中伏。

和鸣忽相召，鼓翅遥相瞩。

畏我未肯来，又啄翳前粟⑥。

敛翮远投君，飞驰势奔蹙⑦。

胃挂在君前⑧，向君声促促⑨。

信君决无疑⑩，不道君相覆⑪。

自恨飞太高，疏罗偶然触。

看看架上鹰，拟食无罪肉。

君意定何如？依旧雕笼宿。

【注释】

①此诗作于元和五年（810）春贬赴江陵府士曹参军途中。雉媒：为猎人所驯养以诱捕同类的野雉。

②嗜欲：嗜好与欲望。

③啖养：饲养。能几时：犹言经不住多长时间的饲养。能，通"耐"，受得住。《汉书·晁错传》："夫胡貉之地，积阴之处也，木皮三寸，冰厚

127

六尺，食肉而饮酪，其人密理，鸟兽毳毛，其性能寒。扬粤之地，少阴多阳，其人疏理，鸟兽希毛，其性能暑。"颜师古注："能，读曰耐。此下能暑亦同。"

④依然：依恋貌。驯熟：十分驯服。

⑤君：指雉媒。意弥笃：隆情厚意。

⑥翳：隐蔽的狩猎器具。《礼记》郑玄注："翳，射者所以自隐也。"《文选·射雉赋》徐爰注："翳者所隐以射者也。"又指因疾引起的障膜，玄应《一切经音义》卷十八引《三苍》："翳，目病也。"亦可通。

⑦奔蹙：急忙奔走。

⑧胃挂：缠绕悬挂。

⑨促促：象雉鸣声。

⑩信君：相信你。

⑪不道：不意，没料到。相覆：相危害。

【评析】

中晚唐政坛出现了长达四十年余的"牛李党争"，即指以牛僧孺、李宗闵为首和以李吉甫、李德裕父子为首的两个宗派的斗争，约从宪宗元和三年（808）制策案开始，至宣宗大中三年（849）李德裕贬死崖州止。《新唐书·李德裕传》说："（李逢吉）欲引僧孺益树党，乃出德裕为浙西观察使。俄而僧孺入相，由是牛李之憾结矣。"宋人陈善《扪虱新话·辨牛李之党》也说："唐人指牛李之党，谓牛僧孺、李德裕也。《新唐书》乃嫁其名于李宗闵曰：人指为'牛李'，非盗谓何？虽欲为德裕讳，然非其实矣。"诗借雉媒为喻，描写了中途变节者出卖同道的残酷事实，叙事婉转起伏，笔致饱含愤慨之情，非亲身经历者难以写出。清钱良择《唐音审体》卷六评道："婉转曲折，字字血泪，深痛至此，不堪多读。"苏仲翔《元白诗选注》说："元稹于当时政党中属于牛党，此必有同党中人中途变节者，故为此诗以喻意。"白居易《答和诗十首·和雉媒》也有"岂唯鸟有之，抑亦人复然"之慨叹！就两诗而言，何义门评价说："元诗佳于和诗。"谢永芳《元稹诗全集》评道："牛党人物把元稹视为李德裕一党，屡加排斥。至于白居易，因为妻子是牛党骨干杨汝士从父之妹这层关系，在文宗时牛李斗争激烈之际，他主动请求出居洛阳，过着安闲不问世事的生活。因之，后期未能写出如前期《新乐府》《秦中吟》那样的诗篇。我们当然不能简单地说元稹是李党，白居易是牛党，但如果脱离牛李党争的现实，元、白政治态度的变化及其在文学作品中表现，也就得不到合理的解释。"

大觜乌 [①]

阳乌有二类 [②]，嘴白者名慈 [③]。
求食哺慈母，因以此名之。
饮啄颇廉俭，音响亦柔雌。
百巢同一树，栖宿不复疑。
得食先反哺，一身长苦羸。
缘知五常性 [④]，翻被众禽欺。
其一觜大者，攫搏性贪痴 [⑤]。
有力强如鹘 [⑥]，有爪利如锥。
音声甚哤聒 [⑦]，潜通妖怪词。
受日余光庇 [⑧]，终天无死期 [⑨]。
翱翔富人屋，栖息屋前枝。

巫言此乌至，财产日丰宜。
主人一心惑，诱引不知疲。
转见乌来集，自言家转孳⑩。
白鹤门外养⑪，花鹰架上维。
专听乌喜怒，信受若神龟⑫。
举家同此意，弹射不复施。
往往清池侧，却令鹓鹭随。
群乌饱粱肉，毛羽色泽滋。
远近恣所往，贪残无不为。
巢禽攫雏卵，厩马啄疮痍。
渗沥脂膏尽⑬，凤凰那得知⑭。
主人一朝病，争向屋檐窥。
呦鹭呼群鹏⑮，翩翩集怪鸱⑯。
主人偏养者⑰，啸聚最奔驰⑱。
夜半仍惊噪，鸺鹠逐老狸⑲。
主人病心怯，灯火夜深移。
左右虽无语，奄然皆泪垂。
平明天出日，阴魅走参差⑳。
乌来屋檐上，又惑主人儿。
儿即富家业㉑，玩好方爱奇。
占募能言鸟㉒，置者许高赀㉓。
陇树巢鹦鹉㉔，言语好光仪㉕。
美人倾心献，雕笼身自持。
求者临轩坐㉖，置在白玉墀㉗。
先问鸟中苦㉘，便言鸟若斯㉙。
众鸟齐搏铄㉚，翠羽几离披㉛。

远掷千余里，美人情亦衰 ㉜。
举家惩此患，事乌逾昔时 ㉝。
向言池上鹭，啄肉寝其皮。
夜漏天终晓，阴云风定吹。
况尔乌何者，数极不知危 ㉞。
会结弥天网，尽取一无遗。
常令阿阁上 ㉟，宛宛宿长离 ㊱。

【注释】

① 此诗作于元和五年（810）春贬赴江陵府士曹参军途中。大觜乌：即大嘴乌鸦，《本草纲目·释名》李时珍集解曰："乌鸦大嘴而性贪鸷，好鸣，善避缯缴，古有鸦经以占吉凶。然北人喜鸦恶鹊，南人喜鹊恶鸦，惟师旷以白项者为不祥，近之。"白居易《和答诗十首·和大觜乌》有"乌者种有二，名同性不同。觜小者慈善，觜大者贪庸"云云。

② 阳乌：神话传说日中有三足乌。二类：一为慈乌，一为大觜乌。

③ 慈：乌鸦的一种，相传能反哺其母；又《拾遗记·鲁信公》："白臆者为慈乌。"《容斋续笔》卷三《乌鹊鸣》："北人以乌声为喜，鹊声为非。南人闻鹊噪则喜，闻乌声则唾而逐之，至于弦弩挟弹，击使远去。"

④ 五常：即五伦，慈孝属于五伦，故称。

⑤ 攫搏：指鸟兽以爪翅猎物。贪痴：贪婪而又愚蠢。

⑥ 鹘（hú）：即隼，善于袭击其他鸟类。

⑦ 呿唔（àowā）：象恶鸟鸣叫声。

⑧ 余光：充足的阳光。

⑨ 终天：终身。

⑩ 家转孳：家业日渐兴旺发达。孳，繁殖，增加。

⑪ "白鹤"二句：意谓主人只重视大觜乌，而忽视鹤与鹰。

⑫ 神龟：灵龟。《庄子·秋水》："楚有神龟，死已三千岁矣，王巾笥而藏之庙堂之上。"

⑬ 渗沥：滴漏貌。脂膏：油脂。

⑭ 凤凰：为百鸟之王，喻掌权者。

⑮ 呦鸒（yǎo）：鸟鸣声。鹏：猫头鹰。贾谊《鵩鸟赋》序："鵩似鸮，不祥鸟也。"

⑯ 鸱：鸢属，鸱鹰，一说为猫头鹰的一种。

⑰ 偏养：偏心饲养。

⑱ 啸聚：互相招呼着聚集成团伙。

⑲ 鸺鹠（xiūliú）：亦作"鸺留"，鸱鸮的一种，外形与鸱鸮相似，但头部无角状羽毛，捕食鼠、兔等，古人常视为不祥之鸟。《庄子·秋水》："鸱鸺夜撮蚤，察毫末；昼出瞋目而不见丘山，言殊性也。"狸：同"狸"，豹猫，形状似猫，也叫狸猫、狸子、山猫等；以鸟、鼠等小动物为食，常盗食家禽。

⑳ 阴魅：犹鬼魅。参差：犹言仿佛、恍惚。

㉑ 即：继承。

㉒ 占募：招募，募集。能言：能言善辩。

㉓ 高赀：多财，资财雄厚。

㉔ 陇树：墓地的树。

㉕ 光仪：光彩的仪容，形容言辞漂亮。

㉖ 求者：即富家儿。临轩：窗前。

㉗ 白玉墀：宫殿前的玉石台阶，此指朝堂。

㉘ 鸟中苦：众鸟之苦。

㉙ 若斯：如前之种种恶行。

㉚ 搏铄：搏击，群起而攻之。

㉛ 离披：纷乱衰残貌。

㉜ 美人：喻君王。

㉝ 事乌：谓侍奉大觜乌。逾：超过。

㉞ 数极：命数将尽。

㉟ 阿阁：四面有檐霤的楼阁。

㊱ 宛宛：飞鸟盘旋貌。长离：凤凰的别称，此喻贤者。

【评析】

　　元稹陷入党争旋涡，无端被贬，此诗即表现了其愤激之情、不平之意，乃至尖锐的批评！吴震方《放胆诗》云："微之此诗盖指王伾、王叔文、仇士良、李逢吉辈也。微之以宪臣贬江陵参军，李绛、崔群、白居易皆论其枉，故香山和此诗尤为激直云。"苏仲翔《元白诗选注》评析说："此诗当系讽刺权奸之作。大嘴乌指此权奸，出于群臣之中，而独与群臣为异。'受日余光庇'，言其独得君宠。'主人一心惑'，言人君为其所惑。'白鹤''花鹰'，指文武大臣放置闲散，专听权奸之所为。'举家同此意'两句，言举朝无敢不同意于人君。'鹓鹭随'，指翰院文臣谏官之流，亦为权奸所用。'巢禽'以下两句，指权奸之贪残剥削。'凤皇'句言贤人亦有不知其奸者。'主人一朝病'以下一段，言人君垂危时权奸种种窥伺，欲惑少主。'儿即富家业'以下言少主新立，颇采敢言之士（占募能言鸟）。于是谏臣多敢言者（鹦鹉），直诉权奸之事（便言乌若斯）。终触权奸之怒，嗾奸党群起而攻之（众乌齐搏铄），逐谏者于千里之外。'举家惩此患'以下四句，言举朝上下惩于谏者被逐之患，事权奸更逾于故君之时，而翰院谏官之流（池上鹭），亦以与谏者同类之故而被打击。'夜漏天终晓'以下言终遇明君，廓清政治上的阴霾，权奸众党，肃清无余，朝廷之上，登进贤士。此当有所指，而其本事难考，元本重要党人，或暗斥敌党而言也。"孙安邦、蓓蕾《元稹集》题解说："题作《大觜乌》，以喻指权奸大臣。诗中写到此权奸出于群臣之中，而独与群臣不同：独得君宠，蛊惑人君，弄权贪残，欲惑少主，党同伐异，迫害谏者。后写终遇明君，廓清政治，扫尽阴霾，废除权奸，肃清余党，朝廷之上，登进贤士。具体何指，其本事已难考。元稹本正直官吏，或者暗喻敌党而曰大觜乌。"杨军、吕燕芳《元稹诗文选》评："这首诗是寓言体，大觜乌系指当朝权奸，而鹦鹉之类则代表正直之士，也是作者自身写照。大觜乌，是阳乌中的败类，其性贪觜佞，专以妖言惑主，竟得两代主人的庇护。而鹦鹉一言，即遭众鸟排击，远放千里之外。"谢永芳《元稹诗全集》说："作者所选择描写的大觜乌，是阳乌中的败类，生性贪痴，专以妖言惑主，贪残无所不为，却得到两代主人庇护，在鹓鹭等善鸟面前飞扬跋扈，最终落得巢覆身灭的下场。结合元稹同样见事风生、议论锋出的《有鸟二十章》中含蓄而又辛辣的鞭挞来看，当朝权幸中恐的确不乏此类嘴脸，也是中唐时期政治生态乃至社会丑态的曲折表现。"

四皓庙 ①

巢由昔避世 ②，尧舜不得臣。
伊吕虽急病 ③，汤武乃可君。
四贤胡为者，千载名氛氲。
显晦有遗迹 ④，前后疑不伦。
秦政虐天下，黩武穷生民。
诸侯战必死，壮士眉亦嚬。
张良韩孺子 ⑤，椎碎属车轮。

遂令英雄意，日夜思报秦。

先生相将去，不复婴世尘。

云卷在孤岫[⑥]，龙潜为小鳞[⑦]。

秦王转无道，谏者鼎镬亲[⑧]。

茅焦脱衣谏[⑨]，先生无一言。

赵高杀二世[⑩]，先生如不闻。

刘项取天下，先生游白云。

海内八年战，先生全一身。

汉业日已定，先生名亦振。

不得为济世，宜哉为隐沦。

如何一朝起，屈作储贰宾[⑪]。

安存孝惠帝[⑫]，摧悴戚夫人[⑬]。

舍大以谋细，虬盘而蠖伸[⑭]。

惠帝竟不嗣，吕氏祸有因。

虽怀安刘志，未若周与陈[⑮]。

皆落子房术，先生道何屯[⑯]。

出处贵明白，故吾今有云。

【注释】

①此诗作于元和五年（810）贬赴江陵府士曹参军途中。四皓庙：在今陕西商州区西。秦末东园公、绮里季、夏黄公、角（lù）里先生，避秦乱，隐商山，年皆八十有余，须眉皓白，时称"商山四皓"。汉高祖召，不应。后高祖欲废太子，吕后用留侯计，迎四皓，辅太子，遂使高祖辍废太子之议。见《史记·留侯世家》。

②巢由：巢父、许由的合称，相传二人为唐尧时隐士。

③伊吕：指伊尹与吕尚，二人分别辅佐商汤王与周文王成就王业。

急病：急于解救世难。

④显晦：指出仕与隐居。

⑤张良：字子房，其先五世相韩，秦灭韩，良结交刺客，于博浪沙谋刺始皇未遂，后辅佐刘邦建立西汉政权。

⑥云卷：指出处进退。《关尹子·三极》："云之卷舒，禽之飞翔，皆在虚空中，所以变化不穷。圣人之道则然。"

⑦龙潜：《周易·乾卦》："潜龙勿用。"孔颖达疏："潜者，隐伏之名；龙者，变化之物。……圣人作法言，于此潜龙之时，小人道盛，圣人虽有龙德，于此唯宜潜藏，勿可施用，故言勿用。"喻君子非时不出，相机而动。小鳞：小鱼。

⑧鼎镬亲：遭受鼎镬烹煮之刑。

⑨茅焦：《说苑·正谏》载：秦时齐人茅焦冒死谏始皇迁母不孝，谏后脱衣就刑，终于感动秦始皇，迎太后归咸阳，并尊茅焦为上卿。

⑩"赵高"句：《史记·秦始皇本纪》载，宦官赵高本赵国贵族，入秦宫管事二十余年；始皇死，高与李斯合谋逼长子扶苏自杀，私立少子胡亥为二世；后陷害李斯致死，杀二世，立子婴为秦王。

⑪储贰：指太子刘盈。

⑫孝惠帝：《史记·吕太后本纪》载：汉惠帝刘盈，刘邦次子，吕后所生，高祖十二年袭帝位，在位期间受制于吕后。

⑬摧悴：摧残。戚夫人：《史记·吕太后本纪》载，高祖姬，生赵王如意，高祖以为类己，欲立为太子。孝惠帝元年，吕后杀如意，迫害戚夫人，断其手足，剜其眼，熏其耳，饮以瘖药，使居厕中，命曰"人彘"。

⑭虬盘：虬龙盘曲，喻怀才隐居。蠖（huò）伸：尺蠖之伸其体，比喻人生遇时，得以舒展抱负。

⑮周与陈：指周勃与陈平。吕后死后，二人合谋诛诸吕，立文帝，刘汉政权免于动摇。

⑯屯：艰难，困顿。《庄子·外物》："心若县于天地之间，慰暋沈屯。"陆德明释文引司马彪云："屯，难也。"

【评析】

　　此诗尖锐地批评了向来为人所称赞的"商山四皓"出处不一、前后不伦。苏仲翔《元白诗选注》评价说："商山四皓，秦汉间四隐士，避世高蹈，甚为后世布衣论政者所宗仰。然自杜甫已有'局促商山芝'之论，元稹此作，意亦同此。其《酬翰林白学士代书一百韵》诗'戏消青云驿，讥题皓发祠'句下注云：'余途中作《青云驿》，病其云泥一致；作《四皓庙诗》，讥其出处不常。'盖使蜀时途中所作。"吴伟斌《新编元稹集》也评价说："历代对四皓的评价极高极少异议，如曹植《商山四皓赞》……。元稹的评价不仅开了后来杜牧等人'四皓安刘是灭刘''安吕非安刘'议论的先河，而就议论本身而言也比杜牧等人的论见独具慧眼。……元稹认为四皓虽然有功更有过失，尖锐地指出：当秦始皇残暴统治天下之时，四皓默不作声；赵高杀害秦二世之日，四皓视而不见；刘项血战八年，四皓避祸全身；汉业大定，四皓出山摘桃辅佐汉业，却成了杀害戚夫人的帮凶。诗人认为他们根本不如人们想象的那样是什么济世之才，他们四人对汉代的贡献远远不如周勃和陈平。……联系元稹所处的时代和他当时的具体环境，他写这首诗又未尝不是另有隐喻另有讽刺当代知名人物的意思在内。"当然也有人认为元稹之论过于苛刻，如清乾隆敕编《御选唐宋诗醇》说："元诗责四皓定惠帝以酿吕氏之祸，此事后之论，未免过苛。假令当年废长立爱，如意嗣位，所恃以托孤者独一周昌耳，绛、灌诸人未必帖然心服。且产、禄辈根蒂深固，吕雉构患益急，保无意外之变耶？"

分水岭①

崔嵬分水岭，高下与云平。
上有分流水，东西随势倾。
朝同一源出，暮隔千里情。
风雨各自异，波澜相背惊。
势高竞奔注，势曲已回萦②。
偶值当途石③，蹙缩又纵横④。
有时遭孔穴，变作呜咽声。
褊浅无所用⑤，奔波奚所营⑥。
团团井中水，不复东西征。
上应美人意，中涵孤月明。
旋风四面起，井深波不生。
坚冰一时合，井深冻不成。
终年汲引绝，不耗复不盈⑦。
五月金石铄⑧，既寒亦既清。
易时不易性，改邑不改名⑨。
定如拱北极⑩，莹若烧玉英⑪。
君门客如水，日夜随势行。
君看守心者⑫，井水为君盟。

【注释】

①此诗作于元和五年（810）贬赴江陵府士曹参军途中。分水岭：郦道元《水经注·漾水》："嶓冢以东，水皆东流；嶓冢以西，水皆西流。

即其地势源流所归。故俗以嶓冢为分水岭。"此处当为泛称。

②回萦：盘旋、回绕。

③偶值：偶尔碰上。

④麇缩：迫促收敛。

⑤褊（biǎn）浅：形容水流狭窄浅薄。

⑥奚所营：何所求。

⑦不耗：不减少。不盈：不增加。郭璞《井赋》："挹之不损，停之不溢。"

⑧金石铄：金石熔化，形容天气炎热。范云《咏井诗》："兼冬积温水，叠暑必寒泉。"

⑨"改邑"句：言井水品性恒定，不因改变地方而改变。《易·井》："改邑不改井。"

⑩拱北极：古代以北极星地位为尊，众星环绕其侧。拱，拱卫、环绕。

⑪"莹若"句：古人用火烧玉，试其美恶。《淮南子·俶真训》："钟山之玉炊以炉炭，三日三夜而色泽不变。"玉英：玉之极晶莹者。

⑫守心者：坚贞自守之人。

【评析】

诗的前半部分十六句，写流水的"褊浅无所用，奔波奚所营"，后半部分二十句，写井水的"易时不易性，改邑不改名"，表现了诗人身处逆境仍然坚持操守的品格。苏仲翔《元白诗选注》说："两水分流处曰分水岭，所在多有。此写奔走经营、随波逐流之类，井中水比坚贞自守之人。上以指时流，下以自喻。"吴大逵、马秀娟《元稹白居易诗选译》评述说："元稹任东台监察御史，因与宦官仇士良、刘士元争住驿厅，受到他们的侮辱。宪宗包庇宦官，反将元稹贬为江陵府士曹参军。白居易为他上书申辩，宪宗不纳。元稹负气而行，途中作诗十七首，寄给白居易，本篇乃其中之一。诗中用比兴手法描述溪水与井水的相异之处，揭示仕途中奔走经营者与坚贞自守者两类人的性格特征，并以后者自誓，表明对这次远谪的态度。全诗思想鲜明，语言激切，显示了诗人的贞心直气。对溪水与井水的观察也十分细致，刻画生动，喻指贴切。"杨军、吕燕芳《元稹诗文选》评道："此诗标榜守静专一的品格。白居易曾以'无波古井水，有节秋竹竿'赞美元稹的操守，详《种竹》诗序。……以分流水喻奔竞者，以井水喻守志者。"谢永芳《元稹诗全集》叙说："作者感于世事，托物寓意，以分流水讥逐流竞奔者，以井水喻坚贞自守者。白居易曾赞美元稹的操守如'无波古井水，有节秋竹竿'（《赠元稹》），说明元稹托井水以自明的守静专一品格，并非完全出于自我标榜。"

三月二十四日宿曾峰馆夜对桐花寄乐天 ①

微月照桐花，月微花漠漠②。
怨淡不胜情，低回拂帘幕。
叶新阴影细，露重枝条弱。
夜久春恨多，风清暗香薄。
是夕远思君，思君瘦如削。
但感事暌违③，非言官好恶。
奏书金銮殿④，步屧青龙阁⑤。
我在山馆中，满地桐花落。

①此诗作于元和五年（810）贬赴江陵府士曹参军途中。曾峰馆：即曾峰驿，在今陕西丹凤县东南武关西北。

②漠漠：昏暗貌。

③暌违：别离、隔离。

④金銮殿：唐宫殿名，为文人学士待诏之所。

⑤青龙阁：青龙寺之阁，寺在长安朱雀门。此泛指宫禁之中。

【评析】

诗人贬江陵途中夜宿曾峰馆，只见月光淡淡、桐花漠漠；夜深露重，难以入眠，诗人自然想起此次遭贬的缘由与感慨，更想起那些为他上书直谏的朋友。全诗语淡"怨淡"，却是意深情深。白居易和诗《初与元九别后忽梦见之及寤而书适至兼寄桐花诗怅然感怀因以此寄（元九初谪江陵）》，盛赞此诗"珍重八十字，字字化为金"。《御选唐宋诗醇》于白居易诗下评道："一意百折，往复缠绵，极平极曲，愈浅愈深，觉两人觌面对语，无此亲切也。杜甫于李白，居易于元微之，皆友谊中最笃者，故两集中赠答诗真挚乃尔！'悲事不悲君'一句，见从前之上章，论救不系于私情也，此是篇中眼目。《旧唐书》本传：居易与河南元稹相善，同年登制举，交情隆厚。稹自监察御史谪为江陵府士曹掾，翰林学士李绛、崔群上前面论稹无罪，居易累疏切谏，不报。"苏仲翔《元白诗选注》解析说："此时白居易在朝，元稹在外，故末四句两相对照。"孙安邦、蓓蕾《元稹集》评论说："诗人在东都洛阳不畏权势，劾奏河南尹房式不法事，令其停务（停职）。执政柄者反恶其专擅，不只罚俸，而且贬为江陵士曹参军。莅任途中夜宿驿站，又值桐花飘落的月下，自然心潮起伏、思绪萦回。在漠漠微月之夜，诗人思念远方的亲人朋友，伫立良久，思绪万千。静寂冷漠的月夜，无言而飘落的桐花，伫立凝思的诗人，境、物、我三者似乎一起融注了深深的情思，一丝冷月、静夜、落花的孤独之感同被贬谪的情怀一齐袭来，郁结心头，萦缠脑际，在平淡静默中寄寓着深情，饱和着忧郁，以景写情，情景交融，细腻的笔触，真切的感情，深深地打动着历代读者的心扉。"谢永芳《元稹诗全集》评述道："诗写赴任贬所途中，夜宿驿馆，于桐花飘落的月下，思亲念友，心潮起伏，思绪萦回。微微的月光照着桐花，月下之人忧怨盈怀，不堪承受。那灯光透过密叶投下的细细碎荫，浓重露水压得弱枝柔条沉沉欲垂，夜风不时吹送来阵阵桐花微香。境、物、我三者融汇，落寞失意之感一齐袭来，郁结心头。"

襄阳道①

羊公名渐远②，唯有岘山碑③。
近日称难继，曹王任马彝④。
椒兰俱下世⑤，城郭到今时。
汉水清如玉，流来本为谁?

【注释】

① 此诗作于元和五年（810）春贬赴江陵府士曹参军途经襄阳时。

② 羊公：指西晋羊祜，《晋书·羊祜传》："吴人翕然悦服，称为羊公，不之名也。"

③ 岘山碑：《晋书·羊祜传》："祜乐山水，每风景，必造岘山，置酒言咏，终日不倦。……祜所著文章及为老子传并行于世。襄阳百姓于岘山祜平生游憩之所建碑立庙，岁时飨祭焉。望其碑者莫不流涕，杜预因名

为'堕泪碑'。荆州人为祜讳名，屋室皆以门为称，改户曹为辞曹焉。"

④"曹王"句：李皋字子兰，唐宗室，天宝十一载（752）袭爵为曹王。建中元年（780）任湖南观察使，江汉倚皋以固。初，扶风马彝未知名，皋始辟之，卒以正直称。张柬之有园圃在襄阳，皋尝宴集，将市取之，彝谏之曰："汉阳有中兴功，今遗业当百世共保，奈何使其子孙鬻乎？"皋纳谏称善。

⑤椒兰：椒与兰皆芳香之物，故以并称，此喻贤德之人。

【评析】

诗人贬官江陵，路经襄阳，首先想到的便是西晋羊祜这位襄阳历史上的著名人物。他镇守襄阳时惠及百姓，病故时家无余财，政绩卓著，美名远扬。"名渐远""唯有"又饱含着无限遗憾！至于曹王李皋则堪称襄阳当代的风流人物，他勇于任人，善于纳谏，世人罕匹。第五、六句诗人感叹当时重贤好德的风气已经一去不复返，只留下当时的城郭还依稀是当初的模样。第七、八句设问：只有汉江之水依旧清澈而来清澈而去，可是你又是为谁而来为谁而去呢？碑还是原来的碑，城还是原来的城，水还是原来的水，可人已经不是原来的人，事更不是原来的事。一种物是人非之感包含着诗人被贬的无奈与对未来的期盼。吴伟斌《新编元稹集》评论说："诗人在这里自嘲自解，无奈之情溢于言表。"谢永芳《元稹诗全集》点评说："诗作连用相关典故，以写遭受贬谪的心境，曲传不平与无奈之意。"

襄阳为卢窦纪事五首（选三）^①

其一

帝下真符召玉真^②，偶逢游女暂相亲^③。
素书三卷留为赠^④，从向人间说向人^⑤。

其四

琉璃波面月笼烟，暂逐萧郎走上天^⑥。
今日归时最肠断，回江还是夜来船^⑦。

其五

花枝临水复临堤^⑧，闲照江流亦照泥。
千万春风好抬举^⑨，夜来曾有凤凰栖^⑩。

【注释】

① 此诗约作于元和五年（810）春贬赴江陵府士曹参军途经襄阳时。一本题无"五首"二字。襄阳：今湖北襄阳。卢窦：指卢贞、窦晦之二人。一说为卢为卢戡。纪事：记叙事实。纪，通"记"。

② 真符：此指仙符。玉真：仙人，特指仙女。

③ 游女：出游的妇女，也指汉江大堤游女，后因指妓女。孟浩然《大堤行寄万七》："大堤行乐处，车马相驰突。……王孙挟珠弹，游女矜罗袜。"

④ 素书：古人以白绢作书，故以称书信。蔡邕《饮马长城窟行》："呼儿烹鲤鱼，中有尺素书。长跪读素书，书中竟何如？"又泛指道家之

襄阳为卢窦纪事五首（选三）[1]

其一

帝下真符召玉真[2]，偶逢游女暂相亲[3]。
素书三卷留为赠[4]，从向人间说向人[5]。

其四

琉璃波面月笼烟，暂逐萧郎走上天[6]。
今日归时最肠断，回江还是夜来船[7]。

其五

花枝临水复临堤[8]，闲照江流亦照泥。
千万春风好抬举[9]，夜来曾有凤凰栖[10]。

【注释】

[1] 此诗约作于元和五年（810）春贬赴江陵府士曹参军途经襄阳时。一本题无"五首"二字。襄阳：今湖北襄阳。卢窦：指卢贞、窦晦之二人。一说为卢为卢戡。纪事：记叙事实。纪，通"记"。

[2] 真符：此指仙符。玉真：仙人，特指仙女。

[3] 游女：出游的妇女，也指汉江大堤游女，后因指妓女。孟浩然《大堤行寄万七》："大堤行乐处，车马相驰突。……王孙挟珠弹，游女矜罗袜。"

[4] 素书：古人以白绢作书，故以称书信。蔡邕《饮马长城窟行》："呼儿烹鲤鱼，中有尺素书。长跪读素书，书中竟何如？"又泛指道家之

书，以切合仙家身份，郭沫若《李白与杜甫》："《素书》是用朱墨写在白绢上的道书。"

⑤人间：与仙界相对应的尘世、凡俗社会。

⑥萧郎：唐人常作男性情人或夫君的代称，此泛指女性爱慕的男性。

⑦回江：迂回的江流。《文选·洞箫赋》："翔风萧萧而迳其末兮，回江流川而溉其山。"李善注："回江谓江回曲也。"

⑧花枝：本指开有鲜花的树枝，此喻美女。

⑨千万：表示恳切叮咛，犹务必。抬举：扶持、照料。

⑩夜来：夜间、昨夜。凤凰：比喻高贵之人。栖：住宿。

【评析】

此诗为诗人过襄阳时写卢窦二位之艳情，一说是写自己之艳情，不过托名卢窦二位之名而已。宋邦绥《才调集补注》卷五："《诗话类编》：元微之过襄阳，夜与名妓剧饮，将别，作诗，有花枝临水云云。谢师厚作襄倅，闻妓与二胥好，此妓乞扇，遂改下句云'寄语春风好抬举，夜来曾有老鸦栖'。按此则五诗，乃微之自叙其事托名卢窦耳。"又注云："'玉真'，李白《玉真仙人词》：'玉真之仙人，时住太华峰。''素书'，《列仙传》：女丸者，沽酒妇人也，仙人过其家饮酒，以《素书》五卷为质。丸开视其书，乃养性交接之术。丸私写其文要，更设房室，纳诸少年饮美酒，与止宿，行文书之法。如此三十年，颜色更如二十时。"王闿运的看法则有所不同，《王闿运手批唐诗选》卷一说："女去男看，殊无艳情，而看去似靡曼。"吴伟斌《新编元稹集》说："而诗中的'醉和春睡''樱桃花下''千万春风'之句，寓含的意义已经不仅是春天的自然景色，而且也寓含青年男女之间的春情。"

梦游春七十韵 ①

昔岁梦游春，梦游何所遇。
梦入深洞中，果遂平生趣。
清泠浅漫流，画舫兰篙渡 ②。
过尽万株桃 ③，盘旋竹林路。
长廊抱小楼，门牖相回互。
楼下杂花<u>丛</u>，丛边绕鸳鹭。
池光漾霞影，晓日初明煦。
未敢上阶行，频移曲池步。
乌龙不作声 ④，碧玉曾相慕 ⑤。
渐到帘幕间，徘徊意犹惧。
闲窥东西阁，奇玩参差布 ⑥。
隔子碧油糊，驼钩紫金镀。
逡巡日渐高，影响人将寤 ⑦。
鹦鹉饥乱鸣，娇娃睡犹怒 ⑧。
帘开侍儿起，见我遥相谕 ⑨。
铺设绣红茵，施张钿妆具。
潜褰翡翠帷，瞥见珊瑚树 ⑩。
不辨花貌人，空惊香若雾。
身回夜合偏 ⑪，态敛晨霞聚 ⑫。
睡脸桃破风 ⑬，汗妆莲委露。
丛梳百叶髻 ⑭，金蹙重台屦 ⑮。
纰软钿头裙 ⑯，玲珑合欢裤 ⑰。

鲜妍脂粉薄，暗淡衣裳故。
最似红牡丹，雨来春欲暮。
梦魂良易惊，灵境难久寓[18]。
夜夜望天河，无由重沿溯。
结念心所期，返如禅顿悟[19]。
觉来八九年[20]，不向花回顾。
杂洽两京春[21]，喧阗众禽护[22]。
我到看花时[23]，但作怀仙句[24]。
浮生转经历[25]，道性尤坚固[26]。
近作梦仙诗，亦知劳肺腑。
一梦何足云，良时事婚娶。
当年二纪初[27]，嘉节三星度[28]。
朝蟒玉佩迎，高松女萝附。
韦门正全盛[29]，出入多欢裕。
甲第涨清池，鸣驺引朱辂[30]。
广榭舞萎蕤，长筵宾杂厝[31]。
青春讵几日，华实潜幽蠹[32]。
秋月照潘郎，空山怀谢傅[33]。
红楼嗟坏壁，金谷迷荒戍[34]。
石压破阑干，门摧旧楗柝[35]。
虽云觉梦殊[36]，同是终难驻[37]。
惊绪竟何如[38]，棼丝不成絇[39]。
卓女白头吟[40]，阿娇金屋赋[41]。
重璧盛姬台[42]，青冢明妃墓[43]。
尽委穷尘骨，皆随流波注。
幸有古如今，何劳缣比素[44]。

147

况余当盛时，早岁谐如务㊺。
诏册冠贤良㊻，谏垣陈好恶㊼。
三十再登朝㊽，一登还一仆㊾。
宠荣非不早，邅回亦云屡㊿。
直气在膏肓，氛氲日沉痼。
不言意不快，快意言多忤。
忤诚人所贼，性亦天之付。
乍可沉为香(51)，不能浮作瓠(52)。
诚为坚所守，未为明所措。
事事身已经，营营计何误。
美玉琢文珪(53)，良金填武库。
徒谓自坚贞，安知受砻铸(54)。
长丝羁野马(55)，密网罗阴兔(56)。
物外各迢迢，谁能远相锢。
时来既若飞，祸速当如骛。
曩意自未精，此行何所诉。
努力去江陵，笑言谁与晤。
江花纵可怜，奈非心所慕。
石竹逞奸黠(57)，蔓青夸亩数(58)。
一种薄地生，浅深何足妒(59)。
荷叶水上生，团团水中住(60)。
泻水置叶中，君看不相污。

【注释】

① 此诗作于元和五年（810）任江陵府士曹参军时。

② 画舫：装饰华美的游船。兰篙：以兰木为篙。

③ 万株桃：暗寓桃花源。

④ 乌龙：指家犬，并常用作衬托男女欢会，典出《搜神后记》。

⑤ 碧玉：本为南朝宋汝南王妾，后借指年轻貌美的婢妾。

⑥ 参差布：到处摆放。

⑦ 影响：恍惚。窹：睡醒。

⑧ 娇娃：美女、少女。娃：一作"狂"，黄犬。

⑨ 相谕：心照不宣。

⑩ 珊瑚树：此形容女主人公美艳如珊瑚。

⑪ 夜合：一名马缨花。落叶乔木，羽状复叶，小叶对生，夜间成对相合，故俗称夜合花。以之赠人，谓能去嫌和好。

⑫ 态敛：端正容态。

⑬ 桃破风：谓桃花迎春风而盛开。

⑭ 百叶髻：当时女性所梳多层重叠的发式，原注："时势头。"

⑮ 金靥：用金丝线刺绣的图案。重台屦：古代妇女所穿的莲花式的高跟鞋，始于南朝宋。原注："踏殿样。"

⑯ 绌软：稀薄柔软。钿头裙：镶绣金花的华丽裙子。原注："瑟瑟色。"

⑰ 合欢裤：饰有合欢图案的丝裤。原注："夹缬名。"

⑱ 灵境：宗教用语，指庄严妙土。此借指梦境。

⑲ 禅顿悟：禅宗之顿悟，与渐悟相对应，谓不假时间和阶次，直接悟入真理。

⑳ 觉来：醒悟之后。

㉑ 杂洽：相与混同。两京：指长安与洛阳。

㉒ 喧阗：喧哗、热闹。众禽：诸鸟，喻两京女子。

㉓ 看花：唐时举进士者有在长安城中看花的风俗。

㉔ 但作：只写。仙：艳妇、妓女之流。

㉕浮生：人生在世，虚浮不定，故称。《庄子·刻意》："其生若浮，其死若休。"

㉖道性：指出家修道之情志。

㉗二纪：二十四年。

㉘三星：指参宿。《诗经·唐风·绸缪》："绸缪束薪，三星在天。今夕何夕，见此良人。"以束薪喻婚姻，以三星点时辰，咏新婚之乐。

㉙韦门：指其岳丈太子宾客韦夏卿之府第。

㉚鸣驺：古代随从显贵出行并传呼喝道的骑卒，有时借指显贵。朱轳：天子所乘之车漆以深红色，故称。

㉛杂厝：犹杂错。

㉜潜：暗地，悄悄地。幽蠹：隐然衰败。

㉝谢傅：东晋谢安，卒赠太傅，此指韦夏卿。

㉞金谷：为西晋石崇于金谷涧中所筑之金谷园，此指韦府东京履信坊池馆水竹之胜。

㉟槌枑（bìhù）：置于官署前遮拦人马的栅栏，又称行马。

㊱觉梦：现实与梦境。

㊲驻：留住。

㊳悰绪：心绪。

㊴棼丝：乱丝。絇（qú）：成束之丝。

㊵"卓女"句：《西京杂记》卷三："相如将聘茂陵人女为妾，卓文君作《白头吟》以自绝，相如乃止。"

㊶"阿娇"句：阿娇指汉武帝陈皇后，汉司马相如《长门赋》序："孝武皇帝陈皇后时得幸，颇妒，别在长门宫，愁闷悲思。闻蜀郡成都司马相如天下工为文，奉黄金百斤，为相如、文君取酒，因于解悲愁之词。而相如为文以悟主上，皇后复得幸。"

㊷重璧：《穆天子传》所载古台名。盛姬：周穆王妃子。

㊸ 青冢：王昭君墓，在今内蒙古呼和浩特市南。

㊹ 缣比素：《古诗十九首·上山采蘼芜》："新人工织缣，故人工织素。织缣日一匹，织素五丈馀。将缣来比素，新人不如故。"此言新旧对比义。

㊺ 如务：犹入务，着手办事。

㊻ 诏册：指诗人元和元年（806）四月登"才识兼茂明于体用"科第一等事。

㊼ 谏垣：指元稹登第授左拾遗后上疏论政、批评人事而出为河南尉之事。陈好恶：直陈喜好与嫌恶。

㊽"三十"句：指因丁母忧期满后授监察御史事。

㊾"一登"句：奉使东川为"一登"，出贬江陵士曹参军为"一仆"。

㊿ 邅（zhān）回：徘徊不进貌，此指官职不得晋升。

(51) 乍可：只可。沉为香：沉香。

(52) 浮作瓠（hù）：《庄子·逍遥游》："子有五石之瓠，何不虑以为大樽而浮乎江湖，而忧其瓠落无所容？"

(53) 珪：通"圭"，古代帝王诸侯朝聘、祭祀时所用的玉制礼器。

(54) 砻铸：磨砺铸造。

(55) 野马：空气中的游气与灰尘。

(56) 阴兔：指月亮中的玉兔。

(57) 石竹：多年生草本植物。

(58) 蔓青：即芜菁。夸：炫耀。

(59) 何足妒：不值得嫉妒。

(60) 团团：簇聚貌。

【评析】

此诗为作者精心撰构的上乘之作。诗歌将自己与双文的恋情、与韦丛的婚姻以及仕途坎坷遭际以梦的形式——和盘托出，"不可使不知吾者知，知吾者亦不可使不知"，大有"悔既往而悟将来"（白居易《和梦游春诗一百韵序》）之意！着意于艳情者，以为"此即《会真记》也"（冯班评语）；着意于悼亡者，以为是"惊韦氏之亡"（殷元勋语）；着意于仕宦者，以为"言不能相锢，叹己之转不如也"（殷元勋语）。复如苏仲翔《元白诗选注》将诗歌分作七部分进行了解读："此为元稹到江陵日追忆少日风流事迹而托之梦游者，一起至'见我遥相谕'以上，写月夜访双文约会情景，所谓'待月西厢下'也。'铺设绣红茵'以下写与双文遇合事，与《会真诗》'戏调初微拒'一段正同。不久即弃双文而去，故曰'灵境难久寓'。'夜夜望天河'以下写弃去之后，别求婚宦，八九年之间'不向花回顾'者，自弃双文至娶韦丛中间殆八九年也。'一梦何足云'言弃双文寒门女无足惜也。'良时事婚娶'者，言择时相机正式求婚高门如韦氏也。'当年二纪初'以下一段，又追述昔年二十四岁与韦丛结婚时情况。韦门正当全盛之时，（韦丛为太子少保韦夏卿之季女，故《悼亡诗》有'谢公最小偏怜女'之句）自己与妻父翁婿之相得。曾几何时，韦丛又已死去。当时之红楼已嗟坏壁，向日之金谷（指韦氏园林）空迷荒戍。双文、韦丛，一别一死，觉（指与韦结婚）梦（指与崔欢会）虽殊，同是好景难驻。'惊绪竟何如'以下，言昔日之事，皆同流水：韦丛未成卓女《白头》之吟，双文空买阿娇《长门》之赋（指被弃），双文自如盛姬之在台，韦丛则类明妃之远去。以古拟今，无劳相比。'况余当盛时'以下，又追述少日经营仕路，遭回屡岁，官运不达，皆由坚贞自守，不肯俯仰随人之故（其实皆门面语）。'坚所守'自喻，'明所措'指当局不以己之才智而为适当的安置。总之，婚宦种种自'身已经'，由今思之，真是'营营计何误'。'美玉琢文珪'以下最后一段，自述美材不遇，自守坚贞，翻受挫折，盖由往日计划未周，今日又向谁诉？今日到江陵，有谁更相语？江边闲花野草虽亦可爱，原非我心之所慕，又何足以为妒？亦唯有自守坚贞，如荷叶与水之不相污也。此诗几等元稹之自序，所谓'思深语近，韵律调新，属对无差，而风情宛然'（元稹《上令狐楚启》）者也。此等皆元诗之上乘，精心结撰，非偶尔游戏之作也。"陈寅恪《元白诗笺证稿》则从中国古代艳情诗的角度给予了高度评价："微之自编诗集，以悼亡诗与艳诗分归两类。其悼亡诗即为元配韦丛而作。其艳诗则多为其少日之情人所谓崔莺莺者而作。微之以绝代之才华，抒写男女生死离别悲欢之情感，其哀艳缠绵，不仅在唐人诗中不可多见，而影响及于后来之文学者尤巨……至《梦游春》一诗，乃兼涉双文成之者……实非寻常游戏之偶作，乃心仪浣花草堂之巨制，而为元和体之上乘，且可视作此类诗最佳之代表者也……吾国文学，自来以礼法顾忌之故，不敢多言男女间关系，而于正式男女关系如夫妇者，尤少涉及。盖闺房燕昵之情意，家庭米盐之琐屑，大抵不列载于篇章，唯以笼统之词，概括言之而已。此后来沈三白《浮生六记》之闺房记乐，所以为例外创作，然其时代已距今较近矣。微之天才也，文笔极详繁切至之能事。既能于非正式男女间关系如与莺莺之因缘，详尽言之于《会真诗传》，则亦可推之于正式男女间关系如韦氏者，抒其情，写其事，缠绵哀感，遂成古今悼亡诗一体之绝唱。实由其特具写小说之繁详天才所致，殊非偶然也。"

和乐天初授户曹喜而言志 ①

王爵无细大 ②，得请即为恩 ③。
君求户曹掾 ④，贵以禄奉亲。

153

闻君得所请，感我欲沾巾。

今人重轩冕，所重华与纷⑤。

矜夸仕台阁⑥，奔走无朝昏。

君衣不盈箧，君食不满囷。

君言养既薄，何以荣我门。

披诚再三请⑦，天子怜俭贫。

词曹直文苑⑧，捧诏荣且忻。

归来高堂上，兄弟罗酒尊。

各称千万寿，共饮三四巡。

我实知君者，千里能具陈⑨。

感君求禄意，求禄殊众人。

上以奉颜色，余以及亲宾。

弃名不弃实⑩，谋养不谋身⑪。

可怜白华士⑫，永愿凌青云⑬。

【注释】

① 此诗约作于元和五年（810）夏贬江陵府士曹参军时。户曹：即户曹参军。唐诸府称户曹，在州曰司户。掌管籍账、婚姻、田宅、杂徭、道路等事。

② 王爵：皇帝册封任命的官位。

③ 得请：犹言所请获准。《左传·僖公十年》："夷吾无礼，余得请于帝矣，将以晋畀秦，秦将祀余。"

④ 掾：官府中佐助官吏的通称。

⑤ 华：荣华、光耀。《楚辞·九歌·山鬼》："留灵脩兮憺忘归，岁既晏兮孰华予。"王逸注："年岁晚暮，将欲罢老，谁当复令我荣华也。"纷：官服上的丝带。《书·顾命》："玄纷纯，漆仍几。"孔颖达疏："纷

154

则组之小别。郑玄《周礼》注云：'纷如绶，有文而狭者也。'然则纷、绶一物，小大异名。"《隋书·礼仪志六》："官有绶者，则有纷，皆长八尺，广三寸，各随绶色。若服朝服则佩绶，服公服则佩纷。"

⑥台阁：汉时指尚书台，后亦泛指中央政府机构。

⑦披诚：显示忠诚。

⑧词曹：指文学侍从之官，亦借指翰林。

⑨千里：时元稹贬在江陵。《旧唐书·地理志》："荆州江陵府……在京师东南一千七百三十里，至东都一千三百一十五里。"具陈：备陈、详述。

⑩弃名：放弃名位，白居易诗有"浮荣及虚位，皆是身之宾"之句。弃实：放弃实利。

⑪谋养：谓为养亲而出仕。谋身：为自己打算。

⑫白华士：指白居易。《诗经·小雅》有《白华》佚诗，《诗序》："《白华》，孝子之洁白也……有其义而亡其词。"

⑬凌：乘，登上。青云：此喻高官显爵。

【评析】

元和五年（810）五月五日白居易改官京兆府户曹参军，仍充翰林学士，并作《初授户曹喜而言志》，本作即为其和诗。黄周星《唐诗快》评云："乐天为左拾遗，岁满当迁。帝以资浅，且家贫，听自择官。乐天请以翰林学士兼京兆户曹参军，以便养。诏可。此非君臣也，乃父子耳，只'家贫听自择官'六字，千载之下，犹能令人感泣。"谢永芳《元稹诗全集》评说："对照原唱《初授户曹喜而言志》来读，可见白居易所欢喜的干禄以奉亲的行为，其背后也包含有将眼前物质、生命所需看得比台阁轩冕更为重要之意。……元稹在这里也通过酬赠寄诗的方式，对此深表理解赞同。"吴伟斌《新编元稹集》

说:"白居易这次改官,虽然是白居易自己提出来的,但其实有不可明言的苦衷。……笔者以为:居易改官,除了上面的两个原因之外(指养亲与直谏),还应该与白居易为了解救元稹出贬江陵,冒着得罪宦官与唐宪宗的风险,进呈《论元稹第三状》有关。"

酬翰林白学士代书一百韵并序 ①

　　玄元氏之下元日 ②,会予家居至 ③,枉乐天代书诗一百韵。鸿洞卓荦 ④,令人兴起心情。且置别书,美予前和七章 ⑤,章次用本韵,韵同意殊,谓为工巧。前古韵耳,不足难之。今复次排百韵,以答怀思之贶云。

昔岁俱充赋 ⑥,同年遇有司。

八人称迥拔 ⑦,两郡滥相知 ⑧。

逸骥初翻步,翔鹰暂脱羁。

远途忧地窄,高视觉天卑。

并入红兰署 ⑨,偏亲白玉规 ⑩。

近朱怜冉冉 ⑪,伐木愿偲偲 ⑫。

鱼鲁非难识 ⑬,铅黄自懒持 ⑭。

心轻马融帐 ⑮,谋夺子房帷 ⑯。

秀发幽岩电 ⑰,清澄隘岸陂 ⑱。

九霄排直上,万里整前期。

勇赠栖鸾句 ⑲,惭当古井诗。

多闻全受益 ⑳,择善颇相师 ㉑。

脱俗殊常调,潜工大有为。

还醇凭酎酒㉒，运智托围棋。
情会招车胤㉓，闲行觅戴逵㉔。
僧餐月灯阁㉕，醼宴劫灰池㉖。
胜概争先到，篇章竞出奇。
输赢论破的，点窜肯容丝。
山岫当街翠，墙花拂面枝㉗。
莺声爱娇小，燕翼玩逶迤。
辇为逢车缓，鞭缘趁伴施。
密携长上乐㉘，偷宿静坊姬㉙。
僻性慵朝起，新晴助晚嬉。
相欢常满目，别处鲜开眉。
翰墨题名尽，光阴听话移㉚。
绿袍因醉典㉛，乌帽逆风遗。
暗插轻筹箸㉜，仍提小屈卮㉝。
本弦才一举，下口已三迟。
逃席冲门出㉞，归倡借马骑㉟。
狂歌繁节乱，醉舞半衫垂。
散漫纷长薄，邀遮守隘岐㊱。
几遭朝士笑，兼任巷童随。
苟务形骸达，浑将性命推㊲。
何曾爱官序，不省计家资。
忽悟成虚掷，翻然叹未宜。
使回耽乐事，坚赴策贤时㊳。
寝食都忘倦，园庐遂绝窥㊴。
劳神甘戚戚，攻短过孜孜。
叶怯穿杨箭㊵，囊藏透颖锥㊶。

超遥望云雨，摆落占泉坻㊷。
略削荒凉苑㊸，搜求激直词。
那能作牛后，更拟助洪基。
唱第听鸡集㊹，趋朝忘马疲。
内人舆御案㊺，朝景丽神旗㊻。
首被呼名姓㊼，多惭冠等衰。
千官容眷盼，五色照离披。
鹓侣从兹洽㊽，鸥情转自縻㊾。
分张殊品命㊿，中外却驱驰。
出入称金籍(51)，东西侍碧墀。
斗班云汹涌(52)，开扇雉参差(53)。
切愧寻常质(54)，亲瞻咫尺姿(55)。
日轮光照耀，龙服瑞葳蕤。
誓欲通愚謇(56)，生憎效喔咿(57)。
佞存真妾妇，谏死是男儿。
便殿承偏召(58)，权臣惧挠私(59)。
庙堂虽稷契(60)，城社有狐狸(61)。
似锦言应巧，如弦数易欺(62)。
敢嗟身暂黜(63)，所恨政无毗(64)。
谬辱良由此(65)，升腾亦在斯。
再令陪宪禁(66)，依旧履阽危(67)。
使蜀常绵远(68)，分台更崄巇(69)。
匿奸劳发掘(70)，破党恶持疑(71)。
斧刃迎皆碎，盘牙老未萎(72)。
乍能还帝笏(73)，讵忍折吾支(74)。
虎尾元来险(75)，圭文却类疵(76)。

浮荣齐壤芥，闲气咏江蓠^㊆。
阙下殷勤拜，樽前啸傲辞。
飘沈委蓬梗，忠信敌蛮夷^㊆。
戏诮青云驿^㊆，讥题皓发祠。
贪过谷隐寺^㊆，留读岘山碑^㊆。
草没章台址^㊆，堤横楚泽湄^㊆。
野莲侵稻陇，亚柳压城陴^㊆。
遇物伤凋换^㊆，登楼思漫溔^㊆。
金攒嫩橙子，璧泛远鸬鹚^㊆。
仰竹藤缠屋^㊆，苫茅荻补篱。
面梨通蒂朽^㊆，火米带芒炊。
苇笋针筒束，鲭鱼箭羽鬐。
芋羹真底可^㊆，鲈鲙漫劳思^㊆。
北渚销魂望，南风著骨吹。
度梅衣色渍^㊆，食稗马蹄羸。
院榷和泥碱^㊆，官酤小麹醨^㊆。
讹音烦缴绕^㊆，轻俗丑威仪^㊆。
树罕贞心柏，畦丰卫足葵^㊆。
坳洼饶蛙矮^㊆，游惰压庸缁^㊆。
病赛乌称鬼^⑩，巫占瓦代龟。
连阴蛙张王^⑩，瘴疟雪治医。
我正穷于是，君宁念及兹。
一篇从日下^⑩，双鲤送天涯。
坐捧迷前席^⑩，行吟忘结綦^⑩。
匡床铺错绣^⑩，几案踊灵芝^⑩。
形影同初合^⑩，参商喻此离^⑩。

159

扇因秋弃置，镜异月盈亏⑩。

壮志诚难夺，良辰岂复追。

宁牛终夜永⑩，潘鬓去年衰⑪。

溟渤深那测，穹苍意在谁。

驭方轻騕褭⑫，车肯重辛夷⑬。

卧辙希濡沫⑭，低颜受颔颐⑮。

世情焉足怪，自省固堪悲。

涸鼠虚求洁⑯，笼禽方讶饥。

犹胜忆黄犬⑰，幸得早图之！

【注释】

① 此诗作于元和五年（810）任江陵府士曹参军时。翰林白学士：指白居易，元和二年（807）任翰林学士，其原唱为《代书诗一百韵寄微之》。代书：以诗代书。

② 玄元氏：指老子。唐奉老子为始祖，于乾封元年（666）二月追尊为"太上玄元皇帝"，天宝二年（743）正月加尊号"大圣祖"三字，天宝八载（748）六月又加尊号为"圣祖大道玄元皇帝"，简称"玄元"。下元日：十月十五日。道家说三神之水官，于是日下降，除灾厄，故为下元节。

③ 家居：此指元稹的女儿保子。

④ 鸿洞：融通，连续貌。卓荦：超绝出众。

⑤ 美：赞美。前和七章：即此前唱和白居易的七首诗。七，一作"十"。

⑥ 充赋：指应举。

⑦ "八人"句：原注："同年八人，乐天拔萃登科，予平判入等。"据《登科记考·贞元十九年》"拔萃科"登第名单为"白居易、李复礼、

160

李频、哥舒恒、元稹、崔元亮"及"博学宏词科"之吕炅、王起。

⑧两郡：指元稹之郡望洛阳与白居易之郡望太原。滥：用同"烂"，形容程度深，烂熟，熟习。

⑨红兰署：秘书省之别称。

⑩白玉规：指秘书省的规程。

⑪冉冉：冉冉趋之省。《玉台新咏·日出东南行》："盈盈公府步，冉冉府中趋。"此特指白居易仕官为政的风度。

⑫伐木：《诗经·小雅·伐木》："嘤其鸣矣，求其友声。相彼鸟矣，犹求友声。"后以喻思念友人。偲偲（sī）：互相勉励。

⑬鱼鲁：谓将"鱼"误写成"鲁"。

⑭铅黄：铅指铅粉，黄指雌黄，古人校勘图书每用之，故称校勘之事为铅黄。彭乘《墨客挥犀》卷四："尝校改字之法，刮洗则伤纸，纸贴之，又易脱。粉涂则字不没，涂数遍方能漫灭。惟雌黄一漫则灭，仍久而不脱。古人谓之铅黄，盖用之有素矣。"

⑮马融帐：《后汉书·马融传》："融才高博洽，为世通儒，教养诸生，常有千数……善鼓琴，好吹笛，达生任性，不拘儒者之节。居宇器服，多存侈饰。常坐高堂，施绛纱帐，前授生徒，后列女乐。弟子以次相传，鲜有入其室者。"

⑯子房帷：张良，字子房。《史记·留侯世家》："沛公拜良为厩将。良数以《太公兵法》说沛公……张良多病，未尝特将也，常为画策臣，时时从汉王。""汉六年正月封功臣。良未尝有战斗功，高帝曰：'运筹策帷帐中，决胜千里外，子房功也。自择齐三万户。'乃封张良为留侯，与萧何等俱封。"

⑰秀发：喻指人神采焕发，才华出众。

⑱隘：通"溢"，充盈。杜甫《草堂》："城郭喜我来，宾客隘村墟。"陂：池塘湖泊。

⑲ "勇赠"二句：原注："予赠乐天诗云：'皎皎鸾凤姿。'乐天赠予诗云：'无波古井水。'"

⑳ 多闻：《论语·季氏》："益者三友，损者三友。友直、友谅、友多闻，益矣。友便辟、友善柔、友便佞，损矣。"

㉑ 择善：《论语·述而》："三人行，必有我师焉，择其善者而从之。"

㉒ 酎酒：反复多次酿成的醇酒。

㉓ 车胤：《晋书·车胤传》："车胤字武子，南平人也……太守王胡之名知人，见胤于童幼之中，谓胤父曰：'此儿当大兴卿门，可使专学。'胤恭勤不倦，博学多通。家贫不常得油，夏月则练囊盛数十萤火以照书，以夜继日焉。"

㉔ 戴逵：《世说新语·任诞》："王子猷居山阴，夜大雪，眠觉，开室，命酌酒。四望皎然，因起彷徨，咏左思《招隐诗》。忽忆戴安道，时戴在剡，即便夜乘小船就之。经宿方至，造门不前而返。人问其故，王曰：'吾本乘兴而行，兴尽而返，何必见戴？'"

㉕ 月灯阁：长安城南地名，《陕西通志·风俗》卷五："新进士则于月灯阁置打球之宴，或赐宰臣以下酴醾酒，即重酿酒也（《辇下岁时记》）。"

㉖ 酿宴：聚集宴会。劫灰池：即汉之昆明池。庾信《奉和阐弘二教应诏》："无劳问待诏，自识昆明灰。"倪璠注引《三辅黄图》："武帝初，穿昆明池，得黑土，帝问东方朔，朔曰：'西域胡人知之。'乃问胡人，胡人曰：'烧劫之余灰也。'"原注："予与乐天、杓直、拒非辈多于月灯阁闲游。又尝与秘书省同官酿宴昆明池。"

㉗ 墙花：原注："昔予赋诗云'为见墙头拂面花'，时唯乐天知此。"

㉘ 长上：武官名，唐时九品，其职为守边和宿卫宫禁。

㉙ 静坊：当为长安城中静安坊或静恭坊之省称。

㉚ 话：指说唱的故事。句下原注："乐天每与予游从，无不书名屋壁。又尝于新昌宅说一枝花话，自寅至巳，犹未毕词也。"

㉛绿袍：低级官员的袍服。典：典当，抵押。

㉜筹箸：竹筹和筷子。

㉝屈卮：有柄的酒杯。句下原注："予有席箕草筹筋、小盏酒胡之辈，当时尝在书囊，以供饮备。"

㉞逃席：酒宴中途因不胜酒力，不辞而别。

㉟倡：同娼，娼妓。借马：长借马，指唐代翰林学士初入翰林院时，官府所赠的马。《说郛》卷六引唐李肇《翰林志》："学士初入院，赐马一疋，谓之长借马。"

㊱邀遮：拦阻。隘岐：狭隘险要之地与道路分岔处。

㊲浑：简直、几乎。摧：通。杨树达《汉书窥管》："摧，当读为'摧'。即上文之'挫粤锋'也。"白居易原唱此句所押之字即"摧"。

㊳策贤：策励贤才，古代考试取士，以问题令应试者对答谓策。

㊴园庐：《汉书·董仲舒传》："（仲舒）下帷讲诵，弟子传以久次相授业，或莫见其面。盖三年不窥园，其精如此。"后遂用作专心致志之典。

㊵穿杨箭：极言射技之精。《战国策·西周策》："楚有养由基者，善射，去柳叶者百步而射之，百发百中。"

㊶透颖锥：用毛遂自荐典故。

㊷摆落：摆脱。占泉：占泉脉，察看地下伏流的泉水。坻：谓地势低洼处。

㊸"略削"四句：原注："旧说：制策皆以恶讦取容为美。予与乐天，指病危言，不顾成败，意在决求高等。初就业时，今裴相公戒予慎勿以策范为美。予深佩其言，然而怪其多大，拟取有可取，遂切求潜览，功及费累月无所获。先是，穆员、卢景亮同年应制，俱以辞直见黜。予求获其策，皆手自写之，置在筐篚。乐天、损之辈常诅予筐中有不第之祥，而又晒予决求高等之僭也。"牛后："宁为鸡口，无为牛后"，喻居

于从属地位。洪基：伟大基业，喻王业。

㊹ 唱第：科举考试后宣唱及第进士名次，放榜地在礼部南院东墙，时在清晨。

㊺ 内人：凡应承于宫中者皆称内人，即所谓宫人。御案：皇帝专用的桌子。

㊻ 神旗：帅旗，此指皇宫前的旗帜。

㊼ 首被：元和元年（806）元稹与白居易参加“才识兼茂明于体用”的制科考试，元稹以第一名登第，故称。

㊽ 鹓侣：朝班。

㊾ 鸥情：退隐之情。自縻：自我束缚。

㊿ 殊品命：谓品阶职责各异。

(51) 金籍：即金闺籍，名悬金马门，得通出入者。应劭《汉书注》曰：“籍者为二尺竹牒，记其年纪名字物色，悬之宫门，案省相应，乃得入也。”

(52) 斗班：朝班左右合为斗班。唐制，皇帝御殿日，天将微明，宰相两省官斗班于香案前，俟扇开，通事赞拜。

(53) 雉：雉尾扇，古代帝王仪仗用具之一，亦省作“雉尾”“雉扇”。《新唐书·仪卫志上》：“次雉尾障扇四，执者骑，夹伞……次小团雉尾扇四，方雉尾扇十二。”

(54) 切愧：非常惭愧。

(55) 姿：指天子唐宪宗容貌。

(56) 愚謇：耿介正直。

(57) 喔咿：献媚强笑貌。

(58) 便殿：正殿之外的别殿，此指延英殿。承：承蒙。偏召：特别召见。

(59) 挠私：妨碍私利。

⑥ 稷契：二人为唐虞时代之贤臣。

⑥ "城社"句：犹言城墙中的狐狸、社坛里的老鼠，有所凭借而为非作歹。《晏子春秋·问上九》："夫社，束木而涂之，鼠因往托焉。熏之则恐烧其木，灌之则恐败其涂。此鼠所以不可得杀者，以社故也。"《晋书·谢鲲传》："及敦将为逆，谓鲲曰：'刘隗奸邪，将危社稷。吾欲除君侧之恶，匡主济时，何如？'对曰：'隗诚始祸，然城狐社鼠也。'"

⑥ 如弦：《后汉书·五行志》载汉代童谣："直如弦，死道边。曲如钩，反封侯。"

⑥ 敢嗟：不敢感叹。黜：被贬，贬降。

⑥ "所恨"句：原注："予元和元年任拾遗，八月十三日延英对，九月十日贬授河南尉。"毗（pí）：辅佐、帮助。

⑥ 谬辱：错误地遭贬受辱。

⑥ 宪禁：法律、禁令，此指御史台，指元和四年（809）任监察御史。

⑥ 阽（diàn）危：危险，临近危险。

⑥ 使蜀：指元和四年（809）出使剑南东川事。

⑥ 分台：指分务东台至洛阳事。崄巇（xiǎnxī）：本形容山路危险，此喻人事艰险或人心险恶。

⑦ 匿奸：隐藏的奸恶之人。发掘：揭发。

⑦ 破党：破除党争。恶：何、怎么。《广韵》："恶，安也。"持疑：迟疑、怀疑。

⑦ 盘牙：指盗贼或叛乱者。

⑦ 乍能：宁可。还帝笏：将笏板还给皇帝，意为被贬出京。

⑦ 讵忍：岂能忍受。折吾支：要我弯腰。

⑦ 虎尾：《易·履卦》："履虎尾，不咥人，亨。""六三，……履虎尾，咥人，凶。"王弼注："履虎尾者，言其危也。"

⑦ 圭文：玉上瑕疵。

⑦ 闲气：亦作"间气"，旧时谓英雄伟人，上应星象，禀天地特殊之气间世而出，故称。江蓠：香草名，又名靡芜。《楚辞·离骚》："扈江蓠与辟芷兮，纫秋兰以为佩。"

⑦ 敌：对。言忠信可行于蛮夷。蛮夷：南方蛮夷之地，此指江陵。

⑦ "戏诮"二句：原注："予途中作《青云驿》诗，病其云泥一致；作《四皓庙》诗，讥其出处不常。"戏诮：戏谑嘲笑。青云驿：在今陕西丹凤县西北商洛镇。讥题：批评题诗。

⑧ 谷隐寺：在今湖北襄阳南。

⑧ 岘山碑：晋羊祜任襄阳太守，有政绩。后人以其常游岘山，故于岘山立碑纪念，因称。原注："寺在亭侧。"

⑧ 章台：章华台，春秋时楚国离宫，故址在今湖北荆州。

⑧ 楚泽：古楚地有云梦等七泽，后以泛称楚地之湖泊。

⑧ 亚柳：此指长在城墙上低矮的柳树。城陴：城堞，城郭。

⑧ 遇物：遇旧物。《古诗十九首·回车驾言迈》："所遇无故物，焉得不速老？"

⑧ 登楼：东汉王粲在荆州依刘表，意不自得，且痛家国丧乱，乃作《登楼赋》，借写眼前景物，以抒郁愤之情，后喻士不得志而怀故土之思。漫漭：犹弥漫。

⑧ 瑿（yì）：黑色的琥珀。

⑧ "仰竹"二句：原注："南人以大竹为瓦，用获为篱也。"仰竹：剖竹为瓦，剖面向上，故称仰。苫（shān）茅：用茅草编织物覆盖屋顶。获：一种短小的芦苇。

⑧ "面梨"二句：原注："面梨软烂无味，火米粗粝不精。"通：连同。

⑨ 真底：的确，确实。李商隐《赠宗鲁筇竹杖》："风流真底事，常欲傍清羸。"杨万里《又和闻蛙》："春来真底好，此辈正纵横。"

(91) 鲈鲙：《晋书·张翰传》："翰因见秋风起，乃思吴中菰菜、莼羹、鲈鱼脍，曰：'人生贵得适志，何能羁宦数千里以要名爵乎！'遂命驾而归。"后因以为思乡辞官的典故。

(92) "度梅"二句：原注："南方衣服，经夏谓之度梅，颜色尽黦。马食菰蒋，盖北地稊稗之属。"梅：梅雨季节。

(93) 院榷：官署的柱石。榷：通"确"。泥碱：碱性泥土。

(94) 麹醨（qūlí）：味薄的曲酒。

(95) 讹音：讹误的语音。缴绕：形容语音含混不清。

(96) 轻俗：轻浮随便的风俗。威仪：此指官府的礼仪。

(97) 卫足葵：即向日葵。

(98) 坳洼：地势低洼。尰（zhǒng）矮：形容人胖而矮。尰，足部水肿或肢体其他部分肿起。

(99) 游惰：游荡懒惰。压：拖延。庸缁：用作代替服役的黑布。隋唐时期赋役法规定，成丁者每年服役二十日，若不服役则每日须纳绢数尺，谓之"庸"。

(100)"病赛"二句：原注："南人染病，竞赛乌鬼。楚巫列肆，悉卖瓦卜。"乌鬼：民俗事奉的鬼神名，或称乌蛮鬼。瓦代龟：以瓦占卜。

(101)"连阴"二句：原注："雨中井作蛙池，终冬往往无雪。"张王：形容蛙声洪大。瘴疟：指瘴疠与疟疾。

(102) 日下：代指长安。

(103) 前席：形容欲更接近而移坐向前。《史记·商君列传》："卫鞅复见孝公。公与语，不自知膝之前于席也。"

(104) 行吟：边走边吟咏。綦（qí）：鞋带。

(105) 匡床：安适的床，一说方正的床。错绣：色彩艳丽的锦绣。

(106) 灵芝：此借喻白居易之才华与作品。

(107) 初合：初识。

⑱ 参商：二十八宿的商星与参星。商在东，参在西，此出彼没，永不相见。后以比喻人分离不能相见。

⑲ "镜异"句：谓镜异于月之有盈亏，而始终如一。

⑪ 宁牛：宁戚，卫国人，有德而不为世所用，退为商贾。夜宿齐东门外，桓公夜出，宁戚正喂牛，叩角悲歌。桓公知其为贤人，用为客卿。后用作失意求仕的典故。

⑪ 潘鬓：潘岳之白鬓。原注："余今年始三十二，去岁已生白发。"

⑫ 骙骣（yǎoniǎo）：古骏马名。《文选·思玄赋》李善注："《汉书音义》，应劭曰：'骙骣，古之骏马也，赤喙玄身，日行五千里。'"

⑬ 肯：岂。辛夷：落叶乔木，属木兰科，高数丈，木有香气，以此木为车，华贵雅洁。

⑭ 卧辙：比喻落难待援之人，典出《庄子·外物》。濡沫，相濡以沫，比喻同处困境，相互救助，典出《庄子·大宗师》。

⑮ 低颜：犹低头、谦逊貌。颔颐：动动腮巴，点头以示默认、承诺。

⑯ 溷（hùn）鼠：厕所中的老鼠，典出《史记·李斯列传》。

⑰ 忆黄犬：《史记·李斯列传》："二世二年七月，具斯五刑，论腰斩咸阳市。斯出狱，与其中子俱执，顾谓其中子曰：'吾欲与若复牵黄犬俱出上蔡东门逐狡兔，岂可得乎！'遂父子相哭，而夷三族。"

【评析】

元稹本诗是唱和白居易《代书诗一百韵寄微之》之作。诗歌以百韵长律的形式回顾平生经历，跌宕流走，毫不滞涩，更不见律诗形式对表达的影响限制，充分显示了诗人高超娴熟的艺术技巧与文字掌控能力。故薛雪《一瓢诗话》说："元白诗言浅而思深，意微而词显，风人之能事也。至于属对精警，使事严切，章法变化，条理井然。其俚俗处，而雅亦在其中。杜浣花之后，不可多得者也。盖因元和、长庆间，与开元、天宝时，诗之运会又当一变，故知之者少。"《御选唐宋诗醇》也评道："长律百韵始于杜甫《夔府咏怀》一篇，继之者元微之、白居易。"杨军、吕燕芳《元稹诗文选》评道："此诗回忆二人在长安城中的快意生活，历历在目，如数家珍。记南中风俗也很新鲜。作为一首步韵诗，流走自如，无一点趁韵的迹象，正所谓难能可贵。"谢永芳《元稹诗全集》评说："百韵长律，创自杜甫。排律所尚，在气局严整，属对工巧，开阖相生，语排而意不排。元白排律，曲折尽情，能事几毕矣。"此外，诗中涉及荆楚民俗"乌鬼"，后之《蔡宽夫诗话·杜诗乌鬼为神名》、《碧溪诗话》卷八、《野客丛谈·乌鬼》等均有辨论，兹不详述。

种竹 并序 ①

　　昔乐天赠予诗云："无波古井水，有节秋竹竿。"予秋来种竹厅下，因而有怀，聊书十韵。

　　　　昔公怜我直，比之秋竹竿。
　　　　秋来苦相忆，种竹厅前看。
　　　　失地颜色改 ②，伤根枝叶残。
　　　　清风犹淅淅，高节空团团。
　　　　鸣蝉聒暮景 ③，跳蛙集幽阑。
　　　　尘土复昼夜，梢云良独难 ④。
　　　　丹丘信云远 ⑤，安得临仙坛。
　　　　瘴江冬草绿 ⑥，何人惊岁寒。
　　　　可怜亭亭干，一一青琅玕 ⑦。

孤凤竟不至^⑧，坐伤时节阑^⑨。

【注释】

① 此诗作于元和五年（810）任江陵府士曹参军时。

② 失地：指竹子因移栽而离开原来生长的故地。

③ 聒（guō）：喧扰、嘈杂。

④ 梢云：竹子长高后枝梢拂云。

⑤ 丹丘：神州传说中仙人居住的仙山。

⑥ 瘴江：南方多瘴气的江边。

⑦ 琅玕（lánggān）：美玉名，此喻竹色。

⑧ 孤凤：无偶的雄凤，相传凤凰以竹实为食。

⑨ 坐伤：空伤、徒伤。阑：晚，尽。

【评析】

  诗歌以种竹之事喻自己被贬的遭遇，以竹之有节喻自己正直坚贞的品格。首四句以"怜我直"引出种竹之事。次八句写竹子因离开故土伤及根本而色改叶残，虽有清风拂过，却再也难以枝叶茂盛，失去了往日风摇影动的美景，只剩下暮蝉鼓噪、井蛙集栏一片黯淡凄凉的晚秋景象，暗喻自己被贬江陵受到的伤害与贬后的悲凉处境和遭遇。次四句写移植之竹虽有尘封土掩却难以成长，凌云之志终难实现，至于仙山仙坛更是即之弥远。诗歌以土坛喻仙坛，暗指朝廷，表示重回朝廷已经希望渺茫。最后六句说江陵气候温暖，野草过冬也是绿色青葱，因此人们并不觉得经霜弥茂的竹子之可贵难得，自己的才能与品格也不为时人所重。因此悲叹时节将晚、年华已逝，而孤凤不至，竟然无人赏识荐引！全诗以竹为喻，抒发被贬江陵的悲叹，低沉婉转，展现了诗人仕宦情感的另一侧面。苏仲翔《元白诗选注》说："此诗以

170

竹之高节自喻。"孙安邦、蓓蕾《元稹集》评析道："元白赠答诗中，这是比较典型也很有代表性的一首。《赠元稹》（"自我从宦游"）是白居易最早赠给元稹的一首五律，诗中有'有节秋竹竿'之句，这首诗正是对《赠元稹》的答和之作。……白居易《赠元稹》诗中有'无波古井水，有节秋竹竿。一为同心友，三及芳年阑'。元稹的和诗即本诗有'昔公怜我直，比之秋竹竿……孤凤竟不至，坐伤时节阑'。白居易又和本诗的《酬元九对新栽竹有怀见寄》中有'昔我十年前，与君始相识。曾将秋竹竿，比君孤且直'。诸诗均以'秋竹竿'之'有节'相唱和、相勉励，并以竹之高节自喻互喻、喻己喻友。所以对后世影响很大。宋代大词人苏东坡《临江仙》中有'无波真古井，有节是秋筠'，承元白诗，而改'竿'为'筠'，《瓮牖闲评》则认为'改"竿"作"筠"，遂觉差逊'，是很有见地的。"吴大逵、马秀娟《元稹白居易诗选译》评析说："诗中以比兴象征的手法描述所种秋竹的生长情况，用以自喻。诗人贬谪江陵所受到的沉重打击，政治理想幻灭的悲哀，以及回转朝廷的企盼，一一于诗中传出。全诗言竹即是言己，稳当贴切，吻合无痕。语意凄怆哀怨，伤感的情绪相当浓重。与同年所作的《和乐天折剑头》一诗的激昂奋发相比，显示了元稹性格的另一侧面。"谢永芳《元稹诗全集》说："作者秋来忆友，种竹厅前，有怀而作，卒章显志。所感慨者，乃在诗人虽以竹之高节自喻，但无奈'孤凤竟不至'，唯有'坐伤时节阑'。所依韵之白居易原唱《赠元稹》，末云'所合在方寸，心源无异端'，可见二人相知之深，也可与白氏另一首《酬元九对新栽竹有怀见寄》中'吟我赠君诗，对之心侧侧'之意相通。"

和乐天折剑头^①

闻君得折剑，一片雄心起。
讵意铁蛟龙^②，潜在延津水^③。
风云会一合^④，呼吸期万里^⑤。
雷震山岳碎，电斩鲸鲵死^⑥。
莫但宝剑头^⑦，剑头非此比。

【注释】

①此诗作于元和五年（810）任江陵府士曹参军时，一说作于元和六年（811）。

②铁蛟龙：指宝剑。

③延津：即延平津，在今福建南平东南。据《晋书·张华传》载，晋时丰城令雷焕得龙泉、太阿二剑，以其一赠与张华，后华被诛，剑失所在。雷焕死，其子持剑行经延平津，剑忽跃出堕水，与另一剑会合，化为双龙飞去。

④风云：《易·乾卦》："云从龙，风从虎。"后以喻人生际遇。

⑤呼吸：一息之间，喻时间短暂。期：期望。

⑥鲸鲵：此喻凶恶之人。

⑦但：仅、只。

【评析】

此诗为唱和白居易《折剑头》，其原唱道："拾得折剑头，不知折之由。一握青蛇尾，数寸碧峰头。疑是斩鲸鲵，不然刺蛟虬。缺落泥土中，委弃无人收。我有鄙介性，好刚不好柔。勿轻直折剑，犹胜曲全钩。"诗歌以剑折自喻，"与其曲全，宁若直折，这首诗表现了白氏少年时英锐的豪气"（苏仲翔《元白诗选注》）。而元稹和诗则表现出更为积极的奋进精神与政治热望。"此以剑喻直臣，'斩鲸鲵'即所谓'拂佞臣首'也。"（苏仲翔《元白诗选注》）吴大逵、马秀娟《元稹白居易诗选译》评析说："两诗思想内容各有侧重。白居易原诗有'勿轻直折剑，犹胜曲全钩'之句，以折剑为喻，歌颂宁折毋曲的刚直精神，显示出坚持斗争、无所顾惜的决心和勇气。元稹此篇则以为直折之剑固属可贵，但更望能风云会合，乘时而起，实现'将断佞臣头'（白居易《李都尉古剑》）、'剑拂佞臣首'（元稹《说剑》）这一扫除奸佞、澄清朝政的理想。诗意激昂奋发，虽处贬谪之中，仍然流露出英风豪气，表现了强烈的积极进取的愿望和对未来的信心。"谢永芳《元稹诗全集》则有自己的解读："不和韵的元稹'和'诗，末二句'莫但宝剑头，剑头非此比'为一篇之旨，也是说尽管它遭受了严重的挫折，但不要不珍惜断剑而不用，一般所宝贵的剑头其实还不上它。和作与原唱的刚直个性与气质遥相呼应，具体创作思路固然不尽相同，但都同样抒发了锄奸除恶的满怀'雄心'壮志，表现出宁折不弯、不折不挠的精神和信念。"

琵琶歌 ①

琵琶宫调八十一 ②，旋宫三调弹不出 ③。
玄宗偏许贺怀智 ④，段师此艺还相匹。
自后流传指拨衰 ⑤，昆仑善才徒尔为 ⑥。
澒声少得似雷吼，缠弦不敢弹羊皮 ⑦。

人间奇事会相续，但有卞和无有玉⑧。
段师弟子数十人，李家管儿称上足⑨。
管儿不作供奉儿⑩，抛在东都双鬓丝。
逢人便请送杯盏，著尽功夫人不知。
李家兄弟皆爱酒，我是酒徒为密友。
著作曾邀连夜宿⑪，中碾春溪华新绿⑫。
平明船载管儿行，尽日听弹无限曲。
曲名无限知者鲜，《霓裳羽衣》偏宛转⑬。
《凉州》大遍最豪嘈⑭，《六幺》散序多笼撚⑮。
我闻此曲深赏奇，赏著奇处惊管儿。
管儿为我双泪垂，自弹此曲长自悲。
泪垂捍拨朱弦湿⑯，冰泉呜咽流莺涩。
因兹弹作《雨霖铃》⑰，风雨萧条鬼神泣。
一弹既罢又一弹，珠幢夜静风珊珊⑱。
低回慢弄关山思⑲，坐对燕然秋月寒⑳。
月寒一声深殿磬，骤弹曲破音繁并㉑。
百万金铃旋玉盘，醉客满船皆暂醒。
自兹听后六七年，管儿在洛我朝天㉒。
游想慈恩杏园里㉓，梦寐仁风花树前㉔。
去年御史留东台㉕，公私蹙促颜不开㉖。
今春制狱正撩乱㉗，昼夜推囚心似灰㉘。
暂辍归时寻著作，著作南园花拆萼。
胭脂耀眼桃正红，雪片满溪梅已落。
是夕青春值三五㉙，花枝向月云含吐。
著作施樽命管儿，管儿久别今方睹。
管儿还为弹六幺，六幺依旧声迢迢。

猿鸣雪岫来三峡，鹤唳晴空闻九霄。
逡巡弹得六幺彻㉚，霜刀破竹无残节。
幽关鸦轧胡雁悲㉛，断弦砉騞层冰裂㉜。
我为含凄叹奇绝㉝，许作长歌始终说㉞。
艺奇思寡尘事多，许来寒暑又经过。
如今左降在闲处，始为管儿歌此歌。
歌此歌，寄管儿！
管儿管儿忧尔衰，尔衰之后继者谁？
继之无乃在铁山，铁山已近曹穆间㉟。
性灵甚好功犹浅，急处未得臻幽闲㊱。
努力铁山勤学取，莫遣后来无所祖。

【注释】

①此诗作于元和五年（810）任江陵府士曹参军时。琵琶：弹拨乐器，初名批把，原流行于波斯、阿拉伯等地，汉代传入。后经改造，圆体修颈，有四弦、十二柱，俗称"秦汉子"。一说，秦末百姓苦长城之役，弦鼗而鼓之，琵琶即始于此。南北朝时又有曲项琵琶传入，四弦，腹呈半梨形，颈上有四柱，横抱怀中，用拨子弹奏，即现今琵琶的前身。唐宋之后亦屡有改造。本诗题下原注："寄管儿兼诲铁山。此后并新题乐府。"管儿：姓李，师从玄宗时著名琵琶高手段善本。铁山：管儿徒弟。

②宫调：戏曲、音乐名词，古代称宫、商、角、徵、羽、变宫、变徵为七声，其中任何一声为主均可构成一种调式。凡以宫为主的调式称宫，以其他各声为主的则称调，统称"宫调"。以七声配十二律，理论上可得十二宫、七十二调，合称八十四宫调。但"琵琶八十四调，内黄钟、太簇、林钟宫声弦中弹不出，须管色定弦"（《梦溪笔谈》引《琵琶

175

谱序》），故只有八十一。

③旋宫：古代以十二律配七音，每律均可作为宫音，旋相为宫，故称。自秦而后，旋宫声废。唐武德间，祖孝孙修订雅乐，旋宫之声复起。

④贺怀智：唐玄宗时著名艺人，善弹琵琶。

⑤指拨：以指弹拨乐器的弦。用左手扣弦、揉弦是指法，用右手顺手下拨或反手回拨是拨法，合称"指拨"。

⑥昆仑：即西域人康昆仑，善琵琶。善才：为唐代琵琶高手的通称，此指元和中曹保之子曹善才，亦精琵琶。徒尔：徒然、枉然。

⑦缠弦：琴弦的一种。羊皮：羊皮弦。

⑧卞和：春秋楚人，相传他得璞，先后献给楚厉王和楚武王，以其欺诈而砍去左、右脚。楚文王即位，他抱璞哭于荆山下，文王使人琢璞，得宝玉，名为"和氏璧"。无有玉：犹谓无才可识，以喻有琵琶高手而无好琵琶。

⑨李家：即李逊、李建兄弟家。上足：高足。

⑩供奉儿：以某种技艺或姿色供奉帝王的人。

⑪著作：著作郎的省称，当指李逊，或其族人。一说指樊宗师。

⑫"中碾"句：将春天刚制成的饼茶碾磨冲泡，茶色碧绿、香甜如泉。

⑬偏：最。婉转：声音悠扬动听。

⑭《凉州》大遍：当时乐曲名。豪嘈：形容声音洪大、节奏急骤繁杂。

⑮《六幺》散序：当时曲名。六幺，本名"绿腰"或"录要"，后讹为六幺。笼撚：琵琶演奏的两种指法。用手扣弦为笼，用手揉弦为撚。

⑯捍拨：弹琴的拨子。

⑰《雨霖铃》：唐代教坊曲名。

⑱珠幢：佛寺中用珍珠装饰的圆柱，以供信徒礼拜。珊珊：玉佩声，

形容珠幢之声。

⑲ 关山：在今宁夏南部，有大关山、小关山。

⑳ 燕然：即今蒙古国境内的杭爱山。此泛指北方山峰。

㉑ 曲破：唐宋乐舞，大曲的第三段称"破"，单演唱此段称"曲破"。其节奏紧促，有歌有舞。繁并：犹繁多。

㉒ 朝天：朝见天子，指在长安。

㉓ 游想：回想。慈恩：指慈恩寺。杏园：故址在今陕西西安大雁塔南，为唐时新科进士赐宴之地。杏园赐宴后，皆于慈恩寺塔下题名。

㉔ 仁风：指洛阳的仁风坊，李著作宅在此。

㉕ 东台：唐东都御史台。

㉖ 公私：谓公私之事。蹙促：逼迫。

㉗ 制狱：断案。撩乱：纷乱，杂乱。

㉘ 推囚：审问犯人。

㉙ 三五：每月十五。

㉚ 逡巡：从容貌。彻：尽，完。

㉛ 幽关：深邃的关隘。鸦轧：象声词，形容关门启闭声。

㉜ 砉騞（xūhuō）：物体破裂声。

㉝ 含凄：含凄惨之情。

㉞ 许：应允。长歌：长诗。

㉟ 曹穆：原注："二善才姓。"曹为曹保之子善才；穆，不详何人。

㊱ 幽闲：此指技艺之纯熟境界。

【评析】

此诗叙写管儿演奏琵琶事，首十句写盛唐玄宗以来之琵琶名家辈出，造成一时之盛。"段师"以下十句写诗人与管儿相识之因缘与李氏兄弟爱酒好客。"平明"以下二十二句为诗歌的主体部分，写听管儿演奏琵琶，表现了管儿高超的演奏技巧与诗人"赏著奇处"的艺术欣赏能力，并用大量的艺术形象展现了琵琶的音乐之美，诸如"泪垂捍拨朱弦湿，冰泉呜咽流莺涩""风雨萧条鬼神泣""珠幢夜静风珊珊。低回慢弄关山思，坐对燕然秋月寒。月寒一声深殿磬""百万金铃旋玉盘"，等等。至于其中涉及的众多琵琶曲调如《无限曲》《霓裳羽衣》《凉州》《六幺》《雨霖铃》以及各种演奏技巧与手法等，都给后人留下许多值得研究的音乐史料。"自兹"以下二十八句写此后六七年"暂辍归时寻著作"，再度与管儿见面，并两次听其演琵琶，并且许诺她"许作长歌始终说"，但此部分"我为含凄叹奇绝"的感情基调与前部分已经完全不同，更为低沉、晦暗。"艺奇"以下十四句点明写此《琵琶歌》的缘由，并为管儿琵琶技艺的传承深感忧虑。全诗将管儿的琵琶演奏与唐朝的盛衰，将与管儿的两度见面与自己的仕宦经历密切绾结，还将琵琶音乐与听者审美心理相触发而形成一幅纵横交错、前后贯通、宏大的历史图景，表现了诗人高超的艺术手段与绝妙的表现能力。此外，本诗对白居易的《琵琶行》有最为直接的影响，也是不可忽略的。

后之评者亦多侧重于音乐方面，如胡仔《苕溪渔隐丛话》引《蔡宽夫诗话》："近时乐家，多为新声，其音谱转移，类以新奇相胜，故古曲多不存。顷见一教坊老工言，惟大曲不敢增损，往往犹是唐本，而弦索家守之尤严。故言《凉州》者，谓之濩索，取其音节繁雄。言《六幺》者，谓之转关，取其声调闲婉。元微之诗云：'凉州大遍最豪嘈，录要散序多笼撚。'濩索、转关，岂所谓豪嘈、笼撚者耶？唐起乐皆以丝声，竹声次之，乐家所谓细抹将来者是也。故王建《宫词》云'琵琶先抹绿腰头，小管丁宁侧调愁。'近世以管色起乐，而犹存细抹之语，盖沿袭弗悟尔。《绿腰》本名《录要》，后讹为此名，今又谓之《六幺》。然《六幺》自白乐天时已若此云，不知何义也。"程大昌《演繁露》卷一二："叶少蕴《石林语录》谓琵琶以放拨重为精，丝弦不禁即断，故精者以皮为之。欧公时士人杜彬能之，故公诗云：'坐中醉客谁最贤，杜彬琵琶皮作弦。'因言杜彬耻以技传，丐公为改。予考公集所载《赠沈博士歌》诚有此两句，然其下续云：'自从彬死世莫传，玉练缲声入黄泉。'则公咏皮弦时彬已死，安得有丐改事，恐石林别见一诗耶。陈后山亦疑无用皮者。然元稹《琵琶歌》'澒声少得似雷吼，缠弦不敢弹羊皮'，又曰'鹍弦铁拨响如雷'，房千里《大唐杂录》载春州土人弹小琵琶，以狗肠为弦，声甚凄楚。合三物观之，以皮造弦，不为无证。若详求元语，恐是羊皮为质，而练丝缠裹其上，资皮为劲，而其声还出于丝，故欧公亦曰'玉练缲声'也。"朱承爵《存余堂诗话》则有不同的看法："苕溪渔隐评昔贤听琴、阮、琵琶、筝诸诗，云大率一律，初无的句，互可移用。余谓不然……听琵琶，如白乐天云：'大弦嘈嘈如急雨，小弦切切如私语。嘈嘈切切错杂弹，大珠小珠落玉盘。间关莺语花底滑，幽咽泉流水下滩。'元微之云：'月寒一声深殿磬，骤弹曲破音繁并。'欧阳公云：'春风和暖百鸟语，花间叶底时丁丁。'王仁裕云：'寒敲白玉声何缓，暖逼黄莺语自娇。'自是听琵琶诗，如曰听琴，吾不信也。"

苏仲翔《元白诗选注》评论说："咏管儿之琵琶技术，此仅为一艺人作歌，与乐天《琵琶行》之别有所感者不同。"

有鸟二十章 [①]（选二）

其八

有鸟有鸟名啄木 [②]，木中求食常不足。

偏啄邓林求一虫^③，虫孔未穿长觜秃。
木皮已穴虫在心，虫蚀木心根柢覆。
可怜树上百鸟儿，有时飞向新林宿。

其二十

有鸟有鸟真白鹤，飞上九霄云漠漠^④。
司晨守夜悲鸡犬^⑤，啄腐吞腥笑雕鹗^⑥。
尧年值雪度关山^⑦，晋室闻琴下寥廓^⑧。
辽东尽尔千岁人^⑨，怅望桥边旧城郭。

【注释】

①此诗作于元和五年（810）任江陵府士曹参军时。

②有鸟有鸟：意为有一种鸟啊！此为古代歌谣的一种常用格式，如《搜神后记》所载之"有鸟有鸟丁令威"。

③邓林：神话传说中的树林，此喻李唐天下。

④漠漠：密布貌。

⑤司晨守夜：鸡报晓、狗守夜，而鹤则兼具其能。《初学记》卷三十《诗义疏》："（鹤）常夜半鸣，其鸣高朗，闻八九里，唯老者乃声下。今吴人园中及士大夫家皆养之，鸡鸣时亦鸣。"

⑥啄腐吞腥：比喻追求功名利禄。语出《庄子·秋水》："夫鹓雏，发于南海而飞于北海，非梧桐不止，非练实不食，非醴泉不饮。于是鸱得腐鼠，鹓雏过之，仰而视之曰：'吓！'今子欲以子之梁国而吓我邪？"雕鹗：雕与鹗，均属猛禽。《后汉书·张衡传》："雕鹗竞于贪婪兮，我修絜以益荣。"李贤注："喻谗佞也。"

⑦尧年：喻清平时代。《异苑》卷三："晋太康二年冬，大寒，南洲人见二白鹤语于桥下，曰：'今兹寒不减尧崩年也。'"

⑧晋室：《史记·乐书》："平公曰：'音无此最悲乎？'师旷曰：'有。'平公曰：'可得闻乎？'师旷曰：'君德义薄，不可以听之。'平公曰：'寡人所好者音也，愿闻之。'师旷不得已，援琴而鼓之。一奏之，有玄鹤二八集乎廊门；再奏之，延颈而鸣，舒翼而舞。平公大喜，起而为师旷寿。反坐，问曰：'音无此最悲乎？'师旷曰：'有。昔者黄帝以大合鬼神，今君德义薄，不足以听之，听之将败。'平公曰：'寡人老矣，所好者音也，愿遂闻之。'师旷不得已，援琴而鼓之。一奏之，有白云从西北起；再奏之，大风至而雨随之，飞廊瓦，左右皆奔走。平公恐惧，伏于廊屋之间。晋国大旱，赤地三年。"

⑨辽东：据《搜神后记》，相传丁令威为汉辽东人，学道于灵虚山，后成仙化鹤归来，落城门华表柱上。时有少年，举弓欲射之，鹤乃飞，徘徊空中而言曰："有鸟有鸟丁令威，去家千年今始归。城郭如故人民非，何不学仙冢垒垒。"

【评析】

元稹集中有多首咏鸟的诗作，如《雉媒》《大觜乌》《松鹤》《思归乐》《春鸠》等等，而《有鸟二十章》既是禽鸟形象的集中展示，也是各类人物特征的刻画。诗歌用笔委婉，感情爱憎分明。所以陆时雍《唐诗镜》评曰："近情切理，原自老杜脱胎，第其筋力缓纵。"又《重订唐诗别裁集》评道："刺有文采而中毒螫者。"爱新觉罗·弘历《有鸟二十章序》说："孔子教小子曰：'诗可以兴。'又曰：'多识于鸟兽草木之名。'鸟兽草木中，触吾性情，有兴机焉！若徒追琢字句，强裁声韵，乌可与言诗哉？唐元微之作《有鸟二十章》，备载鸥鹗、老乌诸恶鸟之可憎，虽疾世之愤辞，然不失《三百》诗人之旨。余读而慕之，仿其体，亦成二十章，所咏皆凤凰、鸂鶒诸名禽。微之以刺而示戒，余以美而示劝，其有助于性情，一也。至于风格之高，锤炼

181

之雅，余固未能及古人，观者取其意而略其辞焉！"谢永芳《元稹诗全集》则从诗歌形式方面着手说："元稹在创作实践中对歌行的形式做了多方面的尝试，写作歌行组诗就是这种尝试的结果。《有鸟二十章》和《有酒十章》这两组歌行组诗，每首诗的首句皆曰'有鸟有鸟'或'有酒有酒'云云，这种形式显然是受了杜甫《乾元中寓居同谷县作歌七首》（其一至其四）的影响，只不过，有时候稍显松弛乏力，逊于老杜。"

六年春遣怀八首①（选二）

其二

检得旧书三四纸②，高低阔狭粗成行③。
自言并食寻常事④，惟念山深驿路长。

其五

伴客销愁长日饮⑤，偶然乘兴便醺醺。
怪来醒后傍人泣⑥，醉里时时错问君。

【注释】

① 此诗作于元和六年（811）任江陵府士曹参军时。

② 检：寻检。旧书：指韦丛旧日写给自己的书信。

③ 高低阔狭：指信纸的长短宽窄不齐。粗：大体。

④ 并食：两顿饭合起来吃。

⑤ 销：通"消"。长日：整天。

⑥怪来：惊疑。

【评析】

这是一组怀念亡妻韦丛之作，情致深婉、凄怆动人。孙安邦、蓓蕾《元稹集》总评说："总之，诗人的《六年春遣怀》诗，悲悼亡妻，字字深曲，曲曲传情，凄苦泣血，沉痛感人，能不掩面泣哭，一洒热泪！"

关于第二首，孙安邦、蓓蕾《元稹集》评析道："诗通过'并食'而安、'惟念'丈夫，既表现了妻子的贤淑品性，又反映了妻子的体贴关怀。诗人遭贬，孤立无援，偶检旧书，感慨系之，黯然神伤。越是把韦丛写得贤淑可亲，越是令人感伤，越是流露出对亡妻的热爱，越是感染读者。白描手法产生了强烈的艺术效果。"谢永芳《元稹诗全集》说："第二首写一天清理旧物时，忽然找到几页韦丛生前写给自己的书信，说二人并餐而食，算不得苦，只是不放心你一人独自在外。睹物思人，悲天感怆之意自在其中。"刘学锴《唐诗选注评鉴》评其二道："悼亡诗是一种纯粹抒情的诗歌体裁，完全靠深挚的感情打动人。这首题为'遣怀'的悼亡诗，通篇却没有一字直接抒写悼亡妻的情怀。它全用叙事，而且是日常生活里的一件平常细小的事：翻检出亡妻生前写给自己的几页信纸，看到上面写的一些关于家常起居的话。事情叙述完了，诗也就结了尾，没有任何抒发感慨的话。但读者却从这貌似客观平淡的叙述中感受到诗人对亡妻那种不能自已的深情。关键就在于，诗人所叙写的事虽平凡细屑，却相当典型地反映了韦丛的性情品格，反映了他们夫妇之间相濡以沫的关系。情含事中，自然无须多置一词了。"

关于第五首，《唐诗鉴赏辞典》论析其五道："此诗有深曲者七：悼念逝者，流泪的应该是诗人自己；现在偏偏不写自己伤心落泪，只写旁人感泣，从旁人感泣中见出自己伤心，此其深曲者一。以醉里暂时忘却丧妻之痛，写出永远无法忘却的哀思，此其深曲者二。怀念亡妻的话，一句不写，只从醉话着笔；且醉话也不写，只以'错问'二字出之，此其深曲者三。醉里寻伊，正见'觉来无处追寻'的无限空虚索寞，此其深曲者四。乘兴倾杯，却引来一片抽泣，妙用反衬手法取得强烈感人的效果，此其深曲者五。'时时错问君'，再现了过去夫妻形影不离、诗人一刻也离不了这位爱妻的情景，曩昔'泥他沽酒拔金钗'（《遣悲怀三首》其一）的场面，宛在目前，此其深曲者六。醉后潦倒的样子，醒来惊愕的情态，不着一字而隐隐可见，此其深曲者七。一首小诗，具此七美，真可谓之'七绝'。"孙安邦、蓓蕾《元稹集》评论说："这首诗是《六年春遣怀八首》中最见功力的一首，是运用白描手法的典范之作。无一句直说为亡妻哀伤，却'哀音似诉''哀音何动人'！诗人哀伤至极的反常表现越发显示出他对妻子的深深爱恋和无限悲伤。"吴大逵、马秀娟《元稹白居易诗选译》评析说："诗中写长日沉饮以遣丧妻之痛，而醉中仍不能忘怀，其夫妻情谊之深挚可以想见。全诗用笔深曲，前两句愁深无可解，唯大醉消愁，已令人伤感不已；后两句则写潜意识中未能'遣'，更是沉痛之至。醉中错向左右感泣，醒来惊怪，欲慰无从。此情此景，实可催人泪下。"谢永芳《元稹诗全集》说："第五首最具深曲之美：一是悼念亡妻，偏偏写旁人哭泣，以旁人的感泣深寓自己的无比伤心；二是以醉里忘却丧妻之痛，反写永远无法忘却的哀思；三是怀念亡妻的话，不著一字，却从醉里着笔，而且醉话也不写，只以'错问'了之；四是醉眼睁开，醉里寻觅，正见'觉来无处追寻'的空寂；五是'乘兴'倾杯，醉醺醺，引来旁人抽泣，妙用反衬，极其感人；六是'时时错问君'，再现生前夫妇形影不离的恩爱情景；七是醉里沉靡之态，醒后惊愕之状，隐约可见。"

竹部^①

竹部竹山近，岁伐竹山竹。
伐竹岁亦深，深林隔深谷。
朝朝冰雪行，夜夜豺狼宿。
科首霜断蓬^②，枯形烧余木。
一束十余茎，千钱百余束。
得钱盈千百，得粟盈斗斛^③。
归来不买食，父子分半菽^④。
持此欲何为？官家岁输促^⑤。
我来荆门掾^⑥，寓食公堂肉^⑦。
岂惟遍妻孥^⑧，亦以及僮仆。
分尔有限资，饱我无端腹^⑨。
愧尔不复言，尔生何太蹙^⑩！

【注释】

①此诗作于元和六年（811）任江陵府士曹参军时。竹部：一说为地名，在县西；一说应该是指那些以竹为生的山民。此诗题下原注："石首县界。"石首县：今属湖北荆州。《旧唐书·地理志》："荆州江陵府：……石首，汉华容县，属南郡。武德四年，分华容县置，取县北石首山为名。旧治石首山，显庆元年，移治阳支山下。"

②科首：科头，光秃的头。

③斗斛：斗与斛，两种量器，十斗曰斛。此形容少量、微薄。

④半菽：谓半菜半粮，指粗劣的饭食。

⑤岁输：每年运送到京师或指定地点的贡赋，主要是粮米，多由水路运输。促：催促。

⑥荆门：本指荆门山，唐多指荆州。王维《寄荆州张丞相》："所思竟何在？怅望深荆门。"赵殿成笺注："唐人多呼荆州为荆门。文人称谓如此，不仅指荆门一山矣。"

⑦寓食：寄食，此指依靠官府生活。

⑧妻孥（nú）：妻子儿女。

⑨无端腹：无任何关系的肚子。无端，无因由，无缘无故。

⑩瘗：困窘，窘迫。

【评析】

此诗写荆州江陵府临江石首县竹民的艰难生活。诗可分三层读：前八句写竹民依山而居，伐竹为生，生活条件极其艰苦——"朝朝冰雪行，夜夜豺狼宿"；中八句写竹民付出极多，收获极少，而交纳极重赋税是竹民贫穷的主要原因；后八句诗人反省自己一家妻儿老小、僮仆杂役一应人等所衣所食都是分享了竹民的"有限资"，惭愧自责之意、怜民苦民之情油然而生！吴伟斌《新编元稹集》评价说："本诗最后八句，值得重视，在历代诗人的作品中，如此自遣自责者并不多见。"杨军、吕燕芳《元稹诗文选》说："此诗是中唐时期重赋害民的真实反映，也有中唐诗人韦应物'邑有流亡愧俸钱'意绪。"谢永芳《元稹诗全集》说："诗写竹民在隆冬的深谷中辛辛苦苦地伐竹，'朝朝冰雪行'四句可谓真实写照。但卖竹所得都要充作官府的租税，自己却着饥寒交迫的生活。诗人由此反躬自检，并对竹民深表同情。全篇直接反映民生疾苦，感情沉挚动人，语言质朴自然。"

友封体 ①

雨送浮凉夏簟清 ②，小楼腰褕怕单轻 ③。
微风暗度香囊转，胧月斜穿隔子明 ④。
桦烛焰高黄耳吠 ⑤，柳堤风静紫骝声 ⑥。
频频闻动中门锁 ⑦，桃叶知嗔未敢迎 ⑧。

【注释】

①此诗作于元和七年（812）任江陵府士曹参军时。友封体：以诗人之名命名的诗体。窦巩（771—830），字友封，号嗫嚅翁，京兆金城（今陕西兴平）人。元和二年（807）进士，为滑州节度从事，先后历山南东道节度掌书记，荆南、平卢节度掌书记，迁副使。大和中，元稹观察浙东，辟为副使。四年，随稹移使武昌。五年稹卒，巩北归，卒于长安。巩与兄常、牟、群、庠俱有诗名。题下原注："黔府窦巩，字友封。"

②浮凉：轻微的凉气。夏簟：夏天的竹凉席。

③腰褕：小褕。

④隔子：窗格。

⑤桦烛：用桦树皮卷松脂为烛。黄耳：狗的别名。《晋书·陆机传》载，陆机曾有一骏犬名"黄耳"。

⑥紫骝：古代的一种骏马。

⑦闻动：听到动静。

⑧桃叶：东晋王献之爱妾名，此借指爱妾或所恋之女子。嗔：生气、责怪。

【评析】

元和七年（812）窦巩在江陵等待降职兄长窦群前往开州赴任，得与元稹会面。老友相遇，自然是以诗酒相酬，本诗即以模仿窦巩之诗风，写其夏日之生活场景，表现了其"温仁华茂，风韵峭逸"的特征。宋邦绥《才调集补注》卷五："'桦烛'，《国史补》：元日、冬至，宰相朝贺，桦烛至数百炬，曰火城。按桦烛者，以桦木皮卷松脂为烛。'黄耳'，《晋书》：陆机有骏犬，名黄耳，甚爱之。'紫骝'，《南史·羊侃传》：车驾幸乐游苑，侃预宴，时新造两刃矟成，帝赐侃河南国紫骝，令试之。"谢永芳《元稹诗全集》有比较详细的解析："诗写小楼消夏，享受雨后清爽的凉意。中间连用两个细节描写，说明此时此刻士大夫生活环境的清静如水：微风悄悄吹入，带动半空中的香囊兀自转动；月光斜射到纸糊的格子门上，让门扇微微透着明光。在这里，可以摆脱一切人世的烦嚣，所以宁愿杜门谢客，明知有贵人光临，也迟迟不去迎接。诗中的微妙语气，也透漏出这样的信息：虽然闭门隐居，却也有贵客殷勤造访，这才是真正让人得意的地方。从这首诗中，可以很深刻地体验到唐代士大夫生活中清雅恬适的一面。当然，只有知道唐代香囊是金属圆球的造型，用吊链悬在半空，才能明白何以一丝微风就会让它轻转；知道这随风轻转的香囊在圆球外壳上布满镂空花，内里有炭火低燃，焚着名香，细弱的烟缕从外壳的镂花中悄悄散出，也才能更细致地体会这首诗优美的意境。（参孟晖《夜帐香深》)"

离思五首①（选三）

其一

自爱残妆晓镜中，环钗谩篸绿丝丛②。
须臾日射胭脂颊，一朵红酥旋欲融③。

其三

山泉散漫绕阶流，万树桃花映小楼。
闲读道书慵未起④，水晶帘下看梳头。

其四

曾经沧海难为水⑤，除却巫山不是云⑥。
取次花丛懒回顾⑦，半缘修道半缘君。

【注释】

①此组诗作于元和七年（812）任江陵府士曹参军时，一说作于元和四年（809）自长安赴东川途中，一说作于贞元十一年（795）之洛阳。离思：离愁，离忧。

②谩：聊且。篸：同"簪"，插戴。绿丝丛：指女子乌黑的头发。

③红酥：又作"红苏"，形容红润柔腻。旋：一会儿。融：融化。

④道书：指道家或佛教的书籍。慵：懒。

⑤"曾经"句：从《孟子·尽心上》"观于海者难为水，游于圣人之门者难为言"变化而来。

⑥"除却"句：宋玉《高唐赋序》："昔者先王尝游高唐，怠而昼

寝。梦见一妇人，曰：'妾巫山之女也，为高唐之客。闻君游高唐，愿荐枕席。'王因幸之。去而辞曰：'妾在巫山之阳，高丘之阻。旦为朝云，暮为行雨。朝朝暮暮，阳台之下。'旦朝视之，如言，故为之立庙，号曰朝云。"后遂用为男女幽会的典实。

⑦取次花丛：信步走过花丛。取次，任意、不经意。回顾：回头看。

【评析】

此组诗为元稹艳情诗之代表，至于女主人，或以为是回忆崔莺莺，或以为是悼念韦丛，或以为是追念管儿，或以为是回顾不同的女性。黄周星《唐诗快》卷一五："世间恐无此一幅好画。仙乎仙乎，能无怀乎！""此皆为双文而作也。胡天胡地，美至乎此，无怪乎痴人之想莺莺也。"宋邦绥《才调集补注》卷五评述并补注诗句的出处道："第一首《会真记》作莺莺诗，直为莺赋。以下五诗乃微之为妻韦氏作者。韦字蕙丛。韦逝，为诗悼之，曰'曾经沧海难为水'云云，见《本事诗》。是五诗明是悼妻之作，不可概以为忆莺也。""《会真记》：'郑厚张之德，因饰馔宴之，命女莺莺出拜。久之，辞疾，强而后至。常服悴容，不加新饰，垂鬟黛接双脸，断红而已。颜色艳异，光辉动人。张惊，为之礼，因坐郑傍。以郑之抑而见也，凝睇怨绝，若不胜其体。时生十七年矣。'……'隐笑'，何逊诗：'相看独隐笑。'……'日射胭脂颊'，《杂事秘辛》：'吴姁以诏书如莹燕处，闭中阁子。时日晷薄晨，穿窗，光著莹面上，如朝霞和雪艳射，不能正视。"……"'除却巫山不是云'，王右军于从兄洽处见张昶《华岳碑》，叹曰：'巫云洛水外，云水宁足贵哉？元微之'除却巫山不是云'亦本右军。见《书影》。……'难为水'，陆云《为顾彦先赠妇诗》：'浮海难为水，游林难为观。'"当然也有批评此组诗甚至元稹者，如秦朝纡《消寒诗话》："元微之有绝句云云。或以为风情诗，或以为悼亡也。夫风情固伤雅道，悼亡而曰'半缘君'，亦可见其性情之薄矣。微之始为谏官，号敢言。后晚节不终，由中人荐为宰相，至与裴晋公为难，阻挠其兵机，使元勋重望无功，而河北遂不可问，则微之适成为半截人矣。若白乐天性情便厚，故能始终一节。言为心声，信夫。"又如潘德舆《养一斋诗话》的批评更为严厉："《莺莺》《离思》《白衣裳》诸作，后生习之，败行丧身。诗将为人之仇，率天下之人而祸诗者也，微之此类诗是也。"

苏仲翔《元白诗选注》说："此诗共五首，为莺莺作。另有首篇，一题作《莺莺诗》云'夜合带烟笼晓日，牡丹经雨泣残阳'，亦写离情，与上诗同。或谓'自爱残妆'以下数首为韦丛作，故有'曾经沧海'之句，盖悼亡也。"吴大逵、马秀娟《元稹白居易诗选译》论析其四之表现艺术说："这是一首著名的悼亡绝句，抒写了诗人对亡妻韦丛忠贞不渝的爱情和刻骨的思念。'曾经沧海难为水，除却巫山不是云'句向为人所称颂。这两句之深刻感人在于诗人撷取了世间最阔大壮美的沧海之水与巫山之云来暗喻夫妻之间的深挚感情，除却'沧海水''巫山云'世上再没有可称其为'水'和'云'之物了，世上又有哪种感情能胜过自己与妻子之爱呢？这奇警的比喻将爱妻之情物化了，形象地将埋藏于心底的情感全盘托出。第三句是实写亦是暗喻：诗人过花丛却懒于欣赏，面对鲜花也不能赏心悦目，足见思人之切；更深层的意思却是对任何如花的女子自己也无心动情，说明对亡妻爱得专一。此诗取譬精警而出语自然，感情强烈而蕴藉深沉。"谢永芳《元稹诗全集》："具体说到元稹诗中最广为人知的这组诗中的第四首。其意旨，一说为回忆蒲城之恋而作。'半缘修道半缘君'之'君'，即双文。若此，则诗当为与双文分手之后不久，尚未识韦丛时所作，立意在写爱之深挚专一。一说为悼念亡妻韦丛之作，'君'乃韦丛，立意在伤逝悼亡。无论此'君'为谁，终归都是因为所爱至深，失爱之后伤感亦深，故而'取次花丛懒回顾'，淡然而疲惫，无意于他顾。当然，至少就元稹而言，诗中的情感跟生活中的情感终难完全一致，尽管不专未必就不真。综观元稹情诗中与莺莺有关的篇章，格调往往与众不同，尤其是与悼亡题材的庄重相比，大多露情溢态，充满风流浪子气息。这第四首诗却是一个符合受众审美期待的例外，这也许也是它之所以闻名遐迩的缘由之一。又，后人也往往引申'曾经沧海'二句诗的原意，用以比喻阅历极广而眼界极高。"刘学锴《唐诗选注评鉴》说："元稹的艳诗，长篇如《梦游春七十韵》《会真诗三十韵》，短篇如《离思五首》《杂忆》《白衣裳》等，多为追怀其青年时代的情人而作，带有较强的叙事性和写实性，或铺叙会合过程，或专写某一生活片段，诗风秾艳，有时不免近亵。《离思》中的这一首（其二），风格明丽秀逸，风神摇曳生姿，是他的艳诗中写得比较有品位的作品。"

玉泉道中作 ①

楚俗物候晚 ②，孟冬才有霜。
早农半华实 ③，夕水含风凉。
遐想云外寺 ④，峰峦渺相望。
松门接官路，泉脉连僧房 ⑤。
微露上弦月，暗焚初夜香 ⑥。
谷深烟墪净 ⑦，山虚钟磬长。
念此清境远，复忧尘事妨。
行行即前路，勿滞分寸光。

【注释】

① 此诗作于元和七年（812）任江陵府士曹参军时。玉泉：指玉泉寺，在今湖北当阳。《大清一统志》载："玉泉山，在当阳县西三十里，本名覆舟山，亦名堆蓝山，唐《李白集》：'荆州玉泉寺近清溪诸山，山洞有乳窟玉泉交流其中。水边茗草罗生，枝叶如碧玉。'《名胜志》：'玉泉山初名覆船山，自智顗居之，始易为玉泉。'《县志》：'山下有玉泉寺，寺东有显烈山，又里许，有智者洞，洞左有寒亭旧址，亦名翠寒山。山中有兽，状如鹿，上下陵谷如飞，每鸣于涧谷则雨，鸣于冈阜则高轩过，验之不爽。'"

② 物候：泛指时令。

③ 早农：早种早熟的农作物。半华实：谓一半已经结果实。

④ 云外寺：指玉泉寺。《大清一统志》："玉泉寺，在当阳县西三十里玉泉山，隋开皇中建。祝穆《方舆胜览》：'陈光大中，浮屠智顗自天台飞锡来居此山，寺雄于一方，殿前有金龟池。'"

⑤ 泉脉：地下伏流的泉水。

⑥ 初夜：初更。

⑦ 壒（ài）：灰尘，尘埃。

【评析】

此诗写由江陵赴当阳途中所见楚风楚俗、节候风物，揣想玉泉寺之清悠环境，于神往之外也流露出"尘事"相妨的忧虑。王尧衢《古唐诗合解》评曰："'楚俗物候晚，孟冬才有霜。早农半华实，夕水含风凉'：楚俗霜迟，叙时候也。'半华实'，或花或实，半有收也。'夕水含风凉'，亦是孟冬之候。'遐想云外寺，峰峦渺相望。松门接官路，泉脉连僧房'：此解俱从遐想中来，非实历也。盖道中遥见云外之寺，因想其峰峦相望，其松门必接官路，其泉脉必连僧房也。'微露上弦月，暗焚初夜香。谷深烟壒净，山虚钟磬长'：渐至日暝，弦月微露，将近山寺，暗闻夜香，谷深而烟尘俱净，山空而钟磬悠长。"

游三寺回呈上府主严司空时因寻寺道出当阳县奉命覆视县囚牵于游衍不暇详究故以诗自诮尔 ①

谢公恣纵颠狂掾 ②，触处闲行许自由。
举板支颐对山色 ③，当筵吹帽落台头 ④。
贪缘稽首他方佛 ⑤，无暇精心满县囚。
莫责寻常吐茵吏 ⑥，书囊赤白报君侯 ⑦。

【注释】

① 此诗作于元和七年（812）任江陵府士曹参军时。三寺：或指当阳的玉泉寺、大度寺及当时荆州南泉的大云寺；一说三寺指当阳的玉泉寺、大度寺与松滋的碧涧寺。三寺均在荆州境内。府主：旧时幕职称其长官的敬辞。严司空：即严绶，绶以检校司空之荣衔出任荆南节度使，故称。当阳县：即今湖北当阳。覆视：检察、察看。游衍：恣意狂游，尽情游玩。自诮：自嘲。

② 谢公：东晋谢安，借指府主严绶。恣纵：放纵。掾：诗人自称，指江陵府士曹参军。

③ 举板支颐：《世说新语·简傲》："王子猷作桓车骑参军。桓谓王曰：'卿在府久，比当相料理。'初不答，直高视，以手板拄颊云：'西山朝来，致有爽气。'"后以为闲散自适之典。

④ 当筵吹帽：《晋书·孟嘉传》："九月九日，温（桓温）燕龙山，僚佐毕集。时佐吏并著戎服，有风至，吹嘉帽堕落，嘉不之觉。"后以为

重九登高雅集的典故。

⑤贪缘：贪求因缘。缘，佛教用语，相对"因"而言，佛教谓事物生起或坏灭的主要条件为因，辅助条件为缘。稽首：古时一种跪拜礼，叩头至地，为九拜中最恭敬者。他方佛：指佛教为外来宗教，故称。

⑥吐茵：《汉书·丙吉传》："吉驭吏耆酒，数逋荡，尝从吉出，醉欧丞相车上。西曹主吏白欲斥之，吉曰：'以醉饱之失去士，使此人将复何所容？西曹地忍之，此不过污丞相车茵耳。'遂不去也。"后以"车上吐茵"指醉饱之失。

⑦书囊：书袋。赤白：刘勰《文心雕龙·章表》："其在文物，赤白曰章。"此指诗章。

【评析】

诗人曾与好友卢戡几次约定游玩三寺，可卢戡贪杯屡屡沉醉爽约，为此诗人还写了一首《诮卢戡与予数约游三寺，戡独沉醉而不行》表示不满，但老友相逢，既然说了终归是要去的，去总得有个由头，便以检察当阳县囚犯为名吧！府主同意，终于成行！一路风光旖旎，流连山水，推杯换盏，烧香拜佛，乐是乐了，可正经事却"不暇详究"！回来如何交差？本诗便是向府主的交代。首联恭维地说，因为有府主的"恣纵"才有下属的"颠狂"地"游衍"；颔联用两个最具六朝名士风度的典故写其"颠狂"之状；颈联上句"贪缘"拜佛是找理由，"无暇精心"是为自己开脱。尾联用丙吉宽宥驭吏的典故来说府主也不会责备自己，并表示自己一定会以沿路所作的诗歌来报答"君侯"。全诗俏皮诙谐又不失典雅庄重，表现出诗人潇洒自如、不为物拘的个性与别样独特的诗歌风格，而这在元稹集里是不可多得的。谢永芳《元稹诗全集》说："诗、序合观，可见作者有时漫不经心地对待严绶交办的公务，严氏也较为宽容。"

酬别致用 ①

风行自委顺，云合非有期。
神哉心相见，无朕安得离 ②。
我有恳愤志 ③，三十无人知。
修身不言命，谋道不择时。
达则济亿兆，穷亦济毫厘。
济人无大小，誓不空济私。
研几未淳熟 ④，与世忽参差。
意气一为累，犹仍良已随 ⑤。
昨来审荆蛮 ⑥，分与平生隳 ⑦。
那言返为遇 ⑧，获见心所奇。
一见肺肝尽，坦然无滞疑 ⑨。
感念交契定，泪流如断縻 ⑩。
此交定生死，非为论盛衰。
此契宗会极 ⑪，非谓同路歧。
君今虎在柙 ⑫，我亦鹰就羁 ⑬。
驯养保性命，安能奋殊姿。
玉色深不变，井水挠不移。
相看各年少，未敢深自悲。

【注释】

① 此诗作于元和七年（812）任江陵府士曹参军时。致用：李景俭
（？—822），字宽中，一字致用，李唐宗室；贞元十五年（799）进士及

196

第，元和三年（808）坐贬江陵户曹参军，两《唐书》有传。

②无朕（zhèn）：没有迹象或先兆。

③恳愤：激励奋发。

④研几：穷究精微之理。《周易》韩康伯注云："极未形之理则曰深，适动微之会则曰几。"

⑤猜仍：猜疑忌妒。

⑥窜：被贬谪。荆蛮：古代中原人对楚越的称呼，此指江陵一带。

⑦隳（huī）：毁坏，废弃。

⑧那言：岂料，岂知。返：犹反，反而。

⑨滞疑：拘泥和疑虑。

⑩断縻：断绳。

⑪宗：取法。

⑫虎在柙（xiá）：老虎被关在笼子里。《说文》："柙，槛也，以藏虎兕。"

⑬鹰就羁：鹰被绳索系住。羁，拘系。

【评析】

李景俭本是韦夏卿的部属，与元稹早就相熟。两人先后被贬江陵，再度相聚，成为志同道合的朋友。此番致用离开江陵前往他地任职，元稹作诗酬别。首起四句总括全诗，从二人被贬遭遇说起，既感叹以高标自持而仕途不顺，又慰藉二人心神若契。次八句抒己昔日壮志；次六句转入被贬之因在于自己的"意气一为累"而"与世参差"，最终将毁掉平生！正当伤心绝望之极时，"那言"十句突然振起：在贬江陵时却意外地遇见故人致用，算是不幸中之大幸！悲伤中之最大的慰藉！二人相知，"一见肺肝尽，坦然无滞疑"，两人的相知相遇，"非为论盛衰""非谓同路歧"般功利的权宜之计，乃是"定生死""宗会极"这样的精神高度！末八句回到现实处境，并以"玉色深不变，井水挠不移"相勉励，坚持自己的人格精神与政治操守以待来日。全诗跌宕起伏，慷慨陈词，充分显露出二人的精神世界与身处逆境之中的乐观情绪。吴伟斌《新编元稹集》评价说："本诗是元稹表露自己人生追求的重要诗篇，诗人'达则济亿兆，穷亦济毫厘。济人无大小，誓不空济私'的主张，与白居易在《与元九书》中继承孟子之说，'志在兼济，行在独善'的表述，各不相同，相去甚远，幸请读者留意比较。"谢永芳《元稹诗全集》评析说："诗写向知己倾诉心曲，末八句'君今虎在柙'云云，为一篇之重。明显可见，原本只要处境稍好，儒家思想就会重新占据上风，兼济之志又会重新显现的元稹，在深知自己处境危殆的情况下，开始逐渐采取一种较为现实的态度，即接受被贬的事实，韬光养晦。于是，元稹贬谪江陵时的思想，已不如前期激进，而是带有温和的色彩了。这种变化，客观地反映在他的作品中，也影响到了他文学创作的发展进程。"

过襄阳楼呈上府主严司空
楼在江陵节度使宅北隅 ①

襄阳楼下树阴成，荷叶如钱水面平。
拂水柳花千万点，隔楼莺舌两三声。
有时水畔看云立，每日楼前信马行 ②。
早晚暂教王粲上 ③，庾公应待月华明 ④。

【注释】

① 此诗作于元和八年（813）任江陵府士曹参军时。

② 信马：信马由缰。

198

③早晚：迟早。王粲：汉末王粲在荆州依刘表，意不自得，且痛家国丧乱，乃登楼而作《登楼赋》，借写眼前景物，以抒郁愤之情。

④庾公：指东晋庾亮。《世说新语·容止》："庾太尉（庾亮）在武昌，秋夜气佳景清，使吏殷浩、王胡之之徒登南楼理咏。"此以南楼喻襄阳楼，以庾亮指严绶。

【评析】

元稹在江陵期间与府主或同僚多有唱和，此即其一。金圣叹《贯华堂选批唐才子诗》评析本诗之独特处道："（前解）最先是沈云卿《龙池篇》，以五'龙'字，四'天'字，金翅摇空。其次是崔汴州《黄鹤楼》，以三'黄鹤'、一'白云'，玉虹凌海。落后便是李太白《凤凰台》，以二'凤凰'，《鹦鹉洲》以三'鹦鹉'，刻意效颦，全然失步，至今反遭学语小儿指摘，无有了时也。所以然者，崔实不知沈作在前，李却亲睹崔诗在上。从来文章一事，发由自己性灵，便听纵横鼓荡。一受前人欺压，终难走脱牢笼。此皆所谓理之一定、事之固然者也。微之此诗，呈上府主司空，欲登襄阳楼上，则亦前解叙楼，后解叙意，此自为律诗寻常旧格，亦既由来久矣。今乃忽然出手写楼，忽然接手写水；忽然顺手承之再写水，忽然顺手承之再写楼，于是连自家亦更留手不得也。因而转笔，索性再又写水，再又写楼。而后之读者，乃方全然不觉，反叹一气浑成。由此言之，世间妙文，本任世间妙手写到。世间妙手，孰愁世间妙文写完！后人固不必为前人邀真，前人亦何足为后人起稿？如微之此诗，真是不受一人欺压，只听自己鼓荡。龙池、鹤楼不得占断于昔日，凤凰、鹦鹉枉自惨淡于当时者也。前解写久觑此楼，眼热如火。（后解）其实，此诗前解一、二，原自只写襄阳楼下，树荫荷钱，平平作起耳，不知何故，三乃偶然误写'拂水'二字。若在他人，只是连忙改去便休，独有微之偏不然，偏要反更写'隔楼'二字对之，一似我乃故意作此重叠者。于是，一时奇兴既发，妙笔又能相赴，索性后解五、六亦再写此'有时水畔''每日楼前'之二句也。言有时只是楼前立，每日只是楼前行，并不能得上楼。若幸而得上楼，则真司空之赐也。后解写得上此楼，心感如获。"而《唐诗镜》却对本诗的后四句颇有微词，批评说："五六手便，结二语不整顿。"谢永芳《元稹诗全集》从其时幕府唱和风气谈道："中晚唐幕府唱和风气很盛，幕府文士的这种创作活动，和后来的诗社差不多了，只是它没有宗旨，而是天然的组织。幕府为文士提供了一个很好的创作环境，中晚唐较之初盛唐在诗人数量上的激增，不能不说与遍布全国的幕府文学创作活动有关。"

遣兴十首（选一）①

其三

孤竹迸荒园②，误与蓬麻列。
久拥萧萧风，空长高高节。
严霜荡群秽，蓬断麻亦折。
独立转亭亭，心期凤凰别③。

【注释】

① 此诗作于元和八年（813）任江陵府士曹参军时。

② 孤竹：孤生之竹。迸：通"屏"，斥逐，排除。

③ 心期：心中期望。凤凰：暗指唐宪宗。别：区别。

200

【评析】

《遣兴十首》是诗人被贬江陵三年后的所感所思，虽是"杂感"之类，但用意明确。此诗以竹为喻，表现了诗人的处境、冤屈、志向与期望。陆时雍《唐诗镜》评第二首云："好是遣兴语，第未得老。"评第七首云："似箴铭语，却得不厌。"评第八首云："语气侃侃。"苏仲翔《元白诗选注》说："此皆杂感一类的诗。"吴伟斌《新编元稹集》评说："诗中之竹，诗人元和五年秋天所栽。在政治斗争的风风雨雨中，诗人被排斥在外，与蓬、麻为伍，空有高风亮节，但是人还坚持原有政见，'亭亭'而'独立'，心中思念与地位高贵、德才高尚的贤相裴垍的死别以及与好友白居易、崔群、李绛等人的生离。"谢永芳《元稹诗全集》说："如第三首，借荒园孤竹，表达愤懑与孤高的心情。诗写孤竹闯进了荒园，不幸与'蓬麻'混在一起。本来它枝繁叶茂，微风过处，萧萧作声，虚心自持，高大挺拔，但现在非常孤立。不过，一旦寒霜降临，荡涤污泥浊水，蓬麻之辈必将覆灭。此时唯有翠竹傲然挺立，高耸入云，期待凤凰善于鉴别而翩翩飞来。以孤竹自况，寄托非常明显，并希望有朝一日重新受到重用。"

后湖 ①

荆有泥泞水，在荆之邑郛 ②。
郛前水在后，谓之为后湖。
环湖十余里，岁积潢与污。
臭腐鱼鳖死，不植菰与蒲 ③。
郑公理三载 ④，其理用煦愉 ⑤。

岁稔民四至，隘塵亦隘衢^⑥。
公乃署其地，为民先矢谟^⑦。
人人傥自为，我亦不庇徒^⑧。
下里得闻之，各各相俞俞^⑨。
提携翁及孙，捧戴妇与姑。
壮者负砾石，老亦捽茅刍^⑩。
斤磨片片雪，椎隐连连珠^⑪。
朝餐布庭落，夜宿完户枢。
邻里近相告，亲戚远相呼。
鬻者自为鬻，酤者自为酤。
鸡犬丰中市^⑫，人民岐下都^⑬。
百年废滞所，一旦奥浩区^⑭。
我实司水土^⑮，得为官事无。
人言贱事贵，贵直不贵谀。
此实公所小，安用歌裤襦^⑯。
笞云潭及广^⑰，以至鄂与吴。
万里尽泽国，居人皆垫濡^⑱。
富者不容盖^⑲，贫者不庇躯。
得不歌此事，以我为楷模。

【注释】

① 此诗作于元和八年（813）任江陵府士曹参军时。

② 邑郛（fú）：城郭。郛，外城。

③ 菰（gū）：多年生草本植物，茎即可食用的茭白；果实为菰米，一称雕胡米，可以作饭。蒲：蒲草，可织蒲席。

④ 郑公：原注曰："严司空绶。"荆南节度使严绶，元和初进司空，

封郑国公，故称。

⑤ 煦愉：温煦和悦。

⑥ 隘：通"溢"，充盈、堆积。杜甫《草堂》："城郭喜我来，宾客隘村墟。"廛：特指官家所建供商人存储货物的邸舍。

⑦ 矢谟：安排计划、布置方案。

⑧ 庀（pǐ）徒：聚集工匠、役夫。

⑨ 俞俞：和乐愉快貌。《庄子·天道》："无为则俞俞，俞俞者忧患不能处，年寿长矣。"成玄英疏："俞俞然，从容自得之貌也。"

⑩ 捽（zuó）：拔取。茅刍：茅草。

⑪ 椎：捶击工具。隐：筑、击。《汉书·贾山传》："隐以金椎，树以青松。"颜师古注引服虔曰："隐，筑也，以铁椎筑之。"

⑫ 丰中：谓王者之德如中天之日，遍照天下。《易·丰》"丰亨，王假之，勿忧，宜日中。"孔颖达疏："用夫丰亨无忧之德，然后可以君临万国，遍照四方，如日中之时，遍照天下，故曰宜日中也。"

⑬ 岐下：岐山之下。岐山在今陕西岐山县东北。《诗经·大雅·绵》："古公亶父，来朝走马，率西水浒，至于岐下。"都：聚居处。

⑭ 奥浩区：指大片可以居住的地区。奥，谓可以定居的地方，后作"墺""隩"。《汉书·地理志上》："九州逌同，四奥既宅。"颜师古注："奥，读曰墺，谓土之可居者也。"

⑮ 司水土：《通典·职官一五》：士曹参军"掌管河津，营造桥梁廨居者也"。

⑯ 歌裤襦：据《后汉书·廉范传》载，廉范字叔度，出守蜀郡，解禁便民，郡民作歌称颂："廉叔度，来何暮？不禁火，民安作。平生无襦今五绔。"绔，即裤。

⑰ 潭及广：潭，潭州，在今湖南长沙。广，即今广东广州。

⑱ 垫濡：溺水，即居住于低洼潮湿处。

⑲ 容盖：车上的帷幔和篷盖。《周礼·春官·巾车》："王后之五路……皆有容盖。"郑玄注："容，谓幨车，山东谓之裳帏，或曰憧容……盖，如今小车盖也。"

【评析】

诗歌赞颂严绶治理后湖之事，可分作四层来读：首四句写后湖环境之恶劣；次八句写严绶以"煦愉"执政，为民着想，人各自安；中间二十句写在治理之后百姓各擅其长，百业兴旺，远近之人纷纷来归，使昔日的"废滞"之地成为生机勃勃的家居之地；末十四句赞严绶治理地方有功，后湖之事不过一斑而已。杨军、吕燕芳《元稹诗文选》说："后湖在江陵城郭，方圆十里，污染严重。节度使严绶率众治理环境，使百年废滞之地，变成大片可安居之地。此诗称颂这一功绩。"吴伟斌《新编元稹集》则指出此诗所叙并非谀辞："元稹的这篇诗及后来撰写的《故金紫光禄大夫检校司徒兼太子少傅赠太保郑国公食邑三千户严公行状》都被史书采录。"

梦成之 ①

烛暗船风独梦惊，梦君频问向南行。
觉来不语到明坐，一夜洞庭湖水声。

【注释】

① 此诗作于元和九年（814）春任江陵府士曹参军赴潭州经洞庭时，一说作于元和八年（813）。成之：为元稹妻韦丛字，一作"茂之"。韩愈《监察御史元君妻京兆韦氏夫人墓志铭》："夫人讳丛，字茂之。"马

其昶校云："茂或作成。"诸本均作"成"字，今仍其说；然细品名与字之意，马校或误，当从韩说。

【评析】

韦丛去世对元稹的打击是难以言喻的。虽然相离已经五年，但妻子似乎须臾未曾离开，常常出入梦境伴随诗人。本诗写夜梦妻子韦丛之事。首句写梦醒后所见所感，"烛暗""船风"描绘出一片迷蒙之景与一片凄清之感；"独梦惊"便直接表现出"惊梦"的感受，一个"独"字刻画出梦醒后孤独无依、形影相吊之凄凉境况，更衬托梦中的片刻相伴之温馨珍贵。次句回顾梦境，"频问"表现了妻子的关切之深、情愫之殷，也表现了妻子对丈夫不断南行的疑惑不解。"向南行"是"频问"的内容，诗人被贬江陵是"向南行"，此时赴潭州也是"向南行"，所以此问颇有深意，诗人借妻子关爱之问暗寓了自己被贬的离忧愁绪。第三句写彻底醒来后怅然若失，兀然独坐，沉默不语直到天明。"不语"照应上句的"频问"，妻子梦中的"频问"自然是无法回答的，醒后的自己也自然无法问答妻子的"频问"。虽然感情相连、心灵相通，可毕竟阴阳相隔，唯有以相思想念来回答妻子。末句宕开一笔，转向洞庭湖的潮水声，"一夜"足见诗人醒后再也无法入眠，"湖水声"既是耳之所闻，也是诗人久久不能平息的情感与心潮的象征！全诗语言浅近，深情绵渺，言外境外含无穷哀思，耐人玩味！此诗可与元稹另一首《感梦》并读："行吟坐叹知何极，影绝魂销动隔年。今夜商山馆中梦，分明同在后堂前。"吴伟斌《新编元稹集》释"梦君"句说："意谓亡妻一再询问：到哪里去？去干什么？什么时候回来？谁在家照顾女儿？这是诗人思念亡故的妻子韦丛，挂念留在江陵家中的女儿保子。"又评价"觉来"句说："诗人因爱生情，因情生梦，梦醒之后难于入睡，更见出诗人对韦丛的感情真挚深厚。"谢永芳《元稹诗全集》评价说："总之，这首诗与《感梦》都堪称记梦悼亡诗中的代表作，所用语言是浅短的，而蕴含的哀思是深长的；所写的梦境是虚幻，而流露的感情是真切的。"

陪张湖南宴望岳楼稹为
监察御史张中丞知杂事 ①

观象楼前奉末班②，绛峰只似殿庭间③。
今日高楼重陪宴，雨笼衡岳是南山④。

【注释】

① 此诗元和九年（814）春任江陵府士曹参军赴潭州时作。张湖南：即张正甫，字践方，南阳（今属河南）人，元和八年（813）十月至十一年（816）九月间在湖南任观察使，故称张湖南；又带御史中丞荣衔，故又称张中丞。稹为监察御史，张中丞知杂事：元稹元和四年（809）为监察御史时，张正甫以殿中侍御史知杂事。知杂事，王谠《唐语林·补遗四》："知杂事谓之杂端……每公堂食会，杂事不至，则无所检辖，唯相揖而已；杂事至，则尽用宪府之礼。"

② 观象楼：为京城朝会的建筑之一，据舒元舆《御史台新造中书院记》，监察御史在此监视百官言行。末班：元稹当时新任监察御史，按例位列末班。

③ 绛峰：此指终南山之山峰。殿庭：宫殿阶前平地。

④ 衡岳：南岳衡山，为五岳之一，在观察使治所潭州之南。

【评析】

诗人昔日与张正甫均受知于宰相裴垍，同朝为官，有着不错的交情。今日异地相逢，自然倍感亲切。诗歌要将这两层内容缩合起来表达方为得体，所以诗歌采用前二句写昔日、后二句写今天的对比结构。“奉末班”说以前二人的关系为上下级，“重陪宴”说今天则为主客；昔日于观象楼所望是“绛峰”终南山，而今天宴中所见则是南岳衡山，同时也顺便照应题中“望岳楼”。两相对比，今日虽是异地相逢，但二人的关系感情却依然如同往日亲切融洽，和谐快乐。诗歌略去官场的虚套应酬与热闹场面，只用淡淡几笔描写景色，起到了言简情浓的效果。谢永芳《元稹诗全集》评道：“望岳楼，在长沙城中。诗作着重描绘宴会所在地的景色。这种写法，适宜于写胜地佳境的宴饮，且宴饮者气度高雅闲暇，并非酒徒酒鬼，其意不在酒，而在于山水景色之间。若铺陈酒菜之丰盛，场面之热闹，酒醉之狂态，未免就真的有些‘煞风景’了。”

何满子歌①

何满能歌能宛转，天宝年中世称罕。
婴刑系在囹圄间②，下调哀音歌愤懑③。
梨园弟子奏玄宗④，一唱承恩羁网缓⑤。
便将何满为曲名，御谱亲题乐府纂。
鱼家入内本领绝⑥，叶氏有年声气短。
自外徒烦记得词，点拍才成已夸诞⑦。
我来湖外拜君侯，正值灰飞仲春琯⑧。
广宴江亭为我开，红妆逼坐花枝暖⑨。
此时有态蹋华筵，未吐芳词貌夷坦。

翠蛾转盼摇雀钗，碧袖欹垂翻鹤卵^⑩。
定面凝眸一声发^⑪，云停尘下何劳算^⑫。
迢迢击磬远玲玲^⑬，一一贯珠匀款款^⑭。
犯羽含商移调态^⑮，留情度意抛弦管^⑯。
湘妃宝瑟水上来^⑰，秦女玉箫空外满^⑱。
缠绵叠破最殷勤^⑲，整顿衣裳颇闲散。
冰含远溜咽还通^⑳，莺泥晚花啼渐懒^㉑。
敛黛吞声若自冤，郑袖见捐西子浣^㉒。
阴山鸣雁晓断行，巫峡哀猿夜呼伴。
古者诸侯飨外宾，鹿鸣三奏陈圭瓒^㉓。
何如有态一曲终^㉔，牙筹记令红螺碗^㉕。

【注释】

① 此诗作于元和九年（814）任江陵府士曹参军赴潭州时。何满子：唐玄宗时著名歌者。白居易曰："何满子，开元中沧州歌者，临刑进此曲以赎死，竟不得免。"又《杜阳杂编》曰："（文宗时）宫人沈阿翘为上舞《何满子》，调声风态，率皆宛畅。"此诗题下原注："张湖南座为唐有态作。"张湖南：即湖南观察使张正甫。唐有态：当时歌者，生平不详。态，一作"熊"。

② 婴刑：遭受刑罚。

③ 下调：低沉的音调。

④ 梨园：唐玄宗时教练宫廷歌舞艺人的地方。

⑤ 承恩：蒙受皇恩。羁网：法网，法律。缓：宽缓，意为从轻发落。

⑥ 鱼家：连后句中"叶氏"并为歌者名。入内：进入皇宫。

⑦ 点拍：音乐的节拍。夸诞：词夸张虚妄，不切实际。

⑧ 灰飞：指律管中的葭灰，用作测候季节变化。《梦溪笔谈·象数一》

208

引晋司马彪《续汉书》："候气之法，于密室中，以木为案，置十二律琯。各如其方，实以葭灰，覆以缇縠，气至则一律飞灰。"琯：即律琯。

⑨ 逼坐：贴身而坐。

⑩ 鹤卵：比喻美玉或珠玉。

⑪ 定面凝眸：谓面相定格、目光凝视貌。

⑫ 云停：形容歌声美妙。典出《列子·汤问》："薛谭学讴于秦青，未穷青之技，自谓尽之，遂辞归。秦青弗止，饯于郊衢，抚节悲歌，声振林木，响遏行云。薛谭乃谢求反，终身不敢言归。"尘下：典出陆机《拟东城一何高》："长歌赴促节，哀音爱高徽。一唱万夫叹，再唱梁尘飞。"李善注引《七略》曰："汉兴，鲁人虞公善雅歌，尽动梁上尘。"何劳：何须烦劳，用不着。

⑬ "迢迢"句：此形容玲玲磬声慢慢响起，如由远处渐渐传来。

⑭ 贯珠：成串的珍珠。款款：徐缓貌。

⑮ 犯羽含商：谓词曲变调，忽羽忽商。

⑯ 留情：倾心，留注情意。度意：揣度听者之意。抛：挥洒。

⑰ 湘妃：舜二妃娥皇、女英，相传二妃没于湘水，遂为湘水之神。宝瑟：瑟的美称。

⑱ 秦女：《列仙传》曰："萧史者，秦穆公时人也，善吹箫，能致孔雀、白鹤于庭。穆公有女，字弄玉，好之，公遂以女妻焉。遂教弄玉作凤鸣，居数年，吹似凤声，凤凰来止其屋。"

⑲ 叠破：乐曲开始叠奏。

⑳ 冰含远溜：冰层之下水流湍急貌。

㉑ 泥：沾。

㉒ 郑袖：战国时楚怀王宠妃，后怀王欲因张仪求美女，袖恐，乃赂仪多金。仪以"遍行天下，未见如此之美者"对，而作罢。西子浣：西施，初为若耶溪之浣沙女。

㉓鹿鸣：古代宴群臣嘉宾时演奏的乐歌。《诗经》有《鹿鸣》篇，其序曰："《鹿鸣》，燕群臣嘉宾也。"圭瓒：古代祭祀时用来盛酒的玉制器皿。

㉔何如：用反问的语气表示不如。

㉕牙筹：用象牙等制成的计酒筹码。

【评析】

古代评论多注重《何满子》之故事，如《韵语阳秋》最为典型："白乐天云：'何满子，开元中沧州歌者，临刑进此曲以赎死，竟不得免。'白乐天为诗曰：'世传满子是人名，临就刑时曲始成。一曲四词歌八叠，从头便是断肠声。'《张祜集》载武宗疾笃，孟才人以歌笙获宠，密侍左右。上目之曰：'吾当不讳，尔何为哉？'才人指笙囊泣曰：'请以此就缢！'复曰：'妾尝艺歌，愿歌一曲。'上许之，乃歌一声《何满子》，气亟立殒。上令医候之，曰：'脉尚温而肠已绝。'则是《何满子》真能断人肠者。祜为诗云：'偶因歌态咏娇嚬，传唱宫中十二春。却为一声《何满子》，下泉须吊旧才人。'又有'故国三千里，深宫二十年。一声《何满子》，双泪落君前'之咏。一称十二春，一称二十年，未知孰是也。杜牧之有酬祜长句，其末句云：'可怜故国三千里，虚唱歌词满六宫。'言祜诗名如此，而惜其不遇也。元微之尝于张湖南座为唐有态作《何满子》，歌云：'梨园弟子奏明皇，……'又叙制曲之因，与乐天之说同。"今人评论多侧重于艺术表现，如吴伟斌《新编元稹集》评道："这是诗人继《琵琶歌》之后关于音乐舞蹈惟妙惟肖描写的又一篇章，想来也是元稹在浙东任向白居易陈述《霓裳羽衣舞》的前期演习。"谢永芳《元稹诗全集》评价说："中晚唐盛产描写音乐的诗歌，元稹写人声歌唱的这首《何满子歌》，跟写乐器演奏的名篇《琵琶行》《听颖师弹琴》《李凭箜篌引》既相区别又有联系，也是一篇难得的佳作。"

岳阳楼^①

岳阳楼上日衔窗，影到深潭赤玉幢^②。
怅望残春万般意，满棂湖水入西江^③。

【注释】

　　①此诗作于元和九年（814）春诗人任江陵府士曹参军赴潭州后返回经洞庭湖时。岳阳楼：在今湖南岳阳旧城西门上，相传三国吴鲁肃在此建阅兵台，唐开元四年（716）中书令张说谪守巴陵时在阅兵台旧址建成此楼。主楼三层，巍峨雄壮，登楼远眺，八百里洞庭尽收眼底，为古今著名风景名胜。唐代著名诗人李白、杜甫、白居易、李商隐等均有题咏。

　　②到：同"倒"。赤玉幢：用赤玉做成的经幢，此形容落日倒映湖面的景象。

　　③棂：雕有花纹的窗格。西江：唐人多称长江中下游为西江。如李白《夜泊牛渚怀古》："牛渚西江夜，青天无片云。"元稹《相忆泪》："西江流水到江州，闻道分成九道流。"

【评析】

　　诗人赴潭州夜过洞庭湖无缘登岳阳楼，回江陵时正值白天，又是艳阳高照，诗人乘兴登楼，饱览胜景，一展怀抱。全诗从窗后这一独特视角来描写即目所见的景象：前二句一写落日高悬，似乎被窗棂紧紧地"衔"住了；一写落日倒影，仿佛玉幢沉入湖中，红霞铺满湖面。第三句用"怅望"转入抒情，"残春"意味着春天将尽，也暗喻着人生青春不再，是最容易引发感慨的季节之一，种种感想、种种惆怅、种种憧憬都难以一一言说，"万般意"三字已将此概括殆尽！末句表面上实写洞庭湖水注入长江之景象，实际上是象征"万般意"如湖水付诸东流！以"满棂"照应并强化"万般意"，流露出诗人彻底的失望与无奈，贬谪江陵五年来的"万般意"也似乎于此倾泻而出！王夫之有以景语结情语之说，正此之谓也！孙安邦、蓓蕾《元稹集》评析说："本诗与诸家名篇相比，谓其'视角独特，别有意蕴'毫不过誉。其视角独特，表现在不像其他诗篇那样着力于岳阳楼的雄奇壮观之描写，而在写倒影深潭之壮观神奇，给读者以新颖独到之感。同他的《行宫》绝句一样，尽管只有四句，读来不觉其短，其艺术手法之妙，不言而喻。其别有意蕴，言其登楼观赏'醉翁之意不在酒'，不在登楼观景，在什么呢？在'前言景，后言情'，在借此表达诗人残春时节登楼'怅望'的抑郁情怀。也就是'万般意'所谓的个中'惜春''伤春'之情，以及人生彷徨失意之怀，只可意会不能言传！结句'满棂湖水入西江'，表面看似景语，写倒映在湖水中的岳阳楼的雕花窗，随着湖水将汇入长江。有的论者认为其中似乎在表达诗人元稹一种内心的'满怀忧愁'的自白，盼望有一天也能像湖水一样西入长江！而巧妙的是，此次登楼观景之后不久，元稹奉诏西归长安，颇有'春风得意''春风十里''春风无限''春尽有归日'之慨！"谢永芳《元稹诗全集》评价说："全篇视角独特，含蕴深沉。前者是指不像其他作品着力于岳阳楼雄奇壮观描写，而写倒影深潭的神奇，新颖独到。别有意蕴，言其登楼观赏，醉翁之意不在酒，借以表达彷徨失意之怀，只可意会不可言传。更有意思的是，此次登楼观赏后不久，元稹即奉诏西归长安。"

送孙胜①

桐花暗淡柳惺憁②，池带轻波柳带风。
今日与君临水别，可怜春尽宋亭中③。

【注释】

①此诗作于元和九年（814）任江陵府士曹参军时。孙胜：生平事迹不详。

②惺憁（còng）：当作"惺憁"或"惺憁"，形容色泽鲜明，也用以形容警觉。元稹《春六十韵》："燕巢才点缀，莺舌最惺憁。"

③宋亭：宋玉亭，在江陵城宋玉故宅中。《舆地纪胜》卷六十五《荆湖北路·江陵府》下《古迹》："宋玉宅，即庾信所居。"宋玉，战国时楚人，辞赋家，或称是屈原弟子，曾为楚顷襄王大夫。其流传作品，以《九辩》最为著名。韩愈《送李六协律归荆南》诗："宋亭池水绿，莫忘蹋芳菲。"

【评析】

桐花的颜色渐渐暗淡下来，青翠的柳叶越来越明亮，晚春时节天气和煦，微风拂过，池面泛起阵阵涟漪，柳枝也在春风中来回舞动，尽情展现着自己生命的活力。首二句通过静态的桐花与柳叶的色泽变化和动态的池塘轻波与柳枝舞动，表现了江南晚春时节一派春风骀荡、春光明媚、春景诱人的煦色韶光。在这种欢乐愉快的氛围中，却要"与君"相别，此情此景，人何以堪！诗歌随着感情的节奏自然而然地过渡到了末句——"可怜春尽宋亭中"！"可怜"是整首诗歌的感情中心与情绪基调，既感叹离别之哀，又是怜惜春之将尽；"宋亭"

固然有点明临别地点的作用，但在艺术表现上它还将"春尽"具象化地锁定在有限的空间范围之内，从而起到了化无形为有形的艺术效果。全诗以乐景写哀情，流丽婉转，起伏动荡，表现了诗人高超的艺术技巧与纯熟的抒情手段。谢永芳《元稹诗全集》概言道："诗写与友临别之际触景生情，借以抒发失意的慨叹。"

放言五首①（选二）

其二

莫将心事厌长沙②，云到何方不是家！
酒熟铺糟学渔父③，饭来开口似神鸦④。
竹枝待凤千茎直⑤，柳树迎风一向斜⑥。
总被天公沾雨露，等头成长尽生涯。

其五

三十年来世上行，也曾狂走趁浮名。
两回左降须知命⑦，数度登朝何处荣⑧。
乞我杯中松叶满⑨，遮渠肘上柳枝生⑩。
他时定葬烧缸地⑪，卖与人家得酒盛。

【注释】

①此诗作于元和九年（814）任江陵府士曹参军时。放言：谓放纵其言，不受拘束。《后汉书·荀韩钟陈传论》："汉自中世以下，阉竖擅恣，故俗遂以逎身矫絜放言为高。"李贤注："放肆其言，不拘节制也。"

②心事：犹言志趣、志向、心情。厌：压，堵塞，犹影响。长沙：汉贾谊被贬长沙王太傅，感屈原遭遇，作《吊屈原赋》而因以自喻。

③铺糟：吃酒糟，比喻屈志从俗，随波逐流。渔父：《楚辞·渔父》："屈原既放，游于江潭，行吟泽畔，颜色憔悴，形容枯槁。渔父见而问之曰：'子非三闾大夫欤？何故至于斯？'屈原曰：'举世皆浊我独清，众人皆醉我独醒，是以见放。'渔父曰：'圣人不凝滞于物，而能与世推移。世人皆浊，何不淈其泥而扬其波？众人皆醉，何不铺其糟而歠其醨？何故深思高举，自令放为？'"

④神鸦：指巴陵附近逐舟觅食的乌鸦。杜甫《过洞庭湖》诗"护堤盘古木，迎棹舞神鸦"，仇兆鳌注云："《岳阳风土记》：'巴陵鸦甚多，土人谓之神鸦，无敢弋者。'……吴江周篆曰：'神乌在岳州南三十里，群乌飞舞舟上。或撒以碎肉，或撒以豆粒；食荤者接肉，食素者接豆，无不巧中。如不投以食，则随舟数十里，众乌以翼沾泥水，污船而去，此其神也。'"

⑤待凤：等待凤凰来栖。

⑥一向：朝着一个方向。

⑦两回左降：指元和元年（806）被贬河南尉与元和五年（810）被贬江陵府士曹参军。

⑧数度登朝：指诗人任校书郎、左拾遗、监察御史等职，数度登朝参与朝政。

⑨松叶：松叶酒。

⑩遮渠：任他。肘上柳枝生：即左肘处长了个瘤。《庄子·至乐》："支离叔与滑介叔观于冥伯之丘、昆仑之虚，黄帝之所休。俄而柳生其左肘，其意蹶蹶然恶之。"王先谦集解："瘤作柳声，转借字。"

⑪烧缸：烧土成缸，用郑泉典故，《太平御览》卷八三三引《吴书》："郑泉，字文渊。临终，谓同类曰：'必葬我陶家之侧，庶百岁后，化而

215

成土，幸见取为酒壶，获我心矣！'"

【评析】

此组诗放言率性，直抒情怀，格高韵古，个性昭昭，是诗人最具特色的诗章之一。白居易《放言五首序》曾极力称赞此组诗："元九在江陵时，有《放言》长句诗五首，韵高而体律，意古而词新。予每咏之，甚觉有味。虽前辈深于诗者，未有此作。唯李颀有云：'济水至清河至浊，周公大圣接狂舆。'斯句近之矣。予出佐浔阳，未届所任，舟中多暇，江上独吟，因缀五篇，以续其意耳。"王禹偁《放言诗小序》也说："元、白谪官，皆有《放言诗》，著于编集，盖骚人之味道也。予虽不侔于古人，而谪官同矣。因作诗五章，章八句，题为放言云。"葛立方《韵语阳秋》评道："乐天必言微之诗得己格律顿进，所谓'每被老元偷格律'是也。然微之江陵《放言》与《送客岭南》诗，乐天皆拟其作，何邪？"叶廷秀《诗谭》卷九评曰："平生豪爽，诗中尽露。微之亦于世上能讨便宜去，士君子须看得功名生死俱轻，而后无事不可为，亦无地不可乐。但信得前定有命，不可力争，素位而行，何入不得？许鲁斋诗曰：'此理分明是天命，便须相顺莫相违。'又曰：'世间万事难前定，付与无心却较安。'乃行法俟命之意云。"谢永芳《元稹诗全集》评道："作者在诗中表现出宁折不弯、兀傲独立、我行我素、积极乐观的精神风貌。这些愤世嫉俗的诗篇，激昂慷慨的言辞，是诗人一生创作中最有个性特色的部分，也是最能打动读者的。"

赠严童子①

卫瓘诸孙卫玠珍②，可怜雏凤好青春③。
解拈玉叶排新句④，认得金环识旧身⑤。
十岁佩觿娇稚子⑥，八行飞札老成人⑦。
杨公莫讶清无业⑧，家有骊珠不复贫⑨。

【注释】

①此诗作于元和九年（814）任江陵府士曹参军时。诗题一作"赠童子郎"。严童子：名严照郎，为荆南节度使严绶之孙。此诗题下原注："严司空孙字照郎，十岁能赋诗，往往有奇句，书题有成人风。"书题：书信。

②卫瓘（guàn）：《晋书·卫瓘传》："咸宁初，征拜尚书令，加侍中。性严整，以法御下，视尚书若参佐，尚书郎若掾属。瓘学问深博，明习文艺，与尚书郎敦煌索靖俱善草书，时人号为'一台二妙'。汉末张芝亦善草书，论者谓瓘得伯英筋，靖得伯英肉。"卫玠：卫瓘之孙，风神秀异，时号"玉人"。《卫玠传》："骠骑将军王济，玠之舅也，俊爽有风姿，每见玠辄叹曰：'珠玉在侧，觉我形秽。'又尝语人曰：'与玠同游，同若明珠在侧，朗然照人。'"

③可怜：可爱。雏凤：称赞资质绝佳的少年。

④玉叶：指优质笺纸。新句：清新优美的诗句。

⑤"认得"句：《晋书·羊祜传》："祜年五岁时，令乳母取所弄金环。乳母曰：'汝先无此物。'祜即诣邻人李氏东垣桑树中探得之。主人惊曰：'此吾亡儿所失物也，云何持去！'乳母具言之，李氏悲恸。时人

异之，谓李氏子则祜之前身也。"

⑥佩觿（xī）：佩戴牙锥。《诗·卫风》："童子佩觿"。

⑦八行：书信。飞札：快速写成的信。

⑧杨公：指东汉杨震。《后汉书·杨震传》："性公廉，不受私谒，子孙常蔬食步行。故旧长者或欲令为开产业，震不肯，曰：'使后世称为清白吏子孙，以此遗之，不亦厚乎？'"

⑨骊珠：宝珠，传说出自骊龙颔下，故名。典出《庄子·列御寇》："夫千金之珠，必在九重之渊，而骊龙颔下。"

【评析】

此诗称赞荆南节度使严绶之孙照郎。《贯华堂选批唐才子诗》评析道："（前解）'青春'上又加'好'字，'好'字上又加'可怜'二字，便画出此'雏凤'，人固断断不忍料其便能作诗也。三、四承之，只是一昂一低，再翻作诗。言口中已成七字，而手中初探双环，犹俗言人身尚未全也。（后解）前解写童子，此解又写其福也。言'十岁'不过稚子，而'八行'早如老成，掌中有此奇宝，便将光照一世，岂犹以清白吏愁饥寒邪！"《养一斋诗话》评道："元微之《赠严童子》诗自注：'十岁能赋诗，诗题有成人风。'此注最有见。今人诗固不逮古人，即诗题已不堪入目矣。然微之诗，如《以州宅夸于乐天》《初除浙东妻有沮色因以四韵晓之》之类，其制题犹未甚高雅简净也。"清人杭世骏《订讹类编》就"十岁佩觿"辨析道："佩觿、佩韘，是成人之式，童子止宜佩容臭。觿韘不宜佩而佩之，故诗人刺其躐等。今作童子正面用，岂诗人之意哉？读《内则》亦宜知其误矣。元微之《赠严童子》诗云：'十岁佩觿娇稚子。'知唐时已误用，非讥之也。"

楚歌十首^①（选三）

其四

惧盈因邓曼^②，罢猎为樊姬^③。
盛德留金石，清风鉴薄帷。
襄王忽妖梦^④，宋玉复淫辞。
万事捐宫馆^⑤，空山云雨期。

其六

谁恃王深宠？谁为楚上卿？
包胥心独许^⑥，连夜哭秦兵。
千乘徒虚尔^⑦，一夫安可轻。
殷勤聘名士^⑧，莫但倚方城^⑨。

其十

八荒同日月^⑩，万古共山川。
生死既由命^⑪，兴衰还付天。
栖栖王粲赋^⑫，愤愤屈平篇^⑬。
各自埋幽恨^⑭，江流终宛然^⑮。

【注释】

① 此诗作于元和九年（814）任江陵府士曹参军时。题下原注："江陵时作。"楚歌：楚人之歌，后引申为悲歌。《史记·高祖本纪》："项羽卒闻汉军之楚歌，以为汉尽得楚地，项羽乃败而走，是以兵大败。"庾信

《哀江南赋》："楚歌非取乐之方，鲁酒无忘忧之用。"

②"惧盈"句：《左传·庄公四年》："四年春，王三月。楚武王荆尸，授师孑焉以伐随。将齐，入告夫人邓曼曰：'余心荡。'邓曼叹曰：'王禄尽矣！盈而荡，天之道也。先君其知之矣，故临武事，将发大命，而荡王心焉。若师徒无亏，王薨于行，国之福也。'王遂行，卒于樠木之下。"

③樊姬：春秋楚庄王之姬，曾谏止楚庄王狩猎，使勤于政事，又激楚相虞丘子辞位而进贤相孙叔敖，楚庄王赖以称霸，事见刘向《列女传·楚庄樊姬》。

④妖梦：妖妄、反常之梦。淫辞：邪僻荒诞之词。

⑤宫馆：供皇帝游息的离宫别馆。

⑥"包胥"二句：即申包胥，春秋时楚国大夫。楚昭王十年（前506），吴国用伍子胥计攻破楚国，他到秦国求救，在秦庭痛哭七日夜，终于使秦国发兵救楚。楚收余兵以击吴，十一年（前505）六月，败吴于稷。详见《史记·楚世家》。

⑦千乘：兵车千辆，古以一车四马为一乘。战国时期诸侯国，小者称千乘，大者称万乘。徒：徒然，白白地。虚：虚而无用。

⑧殷勤：真心实意。名士：德行高洁、道术通明而又不仕之人。

⑨莫但：不要只是。倚：依靠、依仗。方城：春秋时楚国北部的长城，由今之河南方城，循伏牛山北至今邓州。

⑩八荒：八方荒远之地。

⑪"生死"二句：《论语·颜渊》："死生有命，富贵在天。"

⑫栖栖：惶惶不安貌。王粲赋：汉末王粲避乱客荆州，思归，作《登楼赋》，借写眼前景物，以抒不得志之郁愤与故土之思。

⑬愤愤：气愤不平貌。屈平篇：指屈原《哀郢》。王夫之《楚辞通解》认为该篇为楚国国都（江陵）被秦将白起攻破后东迁于陈一事而作，

即"哀故都之弃捐，宗社之丘墟，人民之离散，顷襄之不能效死以拒秦，而亡可待也"。

⑭ 幽恨：深藏于心中之怨恨。

⑮ 宛然：真切清晰貌。

【评析】

江陵曾为楚国故都，元稹被贬于此，自然容易产生许多历史兴亡的感慨。这组诗多侧面、多角度地表现了他对楚国历史兴亡的重新解读，当然也融入了元稹自身遭遇和对当时朝政的认识。吴伟斌《新编元稹集》说："元稹这组诗歌，借着发生在楚地亦即荆州的历史故事，联系本朝的历史，结合自身的遭遇，抒发自己的感慨，千万不可当一般的诗歌来读。"杨军、吕燕芳《元稹诗文选》说："作者身处楚国旧都，思接千载楚史，发为楚歌，表达了对历史经验教训和世路人生的思考。"谢永芳《元稹诗全集》说："这组政治咏史诗借写发生在楚地的往事，从不同的角度抒发了骚人迁客之感，表现逐臣一片忠爱之诚。"

《唐诗笺注》评其四云："'惧盈''罢猎'，将楚国事两两相形，而兴亡祸福自尔瞭然，以见匡救之不可无人也。"评其六云："此首见国家必任用贤人，谓楚若无申包胥，则平时深宠上卿，谁能存之？盖见千乘之贵不足重，一夫之贱安可轻。为国家者，可不殷勤聘士而徒恃立国之险乎？"复评其十云："此言山川日月终古不改，人之穷达总由天命，如王粲之赋《登楼》，屈平之作《离骚》，空自结恨，江流宛然而幽恨总难伸也。"孙安邦、蓓蕾《元稹集》评其六云："《楚歌十首》其六，充分运用对比的手法，用'谁恃王深宠，谁为楚上卿'的连续诘问，将受宠的楚国上卿临危自保、不思勤王救国的行径同'包胥心独许，连夜哭秦兵'挺身拯救国难的行为，作了强烈而又

221

鲜明的对比。接着又以'千乘徒虚尔'同'一夫安可轻'作联内二句对比，把楚国虽有强大的军事力量而不能临危御侮卫国，同一介草民申包胥哭动秦王、借得救兵助楚复国作深入一层的对比。联之间的对比，联内的对比，一褒一贬，一扬一抑。正是在如此层层对比的基础上，结二句提出自己的主张和告诫。一个既非楚国高官，又非楚王宠信，但忠于楚王、忠于国家的平民，在危难之际，挺身而出，御敌卫国，能不令人钦佩！这也是这首诗'事明理豁'，极具说服力的关键之所在。"

画松①

张璪画古松②，往往得神骨。
翠帚扫春风，枯龙戛寒月③。
流传画师辈，奇态尽埋没。
纤枝无潇洒④，顽干空突兀⑤。
乃悟埃尘心，难状烟霄质。
我去浙阳山⑥，深山看真物。

【注释】

① 此诗作于元和九年（814）任江陵府士曹参军时。

② 张璪（zǎo）：唐代著名画家。张彦远《历代名画记》："张璪，字文通，吴郡人。初，相国刘晏知之，相国王缙奏检校祠部员外郎、盐铁判官。坐事贬衡州司马，移忠州司马。尤工树石山水，自撰《绘境》一篇，言画之要诀，词多不载。"

③ 戛（jiá）：敲打。

④ 潇洒：姿态自然舒展之貌。

⑤ 突兀：高耸貌。

⑥ 淅阳：本隋郡名，治所在南乡（今河南淅川南）。《新唐书·地理志》："均州武当郡下：义宁二年析淅阳郡之武当、均阳置。贞观元年州废，二县隶淅州。八年以武当、郧乡复置。"又："邓州南阳郡上：……内乡上。本淅阳郡治。武德二年曰淅州，并置默水县。贞观八年州废，省默水入内乡，来属。"诗人于淅阳山有田庄，其《西归绝句十二首》之九云："今朝西渡丹水河，心寄丹河无限愁。若到庄前竹园下，殷勤为绕故山流（丹，淅庄之东流）。"

【评析】

张璪建中三年（782）曾在长安作画，擅写山水泉石，工于泼墨，"高低秀丽，咫尺重深"。尤工画松，相传能手握双管，一时齐下，槎枒鳞皴，应手而出。初，毕宏亦以画松名，见张璪用秃笔或以手摸绢素作画，问他从何传授，璪答曰："外师造化，中得心源。"这一创作原则，在中国绘画理论和实践上有很大影响。本诗正是诗人见其画松之后的感想。前四句写张璪所画古松颇具神韵风骨：翠枝如扫帚舞动的春风，枯干如虬龙盘曲敲击冷月；一个"扫"、一个"戛"最为传神，不仅精彩地表现了松树生命的律动，而且还拓展了松树向上伸展的空间。中四句则以平常画师之作反衬：他们没有抓住甚至淹没了松树的"奇态"，使松树失去了独有的神态，所画的"纤枝"了无"潇洒"之态，所画的树干也不过是尚未劈开的木桩——"顽干"，而毫无意义"突兀"地杵在那里。"空""无"二字彻底否定了普通画师的画松之作。最后四句写诗人自己的感悟：一个沾染尘俗名利之心的人，自然是不懂也难以画出松树那种超尘脱俗的凌云气质！末二句表面上戏称要去淅阳自己的田庄看看真正的松树到底如何，实则流露出孤高自赏、惺惺相惜之意。全诗兴意盎然，气势盘旋，孤峭挺拔，既是一篇评画佳作，也是一篇高度契合古松神韵与人格风采的诗章。

酬李甫见赠十首各酬本意次用旧韵 [①]（选二）

其二

杜甫天材颇绝伦，每寻诗卷似情亲 [②]。
怜渠直道当时语 [③]，不着心源傍古人 [④]。

其六

莫笑风尘满病颜 [⑤]，此生元在有无间 [⑥]。
卷舒莲叶终难湿，去住云心一种闲 [⑦]。

【注释】

　　① 此诗作于元和九年（814）任江陵府士曹参军时。李甫：一作孝甫，生平无考。一说为李景俭。见赠：受赠，被赠。次用：即次韵，依次用所赠之诗原韵，世传次韵始于元稹、白居易，称"元和体"。元稹《酬乐天余思不尽加为六韵之作》："次韵千言曾报答，直词三道共经纶。"原注："乐天曾寄予千字律诗数首，予皆次用本韵酬和，后来遂以成风耳。"

　　② 情亲：感情倍感亲切。

　　③ 怜渠：喜爱他（杜甫）。当时语：即时语，当时的口语。

　　④ 不着：不执着，无挂碍。心源：犹心性，佛教视心为万法之源，故称。

⑤风尘：纷扰的尘世。

⑥元在：原在，本在。

⑦去住：去留。云心：云与心，此形容闲散之心如云之悠闲一般。

【评析】

此组诗或谈古论今，或回忆荒狂过往，或感慨人生，或叙朋友之情，风格颇近《放言》五首。其二表达了对杜甫才华的钦佩与对其诗歌的喜爱，而其"直道当时语""不着心源傍古人"的创作更对后人有直接的启发，故《钝吟杂录》评说道："杜陵云'读书破万卷，下笔如有神'，近日钟（惺）谭（元春）之药石也。元微之云'怜伊直道当时语，不着心源傍古人'，王（世贞）李（攀龙）之药石也。"刘永济《唐人绝句精华》评说："此与李甫论诗也。元稹对杜甫诗极为倾仰，此诗三四两句，颇能道出杜甫于诗有创新之功，但杜之创新实从继承古人而变化之者，观甫《戏为六绝句》可知。元所谓'不着心源傍古人'，言其不一味依傍古人也，非轻视古人，仍与杜甫'不薄今人爱古人'之旨无妨也。"钱锺书《谈艺录》则明确指出："或有引此语（指"怜渠"两句）以说随园（袁枚）宗旨者，却未确切。"并据元稹的《乐府古题序》和《和李校书新题乐府序》指出："则直道时语、不傍古人者，指新乐府而言，乃不用比兴、不事婉隐之意，非泛谓作诗不事仿古也。"吴大逵、马秀娟《元稹白居易诗选译》说："他在诗中对杜甫极为推重，喜爱他的诗，赞扬他'直道当时语'而'不傍古人'的独创精神，作出了'天才绝伦'的崇高评价。由于元稹正确地揭示出杜甫诗歌的特色和成就，这首论诗绝句在文学批评史有一定的影响。"其六则悟透人生，毫无挂碍，直指心性，颇具禅意，故谢永芳《元稹诗全集》评曰："写诗人此时病颜憔悴，但对于穷通寿夭，也不怎么放在心上了。所谓'莫笑'，实在是笑不笑都无所谓，不妨一笑。'卷舒'二句，谓莲叶不沾水，水不能使之湿，以喻清净本源，任众生种种颠倒，不能使之染垢减损；任贤圣累劫勤修，不能使之净明增益。悟得此道，任云去云住，动静染净，心只是闲歇，此是大自在。诗人于此当有所得，所以能于违顺境界，皆坦然处之。"

酒醒①

饮醉日将尽，醒时夜已阑②。
暗灯风焰晓③，春席水窗寒④。
未解萦身带，犹倾坠枕冠⑤。
呼儿问狼藉，疑是梦中欢。

【注释】

①此诗作于元和十年（815）春离开江陵奉诏回京途中，一说元和九年（814）作于潭州。

②夜已阑：夜残，夜将尽时。

③风焰：微风吹拂的灯焰。

④春席：春日的床席。水窗：靠近水边的窗户。

⑤倾：偏斜，倾斜。坠枕：掉在枕头上。

【评析】

此诗写酒醒后的情状与感受，极为真实生动。首联将白日饮酒轻轻带过，只知道醒来已是夜阑时分。颔联写醒后所见凄清景象：昏黄的灯光在清风吹拂下摇曳闪烁，临水的春席透着阵阵寒意。颈联再写自己的醉态，原来自己是和衣而睡，衣带缠绕在身上，帽子斜欹在枕边。面对这一狼狈之状，自己竟然浑然不知，于是有尾联"呼儿问狼藉"，"狼藉"一词将上述未尽之状囊括殆尽，而"疑是"二字更道尽诗人生活之无欢可言，唯有梦中作乐而已！全诗色调昏暗，氛围凄清，感情萎靡，诗人的思想感情虽不曾说，却于诗中道尽。黄叔灿《唐诗笺注》卷三评析此诗道："醉意可想。'呼儿问狼藉'，问昨日之醉态。'疑是梦中欢'，并未醉时光景，亦几成梦矣。极言其沉湎于酒。"吴伟斌《新编元稹集》以为："黄氏只阐述诗人'沉湎于酒'的表象，而没有进一步揭示：元稹因失去了为民平叛、为国立功的大好机会，回京以后的政治前程也很难预料，因而心情灰暗，情绪不高，与在《归田》诗中流露出来的消极情绪前后呼应。"

西归绝句十二首①（选二）

其一

双堠频频减去程②，渐知身得近京城③。
春来爱有归乡梦，一半犹疑梦里行。

其二

五年江上损容颜④，今日春风到武关⑤。
两纸京书临水读⑥，小桃花树满商山。

【注释】

① 此诗作于元和十年（815）春离开江陵奉诏回京途中。

② 堠（hòu）：古代记里程或分界而置于道路两侧的土堆。

③渐知：正知。

④江上：指江陵。

⑤武关：在今陕西丹凤东。

⑥"两纸"句：原注："得复言、乐天书。"复言，李谅字，时为祠部员外郎，曾参与永贞革新。京书：指京城寄来的书信。

【评析】

元和九年（814）闰八月，淮西吴元济叛乱，严绶移山南东道节度使，赴唐州以招抚之，元稹为从事。十月严绶充申、光、蔡等州招抚使，元稹仍居严幕。元和十年（815）正月，奉诏还朝，他先回江陵，然后西归长安。此组诗便是其西归途中及至长安后所作。全诗抒坎壈之情，感慨无限；写途中之景，如在目前。

第一首写归途行进时的感受，"频频减去程"生动形象地展现出前行的速度与急切的归心，道路两边的"双堠"不断后退，也意味着回京的路不断地缩短；后两句以梦为中心，"归乡梦"，恐怕是诗人五年做得最多的"梦"，可是当美梦成真时，却反而"犹疑"是在"梦里行"！吴大逵、马秀娟《元稹白居易诗选译》说："第一首写车行途中，渐近长安，不觉惊喜交进，恍如梦中，充分表现出多年梦想成为现实的兴奋与喜悦，而往昔贬谪生活的屈辱与辛酸亦寄寓其中。"孙安邦、蓓蕾《元稹集》评曰："其一总题一笔，写足了诗人奉诏回京途中半信半疑、乍惊乍喜的神情和心态。诗人疑是'春来爱有归乡梦'的梦境，已经踏上归程，还疑信参半，怀疑自己在做梦，也只有身在其中，才能有这种'犹疑'的感觉；也只有具备这种'犹疑'之感觉的人，即'深情人'，'乃能作此语'。"

第二首更为人欣赏称道，如史承豫《唐贤小三昧集》评末二句道："深情人乃能作此语。"李慈铭《万首唐人绝句选》批语云："写归时情景，尽在目前。"俞陛云《诗境浅说续编》说："微之五年远役，归至武关，得书而喜，临水开缄细读，出入怀袖，奚止三周？前三句事已说尽，四句乃接写武关，晴翠商山，依然到眼，小桃红放，如含笑迎人，入归人之目，倍觉有情，非泛写客途风景也。"刘拜山《千首唐人绝句》说："以'小桃花树满商山'见喜悦之情，与王昌龄《从军行》以'高高秋月照长城'传凄怨之神，用笔正同，皆极风神骀荡之致。"吴大逵、马秀娟《元稹白居易诗选译》说："第二首写水路经过武关时接到友人书信的欢欣，首句虽致慨于往昔，但历尽寒冬，毕竟又迎来暖春。结句即景抒情，以景寓情、桃花开遍商山这一绚丽的图景生动地体现出诗人阅信时的内心境界。前诗浓郁深沉，后诗开朗舒畅，各具特色。"孙安邦、蓓蕾《元稹集》评曰："在内容上，特别是第二首，奉诏回京，又在途中收到李复言、白居易的信，'君恩友情'，交织心头，'临水'读信，形神毕具，似乎'清清流水，照见了诗人此时欣喜的神色；粼粼波光，映出了诗人此刻欢乐的心情'。诗中不著一字，那急切、激动、兴奋、喜悦的情状跃然纸上。'临水'二字无异于诗眼，既使全诗皆活，又使意境毕呈。"又说："这首诗'以叙事抒情，以写景结情'，临水读信、小桃花红，都是舟行春江实有之事；不必造境渲染，无须设色烘托，别具一种独特的风致和情韵。诗句'清而不淡，秀而不媚'，呈现出一种特殊的'清丽'之美、'淡雅'之韵。"

桐孙诗并序 ①

元和五年，予贬掾江陵。三月二十四日，宿曾峰馆 ②。山月晓时，见桐花满地，因有八韵寄白翰林诗③。当时草瘗④，未暇纪题，及今六年，诏许西归。去时桐树上孙枝已拱矣，予亦白须两茎而苍然斑鬓，感念前事，因题旧诗，仍赋《桐孙诗》一绝，又不知几何年复来商山道中。元和十年正月题。

> 去日桐花半桐叶，别来桐树老桐孙。
> 城中过尽无穷事，白发满头归故园。

【注释】

① 此诗作于元和十年（815）春西归长安经商山时。桐孙：桐树生的小枝。题下原注："此后元和十年诏召入京，及通州司马已后诗。"

② 曾峰馆：即曾峰驿，在今陕西丹凤东南武关西北。

③ 八韵寄白翰林诗：即《三月二十四日宿曾峰馆夜对桐花寄乐天》诗。

④ 草瘗：亦作"草感"，仓猝，匆忙。

【评析】

诗歌借桐枝长大抒发人生宦海的感慨。离开的时候桐树开着花儿才长出幼枝，六年后当初的幼枝已经粗壮成材。后两句借此感慨自己离开京城长安之后不知发生了多少变化，如今自己也是白头而归！全诗以六年的时间作为主轴进行了三层对比：一是"半桐叶"与"老桐孙"，二是桐与"无穷事"的对比，三是"老桐孙"与"白发满头"的对比，诗人经历"无穷事"，备尝辛酸虽不说，却又尽在诗中，令人大有"树犹如此，人何以堪"之叹。孙安邦、蓓蕾《元稹集》评道："元稹借写桐孙，'叹老嗟贫'。诗虽通俗平易，然而无限嗟叹在言外。元和十年（815），诗人不过 37 岁，谈何白发满头，叹甚树'老'桐孙！'城中过尽无穷事'，个中有多少酸甜苦辣，有几许坎坷沉浮？！

官场上的风云变幻，贬斥的反复折磨，才是事情症结之所在。"

春晓 ①

半欲天明半未明，醉闻花气睡闻莺。
猧儿撼起钟声动 ②，二十年前晓寺情。

【注释】

①此诗元和十年（815）春作于长安，一说元和十四年（819）作于
虢州（今河南灵宝）。

②猧（wō）儿：小狗。

【评析】

这是一首怀念往昔情人的七言绝句。《才调集补注》卷五："'晓
寺情'，《会真记》张生游于蒲，蒲之东十余里有普救寺，张生寓之。
又'寺钟鸣，天将晚，红娘促去，崔氏娇啼宛转，红娘捧之而去'。
此诗正忆其情也。"《王闿运手批唐诗选》卷一三："宰相自供冶游，
非荡子可比。"谢永芳《元稹诗全集》："此类忆双文之作，颇见眷恋
旧情之意。然往事如梦，当日情人早已劳燕分飞，唯余此种种温馨记
忆而已。"孙安邦、蓓蕾《元稹集》说："说这首诗是《莺莺传》之张
本，一点也不过分！结句'晓寺情'又照应题目，渲染题旨，含蓄深
蕴，耐人寻味。无论是内容与形式，体裁与风格，都达到了和谐与统
一。"不过，吴伟斌《新编元稹集》以为是回忆管儿之作："三十七
岁（即元和十年）的春天，元稹从唐州从事任被召回京，仕途的失意，
小妾的亡故，又在旅途中孤眠独宿，自然而然勾起了元稹对'二十年

前'往事的回忆，写下这首《春晓》诗。诗意显示《春晓》诗可能即是元稹在洛阳李著作园'胧明春月照花枝，花下莺声是管儿'之时与管儿相戏相悦之情景的回忆。"

见人咏韩舍人新律诗因有戏赠①

喜闻韩古调，兼爱近诗篇。
玉磬声声彻②，金铃个个圆。
高疏明月下，细腻早春前。
花态繁于绮③，闺情软似绵。
轻新便妓唱④，凝妙入僧禅⑤。
欲得人人伏⑥，能教面面全。
延清苦拘检⑦，摩诘好因缘⑧。
七字排居敬⑨，千词敌乐天⑩。
殷勤闲太祝⑪，好去老通川⑫。
莫漫裁章句⑬，须饶紫禁仙⑭。

【注释】

①此诗元和十年（815）春作于长安，贬通州（今四川达州）之前。韩舍人：指韩愈。舍人，唐人习惯称以他官兼知制诰者为舍人，韩愈于元和九年（814）十二月以考功郎中兼知制诰，故称。

②彻：（声音）穿透。

③绮：有花纹的丝织品。《楚辞·招魂》："纂组绮缟，结琦璜些。"洪兴祖补注："绮，文缯也。"

④轻新：犹清新。便：便于，适合。

⑤凝妙：庄严玄妙。禅：梵语"禅那"之略，亦称禅定，为佛教禅宗修行方法之一。佛教修行者以为静坐敛心，专注一境，久之达到身心安稳、观照明净的境地，即为禅定。一心审考为禅，息虑凝心为定。

⑥伏：通"服"，佩服、服气。

⑦延清：初唐诗人宋之问，字延清，与沈佺期齐名，号称"沈宋"，作诗讲究声韵，对律诗的定型与成熟有重大贡献。延清，一作"延之"。拘检：拘束。

⑧摩诘：王维字摩诘，与孟浩然齐名，时号"王孟"，为盛唐山水田园派的代表作家。王维多才多艺，于诗文、书画、音乐方面均有成就。因缘：佛教谓使事物生起、变化和坏灭的主要条件为因，辅助条件为缘，此代指佛教。王维受家庭影响，信仰佛教禅宗，故称。

⑨"七字"句：原注："侍御兄能为七言绝句，赞善白君好作百韵律诗。"居敬：元宗简（？—832）字，元稹族兄，登进士第，元和十年（815）前后曾任侍御史，诗文今不存。赞善白君：白居易于元和九年（814）任太子赞善大夫，次年罢。

⑩千词：犹千字。

⑪太祝：原注："张君籍。"张籍（766？—830？），字文昌，吴郡（今江苏苏州）人，贞元十四年（798）登进士第，元和元年（806）补太常太祝，后迁水部员外郎，元和二年（807）拜国子司业，世称"张水部"，以乐府诗著称于世，与王建诗风相近，并称"张王"。太祝，官名，商官有六太，其一曰太祝。《周礼》春官宗伯之属有太祝，掌祭祀祈祷之事，唐"开元二十三年减置三人，掌读祝文、出纳神主"（《通典·职官七》），为一闲职。

⑫好去：原注："自谓。"老：终老。通川：即通州。《旧唐书·地理志》："通州，隋通川郡，武德元年改为通州，……天宝元年改为通川郡，乾元元年复为通州。"元和十年（815）三月元稹贬通州司马。

⑬章句：本为汉经学家剖章析句的解经方式，此代指诗歌。

⑭饶：让。紫禁仙：指韩愈，时知制诰，身近禁宫，故称。

【评析】

此诗为贬通州时戏赠韩愈之作。张戒《岁寒堂诗话》卷上评说："元微之《戏赠韩舍人》云：'玉磬声声彻，金铃个个圆。高疏明月下，细腻早春前。'此律诗法也。五言律诗，若无甚难者。然国朝以来，惟东坡最工，山谷晚年乃工。山谷尝云：'要须唐律中作活计，乃可言诗。'虽山谷集中，亦不过《白云亭宴集》十韵耳。"谢永芳《元稹诗全集》评析云："诗作所写虽谓'戏赠'，所云新诗实颇具诗史意义。令狐楚所编《御览集》，又名《新唐诗》，专选'研艳短章'和'柔翰'之'新诗'以供皇帝备览。此'新诗'之音色意趣究竟如何？元稹此诗便作了形象的描绘。概而言之，'新诗'的特点即是：音韵清妙婉转，多写花态闺情；细腻绵软，便于歌妓演唱；融会僧禅妙理，体悟淡荡人生。这实际上也是当时诗坛的风气。"

沣西别乐天博载樊宗宪李景信两秀才侄谷三月三十日相饯送 ①

今朝相送自同游，酒语诗情替别愁。
忽到沣西总回去，一身骑马向通州。

【注释】

①此诗作于元和十年（815）离开长安赴任通州司马时，一本题作"沣西别乐天"，无余下数字。沣西：沣水之西，在长安西南，源出鄠县南，北流至今西安市西北入渭水。博载：不详其人。樊宗宪：疑为樊宗

师之弟。李景信：当为好友李景俭之弟。侄谷：当为元稹之子侄辈。饯送：设酒送别。

【评析】

诗人元和十年（815）春兴致勃勃地从江陵贬所回到长安，原以为会得到朝廷的重用，不料三月二十五日诏令他司马通州。二十九日启程赴任，诸位朋友祖道饯别，白居易赋诗相送："城西三月三十日，别友辞春两恨多。帝里却归犹寂寞，通州独去又如何？"本诗即是酬唱白居易的诗篇。悲伤本来是别离的感情基调，可诗歌句句在消解这种悲伤，把一场相送离别说得仿佛像春游一般，酒啊诗啊更是替代了别愁，朋友们也忘记了送别，送着送着便到了沣西，千里相送终有一别啊，诗人也不得不一骑而去，孤独地赴任。吴伟斌《新编元稹集》说："（首二句）意谓今晨这么多朋友前来相送，犹如外出游览一般；酒席上朋友们安慰开导的话语，消散了我郁结心头的诸多离别的愁绪。……（后两句）意谓转眼之间很快来到应该分别的沣西，送行的朋友无论如何都应该回到京城，因为有人还要参加第二天的早朝，我只能告别朋友，独自一人骑着马向通州前行。"全诗如与老友面晤，平易自然，神色淡淡，却情意绵绵。

山枇杷^①

山枇杷，花似牡丹殷泼血。
往年乘传过青山^②，正值山花好时节。
压枝凝艳已全开，映叶香苞才半裂。
紧缚红袖欲支颐^③，慢解绛囊初破结。

金线丛飘繁蕊乱，珊瑚朵重纤茎折。

因风旋落裙片飞，带日斜看目精热④。

亚水依岩半倾侧，笼云隐雾多愁绝。

绿珠语尽身欲投⑤，汉武眼穿神渐灭⑥。

秾姿秀色人皆爱，怨媚羞容我偏别⑦。

说向闲人人不听，曾向乐天时一说。

昨来谷口先相问，及到山前已消歇。

左降通州十日迟⑧，又与幽花一年别。

山枇杷，尔托深山何太拙！

天高万里看不精，帝在九重声不彻。

园中杏树良人醉，陌上柳枝年少折。

因尔幽芳喻昔贤，磻溪冷坐权门咽⑨。

【注释】

①此诗作于元和十年（815）赴通州途中。山枇杷：植物名，春天开花。

②往年：指元和四年（809）诗人以监察御史身份奉命出使东川，按御赃犯任敬仲事。乘传：乘坐驿站备用的马车。青山：青山驿，在长安前往汉中的驿道上。

③缚：束。一作搏。支颐：用手托着下巴。

④目精：眼珠，眼睛。

⑤绿珠：西晋石崇歌女，貌美善笛。孙秀向石崇求取绿珠，崇不许。孙秀借故欲害石崇，甲士到门逮崇，绿珠遂跳楼自杀。此以绿珠跳楼之状喻山枇杷之花姿。

⑥汉武眼穿：《汉书·孝武李夫人传》："上思念李夫人不已，方士齐人少翁言能致其神。乃夜张灯烛，设帷帐，陈酒肉，而令上居他帐，遥

望见好女如李夫人之貌，还幄坐而步。又不得就视，上愈益相思悲感，为作诗曰：'是邪，非邪？立而望之，偏何姗姗其来迟？'令乐府诸音家弦歌之。"这里用汉武帝隔帐所见李夫人的幽灵比拟云雾笼罩下的山枇杷。

⑦ 怨媚：妖媚中含着怨恨。羞容：害羞貌。偏别：意谓自己的审美爱好与人不同。

⑧ 左降：贬官。十日迟：一说三月九日离京，十日后至青山驿时已是夏天，山枇杷花已经凋谢；一说元和四年（809）元稹出使东川，三月七日自长安出发，元和十年（815）诗人贬谪通州，三月三十日离开长安，所言"十日迟"，概而举之；一说估计其途经青山驿的时候，应该在四月中旬，与元稹元和四年（809）三月七日乘传从长安出发赶赴东川，在季节上晚了不少，所谓"十日迟"仅仅是概略的说法。

⑨ 磻（pán）溪：水名。在今陕西宝鸡东南，传说为吕尚垂钓遇文王处，后因以用作君臣遇合的典故。

【评析】

元和四年（809）三月诗人出使东川途经青山驿时，曾看到漫山遍野的山枇杷花盛开的壮丽景象。而今年晚了十余日，不见山枇杷花的踪影，似乎花儿也不待见被贬通州的诗人，自然之捉弄人竟然如此！诗歌前十六句描写记忆中山枇杷花的深刻印象，起头二句便直接表现山枇杷花的整体感观：花冠犹似牡丹颜色之暗红者。"压枝"四句描摹花蕾之状，或已完全绽放，或是香苞半裂，或是"绛囊初破"。"金线"四句形容花落之状，或是花蕊飘零，或是花重折茎，或是随风飘舞。"亚水"四句描写近处临水依岩之花隐隐约约如幽人含愁，更如愁绝之绿珠、如隐绰之李夫人。"秾姿"四句总束前诗，花色虽浅深有别，自己只爱"怨媚羞容"一种，惆怅感伤自在其中！"昨来"以下为诗歌的后半部分，一则表达了此次未能看到花开的遗憾，二则以埋怨的口吻为山枇杷抱屈、鸣不平："尔托深山何太拙！"山枇杷花"拙"在何处呢？"拙"在独守"幽芳"！"天"看不清你的美貌，"帝"听不到你的美名！何如园中之杏犹有美人醉于下，何如陌上之柳尚有年少攀折！却偏偏要学垂钓磻溪的吕尚呢？显而易见，诗人是借山枇杷强烈地表达了自己企求用世的呼声。谢永芳《元稹诗全集》评析说："诗以大半篇幅，描写往年所见生长于青山的山枇杷，写它花色的美艳和花开的繁盛，并曾将自己对山枇杷的欣赏说给友人白居易听。今日左降通州再次经过青山，山枇杷却已过了开花时节，遂留给诗人深深的遗憾。篇末感叹山枇杷因为生长在深山，得不到世人的珍重。结二句用新题乐府'卒章显其志'的写法，直接点出此诗以幽芳喻贤人的用意，自比山枇杷，流落外州，不得亲近君上。"

褒城驿二首 ①

其一

容州诗句在褒城 ②，几度经过眼暂明。
今日重看满衫泪，可怜名字已前生。

其二

忆昔万株梨映竹，遇逢黄令醉残春 ③。
梨枯竹尽黄令死，今日再来衰病身。

【注释】

　　① 此诗作于元和十年（815）由长安赴通州途中。褒城驿：地在今陕

西汉中北郊褒水西岸处。

②容州：指窦群。《旧唐书·窦群传》："窦群，字丹列，扶风平陵人。……（元和）三年八月，……出为湖南观察使。数日，改黔州刺史、黔州观察使。……六年九月，贬开州刺史。在郡二年，改容州刺史、容管经略观察使。九年，诏还朝，至衡州病卒，时年五十。"

③黄令：黄姓褒城县令，曾为虞乡县丞。

【评析】

两首诗均是伤悼友人以抒己情。褒城驿是入蜀的咽喉要道，也是必经之路，元和四年（809）诗人赴东川详覆任仲敬案曾两度经过褒城驿。六年后再经褒城驿时，诗人已是被贬之人，心境自然与此前有着天壤之别。第一首感叹友人窦群亡故。窦群曾题留诗篇于褒城，以前经过时也曾看到，为之眼前一明，心中生起一股暖意。而今日再看到故友的诗句，不禁泪流满面，末句"名字已前生"饱含无限伤心、遗憾与惋惜！第二首伤悼黄明府去世。起首两句"忆昔"之景象，"万株梨映竹"，一片欣欣向荣，把酒言欢，好不畅快！后两句急转，"梨枯竹尽黄令死"，衰败之景、痛惜之情尽寓其中；"今日"句自叹身世，人生若梦，恍如隔世！谢永芳《元稹诗全集》解析说："诗写赴任途中经过褒城驿，再次见到窦群从前所题诗句，以前自己每一次都会感觉眼前一亮。又想起曾经在'万株梨映竹'之时，与黄姓友人相遇于此，而今二人皆已作古，自己也已是'衰病'之身，禁不住伤心感慨。"

南昌滩 ①

渠江明净峡逶迤 ②，船到明滩拽䌫迟 ③。
櫂窡动摇妨作梦 ④，巴童指点笑吟诗。
畬余宿麦黄山腹 ⑤，日背残花白水湄 ⑥。
物色可怜心莫限，此行都是独行时。

【注释】

① 此诗作于元和十年（815）夏赴通州途中。《全唐诗》卷三一七误作武元衡诗。南昌滩：滩名，在今四川渠县渠江中。《寰宇记》："巴渠江在石鼓县南四十步，流入通州界，江中有南昌滩。"

② 渠江：嘉陵江支流，因流经渠州，故称。

③ 明滩：谓湍急的浊流将澄清的地方。《宋史·河渠志》："水猛骤移，其将澄处，望之明白，谓之'拽白'，亦谓之'明滩'。"拽（yè）：同"曳"，牵引，拖，拉。䌫（niàn）：即百丈，用以牵船的竹缆。

④ 窡（zhuó）：系櫂的孔眼，俗称櫂脐。

⑤ 畬（yú）余：焚烧过稻草后的田地。宿麦：即冬麦。《汉书·武帝纪》："遣谒者劝有水灾郡种宿麦。"颜师古注："秋冬种之，经岁乃熟，故云宿麦。"

⑥ 日背：即背日，背着阳光。

【评析】

元稹离开长安后一路翻山越岭，舟船劳顿，终于到达南昌滩，从渠州向通州逆水而行。首四句即描写水上行舟所见：优美明净的渠江水和逶迤而来的峡谷，吃力的纤夫拉着百丈迟缓地前行。吱呀呀的摇橹声妨碍舟车劳顿的诗人进入梦境，而"巴童"兴高采烈地吟诵着诗篇。远远望去，山腰畲田里的夏麦已经透出成熟的金黄，背阳水边的残花依然呈现出白色。一"黄"字、一"白"字将山水境界的色彩生动地展现出来。这些迥异于北方景色的巴山风物非常吸引人，让自己少了许多遗憾，可此番南行，自己到底只是"独行"之人啊！一种难以掩饰的孤寂之情自然流出。谢永芳《元稹诗全集》说："诗写所经此滩的峡险水急和通州的风土人情，流露出屡遭贬谪、孤身远行的落寞心情。"

见乐天诗[①]

通州到日日平西，江馆无人虎印泥[②]。
忽向破檐残漏处，见君诗在柱心题[③]。

【注释】

① 此诗为元稹元和十年（815）夏初到通州时所作。

② 江馆：江边客舍。虎印泥：留在泥地上的老虎爪印。

③ 柱心：柱子的正中。

【评析】

元稹于元和十年（815）六月到达通州，临时居住在江边客舍，于"破檐残漏处"隐隐约约看见上面题有白居易的诗，顿时，一种惊喜、一种老友重逢的冲动与温暖涌上心头，旋即写下此诗并寄给白居易。白居易接到本诗后，写下《微之到通州日，授馆未安，见尘壁间有数行字。读之即仆旧诗。其落句云：'渌水红莲一朵开，千花百草无颜

241

色。'然不知题者何人也。微之吟叹不足,因缀一章,兼录仆诗本同寄。省其诗,乃是十五年前初及第时,赠长安妓阿软绝句。缅思往事,杳若梦中,怀旧感今,因酬长句》酬和:"十五年前似梦游,曾将诗句结风流。偶助笑歌嘲阿软,可知传诵到通州?昔教红袖佳人唱,今遣青衫司马愁。惆怅又闻题处所,雨淋江馆破墙头。"这件小事使通州与江州紧紧地联系在一起,并成就了一段佳话,《蜀中广记·达州》载:"州以元微之左迁司马著名,《方舆胜览》有'胜江亭',在州西三里,乃郡守王蕃《读白乐天寄微之诗》云'达州犹似胜江州',因以名亭也。"谢永芳《元稹诗全集》说:"诗写偶然发现被某人题于壁间的好友之诗时,见诗如见人的惊喜。'破檐残漏'云云,既可见'江馆'荒凉之甚,更能反衬诗人何以如此高兴。"

夜坐 ①

雨滞更愁南瘴毒 ②,月明兼喜北风凉。
古城楼影横空馆,湿地虫声绕暗廊 ③。
萤火乱飞秋已近,星辰早没夜初长。
孩提万里何时见 ④,狼藉家书满卧床 ⑤。

【注释】

①此诗元和十年(815)作于通州。一说元和五年(810)作于江陵。

②雨滞:同滞雨,久雨不晴。

③暗廊:外面有墙壁围着的走廊。

④孩提:幼儿,此处指元稹与原配夫人韦丛所生的女儿保子、儿子元荆。

⑤狼藉：纵横散乱貌。满卧：一本作“卧满”。

【评析】

此诗写初至贬所，夜深独坐，所见景物与对子女的思念。全诗色调暗沉、景物荒野，是诗人内心精神的最佳表现。谢永芳《元稹诗全集》评此诗："首联写天气的变化：先是阴雨连绵，心情压抑，更加担心南方的瘴气和毒雾；后来忽然天宇放晴，推出一轮明月，并且刮起了北风，感到十分清凉，心情也略好了些。中间两联在夏夜景色描写中，包含着诗人多少复杂的感情：被贬谪的苦闷、独处异地的孤寂、感染时疫毒气的担心和对幼儿的思念，等等。这从诗句用词色彩的暗淡和景象的凄清中，完全可以感受得到。尾联先以问句提出何时能见到离此万里的孩子，结句则说他所写的家书已是狼藉满床。"《元稹与通州》说："这首诗写元稹一到通州，便得疟疾大病一场，心绪极度低沉。家信写了一篇又一篇，却总是不能将自身处境妥善地表达，也不知何时才能见到远在长安靖安坊北街离开父亲而没了娘的儿女们。"

闻乐天授江州司马①

残灯无焰影幢幢②，此夕闻君谪九江。
垂死病中惊坐起③，暗风吹雨入寒窗。

【注释】

①此诗元和十年（815）作于通州。江州：今江西九江。《旧唐书·地理志》："江州，隋九江郡，武德四年平林士弘，置江州，领湓城、浔阳、彭泽三县。"司马：州郡佐吏。唐制，节度使属僚有行军司马，又于每州

置司马。

　　② 幢幢：摇曳不定貌。

　　③ 惊坐起：一作"仍怅望"。

【评析】

　　元稹被贬通州不久，病中惊闻好友白居易贬江州，诗人写下了这首著名的代表作。白居易《与微之书》云："又睹所寄闻仆左降诗云：'……'他人尚不可闻，况仆心哉！至今每吟，犹恻恻耳！"后人对本诗评价甚高，如洪迈《容斋随笔·长歌之哀》说："嬉笑之怒，甚于裂眦；长歌之哀，过于恸哭，此语诚然。微之在江陵（当作通州），病中闻乐天左降江州，作绝句云：'……'乐天以为'此句他人尚不可闻，况仆心哉！'微之集作'垂死病中仍怅望'，此三字既不佳，又不题为病中作，失其意矣！"《唐诗训解》评其风格情感道："悲惋特甚！"唐汝询《唐诗解》点评曰："残灯无焰，愁惨之时，垂死起坐，至情所激。风吹雨入，凄凉可知。非元、白心知，不能作此。"徐增《而庵说唐诗》评析用字云："此诗重'此夕'二字。大凡诗中用字，最不可杂乱，此诗若'残'字，若'无焰'，若'谪'字，若'垂死'，若'惊'字，若'暗'字，若'寒'字，如明珠一串，粒粒相似，用字之妙，无逾于此。"又吴昌祺《删订唐诗解》评云："衬第三句，而末复以景终之，真有无穷之恨。"他如黄叔灿《唐诗笺注》："残灯病卧，风雨凄其，俱是愁境，却分两层写。当此残灯影暗，忽惊良友之迁谪，兼感自己之多病，此时此际，殊难为情。末句另将风雨作结，读之味逾深。"余成教《石园诗话》说："香山谓：'予与微之前后寄和诗数百篇，近代无如此多有也。'愚谓白之于元也，'所合在方寸，心源无异端'两语，已曲尽其情矣。元之于白也，《闻授江州司马》及《得乐天书》两绝句，亦曲尽其情。"皎然《诗式》："点题在二句。首句先云'残灯无焰影幢幢'，谓残灯则无光焰，而其影幢幢不明，凡夜境、病境、愁境俱已写出。二句'此夕'，即此残灯之夕再作一读，下五字点乐天之左降，乃逾吃紧。三句转到微之之凄切，写得十分透足。四句写足一种愁惨之境，但觉暗风吹雨从窗而入，无非助人凄凉耳。读此诗可见古人友谊之厚焉。"

今人如刘拜山《千首唐人绝句》说："'垂死'句写闻耗后感同身受之情，直从肺腑中流出；而残灯风雨，设境尤极凄凉，所以倍觉深挚。"吴大逵、马秀娟《元稹白居易诗选译》说："诗中以凄凉暗淡的景物渲染出环境的悲剧气氛，以垂死突然坐起描绘出骤闻友人遭贬的极度震惊，情景交融，真实生动地表达了诗人当时的感受，哀伤怨苦，扣人心弦。"孙安邦、蓓蕾《元稹集》概评说："总之，首句写景，烘染悲凉氛围；次句言事，点明题旨本事。第三句承上启下，写病困中听到故人被贬内心的悲愤和震惊，结句以景抒情，饶有余味。诗人以景衬托人物心情，即使今天的读者，也似乎身在其中，感同身受。"

岁日赠拒非 [①]

君思曲水嗟身老 [②]，我望通州感道穷 [③]。
同入新年两行泪，白头闲坐说城中 [④]。

【注释】

①此诗元和十一年（816）春作于兴元（今陕西汉中）。岁日：元旦，新年的第一天。拒非：元稹与白居易的朋友李复礼，字拒非。

②曲水：曲水县，为文州治所，在今甘肃文县西。《旧唐书·地理志》："汉阴平道，属广汉。晋乱，杨茂搜据为仇池，互羌相传叠代。后

魏平互羌，始置文州。隋为曲水县，武德后置文州，治于曲水也。"一作长安游览胜景曲江池。

③道穷：犹言穷途末路。

④白头：白发，形容衰老。闲：一作"翁"。

【评析】

李复礼与诗人本是好友，在长安时曾一起同游。诗人来兴元治病，恰逢拒非也来兴元，老友相聚自然是欣喜万分，仕途的艰辛坎坷也是应有的话题。诗歌首句"君思"便从拒非起，"曲水"指拒非任职之所，"嗟身老"是拒非的感叹。次句是诗人自叹，虽在通州为司马，可却看不到一点前途和希望，故言"感道穷"。末二句抒发两人的共同命运——"同入新年两行泪"，闲聊着共同的话题——"城中"。"城中"既非指曲水，也非指通州，应当是京城长安，是说长安官场上的是是非非与波谲云诡的政坛局势。其中意味深长、感慨良多！至于拒非何以从曲水来兴元，吴伟斌《新编元稹集》推测说："李复礼能够长期逗留兴元，时间长达半年以上，直到秋天才离开兴元前往文州，我们怀疑李复礼与元稹一样，是前来兴元治病的。故能长期逗留在他州外县。这也许是李复礼'身老'的另一个重要原因。"《元稹与通州》："元稹在通州疟疾将死，便带着童仆陈兴挣扎着北上，去山南西道的治所兴元府求医治病。元和十一年，元稹在兴元遇见了他早年在吏部乙科及第时的同年李复礼（拒非）。两人的心情同样是凄惨悲凉，而且又是无所事事的人。李复礼思恋长安的曲江胜景，元稹担心被长期贬放通州，永无出头之日。于是写下了这首诗。"

水上寄乐天^①

眼前明月水^②，先入汉江流。
汉水流江海，西江过庾楼^③。
庾楼今夜月，君岂在楼头。
万一楼头望，还应望我愁。

【注释】

① 此诗元和十一年（816）作于兴元。

② 水：指褒水，在梁州西，流经兴元府治梁州后，南入汉江。

③ 西江：唐人多称长江中下游为西江。庾楼：一名庾公楼，实则在武昌（今湖北鄂州），唐时多误为在江西九江。陆游《入蜀记》卷四："楼正对庐山之双剑峰，北临大江，气象雄丽……庾亮尝为江荆豫州刺史，其实则治武昌。若武昌南楼名庾楼，犹有理，今江州治所，在晋时柴桑县之溢口关耳，此楼附会甚明。"此代指白居易所在之江州。

【评析】

元稹写此诗时白居易在浔阳，即今天的江西九江。九江有晋代庾亮所建楼，庾楼本在武昌，九江之楼为后人纪念庾亮而建造。诗人在一个月明之夜，面对眼前的江水，想起了远在浔阳的白居易。自己眼前的明月水，会流经友人所在的浔阳庾楼，如果友人今夜在庾楼登楼赏月，他也应该会想念在远方的我吧。诗人非常巧妙地借助明月之下的江水、庾楼寄托自己对友人的思念之情。吴骞《拜经楼诗话》卷一赞誉此诗："此格古今绝少。"陈增杰《唐人律诗笺注集评》说："诗从明月、江流起兴，抒写怀友之情。通篇采取金针格手法，各联词语

（如汉江、庾楼、楼头、望）相承相接，音节回环流转，在五言律体中别出一格。"谢永芳《元稹诗全集》评其："诗中表达了对挚友的深切怀念。虽路途远隔，难以聚首，但共此明月江水，相思相忆，千里同心，全诗平易亲切，一往深情。"

相忆泪 ^①

西江流水到江州，闻道分成九道流 ^②。
我滴两行相忆泪，遣君何处遣人求 ^③？
除非入海无由住 ^④，纵使逢滩未拟休 ^⑤！
会向伍员潮上见 ^⑥，气充顽石报心仇！

【注释】

① 此诗元和十一年（816）作于兴元，一说作于元和十三年（818）。

② 九道流：即九江。

③ "遣君"句：一本作"君从何处遣人求"，语意更佳。

④ 无由：没有办法，没有门径。住：停住。

⑤ 未拟休：不打算罢休。

⑥ 伍员潮：又名"伍胥潮""伍子潮"。伍子胥因忠谏含冤而死，死后，化为涛神，随钱塘潮往来，以观吴国被灭亡。《吴越春秋·夫差内传》："吴王乃取子胥（伍子胥）尸，盛以鸱夷之器，投之于江中……子胥因随流扬波，依潮来往，荡激崩岸。"《太平广记》卷二百九十一："伍子胥累谏吴王，赐属镂剑而死。临终，戒其子曰：'悬吾首于南门，以观越兵来。以鲮鱼皮裹吾尸，投于江中，吾当朝暮乘潮，以观吴之败。'自是自海门山，潮头汹高数百尺，越钱塘鱼浦，方渐低小。朝暮再来，其

声震怒，雷奔电走百余里。时有见子胥乘素车白马在潮头之中，因立庙以祠焉。庐州城内淝河岸上，亦有子胥庙。每朝暮潮时，淝河之水亦鼓怒而起，至其庙前。高一二尺，广十余丈，食顷乃定。俗云：与钱塘江水相应焉。"后因以"伍胥潮"谓怒潮。李德裕《述梦诗四十韵》："地接三茅岭，川迎伍子涛。"自注："代称海涛，是伍子嗔气所作。"

【评析】

此诗表达对许久不见的挚友的思念。其颔联写得尤为感人：诗人面对流向江州的江水，流下了思念的泪水。诗人相思之泪落在滚滚江水之中，随着江水流向江州。不知道友人是否能从江水中发现我思念的泪水。颈联更表现了必求一见，不见不休的决心！尾联借伍子胥之事抒发了自己无辜遭遇贬谪通州司马、好友白居易无罪被贬江州司马的强烈愤慨和难以平抑的心情。谢永芳《元稹诗全集》评析道："诗写忆好友，不禁泪流难止。末二句'会向伍员潮上见，气充顽石报心仇'，将几近绝望的满腹辛酸之情，出之以比拟手法，凄厉无匹。"《元稹与通州》说："元稹对白居易的被贬，深感同情和气愤。于是写下了这首诗，去鼓励白居易。纵然诗'船儿'搁浅，也不要气馁，终会像伍子胥那样，去'掘墓鞭尸'，报杀父兄之仇。"

生春二十首^①（选一）

其十一

何处生春早，春生鸟思中。
鹊巢移旧岁，鸢羽旋高风。

鸿雁惊沙暖，鸳鸯爱水融。

最怜双翡翠，飞入小梅丛。

【注释】

① 此诗元和十二年（817）作于兴元。题下原注："丁酉岁作。"

【评析】

正如吴伟斌《新编元稹集》所说："当时元稹病体初愈，又在不是自己任职的兴元，因而无所事事，才有心情赋咏这样轻松的诗歌，而且一咏就是二十首。"此组诗别具奇思妙想，提出"何处生春早"这个问题，自问自答，给出二十个答案，并且二十首诗都押同韵！这组诗引来许多饶有兴致的诗人唱和效仿，如徐简《和元微之生春诗》、晚明刘荣嗣《余汩没水泥中不知寒热偶阅元微之诗目有何处生春早成诗十首聊寄遐思》、清初钱谦益《仿元微之何处生春早二十首》、乾隆《生冬二十首（仍用元微之生春诗韵）》，等等。

孙安邦、蓓蕾《元稹集》评析本诗说："元稹这首诗'何处生春早，春生鸟思中'的问答，别出心裁，别具机杼，别开生面，另有一番情味在诗中。诗的后六句连用春天的鹊、鸢、鸿雁、鸳鸯、翡翠五种鸟的不同习性和动作，具体描摹了'春生鸟思中'。它们经过寒冬，现在仿佛都苏醒了，在那里欢快地嬉戏、鸣唱、飞舞、翱翔……鸟儿，装点着春的原野，装点着春的树林，装点着春的蓝天，装点着春的山河，使春天充满了生命的活力。这些飞行的使者年复一年地传递着春的消息，逗引着人类无限的美好情思！"

和刘猛古题乐府十首①（选七）

梦上天

梦上高高天，高高苍苍高不极。

下视五岳块累累，仰天依旧苍苍色。

蹋云耸身身更上，攀天上天攀未得。

西瞻若木兔轮低②，东望蟠桃海波黑③。

日月之光不到此，非暗非明烟塞塞④。

天悠地远身跨风，下无阶梯上无力。

来时畏有他人上，截断龙胡斩鹏翼⑤。

茫茫漫漫方自悲，哭向青云椎素臆⑥。

哭声厌咽旁人恶⑦，唤起惊悲泪飘露。

千惭万谢唤厌人⑧，向使无君终不寤⑨。

【注释】

①此组诗元和十二年（817）作于通州司马任内至兴元治病时。一本题下注："此后十首并和刘猛。"刘猛：郡望彭城（今江苏徐州），梁州进士。

②若木：古代神话中日落处有若木树。兔轮：指月亮，相传月中有玉兔捣药，故称。

③蟠桃：传说中的山名。一说即扶桑。《大戴礼记·五帝德》："（颛项）乘龙而至四海，北至于幽陵，南至于交趾，西济于流沙，东至于蟠木。"孔广森补注："《海外经》曰：东海中有山焉，名曰度索，上有大桃树，屈蟠三千里。裴骃谓蟠木即此也。"

④ 寒寒：来往流动貌。

⑤ 龙胡：即龙须。《汉书·郊祀志上》："黄帝采首山铜，铸鼎于荆山下。鼎既成，有龙垂胡须下迎黄帝。黄帝上骑，群臣后宫从上龙七十余人，龙乃上去……"鹏翼：大鹏之翼。

⑥ 椎：捶击。素臆：坦白的胸襟。

⑦ 厌咽：抽噎。

⑧ 唤厌人：把做噩梦者唤醒的人。厌，同"魇"，噩梦。

⑨ 向使：假使。

【评析】

元和十二年（817）元稹至兴元治病时，得见刘猛、李馀各赋古题乐府数十首，以为"其中一二十章咸有新意"，"因选而和之"（《乐府古题序》），其中和刘猛十篇，和李馀九篇，而刘李原唱已经散失。

诗歌讽刺仕途竞争者进退失据的窘境与大梦初醒后的彻悟。钱良择《唐音审体》卷三评析说："元相之委婉曲折，变化不测，亦是千古一人，实出白傅之上。'下视五岳块累累，仰天依旧苍苍色'，去地已极远，去天仍不近，喻登进之无尽境也。'来时畏有他人上，截断龙胡斩鹏翼'，嫉人进而绝其路，遂致己亦无路可退。'千惭万谢唤厌人，向使无君终不寤'，所谓觉而后知其为梦也。圣贤仙佛，乃真唤厌人也。"陈寅恪《元白诗笺证稿》说："凡古题乐府十九首，自《梦上天》至《估客乐》，无一首不只述一意，与乐天新乐府五十首相同，而与微之旧作新题乐府一题具数意者大不相似。此微之受乐天之影响，而改进其作品无疑也。……如《梦上天》云：'来时畏有他人上，截断龙胡斩鹏翼……千惭万谢唤厌人，向使无君终不寤。'微之于仕宦之途，感慨深矣。"苏仲翔《元白诗选注》评道："此种诗只就题目写去，意尽言中。来时以下八句，似于仕宦之途，深有戒心。"谢永芳

《元稹诗全集》分析道："这是一首很奇特的缘题抒情诗。诗人写自己的一个梦，梦中上了高天。诗人把他在'宇宙空间'的感受，想象得具体而充满神秘感，并有天才的猜测，如说'日月之光不到此，非暗非明烟塞塞'。诗人在'下无阶梯上无力'的情况下，产生了恐惧与后悔，这也是很真实的想象。诗末被人唤醒，结束了这场梦。其言不尽意处，似在于仕宦之途，深有戒悟。"

冬白纻 ①

吴宫夜长宫漏款 ②，帘幕四垂灯焰暖。
西施自舞王自管 ③，雪纻翻翻鹤翎散 ④，
促节牵繁舞腰懒。
舞腰懒，王罢饮，盖覆西施凤花锦。
身作匡床臂为枕 ⑤，朝佩枞玉王晏寝 ⑥。
酒醒阍报门无事 ⑦，子胥死后言为讳。
近王之臣谕王意，共笑越王穷惴惴 ⑧，
夜夜抱冰寒不睡 ⑨。

【注释】

①此组诗元和十二年（817）作于通州司马任内至兴元治病时。冬白纻：《白纻歌》属乐府《舞曲歌》。《唐书·乐志》："在吴为《白纻》，在晋为《子夜》，故梁武本《白纻》而为《子夜四时歌》。"《白纻》既与《子夜》为一，故亦有四时《白纻》。

②吴宫：吴王夫差之宫。款：缓慢。

③自管：自己吹奏管乐。

④雪纻：白色纻麻布的衣服。

⑤匡床：安适的床，一说方正的床。

⑥枞（cōng）玉：玉器碰撞声。枞玉，一本作"玱玱"，又作"枞枞"。或当作"玱玱"为是，形容佩玉的响声。晏寝：晚睡。

⑦阍（hūn）报：守门人报告。

⑧惴惴：忧惧戒慎貌。

⑨抱冰：《吴越春秋·勾践归国外传》："越王念复吴仇非一旦也，苦身劳心，夜以接日，目卧则攻之以蓼，足寒则渍之以水；冬常抱冰，夏还握火；愁心苦志，悬胆于户，出入尝之，不绝于口。"

【评析】

《唐音审体》指出本诗的新意："古辞盛称舞者之美，宜及芳时为乐。梁武帝令沈约改其辞，为《四时白纻歌》。纻，吴地所出。《白纻》本吴舞也。然此诗专讽吴王，亦是古题新意。"其他点评如《唐诗归》说："此一语写君臣娇诒入微（"近王之臣"句下）。"《汇编唐诗十集》评道："摹情极核，是韩非子有韵文。"《唐诗快》则说："此岂草草横陈者（"身作匡床"句下）。越王卧薪尝胆，此更添出'抱冰'，非真抱冰也，直是无西施臂为枕耳。"贺裳《载酒园诗话又编》与王建诗比较评论说："未读微之《冬白纻》觉王建首篇亦佳，……摹写骄淫，疑为穷尽。至元诗曰……不徒叙述骄奢纵恣，其写王狎昵处，真有樊通德所云：'淫于色，非慧男子不至。'慧由通，通则流，流而不得其防，意殆非经为荡子者不知。至写群臣谐媚，俨然江、孔口角，觉王诗伧父矣！"苏仲翔《元白诗选注》："此咏吴王夫差宠西施事。"谢永芳《元稹诗全集》评道："相对于沈约诗而言，元稹的拟作属于'颇同古义，全创新词'一类。其内容对沈约同题之作有所沿袭，但为达到通过'专讽吴王'（钱良择《唐音审体》卷一）而作'醒世语'（陆时雍《唐诗镜》卷四六）的目的，设计了西施、吴王以及越王等人物，并平添了许多情节。"

忆远曲 ①

忆远曲，郎身不远郎心远。

沙随郎饭俱在匙 ②，郎意看沙那比饭。

水中书字无字痕，君心暗画谁会君 ③？

况妾事姑姑进止 ④，身去门前同万里。

一家尽是郎腹心，妾似生来无两耳。

妾身何足言，听妾私劝君。

君今夜夜醉何处，姑来伴妾自闭门。

嫁夫恨不早，养儿将备老。

妾自嫁郎身骨立 ⑤，老姑为郎求娶妾。

妾不忍见姑郎忍见，为郎忍耐看姑面。

【注释】

① 此组诗元和十二年（817）作于通州司马任内至兴元治病时。

② 匙：舀取食物的小勺。

③ 会：理会，理解。

④ 姑：丈夫之母，婆婆。进止：意旨，命令。

⑤ 骨立：形容人消瘦至极。

【评析】

杨军《元稹集编年笺注·诗歌卷》评论说："忆远曲：不写离别，但言心远，别出新意。"苏仲翔《元白诗选注》解析道："此写封建社会被压迫的女子，嫁夫后不为夫所爱，但供驱使。夫虽在家，两心不属，如在万里之外。唯有一心事奉婆母听候进止。既不为夫所爱，故举家上下均贱此妇。故曰'尽是郎腹心'，言与己不相关。既已见外于夫之一家，所受闲言闲语必多，听不胜听。不如不理，故曰'生来无两耳'。末后写夫之放荡，全家怜爱此妇者唯有一姑。我本无生趣，所以'为郎忍耐'者，'看姑面上'而已。"谢永芳《元稹诗全集》说："诗用代言体，通篇皆为'妾'对'身不远'而'心远'的'郎'所说的话，抒写'妾'的孤独失落感。"古代诗家多集中评论其诗句之佳，如《优古堂诗话》评曰："元微之《忆远曲》云：'水中书字无字痕'，白乐天《新昌新居》云'浮荣水划字'，意又相类。"《载酒园诗话又编》说："微之自是一种轻艳之才，所作排律动数十韵，正是夸多斗靡。虽有秀句，补缀牵凑者亦多，实为大雅所薄。集中惟乐府诗多佳，如《忆远曲》：'水中书字无字痕，君心暗画谁会君？'《小胡笳引》曰：'流宫变徵渐渐幽咽，别鹤欲飞弦欲绝。秋霜满树虽辞风，寒雏坠地乌啼血。'皆工于刻画也。"只有少数诗论家侧重于感情的表现，如陆时雍《唐诗镜》卷六四说："真趣深情，哀痛剖出！"

夫远征 ①

赵卒四十万，尽为坑中鬼。
赵王未信赵母言②，犹点新兵更填死。
填死之兵兵气索③，秦强赵破括敌起。
括虽专命起尚轻④，何况牵肘之人牵不已。
坑中之鬼妻在营，髽麻戴绖鹅雁鸣⑤。
送夫之妇又行哭，哭声送死非送行。
夫远征，远征不必成长城，出门便不知死生。

【注释】

①此组诗元和十二年（817）作于通州司马任内至兴元治病时。

②赵王：指战国时赵国赵孝成王。赵母：赵奢之妻，赵将赵括之母。

256

赵括只知纸上谈兵，不堪抵御秦兵之重任，故赵母止之。

③ 兵气索：谓赵军士气丧失，精神沮丧。

④ 专命：不奉上命而自由行事。起：秦将白起。

⑤ 髽（zhuā）麻戴绖（dié）：犹言披麻戴孝。髽，古代妇女丧髻，以麻线束发。《仪礼·丧服》："布总、箭笄、髽，衰三年。"绖，丧服上的麻布带。鹅雁鸣：形容妇女的哭喊之声纷乱嘈杂。

【评析】

陆时雍《唐诗镜》卷六四点评道："古意怨恨。"钱良择《唐音审体》卷三则明确指出诗歌是"以刺时事"："'何况牵肘之人牵不已'，赵时无牵肘之人，当是借赵事以刺时事。'坑中之鬼妻在营，髽麻戴绖鹅雁鸣'，喻哭声之喧闹。"杨军《元稹集编年笺注·诗歌卷》评论说："不写征战之苦，而写因主帅无能，遂使赵卒四十万尽为坑中之鬼，送夫之妇又行哭，哭声送死非送行，由生离而死别，较一般念远之作更深一层。"苏仲翔《元白诗选注》题解说："此咏秦白起坑赵降卒四十万于长平事。先是廉颇为将御秦兵，秦将畏之，乃纵反间于赵说：我们只怕赵括将兵，却不怕廉颇。赵王信之，撤回廉颇，起用赵括，括母知道括不行，括母劝赵王勿用括，王不信，卒用括，大败于长平。元稹借古讽今，从妇人的哭声中强烈地反对穷兵黩武的侵略战争。与乐天的《新丰折臂翁》，正是'异曲同工'。"吴伟斌《新编元稹集》笺注说："本诗虽然没有直接涉及战士的征战之苦，但由于主将纸上谈兵，最后招致赵国惨败，四十万降卒被秦国残忍坑杀，成为惨无人道的战例。而诗人揭示的是因此给四十万家庭与妇女带来的一辈子的苦难。"谢永芳《元稹诗全集》说："元稹此诗自开篇以迄'何况牵肘之人牵不已'，即咏上述长平之战事。但自'坑中之鬼妻在营'以下，撇开史事，只写'送夫之妇'的悲哀哭声，既强化了诗歌的抒情性质，又借以表达出强烈反对穷兵黩武的意旨，并在借古讽今中使之具备普遍意义。"

织妇词 ①

织夫何太忙，蚕经三卧行欲老 ②。
蚕神女圣早成丝 ③，今年丝税抽征早。
早征非是官人恶。去岁官家事戎索 ④。
征人战苦束刀疮 ⑤，主将勋高换罗幕。
缲丝织帛犹努力 ⑥，变缉撩机苦难织 ⑦。
东家头白双女儿，为解挑纹嫁不得 ⑧。
檐前袅袅游丝上，上有蜘蛛巧来往。
羡他虫豸解缘天 ⑨，能向虚空织罗网。

【注释】

① 此组诗元和十二年（817）作于通州司马任内至兴元治病时。

② 三卧：即三眠，蚕自初生至成蛹，脱皮三四次后不食不动，其状如卧如眠。

③ 蚕神：司蚕之神。《后汉书·礼仪志上》："祠先蚕，礼以少牢。"刘昭注引汉卫宏《汉旧仪》："春桑生而皇后亲桑于苑中。蚕室养蚕千薄以上，祠以中牢羊豕。今蚕神曰菀窳妇人、寓氏公主，凡二神。"女圣：对蚕神之敬称。一说蚕神女圣指嫘祖发明养蚕抽丝，后被奉为蚕神女圣。

④ 官家：指天子。戎索：戎人之法。《左传·定公四年》："启以夏政，疆以戎索。"杜预注："大原近戎而寒，不与中国同，故自以戎法。"后以泛指法令。

⑤ 束刀疮：包扎刀箭创伤。

⑥ 缲（sāo）丝：煮蚕抽丝。缲，亦作"缫"。

⑦ 变缉撩机：在机上变换丝线脉理，挑成花纹。缉，一作缏。

⑧ 解：能，会，懂。挑纹：挑织花纹。句下原注："予撩荆时，目击贡绫户有终老不嫁之女。"

⑨ 虫豸（zhì）：小虫的通称，此指蜘蛛。解缘天：明白如何在天空中往来走动织网。缘，攀缘。

【评析】

此诗写织妇的生活状况与两难处境，由此反映出深刻的社会问题。杨军《元稹集编年笺注·诗歌卷》评论本诗说："咏织妇心理之苦，着重于心理刻画，不闻抱怨之声，反而更为感人。至于邻女白头不嫁，乃因解挑绫纹，岂不触目惊心！封建社会有此一重罪恶，前人尚未触及。"苏仲翔《元白诗选注》题解说："唐朝统治阶级，重织造品，在荆州、扬州、宣州、成都等地都设专官剥取织户人力物力，督造各种织品。此诗正写出织户所受的痛苦，替被压迫的人民喊出了不平之鸣。结文借蜘蛛作喻，说到人不如虫。此诗当与乐天《红线毯》及《缭绫》诸篇参看。"钱良择《唐音审体》卷三点评道："'今年丝税抽征早'，此作祝神之词。'变缉撩机苦难织'，花纹不用旧样，尤少解挑纹者。"

田家词①

牛吒吒②，田确确③。

旱块敲牛蹄趵趵④，种得官仓珠颗谷⑤。

六十年来兵簇簇⑥，月月食粮车辘辘⑦。

一日官军收海服⑧，驱牛驾车食牛肉。

归来收得牛两角，重铸耧犁作斤劚⑨。

姑舂妇担去输官，输官不足归卖屋。

愿官早胜仇早覆，农死有儿牛有犊，
誓不遣官军粮不足。

【注释】

① 此组诗元和十二年（817）作于通州司马任内至兴元治病时。

② 吒吒（zhā）：象声词，形容喘息声。

③ 确确：坚硬貌。

④ 趵趵（bō）：象声词，牛蹄踏地的声音。

⑤ 珠颗谷：珍珠般的谷粒，形容因收获之难而粒粒金贵。

⑥ 六十年来：指安史之乱以来。兵蔟蔟（cù）：形容兵乱不断。

⑦ 车辘辘：车轮响声，形容运粮车接连不断。

⑧ 海服：沿海地区，亦指边疆。

⑨ 耧（lóu）犁：耧车与铁犁。斤劚（zhú）：斧子与锄头。

【评析】

此诗写中唐农民赋税之重，历代诗评家多从两方面入手，一是纯粹谈诗歌的艺术表现，一是侧重谈其内容而旁及艺术表现。前者如陆时雍《唐诗镜》卷六四评其：“语色雅称。”邢昉《唐风定》卷十评其：“骨力莽苍，白集中无此一篇。”沈德潜《唐诗别裁集》卷八评其：“音节入古。”近人陈寅恪《元白诗笺证稿》评道：“读元微之古题乐府，殊觉其旨趣丰富，文采艳发，似胜于其新题乐府。……及《田家词》云‘愿官早胜仇早覆，农死有儿牛有犊，誓不遣官军粮不足’诸句，皆依旧题而发新意。词极精妙，而意至沉痛。取较乐天新乐府之明白晓畅者，别具蕴蓄之趣。盖词句简练，思致微婉，此为元、白诗中所不多见者也。”吴伟斌《新编元稹集》评价说：“白居易诗集中不见骨力如此莽苍之作，值得重视，唯王建《田家词》……与本诗同调，可并读。"后者如苏仲翔《元白诗选注》题解说："唐朝自安史之乱以后，增加兵费，对人民加重剥削，尤其是对农民剥削更苦。此诗为被剥削的农民呼喊，结尾更说出农民对残酷的征粮的一种'敢怒不敢言'的内心愤怒，而出以斩钉截铁之词。"复如杨军、吕燕芳《元稹诗文选》评说："此诗止述军输，出之以矫健笔力，活现田家生活的苦况。心理刻画亦甚突出。唐朝自安史之乱后国力不振，兵事连绵，军费日增，于是加在老百姓头上的负担日益沉重。这首诗写出了农民的怨望和无奈。"谢永芳《元稹诗全集》说："唐朝自安史乱后，增加兵费，尤其是加重了对农民的剥削。此诗正写出农民所受的残酷征粮之苦。末三句'愿官早胜'云云，以决绝的口吻表达出发自内心的愤怒与悲怆情绪。跟上一首《织妇词》相比，作者并未因所表现民生疾苦的角度不同，而改变某种固定的写法，即都是以诗人旁白式的叙事，作为全篇的基本内容，同时也构成立论的基础，再在结尾部分借诗中人物之口，直陈作者胸臆。"

侠客行^①

侠客不怕死，怕死事不成^②。
事成不肯藏姓名，我非窃贼谁夜行！
白日堂堂杀袁盎^③，九衢草草人面青^④。
此客此心师海鲸，海鲸露背横沧溟，
海波分作两处生。海鲸分海减海力，
侠客有谋人不测，三尺铁蛇延二国^⑤。

【注释】

① 此组诗元和十二年（817）作于通州司马任内至兴元治病时。郭茂倩《乐府诗集·杂曲歌辞》："《汉书·游侠传》曰：'战国时，列国公

子，魏有信陵，赵有平原，齐有孟尝，楚有春申，皆藉王公之势，竞为游侠，以取重诸侯，显名天下。故后世称游侠者，以四豪为首焉。汉兴，有鲁人朱家及剧孟、郭解之徒，驰骛于闾里，皆以侠闻。其后长安炽盛，街闾各有豪侠。时萬章在城西柳市，号曰城西萬章。酒市有赵君都、贾子光，皆长安名豪，报仇怨、养刺客者也。'《魏志》曰：'杨阿若后名丰，字伯阳，少游侠，常以报仇解怨为事。故时人为之号曰：'东市相斫杨阿若，西市相斫杨阿若。'后世遂有《游侠曲》。'魏陈琳、晋张华，又有《博陵王宫侠曲》。"

②死：一作"在"。

③袁盎：《史记·袁盎晁错列传》："袁盎虽家居，景帝时时使人问筹策。梁王欲求为嗣，袁盎进说，其后语塞。梁王以此怨盎，曾使人刺盎。刺者至关中，问袁盎，诸君誉之皆不容口。乃见袁盎曰：'臣受梁王金来刺君，君长者，不忍刺君。然后刺君者十余曹，备之！'袁盎心不乐，家又多怪，乃之棓生所问占。还，梁刺客后曹辈果遮刺杀盎安陵郭门外。"

④九衢：纵横交叉的大道，繁华的街市。草草：匆忙仓促貌。人面青：谓人人面有恐惧之色。

⑤三尺：指剑。《汉书·高祖纪下》："吾以布衣提三尺，取天下，此非天命乎？"颜师古注："三尺，剑也。"铁蛇：比喻铁鞭。二国：指西汉、东汉两朝。或据《史记·平原君虞卿列传》以为指楚与赵两国，似非。

【评析】

此诗咏侠客行刺事。苏仲翔《元白诗选注》题解说："西汉景帝时代，诸侯跋扈，袁盎尝教帝抑制诸侯。会梁王有恨于袁盎，遣客刺之死。此诗但写侠客为人报仇事，不必究袁盎是非曲直。"此诗写游

侠行事胆量与扬名立万之追求，较之以前诗人所咏迥然不同，故胡仔
《苕溪渔隐丛话》后集卷四引《复斋漫录》说："太白《侠客行》云：
'事了拂衣去，深藏身与名。'元微之《侠客行》：'侠客不怕死，怕
死事不成。事成不肯藏姓名。'二公寓意不同。"清人王闿运《王闿
运手批唐诗选》卷十一则以为："此乃歌咏刺武、裴之事，宜王船山
以元为通贼。然已藏姓名，则不得为侠。"谢永芳《元稹诗全集》说：
"元稹此诗咏此事，与前人所作此题内容不同——张华《游侠篇》写
战国四公子事，李白《侠客行》咏信陵君门客事，与张华诗在内容上
有联系——只写侠客为人报仇事，不问袁盎是非曲直，也属于'颇同
古义，全创新词'的一类。"

和李馀古题乐府九首 [①]（选五）

君莫非

鸟不解走，兽不解飞。
两不相解，那得相讥？
犬不饮露，蝉不啖肥。
以蝉易犬，蝉死犬饥。
燕在梁栋，鼠在阶基 [②]。
各自窠窟 [③]，人不能移 [④]。
妇好针缕，夫读书诗。
男翁女嫁，卒不相知 [⑤]。
惧聋摘耳，效痛嚬眉 [⑥]。
我不非尔，尔无我非。

【注释】

①此组诗元和十二年（817）作于通州司马任内至兴元治病时。李
馀：成都人，与中唐诗人多有交往。《唐诗纪事》卷四六："李馀：张为
作主客图，以孟云卿为高古奥逸主，以馀为入室。"《全唐诗》小传云：
"李馀，蜀人，工乐府，登长庆三年进士第，诗二首。"

②阶基：台阶，此泛指低处。

③窠窟：动物栖身之处。

④人不能移：一本作"不能改移"。

⑤卒不：终不。

⑥效痛嚬眉：用东施效颦典故。

【评析】

本诗以五组事物之差异来说明不同事物自有其存在的道理，不必
相互指摘排斥，亦即承认物与物、人与人、事与事、行为与行为之间
差异的合理性，"两不相解""卒不相知"是必然的存在，故不必强求
一致，更不必相互否认，表现了作者通达圆融的思想方法。全诗语言
"浅近"（《唐诗镜》卷六四）通俗。苏仲翔《元白诗选注》题解说：
"此首言异类两不相非，效《汉乐府》，古拙中自有灵趣。"杨军、吕
燕芳《元稹诗文选》评说："君莫非，意谓请勿相互菲薄。从元稹和
篇推知，李馀所作新乐府诗，有一部分偏重说理，有寓言意味。"谢
永芳《元稹诗全集》评析说："此诗以四言四句为一组，由鸟兽、犬
蝉、燕鼠而夫妇、男女，再推及普遍性的'尔''我'，言异类'相
知''相解'，两不相非之理，即卒章所谓'我不非尔，尔无我非'。
全篇以浅近之语写来，于古拙中透出灵趣。"

田野狐兔行 ①

种豆耘锄 ②，种禾沟甽 ③。

禾苗豆甲，狐撏兔剪 ④。

割鸰喂鹰，烹麟啖犬。

鹰怕兔毫，犬被狐引。

狐兔相须 ⑤，鹰犬相尽。

日暗天寒，禾稀豆损。

鹰犬就烹，狐兔俱哂。

【注释】

① 此组诗元和十二年（817）作于通州司马任内至兴元治病时。田野：一本作"田头"。

② 耘锄：除草和松土用的锄头，此泛指农业劳动。

③ 沟甽（zhèn）：田边水沟。甽，同"圳"。

④ 狐撏（hú）：狐狸挖洞。兔剪：兔子啃食。

⑤ 相须：相互依靠，相互依存。

【评析】

关于本诗主题，一般均认为是有所寄托，借自然界的动物关系比喻社会之事，如陆时雍《唐诗镜》即说："善为隐喻。"贺裳《载酒园诗话又编》更直接地认为是有所寄托，并非直陈其事："稹又有《田野狐兔行》，寄托妙甚，古今从无选者……从来姑息骄将，黜戮直臣，遂致寇盗蔓延，败亡由之。诵此殊为惕然。"苏仲翔《元白诗选注》题解说："此诗借田野猎户事，以讽朝廷对于人才用舍的不得当。"吴伟斌《新编元稹集》也说："本诗并非仅仅抨击狐兔，而是有所暗喻，对当时社会中的邪恶势力冷嘲热讽，细心的读者当不难体会。"谢永芳《元稹诗全集》也说此诗"借写田野猎户烹'鹰犬'、引致'狐兔俱哂'之事，以讽刺朝廷对于当时人才用舍不得当"。而杨军《元稹集编年笺注·诗歌卷》则以为仅仅是就自然现象而言："《田野狐兔行》：揭示自然界动植物间相互依存、相互制约之关系，约略见出现代科学所谓'食物链'之关系。此诗之思想价值远胜艺术价值。"陈寅恪《元白诗笺证稿》则艺术表现方面评说道："（古题乐府）十九首中虽有全系五言或七言者，但其中颇多三言五言七言间杂而成。且有以十字为句者，如《人道短》之'莽卓恭显皆数十年富贵'，及十一字为句者，如《董逃行》之'尔独不忆年年取我身上膏'之类。长短参差，颇极变错之致。复若《君莫非》及《田野狐兔行》，则又仿古，通篇全用四言矣。"

当来日大难行 ①

当来日，大难行。
前有坂，后有坑。
大梁侧 ②，小梁倾。
两轴相绞 ③，两轮相撑 ④。
大牛竖，小牛横。
乌啄牛背，足跌力儜 ⑤。
当来日，大难行。
太行虽险，险可使平。
轮轴自挠，牵制不停。
泥潦渐久，荆棘旋生。
行必不得，不如不行！

【注释】

① 此组诗元和十二年（817）作于通州司马任内至兴元治病时。当来：方来、将来。

② 梁：桥梁。

③ 相绞：两轴相互缭绕，则不得运转。

④ 相撑：两轮被撑离地面，则不得前行。

⑤ 足趺（fū）力儜（níng）：盘腿而坐，气力微弱。足趺，脚背。儜，困顿。

【评析】

诗歌极力描写行路之难：前有陡坡，后有深坑，桥梁也已经倾侧，两个车轴也纠缠在一起，两个车轮更被悬空，大牛小牛一竖一横用力不齐，更有乌鸦啄着牛背，让它无力、困顿地坐在地上！在这绝望之际，诗人忽然写出两句充满希望的诗句——"太行虽险，险可使平"！然而车轴自身的纠缠牵制，所处的"泥潦""荆棘"，再度使他陷入绝望之中！最后只得自己宽慰说："行必不得，不如不行！"全诗充满着许多人世的悲慨与前行无望的无奈，也表现了诗人期望化险为夷，激励奋进的思想，还体现了诗人顺势而为、不可力强而致的人生哲学。陆时雍《唐诗镜》评曰："踌躇满志。"吴伟斌《新编元稹集》则以为："本诗感慨人生多艰，诗人系有感而发。《古诗镜·唐诗镜》评云'踌躇满志'，系无的放矢之谈。"苏仲翔《元白诗选注》题解说："此题极言行路之难，以喻未来的大难。似亦'行路难'之类。"杨军《元稹集编年笺注·诗歌卷》谓："元稹此篇就题立意，展示来日之难偏重于人事因素。与'更有人间行路难'之旨相通。"谢永芳《元稹诗全集》评："此诗极言行路之难，以喻人世坎坷。诗中'太行虽险，险可使平。轮轴自挠，牵制不停'所包含的上下求索之意，略可与李白《行路难》其一中'长风破浪会有时，直挂云帆济沧海'云云相通。"

苦乐相倚曲^①

古来苦乐之相倚，近于掌上之十指。
君心半夜猜恨生，荆棘满怀天未明。
汉成眼瞥飞燕时^②，可怜班女恩已衰^③。
未有因由相决绝，犹得半年伴暖热。
转将深意谕旁人，缉缀瑕疵遣潜说^④。
一朝诏下辞金屋^⑤，班姬自痛何仓卒！
呼天俯地将自明^⑥，不悟寻时已销骨^⑦。
白首宫人前再拜，愿将日月相挥解^⑧。
苦乐相寻昼夜间^⑨，灯光那有天明在？
主今被夺心应苦，妾夺深恩初为主。
欲知妾意恨主时，主今为妾思量取。
班姬收泪抱妾身，我曾排摈无限人^⑩。

【注释】

① 此组诗元和十二年（817）作于通州司马任内至兴元治病时。苦乐相倚曲：新乐府辞。

② 汉成：汉成帝刘骜。飞燕：汉成帝的宠姬赵飞燕，以其体轻善舞而得名，后封为皇后。

③ 班女：即班婕妤，即下文"班姬"，秀美能文，受到成帝宠爱；飞燕入宫后，宠衰被弃。

④ 缉缀：搜罗编排。瑕疵：缺点。遣潜说：让人暗地里传播。

⑤ 金屋：指后妃所居。汉武帝年幼时见到表姐陈阿娇，说：若娶得

阿娇，愿筑金屋以藏之。

⑥ 俯地：俯伏于地，祈求帮助。自明：自我表明。

⑦ 寻时：片刻、不久。销骨：犹销魂，形容极其哀伤。

⑧ 日月：喻皇帝与皇后。挥解：排解，谓消除误会、隔阂。挥，一本作"辉"。

⑨ 相寻：相继，接连不断。

⑩ 排摈：排斥，打击。班姬排摈他人事，史无记载。

【评析】

诗歌以汉成帝与班姬、赵飞燕之先后得宠事写人情之反复无常，揭示了古代君王与后宫以及后宫嫔妃间看似如胶似漆、恩爱无比，实则勾心斗角、危机重重的关系；古代君臣关系以及大臣之间也未尝不是如此。《载酒园诗话又编》评曰："《苦乐相倚曲》尤妙，如'君心半夜猜恨生，……缉缀瑕疵遣潜说'将闺房衽席之间，说得一团机械，凛凛可畏。然正是唐玄宗、汉武帝一辈，若陈叔宝之'此处不留人'，卫庄公之'莫往莫来'，正不须此。然陷阱愈深，冤酷愈烈矣！"《唐诗快》也点评说："可谓能近取譬（"近于掌上"句下）。可怜（"犹得半年"句下）。枉自劳心（"转将深意"句下）。分明仇人相见矣（"白首宫人"句下）。可谓顶门一针（"欲知妾意"句下）。岂非天道好还乎？可畏，可畏！"也有评论将此推广到一般的人际关系上来，尤其是君臣、朋友之间，如《唐诗归》点评道："谭云：深于涉世，乃能写得如此刻骨，君臣朋友之间诵此惕然。钟云：世路平陂，人情倚尤，天道报应，借题发意。"本诗的评论还有个焦点即班姬是否"排摈他人"？《唐诗选脉会通评林》："唐汝询曰：人情之险，写得透彻，但不当以班姬作话柄。此姬谦退，决不排摈人者，泉下有知，必然抚心。"杨军《元稹集编年笺注·诗歌卷》说："题为苦乐相倚，实言女子得幸失宠之不能自主，君生猜恨即荆棘满怀，半夜等不到天明，其命运朝不保夕，于此略见。唯称班姬排摈无限人，是作者创造，非史实如此。"此说遭到吴伟斌《新编元稹集》的批评："这完全是《编年笺注》误读误解，元稹这时以'班姬''飞燕'出名，并非实指班姬、飞燕，而是以班姬、飞燕为代表，揭示宫女嫔妃之间为了争宠而暗中勾心斗角的史实。"苏仲翔《元白诗选注》题解则较公允："老子曰：'祸兮福所倚，福兮祸所伏'，《列子》书：塞翁失马，安知非福。诗题本此意而取班姬、飞燕事说明之。按班姬无排摈他人事，作者在当时牛李党中参与政争，则此或有为而发。"

估客乐①

估客无住著②，有利身则行。
出门求火伴③，入户辞父兄。
父兄相教示，求利莫求名。
求名莫所避，求利无不营。
火伴相勒缚④，卖假莫卖诚。
交关但交假⑤，本生得失轻。
自兹相将去，誓死意不更。
一解市头语⑥，便无邻里情。
鍮石打臂钏⑦，糯米吹项璎⑧。
归来村中卖，敲作金石声。
村中田舍娘，贵贱不敢争。
所费百钱本，已得十倍赢。
颜色转光净，饮食亦甘馨。
子本频蓄息⑨，货贩日兼并。
求珠驾沧海，采玉上荆衡⑩。

北买党项马^⑪，西擒吐蕃鹦。

炎洲布火浣^⑫，蜀地锦织成。

越婢脂肉滑，奚僮眉眼明。

通算衣食费^⑬，不计远近程。

经游天下遍，却到长安城。

城中东西市，闻客次第迎。

迎客兼说客，多财为势倾。

客心本明黠，闻语心已惊。

先问十常侍^⑭，次求百公卿。

侯家与主第，点缀无不精。

归来始安坐，富与王家勍^⑮。

市卒酒肉臭^⑯，县胥家舍成^⑰。

岂惟绝言语^⑱，奔走极使令^⑲。

大儿贩材木，巧识梁栋形。

小儿贩盐卤^⑳，不入州县征^㉑。

一身偃市利^㉒，突若截海鲸^㉓。

钩距不敢下^㉔，下则牙齿横。

生为估客乐，判尔乐一生。

尔又生两子，钱刀何岁平^㉕！

【注释】

①此诗元和十二年（817）作于通州司马任内至兴元治病时。估客乐：乐府清商曲辞。《乐府诗集》："《古今乐录》曰：'《估客乐》者，齐武帝之所制也。帝布衣时，尝游樊、邓。登祚以后，追忆往事而作歌。使乐府令刘瑶管弦被之教习，卒遂无成。有人启释宝月善解音律，帝使奏之，旬日之中，便就谐合。敕歌者常重为感忆之声，犹行于世。宝月又上两

曲，帝数乘龙舟，游五城江中放观，以红越布为帆，绿丝为帆，绰鍮石为篙足。篙榜者悉著郁林布，作淡黄裤，列开，使江中衣出。五城殿犹在。齐舞十六人，梁八人。《唐书·乐志》曰："梁改其名为《商旅行》。'"

②住著：佛教语，犹执著。

③火伴：北魏时，军中以十人为火，共灶饮食，故称同火者为火伴，后泛指同伴。

④勒缚：约束，商定，犹"告诫"。

⑤交关：犹交易。《三国志·魏书·公孙度传》："渊遣使南通孙权，往来赂遗。"裴松之注引三国鱼豢《魏略》："多持货物，诓诱边民。边民无知，与之交关。"

⑥市头语：生意中的口白。

⑦鍮石：一种自然精铜，可冒充黄金。

⑧项璎：即璎珞，用珠玉穿成的装饰物，多用作颈饰。

⑨子本：利息和本金。蕃息：本利相生，利上转利。

⑩荆衡：荆山出玉，荆衡两地相近，均为楚地，此因荆而连及衡。衡，即衡山，在今湖南衡阳一带。

⑪党项：亦称"党项羌"，古族名，西羌的一支。南北朝时，分布在今青海、甘肃、四川边缘地带，从事畜牧。唐时迁居今甘肃、宁夏和陕北一带。

⑫炎洲：泛指南方炎热地区。李白《野田黄雀行》："游莫逐炎洲翠，栖莫近吴宫燕。"王琦注："炎洲谓海南之地。"布火浣：即火浣布，一说为今石棉布。《列子·汤问》："火浣之布，浣之必投于火。"

⑬通算：总计。

⑭十常侍：常侍，官名，侍从天子之官，东汉时改用宦官。灵帝时，张让、赵忠等十二人封侯贵宠，称十常侍，此泛指专权恣横的宦官。

⑮"富与"句：犹言其财富堪比王侯之家。勍（qíng）：强大，有力。

⑯ 市卒：看守市场门禁的小吏。

⑰ 县胥：县吏。

⑱ 岂惟：岂止。绝言语：竭力花言巧语。

⑲ 极使令：极尽各种手段发号施令。

⑳ 盐卤：制盐的卤水，为盐的一种，亦泛指盐。

㉑ "不入"句：没有缴纳州县的税收。古代实行盐铁专卖，故云。

㉒ 偃：安。市利：贸易之利。

㉓ 突：袭击。《墨子·备城门》："今之世常所以攻者，临、钩、冲、梯、堙、水、穴、突、空洞、蚁傅、轒辒、轩车。"岑仲勉注："突之义为猝攻。"截海鲸：吞海之鲸。

㉔ 钩距：一种古代兵器，竿前有钩，可钩致敌方士卒。此借指司法监察、审察与惩罚。

㉕ 钱刀：钱币；金钱。刀，古代一种刀形钱币。

【评析】

元稹此诗通过叙写商人的种种劣迹，揭示其发家本质，具有鲜明的批判现实的精神。如刘克庄《后村诗话》前集卷一中言："元稹咏估客云：'尔又生两子，钱刀何岁平。'薛郁《和蕃》诗云：'君王莫信和亲策，生得胡雏患更多。'往岁黑风洞贼首诈降，朝家以通直郎镇南金幕招之，不出，使其弟来吉州谒，帅以角妓奉之。丰宅之戏云：'遗下贼种奈何？'"苏仲翔《元白诗选注》说："此首极力形容商人的横暴，写出他们上通官府，求官求势，由狡诈百出的私人资本进入专横凶残的官僚资本，以及与反动的统治阶级相勾结的情形。"杨军《元稹集编年笺注·诗歌卷》评："元稹此诗极力形容商人之横暴，及其上通官府，求官求势等状况，是唐代豪商发迹之写照，与旧题主旨不同。"郭自虎《新译元稹诗文选》说："本诗极力形容商人的横暴与狄诈，及其上通官府、求官求势等状况，从而达到了'寓意古题，刺美见事'的效果。"谢永芳《元稹诗全集》认为："此诗极写商人种种唯利是图、狄诈奸猾之举，借以针砭时俗，富于批判的现实意义。当然，也流露出了古代士大夫轻利重义的传统思想，真实而普遍。"

酬刘猛见送 ①

种花有颜色，异色即为妖。
养鸟恶羽翮 ②，剪翮不待高 ③。
非无剪伤者，物性难自逃。
百足虽捷捷 ④，商羊亦翘翘 ⑤。
伊余狷然质 ⑥，谬入多士朝 ⑦。
任气有復戀 ⑧，容身寡朋曹。
愚狂偶似直，静僻非敢骄。
一为毫发忤，十载山川遥。
烁铁不在火 ⑨，割肌不在刀。
险心露山岳，流语翻波涛。
六尺安敢主 ⑩，方寸由自调。
神剑土不蚀 ⑪，异布火不燋 ⑫。
虽无二物姿，庶欲效一毫。
未能深蹙蹙 ⑬，多谢相劳劳 ⑭。
去去我移马，迟迟君过桥。
云势正横壑，江流初满槽。
持此慰远道，此之为旧交。

【注释】

① 此诗元和十二年（817）作于通州司马任内离别兴元时。

② 恶：讨厌，厌恶。

③ 不待：用不着，不用。

④ 百足：马陆的别名，体长则稍扁，长寸余，由许多环节构成，每节有足一对，中断为两截，头尾仍能各自行走。张华《博物志》卷二："百足，一名马蚿，中断成两段，各行而去。"一说为蜈蚣的俗称。捷捷：举动敏捷貌。

⑤ 商羊：传说中的鸟名。大雨前，常屈一足起舞。《孔子家语·辩政》："齐有一足之鸟，飞集于宫朝下，止于殿前，舒翅而跳。齐侯大怪之，使使聘鲁问孔子。孔子曰：'此鸟名曰商羊，水祥也。昔童儿有屈其一脚，振讯两眉而跳，且谣曰：'天将大雨，商羊鼓舞。'今齐有之，其应至矣。急告民趋治沟渠、修隄防，将有大水为灾。'顷之，大霖雨，水溢泛。"翘翘：形容独足跳跃貌。

⑥ 狷然质：耿直、固执的个性。《国语·楚语下》："彼（王孙胜）其父为戮于楚，其心又狷而不洁。"韦昭注："狷者，直己之志，不从人也。"

⑦ 谬入：误入，谦称。多士朝：指有众多的贤士或百官的朝廷。《书·多方》："猷告尔有方多士，暨殷多士。"

⑧ 愎戆（bìgàng）：执拗不明事理。

⑨ "烁铁"句：谓伤人的谗言。《楚辞·九章》："故众口其铄金兮，初若是而逢殆。"王逸注："言众口所论，万人所言，金性坚刚，尚为销铄，以喻谗言多，使君乱惑也。"

⑩ 六尺：成年男子的身躯。

⑪ 神剑：谓晋代雷焕在豫章丰城监狱屋基挖得龙泉、太阿两柄宝剑。

一送张华，一留自佩。后二剑化龙而去。事见《晋书·张华传》。

⑫异布：指火浣布。

⑬蹙蹙：局促不安貌。《诗经·小雅·节南山》："我瞻四方，蹙蹙靡所骋。"郑玄笺："蹙蹙，缩小之貌。我视四方土地日见侵削于夷狄，蹙蹙然虽欲驰骋无所之也。"

⑭劳劳：送别。李白《劳劳亭》："天下伤心处，劳劳送客亭。"三国时东吴在金陵筑劳劳亭，为送别之所。

【评析】

元和十二年（817）五月，病愈的元稹准备离开兴元回通州，客居兴元的刘猛作诗送别，本诗即为酬答之作。此前，元稹有《和刘猛古题乐府十首》，两人于社会人生诸方面意见相侔，彼此认同，故本诗也直抒胸臆。本诗前八句写物各有性，"物性难自逃"为中间十八句写自己作铺垫，诗人认为自己"任气有愎戆""愚狂偶似直"，因此开罪于人，导致遭受贬谪——"十载山川遥"。吴伟斌《新编元稹集》解析说："元和四五年间元稹对杜兼与房式等人的弹劾举奏的'愚狂'，得罪了宰相杜佑，换来了十年贬谪的生涯。也就是说包括元稹元和元年在左拾遗任上多次陈述己见、批评朝政而被出贬为河南尉，后因母丧而守制在家，随后在监察御史任上因惩办横行权贵、跋扈宦官、违制藩镇而先被远贬江陵，继被远贬通州，至元和十二年，已经十多年了，'十载'只是举其概数。元和七年杜佑病故，但政敌对元稹的迫害并没有停止，元和十年出贬元稹为通州司马就是其中最有力的说明。"虽然如此，可诗人却以"神剑""异布"为喻，表示自己"虽无二物姿，庶欲效一毫"而不改初心、不改本性。最后八句感谢刘猛赠诗送别。吴伟斌《新编元稹集》评论道："诗人在本诗中向送别的朋友刘猛等人抒发了诗人对当时社会的不满，坦露了他自己内心的痛苦，抨击了权贵们对自己的迫害，揭露了他们的阴险用心，表明了他自己保持斗争本色、不同世俗同流的决心，值得重视。"谢永芳《元稹诗全集》也说："诗作感谢友人相送。其中，自'未能'句以上的绝大篇幅，是陈述诗人的政治态度和处世精神。这些表述，无异于说为人处世'宁为玉碎，不为瓦全'。用这样的态度行走于官场，其遭遇如何，可想而知。"

酬独孤二十六送归通州 ①

再拜捧兄赠，拜兄珍重言。
我有平生志，临别将具论②。
十岁慕倜傥③，爱白不爱昏④。
宁爱寒切烈，不爱旸温暾⑤。
二十走猎骑，三十游海门⑥。
憎兔跳趯趯⑦，恶鹏黑翻翻。
鳌钓气方壮⑧，鹘拳心颇尊⑨。
下观髯髶辈⑩，一扫冀不存⑪。
名冠壮士籍，功酬明主恩。
不然合身弃⑫，何况身上痕。
金石有销铄⑬，肺腑无寒温⑭。
分画久已定⑮，波涛何足烦。
尝希苏门啸⑯，讵厌巴树猿⑰！
瘴水徒浩浩，浮云亦轩轩⑱。
长歌莫长叹，饮斛莫饮樽。

277

生为醉乡客，死作达士魂⑲。

【注释】

①此诗元和十二年（817）作于兴元。一说作于元和十一年（816）。独孤二十六：独孤朗，字用晦，独孤及之子。元和中，擢右拾遗，因劝宪宗从淮西罢兵，十一年九月被贬为兴元府户曹参军（一作仓曹参军）。

②具论：详细讨论。

③倜傥：卓异不群。

④昏：昏聩，糊涂。

⑤温暾：亦作"温炖"，微暖，不冷不热。

⑥海门：长江入海处。韦应物《赋得暮雨送李胄》："海门深不见，浦树远含滋。"

⑦趯趯（tì）：跳跃貌。

⑧鳌钓：神话传说谓天帝使十五只巨鳌轮番顶戴五座仙山，而伯龙之国巨人则一钓而连六鳌。见《列子·汤问》。后因以"鳌钓"比喻豪迈的举止或远大的抱负。

⑨鹘拳：指善于搏击的苍鹰。

⑩狰狞（zhēngníng）：狰狞，凶恶可憎貌。

⑪冀：期望。

⑫不然：否则。合身：全身，从上到下，从里到外。

⑬销烁：此形容毁谤之言害人之烈，可以铄金销骨。

⑭肺腑：同"肺腑"，比喻内心。

⑮分画：犹计划，部署调配。

⑯希：仰慕。苏门啸：《晋书·阮籍传》："籍尝于苏门山遇孙登，与商略终古及栖神道气之术，登皆不应。籍因长啸而退，至半岭，闻有声若鸾凤之音，响乎岩谷，乃登之啸也。"

⑰讵：岂。厌：嫌弃，憎恶。巴树猿：即巴猿，喻蜀地险恶的环境与艰辛。

⑱轩轩：飞动貌。

⑲达士：指见识高超、不同流俗之人。《吕氏春秋·知分》："达士者，达乎生死之分。"

【评析】

元和十二年（817）五月，病愈的元稹准备离开兴元回通州，被贬兴元的独孤朗作诗送别，本诗即为酬答之作。诗歌除首四句感谢独孤朗的美意之外，其余全部都是直抒胸臆，"具论"从十岁到二十岁、到三十岁，再到贬通州的经历，坦露了自己的好恶取舍和无所畏惧精神，是一篇了解元稹内心世界的重要诗章。《元稹与通州》认为："这首诗袒露了对朝廷的愤懑，抒发了诗人内心的痛苦，抨击了权贵们对元稹的迫害，揭露了宦官、'小人'们的险恶用心，表明了元稹要保持斗争本色，不与世俗同流的决心。"谢永芳《元稹诗全集》说："诗作写与独孤朗临别之际'具论''平生志'。'长歌莫长叹'末四句，稍有可说者。从元稹的诗句来看，敢于饮酒，并能多饮酒，就能做一个达士。可见，在他的眼中，达士的一个最重要的条件就是能饮酒，否则就算不上达士。元稹本人不善饮酒，本不是一个达士，但他为陪客人饮酒，有舍命陪君子之慨，并以做一个'醉乡客'和'达士魂'为荣，由此可见唐人心态，醉中旷放是他们共同追求的目标。"

得乐天书 ①

远信入门先有泪，妻惊女哭问何如？

寻常不省曾如此，应是江州司马书。

【注释】

① 此诗元和十二年（817）作于通州。

【评析】

诗人病愈从兴元回通州，收到音讯久无的白居易的诗篇，悲喜之情从中而来，脱口而出，写下这首脍炙人口的小诗。吴伟斌《新编元稹集》说："元稹白居易诗歌酬唱频繁，为何这一次白居易的来书能够使元稹如此激动？这是长久分离多年不得朋友资讯之后思念之情的自然流露。本诗应该作于元稹一家元和十二年五月回到通州之后不久，当时诗人已经有三个年头快两年时间没有接到白居易的任何资讯，这首诗歌是诗人与白居易中断联系之后第一次接到友人白居易作于元和十二年四月十日的《与微之书》，得知白居易对自己的思念以及白居易三年来的境况，故激动如此。"《唐诗鉴赏辞典》该词条评析说："小诗向来以直接抒情见长，几句话很难写出什么情节、场面。元稹这首小诗，最大的特点就在于写出了场面、情节，却不直接抒情。他在四行诗里，画出了'妻惊女哭'的场景，描绘了'问何如'的人物对话，刻画出了'寻常不省曾如此'的心理活动，而诗人万端感慨，却只凝铸在'先有泪'三字中，此外不再多说。全诗以素描塑造形象，从形象中见深情，句句是常语，却句句是奇语。清刘熙载《艺概》说：'常语易，奇语难，此诗之初关也；奇语易，常语难，此诗之重关也。香山用常得奇，此境良非易到。'其实，用常得奇者，岂止白香山为然，香山的好友元微之，早就越过这道'重关'了。"孙安邦、蓓蕾《元稹集》说："这首诗看似平常，实则奇绝！起句就突兀奇绝，诗人的万般感慨，全部凝结在'先有泪'三字之中，一下子就扣紧了读者的心弦。接着画出了'妻惊女哭'的场面，有'问何如'的人物对话，有'寻常不省曾如此'猜测的心理活动，结以似猜测而又肯定的收束。一首抒情小诗，并未直接抒情，上述场面、情节、人物对话与心理活动，以素描塑造形象，从对话见出深情。"谢永芳《元稹诗全集》认为："短短四句，虽然全部都是对行为动作、场景情节的描写刻画，却把诗人与白居易的友谊之深表现得极为充分。诗作先写见到白居易的信，未读内容就先流泪，有一些杜诗'喜心翻倒极'（《喜达行在所》其二）的意思。'先有泪'三字含蕴极广极深，难以用语言穷其究竟，只是在最亲挚者之间而又有某种境遇为背景时，才会有这样的感情震荡。这首诗只开头一句写自己，其余三句都是写妻女的反应。对于诗人的流泪，妻子先是惊讶，继而寻思揣测，终于断定唯有白居易的信才会使他如此激动。以妻女的反应来表明白居易是诗人最亲密的朋友，曲折生动，更富于生活情味。诗人在极短的篇幅内，只凭生活中的一个片段，便表现出了十分丰富的感情，很见写实功夫。"

通州 [①]

平生欲得山中住，天与通州绕郡山 [②]。
睡到日西无一事，月储三万买教闲 [③]。

【注释】

① 此诗作于元和十二年（817）自兴元返通州初。

② 与：给予。

③ 月储三万：陈寅恪《元微之〈遣悲怀〉诗之原题及其次序》言：

"此自是指司马之月俸而言，然据《唐会要》《册府元龟》《新唐书·食货志》诸书，上州司马之俸似应在五万左右，今言三万，为数过少，或'三'为'五'之误欤？"储：蓄积，储存，犹言支度之外，尚余三万。

【评析】

　　州司马本来就是一个闲职，白居易曾说："州民康非司马功，郡政坏非司马罪，无言无责无事忧。"（《江州司马厅记》）"偷得浮生半日闲"对整年整日忙得不亦乐乎的人来说固然是一件美事，而"睡到日西无一事"对本来就无所事事的人来说就有点"闲愁最苦"了。本诗表面看似抒发这种高卧云山的闲逸自在，而骨子眼里却流露出无用武之地的无奈，表达了对朝廷不重用人才的讽刺。吴伟斌《新编元稹集》说："细细体味本诗诗意，我们以为应该是元稹刚刚从兴元回到通州所作，大病之后，身体已经初步得到恢复。元稹虽然受到贬斥，但他仍然满怀信心报国报君报民，还想做一些事情。他的这种被贬而仍然不忘报国报君报民的心态，出贬同州、出贬浙东时也是如此，可以作为我们编年本诗的旁证。……元稹诗中所抒发的，正是这种被无故闲置的牢骚和不满。"谢永芳《元稹诗全集》评析此诗说："诗写无所事事的烦闷，正话反说。表面看来，作者仿佛是在接踵而至的政治打击和忧患折磨下，流露出了一定的超越倾向。但实际上，这种'旷达'远未达到真正的超越者所具有的那种静默虚淡、无所挂碍的境界，因为其背后隐寓着一腔有激而成的愤懑，用世之心并未因贬谪而锐减。"

酬乐天得稹所寄纻丝布
白轻庸制成衣服以诗报之 [①]

溢城万里隔巴庸 [②]，纻薄绨轻共一封 [③]。
腰带定知今瘦小，衣衫难作远裁缝。
唯愁书到炎凉变，忽见诗来意绪浓。
春草绿茸云色白，想君骑马好仪容。

【注释】

① 此诗元和十二年（817）作于通州，一说作于元和十一年（816）。纻丝布白轻庸：即白居易原唱中的"绿丝布""白轻容"，为颜色不同的两种薄纱之名。

② 溢城：即溢口，汉初灌婴所筑。东晋、南朝时，曾为江州治所。隋置寻阳县于此，后改名溢城，唐初又改为浔阳，即今江西九江。巴庸：巴和庸均为古国名，相当于今天的重庆东部、湖北西南和湖北西北竹山一带。此指通州。

③ 纻：纻麻布。绨（tí）：厚实平滑而有光泽的丝织物。薄、轻：有表示礼物轻微之意。一封：一包、一件。

【评析】

元和十年（815）在大病"百日馀"之后，元稹于九月北上兴元治病，其间与裴淑结婚，并于元和十一年（816）初将女儿保子与儿子元荆从长安接到兴元，一家人得以团聚。元和十二年（817）五月回到通州，收到白居易的诗章，便将儿女们从长安带来的衣料特地寄赠白居易，白即以《元九以绿丝布白轻裕见寄制成衣服以诗报知》，诗云："绿丝文布素轻裕，珍重京华手自封。贫友远劳君寄附，病妻亲为我裁缝。裤花白似秋云薄，衫色青于春草浓。欲著却休知不称，折腰无复旧形容。"而本诗即为酬唱。

元稹之前为挚友白居易寄去衣料，料想挚友因为贬谪的生活，一定会腰身瘦小、腰带宽松，因此无法根据旧日的印象做好衣服，只能寄送衣料。诗人本来还担心由于路途遥远而导致衣料寄到之时，天气已经变凉而无法用上自己寄的衣料。现在收到来信得知衣料已经做成了衣服，想象着挚友穿着春草嫩芽般绿色的裤子和白云般雪白的衣衫的美好仪容。一份代表着诗人关切之心的衣料，让诗人对挚友的关心之情跃然纸上。

酬乐天舟泊夜读微之诗 [①]

知君暗泊西江岸 [②]，读我闲诗欲到明 [③]。
今夜通州还不睡，满山风雨杜鹃声。

【注释】

① 此诗元和十三年（818）作于通州，一说作于元和十年（815）。

② 西江：唐人多称长江中下游为西江。

③ 闲诗：诗人对自己诗作的自谦之词。

【评析】

白居易当时出贬江州司马，行至长江，泊舟夜读元稹诗后，写下《舟中读元九诗》："把君诗卷灯前读，诗尽灯残天未明。眼痛灭灯犹暗坐，逆风吹浪打船声。"是年春天乐天诸友还在沣西送别微之贬赴通州司马，没想到九月自己便被贬江州司马，临近江州，夜读微之旧作，不禁感慨万千！一"尽"一"残"加一"未"，其中逗露出多少思念之情与两人命运多舛的感慨！而"犹暗坐"更留下绵绵不尽的遐想！元稹的追和诗也表现出同样的韵致与内涵：前两句回应白诗，开头"知君"已不生分，是体己之言；"闲诗"是客套之方，也是知己之语。后两句表现了一种相思两地同的情致：君读我诗一夜未曾入眠，我思君情也"还不睡"！末句宕开，转入写景，以景语作情语，呈现一个风声、雨声、杜鹃声萧萧飒飒动荡不已的内心境界。谢永芳《元稹诗全集》评此诗："末句以风雨啼鹃写不眠外景，而思家念友之情，一齐托出，用笔不粘不脱，令人味之愈永。"

酬乐天寄蕲州簟①

蕲簟未经春，君先拭翠筠。
知为热时物，预与瘴中人②。
碾玉连心润③，编牙小片珍。
霜凝青汗简④，冰透碧游鳞。
水魄轻涵黛⑤，琉璃薄带尘。
梦成伤冷滑，惊卧老龙身。

【注释】

①此诗元和十三年（818）作于通州，一说作于元和十二年（817）。蕲州：《元和郡县图志》："《禹贡》扬州之域。春秋、战国并属九江郡。在汉为蕲春县地，属江夏郡……高齐于此立齐昌郡，后陷于陈，改为江州。周平淮南，改为蕲州。"《旧唐书·地理志》："蕲州，中。隋蕲春郡。武德四年，平朱粲，改为蕲州，领蕲春、蕲水、罗田、黄梅、浠水

五县。其年，省蕲水入蕲春，又分蕲春立永宁。省罗田入浠水，又改浠水为兰溪，又于黄梅县置南晋州。八年，州废，以黄梅来属。天宝元年，改为蕲春郡。乾元元年，复为蕲州。旧领县四。"治所在今湖北蕲春。蕲州簟：湖北蕲春所产之竹簟，颜色润泽，闻名遐迩，韩愈《郑群赠簟》中云"蕲州竹簟天下知"。

②预与：提前赠予。

③碾玉：经过打磨雕琢后的玉器，此形容竹簟如玉器般滑润清凉。

④汗简：以火炙竹简，供书写所用。

⑤水魄：水面。无可《中秋夜君山脚下看月》："水魄连空合，霜辉压树干。"皮日休《太湖诗·孤园寺》："钟梵在水魄，楼台入云肆。"一说，魄通"珀"，为"琥珀""碧玉"类，亦通。

【评析】

元和十一年（816），白居易寄赠元稹蕲州簟并诗《寄蕲州簟与元九因题六韵》，并注明："时元九鳏居。"当时白居易并不知道元稹已到兴元治病，更不知已迎娶裴淑为妻之事。病愈回通州后，元稹才追和本诗。首四句先是感谢老友，尚在春天便为自己预先寄来夏天才用的竹簟。中六句用六种不同的美物从不同的方面来赞美蕲簟之华美精致。末二句用夸张的语言表现蕲簟"伤冷滑""惊老龙"的清凉效果。全诗通过对蕲州簟的具体描绘，不仅写出了蕲州簟的防暑效果，也表现了自己对友人所赠之物的喜爱，诗句形象而生动。白居易原唱也可对比一读："笛竹出蕲春，霜刀劈翠筠。织成双锁簟，寄与独眠人。卷作筒中信，舒为席上珍。滑如铺莲叶，冷似卧龙鳞。清润宜乘露，鲜华不受尘。通州炎瘴地，此物最关身。"

连昌宫词①

连昌宫中满宫竹，岁久无人森似束。
又有墙头千叶桃②，风动落花红蔌蔌。
宫边老翁为予泣，小年进食曾因入③。
上皇正在望仙楼④，太真同凭阑干立⑤。
楼上楼前尽珠翠，炫转荧煌照天地。
归来如梦复如痴，何暇备言宫里事。
初过寒食一百六⑥，店舍无烟宫树绿。
夜半月高弦索鸣，贺老琵琶定场屋⑦。
力士传呼觅念奴⑧，念奴潜伴诸郎宿。
须臾觅得又连催，特敕街中许然烛⑨。
春娇满眼睡红绡，掠削云鬟旋装束⑩。
飞上九天歌一声，二十五郎吹管逐⑪。
逡巡大遍凉州彻⑫，色色龟兹轰录续⑬。
李谟擫笛傍宫墙⑭，偷得新翻数般曲。
平明大驾发行宫，万人鼓舞途路中。
百官队仗避岐薛⑮，杨氏诸姨车斗风⑯。
明年十月东都破，御路犹存禄山过⑰。
驱令供顿不敢藏⑱，万姓无声泪潜堕。
两京定后六七年，却寻家舍行宫前。
庄园烧尽有枯井，行宫门闭树宛然。
尔后相传六皇帝⑲，不到离宫门久闭。
往来年少说长安，玄武楼成花萼废⑳。

287

去年敕使因斫竹，偶值门开暂相逐。
荆榛栉比塞池塘，狐兔骄痴缘树木。
舞榭欹倾基尚在，文窗窈窕纱犹绿㉑。
尘埋粉壁旧花钿，乌啄风筝碎珠玉㉒。
上皇偏爱临砌花，依然御榻临阶斜。
蛇出燕巢盘斗拱㉓，菌生香案正当衙。
寝殿相连端正楼㉔，太真梳洗楼上头。
晨光未出帘影黑，至今反挂珊瑚钩。
指似傍人因恸哭㉕，却出宫门泪相续。
自从此后还闭门，夜夜狐狸上门屋。
我闻此语心骨悲，太平谁致乱者谁。
翁言野父何分别，耳闻眼见为君说。
姚崇宋璟作相公㉖，劝谏上皇言语切。
燮理阴阳禾黍丰㉗，调和中外无兵戎。
长官清平太守好，拣选皆言由至公㉘。
开元之末姚宋死，朝廷渐渐由妃子。
禄山宫里养作儿㉙，虢国门前闹如市。
弄权宰相不记名，依稀忆得杨与李㉚。
庙谟颠倒四海摇㉛，五十年来作疮痏㉜。
今皇神圣丞相明，诏书才下吴蜀平㉝。
官军又取淮西贼㉞，此贼亦除天下宁。
年年耕种宫前道，今年不遣子孙耕。
老翁此意深望幸，努力庙谟休用兵！

【注释】

①此诗元和十三年（818）作于通州。连昌宫：唐代行宫名，故址在

288

今河南宜阳，高宗显庆三年（658）建。

②千叶桃：即碧桃。

③小年：少年。

④上皇：指唐玄宗。《资治通鉴》："肃宗即位于灵武城南楼，群臣舞蹈，上流涕歔欷。尊玄宗为上皇天帝，赦天下，改元。"望仙楼：在华清宫。

⑤太真：杨贵妃原名杨玉环，度为坤道时住内太真宫，法号太真。

⑥一百六：寒食日的别称。宗懔《荆楚岁时记》："（寒食）据历合在清明前二日，亦有去冬至一百六日者。"

⑦贺老：贺怀智，唐玄宗时以善于弹奏琵琶著名。

⑧力士：高力士（684—762），潘州（今广东茂名）人，本姓冯，入宫后为内官高延福收为养子，改姓高。玄宗在藩邸，力士倾力奉之，开元末晋封渤海郡公。玄宗幸蜀，力士随至成都，封齐国公。二京收复，加封开府仪同三司。后为李辅国所诬，贬黔中道巫州。宝应元年（762）遇赦，卒于归途。陪葬泰陵。两《唐书》有传。念奴：《开元天宝遗事》："念奴者，有姿色，善歌唱，未尝一日离帝左右。每执板当席顾眄，帝谓妃子曰：'此女妖丽，眼色媚人。'每啭声歌喉，则声出于朝霞之上，虽钟鼓笙竽嘈杂而莫能遏。"

⑨特敕：寒食禁火，所以街中燃烛须特批。

⑩掠削：梳理整齐貌。削：一作"销"。旋：一作"施"。

⑪二十五郎：指嗣邠王李承宁，善吹笛。

⑫逶巡：舒缓貌。大遍：唐宋大曲用语。每套大曲由十多遍或更多的遍组成，各有专名。凡各遍都演唱无缺者，称大遍。沈括《梦溪笔谈》卷五："所谓大遍者，有序、引、歌、㽇、嗺、哨、催、攧、衮、破、行、中腔、踏歌之类，凡数十解，每解有数叠者。"王国维《唐宋大曲考》："大曲各叠，名之曰遍。遍者，变也。古乐一成为变。"凉州：《唐音癸

签》卷十三《唐曲》载："凉州，宫调大曲，有大遍、小遍。西凉府都督郭知运撰进。"

⑬色色龟兹：指各种各样的龟兹乐曲。龟兹：汉代西域国名，故址在今新疆库车一带。

⑭"李谟"二句：原注："念奴，天宝中名倡，善歌。每岁楼下酺宴，累日之后，万众喧隘。严安之、韦黄裳辈辟易不能禁，众乐为之罢奏。玄宗遣高力士大呼于楼上曰：'欲遣念奴唱歌，邠二十五郎吹小管逐，看人能听否？'未尝不悄然奉诏。其为当时所重也如此。然而玄宗不欲夺侠游之盛，未尝置在宫禁。或岁幸汤泉，时巡东洛，有司潜遣从行而已。又玄宗尝于上阳宫夜后按新翻一曲，属明夕正月十五日，潜游灯下，忽闻酒楼上有笛奏前夕新曲，大骇之。明日，密遣捕捉笛者，诘验之。自云：'其夕窃于天津桥玩月，闻宫中度曲，遂于桥柱上插谱记之。臣即长安少年善笛者李谟也。'玄宗异而遣之。"李谟：长安少年善笛者。

⑮岐薛：指玄宗弟岐王李范、薛王李业。

⑯杨氏诸姨：指杨贵妃三姊，封韩、虢、秦三国夫人。斗风：形容车速飞快。

⑰禄山：安禄山，天宝十四载（755）冬在范阳举兵叛变，南下攻入洛阳，次年称帝，国号燕，改元圣武。

⑱供顿：供给行旅宴饮所需之物。崔光《谏灵太后幸嵩高表》："供顿候迎，公私扰费。"

⑲六皇帝：《全唐诗》注："肃、代、德、顺、宪、穆。"根据下文"今皇"当指宪宗李纯。玄宗之后至"今皇"宪宗，只有肃宗、代宗、德宗、顺宗及宪宗五位皇帝。

⑳玄武楼：在大明宫北，德宗时建，神策军宿卫之处。花萼：花萼楼，在兴庆宫西南隅，玄宗时建。

㉑文窗：雕有花纹的窗格。窈窕：幽深貌。

㉒ 风筝：亦称铁马，是悬挂于殿阁檐下的金属片，风起而作声。宫中风筝，有以玉片制成者。

㉓ 斗拱：是中国建筑特有的一种结构。在立柱顶、额枋和檐檩间或构架间，从枋上加的一层层探出成弓形的承重结构叫拱，拱与拱之间垫的方形木块叫斗，合称斗拱。

㉔ 寝殿：皇帝的寝宫。端正楼：在华清宫。诗中移于连昌宫。

㉕ 指似：指与人看。似，与，给；一作"示"。

㉖ 姚崇：武则天、唐玄宗时期的著名宰相，在任期间多有建树，历史评价甚高。宋璟：继姚崇之后的另一名相，颇多功绩。相公：宰相。

㉗ 燮理阴阳：古代宰相无专门执掌，其责任是辅佐皇帝修明政治。《书·周官》："立太师、太傅、太保，兹惟三公，论道经邦，燮理阴阳。"燮理，协和治理。

㉘ 拣选：挑选。

㉙ "禄山"句：杨贵妃收安禄山为义子，出入宫廷，无所禁忌。

㉚ 杨与李：杨国忠与李林甫。

㉛ 庙谟：朝廷谋划国家大事。

㉜ 疮痏（wěi）：指安史之乱所遗留的混乱局面。

㉝ 吴蜀：吴指江南东道节度使李锜；蜀指西川节度使刘辟。元和二年（807），镇海军节度使李锜反，为其部属所擒，押至长安被处死。元和元年（806），西川节度使刘辟反，神策军使高崇文奉诏讨伐刘辟，擒获刘辟并解送至长安，蜀乱平。

㉞ 淮西贼：指淮西节度使吴元济。元和九年（814）淮西节度使吴少阳死，其子吴元济为帅，叛乱。元和十二年（817）十一月被唐军平定。

【评析】

此诗与白居易《长恨歌》并称，皆为唐代著名长篇叙事诗，受到前代诗评家颇多赞誉。如《四友斋丛说》言："初唐人歌行，盖相沿梁陈之体，仿佛徐孝穆、江总持诸作，虽极其绮丽，然不过将浮艳之词模仿凑合耳。至如白太傅《长恨歌》《琵琶行》、元相《连昌宫词》，皆是直陈时事，而铺写详密，宛如画出，使今世人读之，犹可想见当时之事，余以为当为古今长歌第一。"

有诗评家将元稹此诗与白居易《长恨歌》进行比较，如洪迈《容斋随笔》卷一五："元微之、白乐天在唐元和、长庆间齐名，其赋咏天宝时事，《连昌宫词》《长恨歌》皆脍炙人口，使读之者情性荡摇，如身生其时，亲见其事，殆未易以优劣论也。然《长恨歌》不过述明皇追怆贵妃始末，无它激扬，不若《连昌词》有监戒规讽之意。"复如《艺苑卮言》说："《连昌宫辞》似胜《长恨》，非谓议论也，《连昌》有风骨耳。"张邦基《墨庄漫录》卷五认为《连昌宫词》胜过《长恨歌》之处在于"微而显""卒章乃不忘箴讽"："白乐天作《长恨歌》，元微之作《连昌宫词》，皆纪明皇时事也。予以为微之之作过白乐天之歌。白止于荒淫之语，终篇无所规正。元之词，乃微而显，其荒纵之意皆可考，卒章乃不忘箴讽，为优也。"

此诗的结构章法也为诗评家所称道，如毛先舒《诗辩坻》卷三说："《连昌宫词》虽中唐之调，然铺次亦见手笔。起数语自古法。'杨氏诸姨车斗风'陡接'明年十月东都破'，数语过禄山，直截见才。俗手必将姚宋杨李置此，逦迤叙出兴废，便自平直。'尔后相传六皇帝'一句，略而有力，先为结语一段伏脉。于此复出'端正楼'数语，掩映前文，笔墨飞动。后追叙诸相柄用，曲终雅奏，兼复溯洄有致。姚宋详，杨李略。通篇开阖有法。长庆长篇若此，固未易才。"黄周星《唐诗快》卷七评此诗："'连昌宫中满宫竹'，一篇绝大文字，却如此起法，真奇。'初过寒食一百六'，接法又奇。'上皇正在望仙楼，太真同凭阑干立'，宛然如见。'明年十月东都破'，忽接此语，大是扫兴，然有前半之燥脾，定有后半之扫兴。天下岂有燥脾到底者乎？与中间'我闻'二句，结语一句，是自作，其余皆借老人野父口中出之，而其中章法、承转，无不妙绝。至于盛衰理乱之感，又不足言。"袁枚《诗学全书》论道："首段叙目前，引起二段'宫边'二十八句述连昌宫之盛。念奴，名娼，善歌。三段'明年'二十句，叙连昌宫之衰。四段'上皇'十二句，因连昌宫及西都宫之兴废。末二十六句，借与老翁问答之言，反覆以明治乱之故也。此七言换韵句数多寡不一长古风。"

陈寅恪《元白诗笺证稿》认为元稹此诗在艺术构思和创作方法上："实深受白乐天、陈鸿《长恨歌》及《传》之影响，合并融化唐代小说之史才诗笔议论为一体而成。其篇首一句及篇末结语二句，乃是开宗明义及综括全诗之议论，又与白香山《新乐府序》所谓'首句标其目，卒章显其志'者有密切关系……总而言之，《连昌宫词》者，微之取乐天《长恨歌》之题材，依香山新乐府之体制，改进创造而成之新作品也。"马茂元、赵昌平《唐诗三百首新编》对《元白诗笺证稿》中的观点表示认同，并且认为有可以补充的地方："《连昌宫词》之接近于《新乐府》处，还在于其句格有别于被视作千字律诗的《长恨歌》之旖丽流转，而表现出乐府诗的凝重朴茂。"

从思想内容上来看，杨军《元稹集编年笺注·诗歌卷》认为："诗中所写，多采取博闻，构成情节，未必尽合史实。作为元稹乐府诗之鸿篇巨制，此诗通过宫边老人今昔盛衰之感，揭露安史之乱前朝政之腐败，追溯致乱之由，表达作者对圣君贤相清明政治之向往，颇具感染力量。前人将其与白居易《长恨歌》相提并论，自有其道理。"谢永芳《元稹诗全集》评析："全篇通过'宫边老人'这位亲历者的见闻，把离宫的兴废与唐王朝的盛衰自然联系起来，尽收'安史之乱'前后半个多世纪的沧桑巨变于笔下，揭露并批判乱前朝政的腐败，追溯招致祸乱的因由。卒章'年年耕种宫前道，今年不遣子孙耕。老翁此意深望幸，努力庙谋休用兵'显志，借老人之口提出政治清明、国泰民安的愿望。诗人通过艺术真实所反映的社会生活，具有高度的概括性。以平、仄韵交互使用，且仄声韵脚多于平声，全诗情绪因而显得压抑低回。以诗人与人问答来表现主题，较之《代曲江老人百韵》，更能以形象鲜明取胜。语言丰富生动，叙事层次分明而波澜起伏，引人入胜。"

与李十一夜饮 [①]

寒夜灯前赖酒壶，与君相对兴犹孤。
忠州刺史应闲卧 [②]，江水猿声睡得无？

【注释】

[①] 此诗元和十三年（818）作于通州。李十一：诗人的朋友李景信，元稹元和十年（815）三月三十日从长安赴任通州司马之时，李景信曾参与了白居易等人在"鄠东蒲池村"为元稹送别的活动。

[②] 忠州刺史：即当时身为忠州刺史的李六景俭，为李景信之兄，元和十三年（818）在忠州刺史任。忠州：《旧唐书·地理志》："忠州，隋巴东郡之临江县。义宁二年，置临州，又分置丰都县。武德二年，分浦州之武宁置南宾县，又分临江置清水县，并属临州。八年，又以浦州之武宁来属。其年，又隶湘州。九年，以废濒州之垫江来属。贞观八年，改临州为忠州。天宝元年，改为南宾郡。乾元元年，复为忠州。"

【评析】

元和十三年（818）李景俭任忠州刺史，随兄来忠州的李景信受兄景俭之托于四月间前来通州看望老友，数年不见，异地相逢，喜不自胜，元稹作《喜李十一景信到》一绝："何事相逢翻有泪，念君缘我到通州。留君剩住君须住，我不自由君自由。"既留下来，便少不了对酌醋饮，本诗描写的就是这种场景。诗起句写两人对酌，"寒夜"点时，"灯前"应题，"赖酒壶"写饮酒的状态，赖着酒壶须臾不离，大有一醉方休之势。次句"与君相对"承前，"兴犹孤"启后，两人对饮固然开心，可"犹"字流露出总觉得缺点什么的意味，"孤兴"是指"迹穷而无偶"，分明是两人，怎么说"无偶"呢？原来是少了李景俭一人！李景俭贞元年间曾是元稹岳丈韦夏卿的幕僚，元和五至七年间，李景俭曾在江陵与元稹相会，两人成为无话不谈、推心置腹的莫逆之交。所以后两句推想李景俭在忠州不得参与饮酒而"闲卧"的情景，并调侃地说："你睡得着吗？""江水猿声"是虚写，思念之情才是原因。全诗语言浅近，层次分明，抒情达意，委婉曲折，生动形象地表现了三人之间的深情厚意。谢永芳《元稹诗全集》说："元和九年前，李景信曾参与平定淮西之役。次年，元稹赴通州，景信为之饯行。诗写与友人寒夜对饮，却意兴阑珊，原因在于一会便别，会更令人不堪。'闲卧'云云，似酒间与李景俭相关之戏语。否则，前后各两句之间的关联性，实在是令人费解。"

酬乐天东南行诗一百韵并序 [①]

元和十年三月二十五日，予司马通州。二十九日与乐天于鄂东蒲池村别，各赋一绝②。到通州后，予又寄一篇③，寻而乐天贶予八首。予时疟病将死④，一见外不复记忆。十三年，予以赦当迁⑤，简省书籍，得是八篇。吟叹方极，适崔果州使至⑥，为予致乐天去年十二月二日书，书中寄予百韵至两韵凡二十四章。属李景信校书自忠州访予⑦，连床递饮之间，悲咤使酒，不三两日，尽和去年已来三十二章皆毕⑧，李生视草而去⑨。四月十三日，予手写为上下卷，仍依次重用本韵，亦不知何时得见乐天，因人或寄去。通之人莫可与言诗者，唯妻淑在旁知状⑩。其本卷寻时于峡州面付乐天，别本都在唱和卷中，此卷唯五言大律诗二首而已。

我病方吟越⑪，君行已过湖。
去应缘直道，哭不为穷途⑫。
亚竹寒惊牖，空堂夜向隅。
暗魂思背烛，危梦怯乘桴⑬。
坐痛筋骸懵⑭，旁嗟物候殊。
雨蒸虫沸渭，浪涌怪睢盱⑮。
索绠飘蚊蚋，蓬麻氅舳舻⑯。
短檐苫稻草，微俸封渔租。
泥浦喧捞蛤，荒郊险斗貙⑰。
鲸吞近溟涨⑱，猿闹接黔巫⑲。
芒屩泅牛妇⑳，丫头荡桨夫。
酢醅荷裹卖㉑，醨酒水淋沽。
舞态翻鹳鹆㉒，歌词咽鹧鸪。
夷音啼似笑，蛮语谜相呼。
江郭船添店，山城木竖郛㉓。
吠声沙市犬，争食墓林乌。

犷俗诚堪惮，妖神甚可虞。
欲令仁渐及，已被疟潜图。
膳减思调鼎㉔，行稀恐蠹枢。
杂莼多剖鳝，和黍半蒸菰。
绿粽新菱实，金丸小木奴㉕。
芋羹真暂淡，鰡炙漫涂苏㉖。
鱽鳖那胜羿㉗，烹鲦只似鲈㉘。
楚风轻似蜀，巴地湿如吴。
气浊星难见，州斜日易晡㉙。
通宵但云雾，未酉即桑榆㉚。
瘴窟蛇休蛰，炎溪暑不徂。
伥魂阴叫啸㉛，鹏貌昼踟蹰㉜。
乡里家藏蛊，官曹世乏儒。
敛缗偷印信㉝，传箭作符缪㉞。
椎髻抛巾帼㉟，镩刀代辘轳㊱。
当心鞲铜鼓㊲，背弝射桑弧㊳。
岂复民甿料，须将鸟兽驱。
是非浑并漆㊴，词讼敢研朱㊵。
陋室鸮窥伺，衰形蟒觊觎㊶。
鬓毛霜点合㊷，襟泪血痕濡。
倍忆京华伴㊸，偏忘我尔躯。
谪居今共远，荣路昔同趋㊹。
科试铨衡局㊺，衙参典校厨㊻。
月中分桂树㊼，天上识昌蒲㊽。
应召逢鸿泽，陪游值赐酺。
心唯撞卫磬㊾，耳不乱齐竽。

海岱词锋截[50]，皇王笔阵驱。
疾奔凌騕袅，高唱轧吴歈[51]。
点检张仪舌[52]，提携傅说图[53]。
摆囊看利颖[54]，开颔出明珠[55]。
并取千人特，皆非十上徒[56]。
白麻云色腻[57]，墨诏电光粗[58]。
众口贪归美，何颜敢妒姝。
秦台纳红旭[59]，酆匣洗黄垆[60]。
谏猎宁规避[61]，弹豪讵嗫嚅[62]。
肺肝憎巧曲，蹊径绝萦迂。
誓遣朝纲振[63]，忠饶翰苑输。
骥调方汗血[64]，蝇点忽成卢[65]。
遂谪栖遑掾，还飞送别盂[66]。
痛嗟亲爱隔，颠望友朋扶。
狸病翻随鼠，骢羸返作驹。
物情良徇俗，时论太诬吾！
瓶罄罍偏耻[67]，松摧柏自枯。
虎虽遭陷阱[68]，龙不怕泥涂。
重喜登贤苑[69]，方欣佐伍符。
判身入矛戟[70]，轻敌比锱铢。
驲骑来千里[71]，天书下九衢。
因教罢飞檄[72]，便许到皇都。
舟败罂浮汉[73]，骖疲杖过邗[74]。
邮亭一萧索，烽堠各崎岖。
馈饷人推辂，谁何吏执殳[75]。
拔家逃力役[76]，连锁责逋诛[77]。

防戍兄兼弟，收田妇与姑。
縑缃工女竭 ⑦⑧，青紫使臣纡 ⑦⑨。
望国参云树，归家满地芜。
破窗尘垺垺 ⑧⑩，幽院鸟呜呜。
祖竹蕖新笋 ⑧①，孙枝压旧梧。
晚花狂蛱蝶，残蒂宿茱萸。
始悟摧林秀 ⑧②，因衔避缴芦 ⑧③。
文房长遣闭，经肆未曾铺。
鸂鶒方求侣 ⑧④，鸥鸢已吓雏。
征还何郑重，斥去亦须臾。
迢递投遐徼 ⑧⑤，苍黄出奥区 ⑧⑥。
通川诚有咎 ⑧⑦，溢口定无辜。
利器从头匣，刚肠到底刳 ⑧⑧。
薰莸任盛贮 ⑧⑨，稊稗莫超逾。
公干经时卧 ⑨⑩，钟仪几岁拘 ⑨①。
光阴流似水，蒸瘴热于炉。
薄命知然也，深交有矣夫。
救焚期骨肉 ⑨②，投分刻肌肤。
二妙驰轩陛 ⑨③，三英咏裤襦。
李多嘲蠮螉 ⑨④，窦数集蜘蛛。
数子皆奇货，唯予独朽株。
邯郸笑匍匐 ⑨⑤，燕莂受揶揄 ⑨⑥。
懒学三闾愤 ⑨⑦，甘齐百里愚 ⑨⑧。
耽眠稀醒素 ⑨⑨，凭醉少嗟吁。
学问徒为尔，书题尽已于。
别犹多梦寐，情尚感凋枯。

近喜司戎健^⑩，寻伤掌诰徂。

士元名位屈^⑩，伯道子孙无^⑩。

旧好飞琼翰，新诗灌玉壶。

几催闲处泣，终作苦中娱。

廉蔺声相让^⑩，燕秦势岂俱。

此篇应绝倒^⑩，休漫捋髭须。

【注释】

①此诗元和十三年（818）作于通州。白居易原唱为《东南行一百韵寄通州元九侍御澧州李十一舍人果州崔二十二使君开州韦大员外庚三十二补阙杜十四拾遗李二十助教员外窦七校书》。

②各赋一绝：白居易原唱为《醉后却寄元九》，元稹诗为《酬乐天醉别》。

③又寄一篇：指《闻乐天授江州司马》。

④疟病将死：指元稹元和十年（815）六月到达通州后染疟重危。

⑤以赦当迁：元和十二年（817）平淮西，大赦天下，贬谪地官员可依次量移近处。元稹上书裴度，要求召用。虽未能立即入京，以司马"权知州务"，亦有右迁之义。

⑥崔果州：即崔韶，曾于元和十一年至十三年（816—818）任果州刺史。果州，唐初属崇州，武德四年（621）分置果州，或为南充郡，治所在今四川南充。

⑦属：适值，恰逢。李景信：据《旧唐书·李景俭传》，景信为景俭之弟，皆登进士第。忠州：唐时属山南西道，治临江（今重庆忠县）。

⑧尽和：将白居易所寄三十二首全部唱和完毕。

⑨草：草稿。

⑩淑：裴淑。元稹元和十一年（816）春由通州司马任请假赴涪州，

与裴淑结婚。一说在兴元治病时与裴淑结婚。

⑪"我病"二句：原注："元和十年闰六月至通州，染瘴危重，八月闻乐天司马江州。"吟越：战国时越人庄舄仕楚，爵至执珪，虽富贵，不忘故国，病中吟越歌以寄乡思。事见《史记·张仪列传》。王粲《登楼赋》："钟仪幽而楚奏兮，庄舄显而越吟。"后因以喻思乡忆国之情。

⑫穷途：《三国志·魏志·王粲传》裴注引《魏氏春秋》："（阮）籍旷达不羁……纵酒酣，遗落世事……时率意命驾，不由径路，车迹所穷，辄恸哭而返。"后因用作悲叹陷于困境的典故。

⑬乘桴：乘坐竹木小筏。《论语·公冶长》："道不行，乘桴浮于海。"句下原注："此后每联之内，半述巴蜀土风，半述江乡物产。"

⑭憯（cǎn）：惨痛；伤痛。

⑮睢盱（suīxū）：举目扬眉，形容放肆无忌。

⑯甃（zhòu）：以砖瓦等砌的井壁。《庄子·秋水》："吾乐与，出跳梁乎井干之上，入休乎缺甃之崖。"陆德明释引李颐曰："如阑。以砖为之，著井底也。"舳舻：首尾相接的船只。

⑰貙（chū）：一种野兽，《尔雅·释兽》："貙，似狸。"晋郭璞注："今貙虎也，大如狗，文如狸。"

⑱溟涨：指神话中的溟海与涨海，泛指大海。

⑲黔巫：指重庆巫山与古黔中一带。

⑳芒屩（juē）：草鞋。

㉑酢醅（cùpēi）：酢，同"醋"。醅：未过滤的劣质酒。原注："巴民造酒如淋醋法。"

㉒鸜鹆（qúyù）：即"鸲鹆"，俗称八哥。

㉓郭：古代城外面围着的大城。这里指通州城外的巴民大都在山坡架木为居室。

㉔调鼎：烹调食物，亦指宰相治理国家。

㉕ 木奴：裴松之注《三国志·吴书·孙休传》"丹阳太守李衡"引晋习凿齿《襄阳记》云："吾州里有千头木奴……吴末，衡甘橘成，岁得绢数千匹，家道殷足。"后因以木奴称柑橘树。原注："巴橘酸涩，大如弹丸。"

㉖ 鼬（liú）：竹鼠，竹鼬。涂苏：酒名。古代风俗于农历正月初一，家人先幼后长依次而饮，以避瘟气。

㉗ 炰：同"炮"，把带毛的肉用泥巴裹住在火上烧烤。羜（zhù）：出生五月大的羊羔。

㉘ 鲦（qiú）：鱼名。《新唐书·地理志四》："（利州益昌郡）土贡：金、丝布、粱米、蜡烛、鲦鱼、天门冬、芎䓖、麝香。"原注："通州俗以鲦鱼为脍。"

㉙ 晡：申时，即午后三时至五时。

㉚ 桑榆：日落，《太平御览》卷三引《淮南子》："日西垂，景（影）在树端，谓之桑榆。"原注："此后并言巴中风俗。"

㉛ 伥魂：旧指为虎所食或溺死者的鬼魂。

㉜ 鹏（fú）：鸟名。似鸮。《文选·鹏鸟赋序》："鹏似鸮，不祥鸟也。"

㉝ 敛缗：征税。印信：印章。

㉞ 传箭：传递令箭。符繻（xū）：分裂缯帛而成的符传。古代出入关卡以为凭证。

㉟ 椎髻：象椎形的发髻。

㊱ 镩（cuān）刀：冰镩，一种凿冰的器具，尖头如锥，有倒钩。

㊲ 鞙（xuàn）：悬挂。铜鼓：古代西南少数民族所使用的乐器，俗称诸葛鼓，鼓身饰有几何图形和人与动物图案。

㊳ 弝（bà）：弓背中央手握持的部位。桑弧：以桑木做的弓，泛指坚弓利箭。原注："巴民尽射木弓，仍于弓左安箭。"

㊳ "是非"句：是非完全一样。

㊵ 词讼：诉讼。研朱：亦作"滴露研硃"，滴水研磨朱砂，指用朱笔评校书籍。此指撰写公文。

㊶ 衰形：身体衰弱，诗人自喻。觊觎：非分的希望或企图。

㊷ "鬓毛"二句：言年老体弱，头发花白，仕途坎坷，血泪染襟。

㊸ "倍忆"二句：原注："此后并言与乐天同科、共游处等事。"

㊹ 荣路：指仕途。《后汉书·左周黄传论》："中兴以后，复增敦朴、有道、贤能……清白、敦厚之属，荣路既广，觖望难裁。"

㊺ 铨衡：本指称物轻重之具，即秤。后用于评量人才，因谓评量人才之职者曰铨衡。

㊻ 衙参：官吏集于大府职衙，报告并决定政事曰衙参。典校：谓主持校勘书籍。厨：通"橱"，书柜。原注："书判同年，校正同省。"书判，指书法和文理。《新唐书·选举志下》："凡择人之法有四：一曰身，体貌丰伟；二曰言，言辞辩正；三曰书，楷法遒美；四曰判，文理优长。"校正，校书、正字二官名的连称。《新唐书·百官志一》："善状之外有二十七最……十曰雠校精审，明于刊定，为校正之最。"

㊼ 分桂树：谓同时及第。指元和元年（806）元稹白居易同应"才识兼茂明于体用科"，元稹中第三等，白居易中第四等。

㊽ 昌蒲：此代指朝中贤达。

㊾ "心唯"二句：原注："此后并言同应制时事。"卫磬：《论语·宪问》："子击磬于卫。"《礼仪志》注："圣人不取备于一人，必从八能之士。故撞钟者当知钟，击鼓者当知鼓，吹管者当知管，吹竽者当知竽，击磬者当知磬，鼓琴者当知琴。"齐竽：犹滥竽，《韩非子·内储说上》："齐宣王使人吹竽，必三百人，南郭处士请为王吹竽，宣王说之，廪食者数百人。宣王死，湣王立，好一一听之，处士逃。"此指滥竽充数之辈。

㊿ "海岱"二句：意谓词锋劲健有截断海岱之气势，笔阵犀利可为

皇王之前驱。海岱：今山东渤海至泰山之间的地带。海：渤海。岱：泰山。《书·禹贡》："海岱惟青州。"孔传："东北据海，西南距岱。"笔阵：谓诗文谋篇布局擘画如军阵。萧统《正月启》："谈丛发流水之源，笔阵引崩云之势。"

(51) 吴歈（yú）：春秋时吴国之歌，后泛指吴地之歌。

(52) 张仪舌：喻能说善辩的口才。《史记·张仪列传》："张仪已学而游说诸侯。尝从楚相饮，已而楚相亡璧，门下意张仪，曰：'仪贫无行，必此盗相君之璧。'共执张仪，掠笞数百，不服，醳之。其妻曰：'嘻！子毋读书游说，安得此辱乎？'张仪谓其妻曰：'视吾舌尚在不？'其妻笑曰：'舌在也。'仪曰：'足矣。'"

(53) 傅说图：《史记·殷本纪》："武丁夜梦得圣人，名曰说。以梦所见视群臣百吏，皆非也。于是乃使百工营求之野，得说于傅险中。是时说为胥靡，筑于傅险。见于武丁，武丁曰：'是也。'得而与之语，果圣人，举以为相，殷国大治。故遂以傅险姓之，号曰傅说。"后为重用人才的典故。

(54)"摆囊"句：用毛遂自荐典故。

(55)"开颔"句：《庄子·列御寇》："河上有家贫恃纬萧而食者，其子没于渊，得千金之珠。其父谓其子曰：'取石来锻之！夫千金之珠，必在九重之渊而骊龙颔下，子能得珠者，必遭其睡也。使骊龙而寤，子尚奚微之有哉！'"后喻称美人或佳作。

(56) 十上徒：《战国策·赵策》："李兑送苏秦明月之珠、和氏之璧、黑貂之裘、黄金百镒。苏秦得以为用，西入于秦。"《战国策·秦策》："苏秦始将连横说秦惠王……书十上而说不行。黑貂之裘敝，黄金百斤尽，资用乏绝，去秦而归。"后因用作干谒碰壁、怀才不遇之典故。

(57) 白麻：唐制，由翰林学士起草的凡赦书、德音、立后、建储、大诛讨及拜免将相等诏书都用白麻纸。瞿蜕园《历代职官简释·翰林学士》：

"凡诏书皆用黄麻纸，概由中书省颁布，惟翰林学士所撰以上各种诏书则用白麻纸。"省称"白麻"。

⑤墨诏：皇帝亲笔书写的诏书。敕令正式用朱笔，非正式用墨笔。

⑤秦台：指秦台镜。《西京杂记》卷三："有方镜，广四尺，高五尺九寸，表里有明，人直来照之，影则倒见。以手扪心而来，则见肠胃五脏，历然无碍。人有疾病在内，则掩心而照之，则知病之所在。又女子有邪心，则胆张心动。秦始皇常以照宫人，胆张心动者则杀之。"红旭：红日，喻红心。

⑥鄠匣：丰城狱中掘出的剑匣，事见《晋书·张华传》。此喻优异的才识。黄垆：泥土。

⑥谏猎：对天子沉溺于田猎而不豫政事予以规讽。规避：设法巧避。

⑥弹豪：弹劾豪强。嗫嚅：欲言又止貌。

⑥"誓遣"二句：原注："元和四年为监察御史，乐天为翰林学士。"

⑥骥：骏马。《论语·宪问》："骥不称其力，称其德也。"汗血：流汗流血。借指辛劳与奋战。《后汉书·崔骃传》："汗血竞时，利合而友。"李贤注："汗血谓劳力也。"

⑥蝇点：《诗经·小雅·青蝇》："营营青蝇，止于榛。谗人罔极，构我二人。"郑玄笺："蝇为之虫，污白使黑，污黑使白，喻佞人变乱善恶也。"后以之比喻遭到谗人的诽谤污蔑。成卢：古时樗蒲戏彩名。掷五子全黑者称卢，得彩十六，为头彩。《晋书·刘毅传》："（毅）因接五木久之，曰：'老兄试为卿答。'既而四子俱黑，其一子转跃未定，裕厉声喝之，即成卢焉。"后因以"成卢"指赌博获胜。

⑥送别盂：饯别用盛酒菜的盒子。

⑥"瓶罄"句：《诗经·小雅·蓼莪》："瓶之罄矣，维罍之耻。"朱熹集传："瓶资于罍而罍资瓶，犹父母与子相依为命也。故瓶罄矣乃罍之耻，犹父母不得其所乃子之责。"比喻休戚相关，彼此利害相连。

⑱ "虎虽"二句：原注："此已上并述五年贬掾江陵，乐天亦遭罹谤铄。"

⑲ "重喜"二句：伍符：古代军中各伍互保的符信。此处指军队。原注："九年，乐天除太子赞善，予从事唐州也。"唐州，属山南东道，治所在比阳（今河南泌阳）。此指元和九年（814）为从事随严绶赴唐州戎幕事。

⑳ 判身：犹舍身。矛戟：此喻战争。

㉑ 驲（rì）骑：驿骑。

㉒ "因教"二句：原注："十年春，自唐州诏予，召入京。"

㉓ 罂浮汉：乘着罂渡过汉江。罂，小口大腹的容器。多为陶制，亦有木制者。

㉔ 邘（yú）：古诸侯国名。周武王子邘叔之封地，在今河南沁阳，称邘台。

㉕ 殳（shū）：古代撞击用的兵器。多用竹或木制成，有棱无刃。

㉖ 拔家：脱离家庭，逃离家庭。

㉗ 连锁：犹后世链锁互保之法。逋诛：逃避诛罚。

㉘ 缣缃：供书写用的浅黄色细绢，此泛指丝织物。

㉙ 青紫：古代公卿绶带之色。纡：系结，佩戴。

㉚ "破窗"二句：原注："此已下并言靖安里无人居，触目荒凉。"坲坲（bó）：尘土飞扬。

㉛ 藂：同"丛"。

㉜ 摧林秀：三国魏李康《运命论》："木秀于林，风必摧之；堆出于岸，流必湍之；行高于人，众必非之。"

㉝ 避缴芦：《淮南子·修务训》："夫雁顺风以爱气力，衔芦而翔，以备矰弋。"高诱注："衔芦所以令缴不得截其翼也。"晋崔豹《古今注》卷中《鸟兽》："雁自河北渡江南，瘦瘠能高飞，不畏矰缴。江南沃饶，每至

306

还河北，体肥不能高飞。恐为虞人所获，尝衔长芦可数寸，以防矰缴。"

㉘"鹓鸳"二句：《庄子·秋水》："夫鹓雏发于南海而飞于北海，非梧桐不止，非练实不食，非醴泉不饮。于是鸱得腐鼠，鹓雏遇之，仰而视之曰：'吓！'"喻志趣高洁者受到小人疑忌。鹓鸳：鹓和鸳飞行有序，比喻朝班有序的朝官，也比喻有才德者。鸱鸢：喻邪佞小人。

㉟遐徼：边远之地。

㊊奥区：腹地。

㊋"通川"二句：原注："三月积之通川，八月乐天之江州。"湓口：指江州。

㊌刳（kū）：遭受残害。

㊍薰莸：香草和臭草，喻善恶、贤愚、好坏。盛贮：收藏、存放。

㊎公干：刘桢，字公干，东平人，东汉末年建安七子之一，曹操辟为丞相掾，因不遵礼俗，被罚劳作。《三国志·魏书·王粲传》注："其后太子尝请诸文学，酒酣坐欢，命夫人甄氏出拜。坐中众人咸伏，而桢独平视。太祖闻之，乃收桢，减死输作。"输作：因犯罪罚作劳役。

㊏钟仪：《左传·成公九年》："晋侯观于军府，见钟仪，问之曰：'南冠而絷者谁也？'有司对曰：'郑人所献楚囚也。'使税之，召而吊之，再拜稽首。问其族，对曰：'泠人也。'公曰：'能乐乎？'对曰：'先人之职官也，敢有二事？'使与之琴，操南音。……公语范文子，文子曰：'楚囚，君子也。言称先职，不背本也。乐操土风，不忘旧也。'"杜预注："南冠，楚冠。絷，拘执。"后多为拘囚异乡或思念故土者之典故。

㊐"救焚"二句：原注："本题云：寄澧州李十一舍人、果州崔二十二员外、开州韦大员外、通州元九侍御、庾三十二补阙、杜十四拾遗、李二十助教、窦七校书，兼投吊席八舍人。"

㊑"二妙"二句：原注："庾三十二、杜十四并居北省，李十一、崔二十二、韦大各典方州。"北省，指尚书省。因尚书省在宫阙之北，故

称。方州，指州郡长官。《资治通鉴》："䜣以其私用人为方州。"胡三省注："古者八州八伯，谓之方伯，后世遂以州刺史为方州。"轩陛：朝堂，朝廷。裤襦：用东汉廉范典故，以"裤襦"指地方官吏的善政。襦，短衣、短袄。襦有单、复，单襦则近乎衫，复襦则近乎袄。

(94)"李多"二句：蝘蜓：俗称壁虎。原注："李二十雅善歌诗，固多咏物之作。窦七频改官衔，屡有蜘蛛之喜。"蜘蛛，通称喜蛛或蟢子，民间以为喜庆的预兆。

(95)邯郸：即"邯郸学步"。《庄子·秋水》："且子独不闻夫寿陵馀子之学行于邯郸与？未得国能，又失其故行矣。直匍匐而归耳。"后常比喻模仿不成，反而失去自己原有的长处。

(96)燕蒯：指燕国的蒯通。蒯通，汉初范阳（今河北定兴）人，惠帝时，为丞相曹参的宾客。

(97)三闾：《后汉书·孔融传》："忠非三闾，智非晁错，窃位为过，免罪为幸。"李贤注："即屈原也，掌王族三姓，曰昭、屈、景，故曰'三闾'。"

(98)百里：百里奚。春秋时秦人，原为虞大夫，虞国亡，被晋俘去，作为陪嫁之人送到秦国。后逃往楚地被抓，谎称自己是放牛的而被用作放牛倌。七十岁后，被秦穆公以五张羊皮赎回，帮助建立了霸业。

(99)醒素：犹清醒。

(100)"近喜"二句：原注："今日得乐天书，去年闻席八殁。"席八，指席夔，曾任中书舍人。司戎：官署名，指尚书省兵部，掌军旅之事，此处指裴垍。掌诰徂：指席夔去世。

(101)士元：庞统，字士元，襄阳人，初与诸葛亮齐名，号"凤雏"。

(102)伯道：晋邓攸字。伯道于永嘉末为石勒所俘，后逃往江南。东晋元帝任为吴郡守，官至尚书右仆射。南下时携一子一侄，因途中不能两全，于是弃子全侄，为人所称。因为弃子，故曰"子孙无"。

⑩③"廉蔺"句：战国时赵国的廉颇和蔺相如的并称。两人皆为赵功臣，蔺拜相，廉不服，欲与为难。蔺以国家利益为重，不予计较。廉终于觉悟，两人成刎颈之交。见《史记·廉颇蔺相如列传》。

⑩④"此篇"二句：原注："乐天戏篇末云'此篇拟打足下寄容州诗'，故有戏誉。"寄容州诗，当指元稹寄窦群之《奉和窦容州》诗。绝倒：佩服之极。

【评析】

此诗元和十三年（818）作于通州。白居易原唱题作《东南行一百韵寄通州元九侍御澧州李十一舍人果州崔二十二使君开州韦大员外庚三十二补阙杜十四拾遗李二十助教员外窦七校书》。此诗之序详细交代了本篇诗歌创作的时间、地点以及写作背景。

此诗为五言排律，是元稹五言长篇排律的代表性诗作，在内容上充满着浓郁的巴楚地方特色，将巴蜀风俗物产以铺排的手法进行了详述的描写。钱良择《唐音审体》卷一三说："百韵律诗少陵创之。字字次韵元、白制之。前人和诗，和其意不用其韵，自元、白创此格，皮、陆继之，后人始以次韵为常矣。二公长律最工最多，不可胜载，各载一篇，以为典制。篇中韵复用图字，当是白偶误而元仍之。《代书诗》亦复衰、吏二韵，此后人所深戒也。"赵翼《瓯北诗话》总结此创格认为："古来但有和诗，无和韵。唐人有和韵，尚无次韵，次韵实自元、白始。依次押韵，前后不差，此古所未有也。而且长篇累幅，多至百韵，少亦数十韵，争能斗巧，层出不穷，此又古所未有也。他人和韵不过一二首，元、白则多至十六卷，凡一千余篇，此又古所未有也。以此另成一格，推倒一世，自不能不传。盖元、白觑此一体为历代所无，可从此出奇，自量才力，又为之而有余，故一往一来，彼此角胜，遂以之擅场。"诗论家对元、白此种长篇排律多赞誉肯定之辞，如沈德潜《唐诗别裁集·凡例》："元、白长律，滔滔百韵，使事亦复工稳。但流易有余，变化不足。"纪昀《删正二冯评阅〈才调集〉》言："一意衍至千言，虽李、杜亦不能力余于词。但首尾妥帖，即是难事，勿概以元轻白俗忽之。"

孙安邦、蓓蕾《元稹集》评论道："《酬乐天东南行诗一百韵》同《梦游春七十韵》等，以及白居易次韵相酬的长篇排律，是元和体的代表性诗作。……元稹《白氏长庆集》序：'……是后各佐江、通，复相酬唱。巴蜀江楚间洎长安中少年，递相仿效，竞作新词，自谓元和体诗。'白居易以为：'今仆之诗，人所爱者不过杂律诗与《长恨歌》以下耳；时之所重，仆之所轻。'（《与元九书》）……反复吟读本诗，令人大有'其间天海混茫，风流挺特'（《才调集》）'信若苍溟无际，华岳于天'（黄滔《答陈磻隐论诗书》）之叹许。全诗排比故实，铺陈始终，大或千言排律，小或四句绝句，'言浅而思深，意微而词显，风人之能事也。'（薛雪《一瓢诗话》）尽管当时'元和体'一词，已非美称，然则丝毫无损于元白创作之价值。"正如谢永芳《元稹诗全集》所言："元诗写于长期被贬之后，内心深处苦闷抑郁压倒往日的欢乐恣肆，于是代替它的为铺写巴楚风俗物产。其中自注所云'半述巴蜀土风，半述江乡物产'的一段，所用的是汉大赋的铺排手法。律句两两对照，水陆山川，虫鱼鸟兽，男童女娃，歌笑啼呼，丰饶物产，美味佳肴，没有抒情和议论，唯见乡村一幕幕散发泥土气息生活图景的真实展示。图景是鲜活的，文字也是通俗的，有汉大赋的铺排却少了汉大赋的虚幻夸诞和堆垛，只是用律诗剪裁法将游览的距离缩短了，景物画面更集中了。没有贵族味，却多了生活气息，真实代替了夸诞，世俗的也是健康的。当然，这与作者具有巴、楚生活体验密切相关，不过类似这种田野生活不难体验，关键在于创作者是否有技巧并勇于打破文体惯性来表现它。可以说元稹给长篇排律吹进了一股强烈的清新的春风，荡涤其浓厚的贵族气息。之前，杜甫长篇虽然也有图景的描绘，如《秋日夔府咏怀奉寄郑监李宾客一百韵》也有一段咏夔州山水、地脉与物产，但所写皆为传统的高雅山水景物，并作为抒情议论的衬托，不同于元稹笔下民风民俗、民间景物直接成了欣赏对象。"

酬乐天得微之诗知通州事因成四首①（选二）

其一

茅檐屋舍竹篱州，虎怕偏蹄蛇两头②。
暗蛊有时迷酒影③，浮尘向日似波流④。
沙含水弩多伤骨⑤，田仰畬刀少用牛⑥。
知得共君相见否？近来魂梦转悠悠。

其二

平地才应一顷余，阁栏都大似巢居⑦。
入衙官吏声疑鸟，下峡舟船腹似鱼⑧。
市井无钱论尺丈⑨，田畴付火罢耘锄⑩。
此中愁杀须甘分⑪，惟惜平生旧著书⑫。

【注释】

①此组诗元和十三年（818）作于通州，一说作于元和十年（815）。知通州事：指元稹以司马身份"权知州务"。

②偏蹄：不详何意，疑为跛足、断腿之类；一说为虎之一种，尤为

311

凶猛。蛇两头：蛇之一种，无毒，尾圆钝，骤看颇像头，且有与头相同的行动习性，故名。古人传说见之者死。唐刘恂《岭表录异》卷下："两头蛇，岭外多此类。时有如小指大者，长尺余，腹下鳞红皆锦文。一头有口眼，一头似蛇而无口眼。云两头俱能进退，谬也。昔孙叔敖见之不祥，乃杀而埋之。南人见之为常，其祸安在哉？"句下原注："通州元和二年，偏蹄虎害人，比之白额。两头蛇处处皆有之也。"白额，王琦注李白《大猎赋》云："白额虎盖虎之老者，力雄势猛，人所难御。"

③蛊：古代传说选多种毒虫放在器皿里使互相吞噬，最后剩下不死的毒虫叫蛊，用来放在食物里害人。李善注鲍照《苦热行》"含沙射流影，吹蛊痛行晖"引顾野王《舆地志》："江南数郡有畜蛊者，主人行之以杀人，行食饮中，人不觉也。其家绝灭者，则飞游妄走，中之则毙。"

④浮尘：空中飞扬或物面附着的灰尘。元稹《虫豸诗七首·浮尘子》序言："浮尘，蜹类也。其实微不可见，与尘相浮而上下。人苦之，往往蒙絮衣自蔽，而浮尘辄能通透及人肌肤。"

⑤水弩：蜮之别名，状如鳖，三足，在水中含沙射人。《诗经·小雅·何人斯》"为鬼为蜮"陆德明释文："（蜮）状如鳖，三足，一名射工，俗呼之水弩。在水中含沙射人，一云射人影。"

⑥畲刀：刀耕火种时所用之刀具。

⑦阁栏：唐代四川东部居民所建林屋。原注："巴人多在山坡架木为居，自号阁栏头也。"巢居：谓上古或边远之民于树上筑巢而居。《庄子·盗跖》："古者禽兽多而人民少，于是人皆巢居以避之。"张华《博物志》卷三："南越巢居，北朝穴居，避寒暑也。"

⑧峡：长江三峡。腹似鱼：船底形状如鱼尖窄。

⑨"市井"句：意为市场交易以物易物，不用货币；布匹交易则论尺寸。《大清一统志·达州》载："风俗：丛秽卑褊，蒸瘴阴郁，宣汉井场男女不耕蚕，货卖杂物代钱，习性犷硬，语无实词，民俗秀野，任侠

尚气，邑屋壮大，果蓏丰甘。"

⑩ 付火：付之一炬，刀耕火种。耘锄：除草和松土用的锄头，此泛指农业劳动生产工具。

⑪ 甘分：甘愿。

⑫ 著书：所写诗书。原注："本句云：'努力安心过三考，已曾愁杀李尚书'。又，予病甚，将平生所为文，自题云：'异日送白二十二郎也。'""努力"二句，为白居易原唱《得微之到官后书备知通州之事怅然有感因成四章》之二中的诗句。李尚书，指李实，白诗原注云："李实尚书先贬此州，身殁于彼处。"

【评析】

此组诗为唱和白居易《得微之到官后书备知通州之事怅然有感因成四章》而作，在客观记录通州自然环境与生活状况的同时，也抒发了自己悲愁乃至绝望的心情。第一首极力描写通州自然环境之险恶，几乎是处处暗藏杀机，有偏蹄虎、两头蛇，有暗蛊入酒、浮尘向日，更有水弩含沙射影。老百姓过着刀耕火种的生活，环境之恶劣与条件之简陋，几近于原始状态。这些都不禁让诗人怀念好友并萌生离去之意。第二首进一步展开描写当地老百姓的生活状态：山地居多、平地狭小，所居住的"阁栏"类似于"巢居"；官员说的话如同鸟语，全然不是"洛下之音"；穿峡的船，其底竟然是尖而狭，也不似北方的阔而平！市场上还在以物易物，按尺论价；至于农业耕种更是停留在刀耕火种的原始阶段，连"耘锄"一类最简单常见的农作工具也弃而不用。如此种种，虽然令人"愁杀"，却不得不愿意"甘分"而死！只可惜了自己几十年来的创作和著述！诗人的不甘之情、怨愤之意显而易见。

方回《瀛奎律髓》卷四二评价元稹一味地叙述自己通州处境之

"衰恶"是"词善"而"意陋"，并说："原批：（其四）微之为御史，以弹劾严砺分司东都；又劾宰相亲，故贬江陵士曹。移通州司马，未为大戚，乐天以朋友之议伤之则可，微之答和乃全述通州衰恶，若不能一朝居者，词虽善而意已陋矣。异日由宦官进得相位，仅三月，贻终古羞，盖其本心志在富贵也。四诗往往酸苦太过，选附白诗，以识其非。"当然纪昀也肯定了元稹"与香山诗工拙相敌"。

谢永芳《元稹诗全集》对此组诗的内容作了详细的分析："第一首，抓住巴人生活习俗的特点，描写被贬通州后，茅舍竹篱，虎蛇遍地，盅热毒气，水蜮伤人，刀耕火种的生产落后状况、民俗风情及对朋友魂牵梦绕的思念。第二首，进而描写巴人架木为屋、巢居野处，以物易物、付火耘锄及诗人入衙下峡、公干游赏乃至甘愿忧愁、怜惜著述的情愫。"《元稹与通州》介绍了此组诗创作的背景和诗中所表达的情感："元稹在通州写信给在长安的白居易，叙述自己的创作经验、体会、文艺见解及通州情况和悲愤的心情。白居易看后，立即作诗四首寄给元稹，对元稹进行鼓励和安慰。元稹即步其韵和诗酬答。诗中进一步介绍了通州的地理环境、风土人情和自身的窘况。虽然感叹仕途的艰辛，但仍然是'常有歧路处风波'，忧国忧民的心不变。并表示，环境再恶劣都可以忍受，仍然要坚持正义，'敢唱沧浪一字歌！'"

酬乐天寄生衣 [①]

秋茅处处流疼疟 [②]，夜乌声声哭瘴云 [③]。
羸骨不胜纤细物 [④]，欲将文服却还君 [⑤]。

【注释】

①此诗元和十三年（818）作于通州，一说作于元和十年（815）。生衣：夏天穿的衣服。王建《秋日后》："立秋日后无多热，渐觉生衣不著身。"

②痎（jiē）疟：疟疾的通称，亦指经年不愈的老疟。《素问·四气调神大论》："夏三月，此谓蕃秀……逆之则伤心，秋为痎疟。"张隐庵集注引马莳曰："痎疟者，疟之总称也。"一本"痎"下注曰："疟也。"

③夜乌：指猫头鹰，其鸣似哭，旧时以为不祥之恶鸟。瘴云：犹瘴气。

④羸骨：瘦弱的身体。羸，衰病，瘦弱。不胜：经受不了，承受不住。

⑤文服：此指华美的衣服。王逸《楚辞章句·招魂》："被文服纤丽而不奇些，长发曼鬋艳陆离些。"

【评析】

白居易与元稹寄赠生衣之事，其中还有许多曲折。白居易约于元和十年（815）七月前后，作《寄生衣与微之因题封上》："浅色縠纱轻似雾，纺花纱裤薄于云。莫嫌轻薄但知著，犹恐通州热杀君。"但元稹当时正在兴元治病，两人有近两年音讯断绝，元稹并未收到白居易的寄诗。后来得知真情的白居易于元和十二年（817）十二月重新寄赠，经过果州（州治在今四川南充）刺史崔韶转递，直到元和十三年（818）元稹才收到。而本诗正是在收到白居易寄赠诗之后的酬唱。此诗前两句渲染一片沉重不祥的气氛：整个通州在秋天疟疾流行，夜晚瘴气弥漫中猫头鹰的叫声仿佛都是在哭泣。后两句写自己瘦弱的身体，几不胜衣。整首诗表现了元稹被贬通州后凄苦的心境与身体每况愈下的窘境。读之令人生悲！

酬乐天三月三日见寄 ①

当年此日花前醉 ②，今日花前病里销 ③。

独倚破帘闲怅望，可怜虚度好春朝 ④。

【注释】

① 此诗作于元和十三年（818）。三月三日：即上巳节。汉以前取农历三月上旬之巳日，三国魏以后改用三月三日，不用上巳。见《晋书·礼志下》。《周礼·春官·女巫》"女巫掌岁时祓除衅浴"，贾公彦疏："一月有上巳，据上旬之巳而为祓除之事，见今三月三日水上戒浴是也。"

② 当年：往年。当：一作"常"。

③ 销：消磨，排遣。

④ 可怜：可惜。春朝：春天的早晨，泛指春天。

【评析】

此诗元和十三年（818）作于通州。白居易原唱为《三月三日怀微之》："良时光景长虚掷，壮岁风情已暗销。忽忆同为校书日，每年同醉是今朝。"此诗前两句将过去三月三日的"花前醉"与今年三月三日的"病里销"相对比，写出了诗人被贬通州后消沉落魄的状态，尤其面对美好的春天却只能白白地让它溜走时，一种光阴虚掷之感油然而生。吴伟斌《新编元稹集》评说："本诗短短四句，反映元稹贬谪在通州那种无可奈何的心情。"谢永芳《元稹诗全集》说："元和初年，正是元白奋发有为之时，他们都立志报国，想干一番兼济天下的大事业，每当回想起这些，都感到心情十分激动，不能自已。"

酬乐天频梦微之 ①

山水万重书断绝，念君怜我梦相闻。
我今因病魂颠倒，唯梦闲人不梦君。

【注释】

① 此诗元和十三年（818）作于通州，一说作于元和十二年（817）。

【评析】

　　白居易被贬江州，与元稹相隔数千里，虽彼此思念，但苦于难以相见。白居易作《梦微之》一首表达思念之情："晨起临风一惆怅，通川溢水断相闻。不知忆我因何事，昨夜三更梦见君。"而本诗是追和。诗歌沉痛感伤，确如《唐诗镜》卷四六所评："转伤。"沈祖棻《唐代七绝浅释》评析此诗："志同道合、交谊深厚的朋友，总希望经常见面，如果分开了，就希望经常通信，而如果山长水远，连通信都不方便，那便只有梦中相见，以慰离怀了。白居易屡次梦见元稹，作诗相告，正表现了这种生活常情，如此诗前两句所写的。但元稹收到白居易这首诉说衷肠的诗篇的时候，正在病中。由于生病，精神就颠倒了。经常想念的好友不曾出现于梦中，而一向没有想到过的'闲人'却屡次在梦中出现，这就更使自己感到离群索居的悲痛了。以梦中相见代替实际相见，已令人感到惆怅，何况梦中也不曾相见呢？这是深入一层的写法。前两句属白，后两句属己，以白之频频梦己，与己之因病未尝梦白对照，事异情同。写入梦以见相思之切，人之所同；写不入梦而仍见相思之切，则是己之所独。这是此诗别开生面之处。"《唐诗鉴赏辞典》该词条以为白居易与元稹的这两首诗虽然都是写梦，但

317

写法不同:"白诗用记梦以抒念旧之情,元诗一反其意,以不曾入梦写凄苦心境。白诗用入梦写苦思,是事所常有,写人之常情;元诗用不能入梦写心境,是事所罕有,写人之至情。"并进而认为两者相比,元稹在艺术技巧方面更胜一筹:"做梦包含了希望与绝望之间极深沉、极痛苦的感情。元稹更推进一层,把不能入梦的原因作了近乎离奇的解释:我本来可以控制自己的梦,和你梦里相逢,过去也曾多次梦见过你;但此刻,我的身心已被疾病折磨得神魂颠倒,所以'惟梦闲人不梦君。'这就把凄苦的心境写得入骨三分,内容也更为深广。再说,元稹这首诗是次韵和诗,在韵脚受限制的情况下,别出机杼,更是难得。"孙安邦、蓓蕾《元稹集》评道:"全诗纯用白描,几乎没有一点设色布景之处,也丝毫没有生涩拗口之语,而且人物形象非常生动,情调境界异常感人。特别是作为一首次韵和诗,在押韵韵脚受到严格限制的情况下,诗人能够匠心独运,别出心裁,写出这样的好诗,更其难能可贵!"谢永芳《元稹诗全集》与《唐诗鉴赏辞典》词条的评论大致相同:"从对面着笔,不直说自己苦思成梦,却反以元稹为念,问他何事忆我,致使我昨夜梦君。白诗记梦以抒念旧之情,元氏此诗一反其意,以不能入梦写凄苦心境,所谓'唯梦闲人不梦君',不仅入骨三分,而且是在次韵唱和、韵脚受限制的情况下,翻出新意,更为难得。"

酬乐天春寄微之 ①

鹦心明黠雀幽蒙 ②,何事相将尽入笼 ③。
君避海鲸惊浪里,我随巴蟒瘴烟中。

千山塞路音书绝，两地知春历日同。

一树梅花数升酒，醉寻江岸哭东风^④。

【注释】

① 此诗元和十三年（818）作于通州。

② 鹦心明黠：鹦鹉能言，故称其心聪明而狡黠。幽蒙：幽暗，暗昧。

③ 相将：相偕，相共。

④ 哭：一作"笑"。

【评析】

白居易原唱《忆微之》道："与君何日出屯蒙，鱼恋江湖鸟厌笼。分手各抛沧海畔，折腰俱老绿衫中。三年隔阔音尘断，两地飘零气味同。又被新年劝相忆，柳条黄软欲春风。"原作与酬唱均表现了三年各飘零、两地同命运的经历与感慨，谢永芳《元稹诗全集》评析甚详："首联先从普遍意义的角度，把遭受贬谪比作鸟之入笼，不管是聪慧狡黠的鹦鹉，还是懵懂糊涂的檐雀，都没有逃脱被关到笼子里的命运。次联缩小描述范围，仍用比喻，叙写'君''我'谪居生活的危险：现在，你在江州，就像生活在大海的惊涛骇浪中，时时要躲避鲸鱼的吞噬；我在巴蜀，天天与蟒蛇毒虫一道，生活在瘴疠之中。第二联写身危，第三联便写心苦：这里千山万岭，交通闭塞，难以见到亲友的书信，我们都是度日如年哪！尾联写诗人在梅花开放之时，寻觅到江边，面对从江州吹过来的东风，哭泣着举起酒杯，以表达对共饮一江水的挚友的无限思念。这首诗首联总写，次联分写，第三联合写，尾联独写诗人，层次极为分明。全诗以叙事来抒情，用比喻以表意，十分形象地描绘出了谪居生活的危险与苦难，很好地抒发了自己遭受贬谪后的恐惧、苦闷、悲伤和愤懑的情感。并且，由于叙写虚实结合，又使得对谪居生活之身心苦痛的描写，在唐宋贬谪诗歌中具有普遍性的意义。"

通州丁溪馆别李景信三首 [①]

其一

月蒙蒙兮山掩掩 [②]，束束别魂眉敛敛 [③]。
蠢盏覆时天欲明 [④]，碧幌青灯风滟滟。
泪消语尽还暂眠，唯梦千山万山险。

其二

水环环兮山簇簇，啼鸟声声妇人哭。
离床别脸睡还开，灯炧暗飘珠薮薮 [⑤]。
山深虎横馆无门，夜集巴儿扣空木 [⑥]。

其三

雨潇潇兮鹃咽咽 [⑦]，倾冠倒枕灯临灭。
倦僮呼唤麈复眠 [⑧]，啼鸡拍翅三声绝。
握手相看其奈何，奈何其奈天明别！

【注释】

① 此组诗元和十三年（818）作于通州。丁溪馆：通州南的一处驿馆。李景信：为李景俭的弟弟。

② 蒙蒙：模糊不清貌。掩掩：隐约模糊貌。

③ 悚悚：不舒展貌。别魂：离别的情思。江淹《别赋》："知离梦之踟蹰，意别魂之飞扬。"敛敛：聚集貌、收敛貌。

④ 蠡盏：螺形的小酒杯。覆：翻转，翻倒。

⑤ 灺（xiè）：灯烛灰。诗词中常以此指残烛。簌簌（sù）：飘落貌。

⑥ 巴儿：指巴蜀地区的年轻人。扣空木：扣，敲打。空木：即木梆。巴山老林野兽常在夜间出来食毁庄稼，人们将木料中间凿空，敲打声音极响，用以驱赶野兽。这种方法在大巴山边远山区至今尚存。

⑦ 咽咽（yè）：呜咽哀切之声。

⑧ 譍（yīng）：答应，答谢。

【评析】

元和十三年（818）四月，李景信受兄长忠州刺史李景俭的委托，来通州看望元稹，短暂的相聚之后，李景信要离开通州回到忠州。临别之际，元稹赋诗送别，表达自己的依依惜别之情。本诗只是其中一题。《元稹与通州》中说："李景信即将离开通州的头天夜晚，元稹心情难以平静。想到李景信住宿的驿馆没有关锁，巴山夜晚又常有虎狼出没；想到朋友离开通州，一路上山路崎岖险恶，想到此一去又不知何时才能相见，因此辗转反侧，彻夜难眠，而妻子裴淑看到这种情景，也忍不住暗暗哭泣。这更使得元稹愁上加愁，于是，起得床来，面对雨夜，写下了这首诗。"谢永芳《元稹诗全集》评此组诗："前两首，描绘的是幽冷清寂的通州寒夜，微月蒙蒙，冷风透窗，残灯明灭，猛兽横门。'青''碧'写凄冷之状，'啼鸟'摹断肠之声。'兮'字的运用，更浓化了楚风所特有的神秘、诡谲气氛。第三首中，诗人又描写了凌晨时分的潇潇冷雨和杜鹃哀咽，把贬地的寂寥，艰苦和孤独烘托到极致。在这样的环境中，谁不想早日脱身？所以，才会有与李景信依依惜别之际，意切情深的'握手相看''泪消语尽'。与后来柳永《雨霖铃》中的'执手相看泪眼，竟无语凝噎'相比，临歧场景不殊，而心境不能没有不同。三首诗作法相同，又各有侧重，可以合并读解。"

寄乐天 ^①

无身尚拟魂相就 ^②，身在那无梦往还 ^③。
直到他生亦相觅 ^④，不能空记树中环 ^⑤。

【注释】

① 此诗元和十三年（818）作于通州。

② 无身：道家语，谓没有自我的存在。《老子》："吾所以有大患者，为吾有身。及吾无身，吾有何患？"相就：主动靠近，

③ 那无：哪能没有。

④ 他生：来世。

⑤ 树中环：《晋书·羊祜传》："祜年五岁，时令乳母取所弄金环。乳母曰：'汝先无此物。'祜即诣邻人李氏东垣桑树中探得之。主人惊曰：'此吾亡儿所失物也，云何持去！'乳母具言之，李氏悲惋。时人异之，谓李氏子则祜之前身也。"

【评析】

关于此诗的创作始末与背景，吴伟斌《新编元稹集》有着比较详细的考论，姑逐录于此："本诗是元稹白居易通江唱和中比较少见的元稹主动寄赠白居易的诗作。时元稹一家已经回到通州，元稹与白居易中断的联系也已经恢复，元稹也已经一次性酬和白居易的寄赠诗三十二

首。本诗是元稹对此前回酬白居易《酬乐天频梦微之》的补充，元稹诗云：'山水万重书断绝，念君怜我梦相闻。我今因病魂颠倒，唯梦闲人不梦君。'这首诗是次韵酬和白居易《梦微之（十二年八月二十日夜）》诗篇的，白居易诗云：'晨起临风一惆怅，通川溢水断相闻。不知忆我因何事？昨夜三回梦见君！'白居易与元稹自元和十年三月三十日分手至此已三年隔断，无由见面。十二年八月二十日的晚上，思念元稹过切的白居易就不由自主地做起梦来，而且一个跟着一个，一连做了三个。……白居易在诗中不说自己对元稹的思念，反而调侃自己的老朋友元稹说：'不知忆我因何事？昨夜三回梦见君！'元稹元和十三年四月十三日前不久收到白居易一并寄来的二十四首诗歌，当着李景信的面一口气酬和三十二首，其中之一就是《酬乐天频梦微之》，诗中也调侃老朋友白居易说'我今因病魂颠倒，唯梦闲人不梦君'。诗歌赋成誊抄之后，元稹觉得自己的调侃有点过分，因此再次旧事重提，赋成《寄乐天》，补足自己对白居易的无穷思念。"谢永芳《元稹诗全集》说："诗作写出了作者对白居易的感情，生以梦往返，死以魂相随，这就是至死不渝的友情。"

蟆子三首并序[①]（选一）

蟆，蚊类也。其实黑而小，不碍纱縠[②]，夜伏而昼飞，闻柏烟与麝香辄去。蚊蟆与浮尘，皆巴蛇鳞中之细虫耳，故啮人成疮，秋夏不愈，膏楸叶而傅之，则差[③]。

其一

蟆子微于蚋[④]，朝繁夜则无。

毫端生羽翼^⑤，针喙嘬肌肤^⑥。
暗毒应难免，羸形日渐枯。
将身远相就^⑦，不敢恨非辜^⑧。

【注释】

① 此诗元和十三年（818）作于通州。蟆子：黑色小蚊，夜伏而昼飞，嘴有毒，咬人成疮。《太平广记·舍毒》："峡江至蜀有蟆子，色黑，亦能咬人，毒亦不甚。视其生处，即麸盐树叶背上，春间生之，叶卷成窠，大如桃李，名为五倍子，治一切疮毒。收者晒而杀之，即不化去，不然者必窍穴而出，飞为蟆子矣！"

② 纱縠（hú）：精细、轻薄的丝织品的通称。《战国策·齐策四》："王之忧国爱民，不若王爱尺縠也。"吴师道补正："縠，绉纱。"《汉书·江充传》："充衣纱縠禅衣。"颜师古注："纱縠，纺丝而织之也。轻者为纱，绉者为縠。"

③ 差（chài）：病除。《方言》第三："差，愈也。南楚病愈者谓之差。"

④ 蚋（ruì）：蚊类害虫。体形似蝇而小，吸人畜血液。《国语·晋语九》："蚋、蚁、蜂、虿，皆能害人。"

⑤ 毫端：细毛末端。比喻极细微。

⑥ 针喙：如细针之喙。嘬（cǎn）：咬，叮。

⑦ 相就：主动靠近。

⑧ 非辜：犹非罪。《书·仲虺之诰》："小大战战，罔不惧于非辜。"孔传："言商家小大忧危，恐其非罪见灭。"

【评析】

诗人在通州时写了《虫豸诗七篇》，包括《巴蛇三首》《蚁蜂三首》《蜘蛛三首》《蚁子三首》《蟆子三首》《浮尘子三首》《虻三首》，谢永芳《元稹诗全集》评论说："这组大型组诗，重在突出描写所咏之物的特点，而机锋所向，则在讥刺所咏之物分别比拟的对象，即各种各样的人，从而整体上表现贬谪时期的境遇和心绪。"《元稹与通州》说："《蟆子》三首，描写了蟆子虽小，却害人不浅，被蟆子咬了，就要长疮。通州人往往将楸叶捣成泥膏来敷疮治疗，这种方法不太有效。元稹还借蟆子比喻朝廷中的'小人'，他们依附朝廷，趋时附会，仰人鼻息，仗势欺人，公然陷害忠臣。同时，也抨击了朝廷的昏庸和霸道。"吴伟斌《新编元稹集》认为此诗："诗人语涉怨恨，被贬荒凉之地，久久不得回京，饱受蚊类的侵扰；但这一切怨不得蚊类，只能嫉恨贬斥他的政敌，无缘无故将自己送到蚊类的跟前。"

黄草峡听柔之琴二首 ①

其一

胡笳夜奏塞声寒 ②，是我乡音听渐难 ③。
料得小来辛苦学 ④，又应知向峡中弹。

其二

别鹤凄清觉露寒 ⑤，离声渐咽命雏难 ⑥。
怜君伴我涪州宿 ⑦，犹有心情彻夜弹。

【注释】

　　① 此诗元和十四年（819）初春作于自通州赴虢州途中。黄草峡：又

名黄葛峡，在今重庆涪陵西长江之上。清顾祖禹《读史方舆纪要》四川重庆府："黄草峡在州西。唐大历四年，泸州刺史杨子琳作乱，沿江东下涪州。守捉使王守仙伏兵黄草峡，为子琳所擒。《水经注》：涪州西有黄葛峡，山高险绝，无人居。即黄草峡也。"柔之：元稹的继配裴淑，字柔之，两人于元和十年（815）底在兴元成婚。一本题下原注："柔之，公继室裴夫人也。"

② 胡笳：我国古代北方民族的管乐器，相传由汉张骞从西域传入，汉魏鼓吹乐中常用之。塞声：塞外少数民族的乐曲。

③ 乡音：元稹家族原为鲜卑族拓跋氏后魏昭成皇帝之后裔，故言。

④ 料得：估计，预测。

⑤ 别鹤：乐府琴曲名。崔豹《古今注》卷中："《别鹤操》，高陵牧子所作也。娶妻五年而无子，父兄为之改娶。妻闻之，中夜起，倚户而悲啸。牧子闻之，怆然而悲歌曰：'将乖比翼隔天端，山川悠远路漫漫，揽衾不寐食忘餐！'后人因以为乐章焉。"后用以指夫妻分离，亦用以抒发别情。谢朓《琴》："是时操《别鹤》，淫淫客泪垂。"

⑥ 离声：离别之声。命：召唤、呼唤。雏：小儿、幼儿。

⑦ 涪州：唐时州名，治所在今重庆涪陵区。

【评析】

第一首诗开始便将夜晚天气之寒与笳声透露的边塞之寒融为一体，渲染出一幅凄清的感情氛围。次句一转，虽然是乡音，可是离家日久，也早已非常生疏了。末两句对妻子裴淑吹奏胡笳颇感惊异：估计是从小辛苦学得，又应该知道今天正好派上用场了吧？诗人心底那种仕途的悲凉感通过裴淑的宿命隐隐地传递出来。第二首仍然将琴声之凄清与初春之露寒绾合起来描写，离别之苦以致触动凄怆的感情使人哽咽难言，无法呼唤儿女们了。当时随同元稹和裴淑离开通州的有女儿保子、儿子元荆、女儿元樊、降真，都尚年幼，故有此言。既然一家团聚，何来"离声"呢？原来裴淑之父裴郧贞元中曾任涪州刺史，此番再临涪州自然想起老父来，依此感情逻辑便自然有了后两句，尤其是末句韵味无穷，包含无限感慨！两诗表现不同的乐器，却用同韵，表现相同的感情，使诗歌呈现出高度的统一性与完整性。全诗委婉含蓄、凄清绵长，"料得""又应""犹有"等虚词的运用使得全诗深沉厚重，耐人回味。吴伟斌《新编元稹集》评道："自后魏孝文帝迁都洛阳，他们（元氏）家族就世世代代在洛阳定居，故元姓之人皆自号洛阳人，元稹的祖籍也自然而然是洛阳。所以元稹听见自己的妻子吹奏胡笳之声，就情不自禁地认作'乡音'。又因为岁月渐行渐远，故即使是'乡音'，也有'听渐难'之感。"谢永芳《元稹诗全集》分析说："诗写赴任途经此峡时，听裴淑为自己弹琴的心情。裴氏'小来辛苦'学习，琴艺甚是了得。凄清的峡江之夜，一曲《别鹤操》，直弹到露寒声咽，令人愁肠百转，亦且情难自已，非徒消解旅途寂寥而已。又，'乡音'撩乱乡愁，已经感受到'塞声寒'的诗人，仍言'听渐难'，可见离乡既久，回味种种不堪，此中确有不忍听者。"

凭李忠州寄书乐天 ①

万里寄书将出峡，却凭巫峡寄江州 ②。
伤心最是江头月，莫把书将上庾楼。

【注释】

①此诗元和十四年（819）春作于自通州赴虢州途经忠州时。一说作于元和十一年（816）。凭：凭借，依托。李忠州：指时任刺史李景俭。

一说指李景俭之弟李宣。

②却凭：再凭，仍凭。巫峡：长江三峡之一，一称大峡。西起重庆巫山县大溪，东至湖北巴东县官渡口。因巫山得名。郦道元《水经注·江水二》："其间首尾百六十里，谓之巫峡，盖因山为名也……每至晴初霜旦，林寒涧肃，常有高猿长啸，属引凄异，空谷传响，哀转久绝。故渔者歌曰：'巴东三峡巫峡长，猿鸣三声泪沾裳。'"

【评析】

元稹元和十年（815）北上兴元治病期间，与好友白居易失联二年多，白居易寄往通州的诗文也无法收到，以致白居易在元和十二年（817）的《与微之书》中感叹地说："微之！微之！不见足下面三年矣！不得足下书欲二年矣！"为吸取教训，元稹告知白居易自己已经离开通州，以免再次误投诗书，所以请两人的共同好友忠州刺史李景俭代寄书信。本诗正好反映了诗人既为往事伤心遗憾之情，也表现了为免故友再次误投书信而急欲告知对方自己履新的急迫之情。但没有想到的是，稍后的三月十一日代替李景俭任忠州刺史的白居易正好溯江而上，两位相思既久的老友于峡中不期而遇！谢永芳《元稹诗全集》说："作者从与一位朋友的相聚中，自然也想到了与另一位友人白居易的分离，转托友人'寄书'时，一想起上次误投的事情，不禁心生感伤之意，所谓'伤心最是江头月，莫把书将上庾楼'。"

哭女樊①

秋天净绿月分明，何事巴猿不剩鸣②？
应是一声肠断去③，不容啼到第三声④！

① 此诗元和十四年（819）秋作于虢州长史任。樊：元稹之女，本年秋卒于虢州。《元稹年谱》《元稹年谱新编》《元稹诗编年笺注》均以为小妾安仙嫔所出，约元和七年（812）生于江陵。吴伟斌《新编元稹集》则以为为裴淑所出，元和十一年（816）秋生于兴元。

② 巴猿：巫峡两岸的猿。剩鸣：多叫几声。剩，多。

③ 肠断去：《世说新语·黜免》："桓公入蜀，至三峡中，部伍中有得猿子者，其母缘岸哀号，行百余里不去。遂跳上船，至便即绝。破视其腹中，肠皆寸寸断。公闻之，怒，命黜其人。"后用作因思念爱子而极度悲伤之典。

④ 不容：不许，不让。第三声：《水经注》有"巴东三峡巫峡长，猿鸣三声泪沾裳"句，后因以"第三声"指凄切的猿鸣声。

【评析】

这是一首近乎天籁的哀歌。春天诗人带着一家途经三峡辗转来到虢州，可是同年秋天女儿元樊便突然病逝，想元稹此女即使安仙嫔所出，也不过七八岁，若为裴淑所出，则更为幼弱，多不过四岁，这种打击是何等沉重惨痛！首句点明时节，并描绘出一个明净、澄澈、清丽的美好之夜："净绿"说明还是四望皆绿的初秋，并非满目肃杀之气的深秋；月光如水，也是如此"分明"。"何事"一问，绾结起巫峡巴猿的"凄异"之声："晴初霜旦，林寒涧肃"之时尚且有"三声"鸣叫，可在秋净月明的今天为何又偏偏不多叫几声呢？末两句以推测作答：应当是巴猿凄厉的一声便已肠断而去，所以不容它啼叫到第三声啊！全诗脱口而出、信笔而成，诗人将人之境遇与猿之遭遇贴合起来写，无一字说元樊，又无一字不伤元樊！无一句抒己悲，又无一句不是浸透着丧女之恸！明人陆时雍《唐诗镜》说本诗："语近俚而情痛。"堪称的评！黄周星《唐诗快》说诗人"真是无泪可挥"，更是知人之论！

哭女樊四十韵 ①

逝者何由见，中人未达情②。
马无生角望③，猿有断肠鸣。
去伴投遐徼④，来随梦险程。
四年巴养育，万里硖回萦⑤。
病是他乡染，魂应远处惊。
山魈邪乱逼⑥，沙虱毒潜婴⑦。
母约看宁辨⑧，余慵疗不精。
欲寻方次第，俄值疾充盈。
灯火徒相守，香花只浪擎。
莲初开月梵⑨，蕣已落朝荣⑩。
魄散魂将尽，形全玉尚莹。
空垂两行血，深送一枝琼。
秘祝休巫觋⑪，安眠放使令⑫。
旧衣和箧施，残药满瓯倾。
乳媪闲于社⑬，医僧愧似醒⑭。
悯渠身觉剩，讶佛力难争。
骑竹痴犹子⑮，牵车小外甥⑯。
等闲迷过影，遥戏误啼声。
浣纸伤余画⑰，扶床念试行。

330

独留呵面镜，谁弄倚墙筝？
忆昨工言语，怜初妙长成。
撩风妒鹦舌，凌露触兰英。
翠凤舆真女 ⑱，红蕖捧化生 ⑲。
只忧嫌五浊 ⑳，终恐向三清 ㉑。
宿恶诸荤味 ㉒，悬知众物名。
环从枯树得 ㉓，经认宝函盛。
愠怒偏憎数，分张雅爱平。
最怜贪栗妹 ㉔，频救懒书兄 ㉕。
为占娇饶分 ㉖，良多眷恋诚。
别常回面泣，归定出门迎。
解怪还家晚，长将远信呈。
说人偷罪过，要我抱纵横。
腾蹋游江舫 ㉗，攀缘看乐棚 ㉘。
和蛮歌字拗，学妓舞腰轻。
迢递离荒服 ㉙，提携到近京。
未容夸伎俩，唯恨枉聪明。
往绪心千结，新丝鬓百茎。
暗窗风报晓，秋幌雨闻更。
败槿萧疏馆，衰杨破坏城。
此中临老泪，仍自哭孩婴。

【注释】

①　此诗元和十四年（819）秋作于虢州长史任。题下原注："虢州长史时作。"虢州：春秋时为古虢国地，唐武德元年（618）改为鼎州，八年（625）废鼎州置虢州，其后或为弘农郡，或为虢州，治所弘农，在今

331

河南灵宝。长史：官名，秦置。汉相国、丞相，后汉太尉、司徒、司空、将军府各有长史。其后为郡府属官，掌兵马。唐制，上州刺史、别驾下，有长史一人，从五品上。

②中人：《世说新语·伤逝》："王戎丧儿万子，山简往省之，王悲不自胜。简曰：'孩抱中物，何至于此？'王曰：'圣人忘情，最下不及情；情之所钟，正在我辈。'"

③马无生角：《史记·刺客列传》："世言荆轲，其称太子丹之命，'天雨粟，马生角'也，太过。"后谓不可能实现的事。

④遐徼：边远之地。

⑤硖（xiá）：一说指虢州，一说同"峡"，当指长江三峡。回萦：回旋萦绕。

⑥山魈：《广异记·斑子》："山魈者，岭南所在有之，独足反踵，手足三歧。其牝者好傅脂粉。于大树空中作窠。"

⑦沙虱：《太平广记·沙虱》："潭、袁、处、吉等州有沙虱，即毒蛇鳞中虱也，细不可见。夏月，蛇为虱所苦，倒挂身于江滩急流处，水刷其虱；或卧沙中，碾虱入沙。行人中之，所咬处如针孔粟粒。四面有五色文，即其毒也。"婴：纠缠。

⑧约：简单，一作"幼"。宁辨：岂辨。

⑨梵：茂盛貌，俗作"芃"。

⑩蕣（shùn）：木槿，花朝开暮落，仅荣一瞬，故名。

⑪休：停止，辞去。巫觋：女巫为巫，男巫为觋，合称"巫觋"，后亦泛指替人祈祷的巫婆神汉。

⑫使令：供使唤的人，泛指奴婢僮仆。

⑬乳媪：乳母。社：江淮称母为社，《淮南子·说山训》："社何爱速死，吾必悲哭社。"

⑭酲（chéng）：病酒，形容酒后神志不清貌。

⑮ 骑竹：骑竹马。犹子：侄子。

⑯ 牵车：羊车。《南齐书·舆服志》："漆画牵车，御及皇太子所乘，即古之羊车也……今不驾羊，犹呼牵此车者为羊车云。"

⑰ 浣（wǎn）：污染，弄脏。

⑱ 翠凤：用翠羽制成的凤形旗饰。舆：指载柩车。

⑲ 红蕖：即莲花。化生：指女神像。《太平广记》卷三五七引柳开《蕴都师》："见一佛前化生，姿容妖冶，手持莲花，向人似有意。"

⑳ 五浊：佛教以为世间有五种恶浊行为，即劫浊、见浊、烦恼浊、众生浊和命浊。

㉑ 三清：道教指玉清、上清、太清三清境界。

㉒ "宿恶"二句：原注："生而不食荤血，虎、豹、狨、猿等皮毛，尽恶斥之。巴南所无之物，及北而默识其名者数辈。"宿恶：向来讨厌。悬知：料想。

㉓ "环从"句：用羊祜幼年邻家得金环典故。

㉔ 贪栗妹：指元降真。

㉕ 懒书兄：指元荆。

㉖ 娇饶：妖宠。

㉗ 腾蹋：特指舞蹈的踢腿踏脚，此指活蹦乱跳。

㉘ 乐棚：古时艺人表演歌舞、戏剧的棚帐。

㉙ 迢递：遥远貌。荒服：离京师二千到二千五百里的边远地方，此指通州。古代王畿外围以五百里为一区划，由近及远分为侯服、甸服、绥服、要服、荒服，合称五服。服，服事天子之意。

【评析】

此首哭悼爱女元樊的长篇排律，反复吟咏，哀痛欲绝。首十八句概述了元樊病亡的原因和夫妻二人因"看宁辨""疗不精"而深深地自责与悔恨！"灯火徒相守，香花只浪擎"更表现了诗人的无奈！"莲初"十四句写"空垂两行血，深送一枝琼"归来后家人生活的种种情景："休巫觋""放使令""乳媪闲""医僧愧"以及施衣倾药，而自己也是"身觉剩"！"骑竹"以下四十句回忆爱女生前的生活细节：骑竹牵车，画鸦试步，学语照镜，怜妹救兄，出门迎送，习歌练舞等，展现了元樊的聪明乖巧、伶俐可爱，"未容夸伎俩，唯恨枉聪明"二句表现了诗人无限的遗憾和沉重的哀痛！末八句以"心千结""鬓百茎"为伤心作结，复以"暗窗""秋雨""败槿""衰杨"四组萧瑟凄凉的自然景色烘托出诗人难以尽言的丧女之痛！全诗叙事抒情相互渗透、相互交叉，流畅自然，不着痕迹，表现了诗人纯熟高超的语言能力与艺术手段。谢永芳《元稹诗全集》评其"苦殇情至，千秋绝调"，诚不诬也！

李娃行 ①

髻鬟峨峨高一尺，门前立地看春风。
平常不是堆珠玉，难得门前暂徘徊。
玉颜亭亭阶下立。

【注释】

① 此诗作于元和十四年（819），一说作于贞元二十一年（805）。

【评析】

本诗为残章，三句分别由《全唐诗》卷四二二、童养年《全唐诗续补遗》卷五据宋任渊《后山诗注》二《徐氏闲轩》注引及《全唐诗续补遗》卷五据宋任渊《后山诗注》二《黄梅五首》之三注引补。根据卞孝萱《〈李娃传〉的原标题及写作年代》，白行简《李娃传》写于元和十四年（819），元稹此诗写于其后。吴伟斌《新编元稹集》则不同于此："我们同意李宗为、戴望舒两位先生的认证，认为白行简《李娃传》作于贞元二十一年八月，亦即永贞元年八月，元稹的《李娃行》作于同年稍后，地点在长安，元稹时任校书郎之职。"许𫖮《彦周诗话》评此诗之描写人物说："诗人写人物态度，至不可移易。元微之《李娃行》云'髻鬟峨峨高一尺，门前立地看春风'，此定为娼妇。退之《华山女》诗云'洗妆拭面着冠帔，白咽红颊长眉青'，此定是女道士。东坡作《芙蓉城》诗，亦用'长眉青'三字，云'中有一人长眉青，炯如微云淡疏星'，便有神仙风度。"

哭子十首 ①（选四）

其五

节量梨栗愁生疾，教示诗书望早成。
鞭扑校多怜校少 ②，又缘遗恨哭三声。

其七

往年鬓已同潘岳 ③，垂老年教作邓攸 ④。
烦恼数中除一事，自兹无复子孙忧。

其八

长年苦境知何限，岂得因儿独丧明 ⑤。

消遣又来缘尔母^⑥，夜深和泪有经声。

其九

乌生八子今无七^⑦，猿叫三声月正孤。
寂寞空堂天欲曙，拂帘双燕引新雏。

【注释】

① 此诗长庆元年（821）作于长安，时为中书舍人、翰林承旨学士。子：指独子元荆，为诗人小妾安仙嫔所出，元和六年（811）生于江陵，病故于本年夏秋间，年十一。题下原注："翰林学士时作。"翰林学士，唐玄宗开元初以张九龄、张说、陆坚等掌四方表疏批答、应和文章，号"翰林供奉"，与集贤院学士分司起草诏书及应承皇帝的各种文字。唐德宗以后，翰林学士成为皇帝的亲近顾问兼秘书官，常值宿内廷，承命撰拟有关任免将相和册后立太子等事的文告，有"内相"之称。唐代后期，往往即以翰林学士升任宰相。诗人于长庆元年二月十六日至十月十九日任翰林学士。

② 鞭扑：亦作"鞭朴"，用作刑具的鞭子和棍棒，又指用鞭子或棍棒抽打。校：较。

③ 往年鬓：潘岳《秋兴赋》："余春秋三十有二，始见二毛。"元和四年（809）元稹三十一岁已有白发，故称"往年"。

④ 邓攸：以"邓攸无子"谓无子嗣。

⑤ 丧明：眼睛失明。《礼记·檀弓上》："子夏丧其子而丧其明。曾子吊之，曰：'吾闻之也，朋友丧明则哭之。'"

⑥ 尔母：指元荆继母裴淑。

⑦ 乌生八子：乐府相和歌辞有《乌生八子》之章。元稹与韦丛、小妾安仙嫔、裴淑先后育有子女八人：保子、元荆、元樊、降真、小迎、道

卫、道扶、道护，仅保子成人，后嫁与韦绚为妻，故言"今无七"。

【评析】

　　《哭子十首》从不同的角度表现诗人的丧子之恸，《唐诗镜》卷四六说："数首颠倒思量，婉转沉痛，殆难为读。"可谓的评！又评"节量"一首云："深恨！"评"往年"一首谓："绝痛！"评"长年"一首为："景逼情生。"《唐诗快》卷三黄周星也评道："此岂止山季伦所云孩抱中物乎？悔恨沉痛，写出愈觉难堪。"沉痛、悔恨、遗憾与无奈成为组诗的感情基调，贯穿于各首诗歌之中，诗人虽然时有故作旷达之语，但也难以抵挡人生悲凉之感的阵阵袭击，令人读之不免悲从中来，久久难以释怀。谢永芳《元稹诗全集》评道："人生之哀，莫过于幼年丧父、中年丧妻、晚年丧子。不幸的是，诗人继八岁丧父、三十岁丧妻之后，在四十三岁时又失去了爱子元荆——诗人当时唯一的儿子。何况，元荆夭折之时只有十一岁，生母安仙嫔又早在他四岁时就离开了人世。诗人伤心蚀骨的哀痛，都写在这组诗中……都是诗人真情实感的流露，是和着血与泪写成的。……以平易通俗语，写人之常情，但读后却不禁让人心神俱失。"

寄赠薛涛①

锦江滑腻娥眉秀②，幻出文君与薛涛。
言语巧偷鹦鹉舌，文章分得凤凰毛③。
纷纷辞客多停笔，个个公卿欲梦刀④。
别后相思隔烟水，菖蒲花发五云高⑤。

① 此诗作于长庆元年（821），元稹时为中书舍人、翰林承旨学士。薛涛（758—832）：字洪度，长安人。幼年随父入蜀，父逝，遂沦为乐伎，能诗善书，揖让于名公巨卿、文人学士之间。与元稹、白居易、刘禹锡等人均有交往。薛涛晚年居住浣花溪畔，创制深红小幅诗笺，人称"薛涛笺"。见《寄赠诗与薛涛因成长句》。

② 锦江：岷江分支之一，在今四川成都平原。传说蜀人织锦濯其中则锦色鲜艳，濯于他水则锦色黯淡，故称。峨眉：疑为峨眉之讹。峨眉，山名，在四川峨眉县西南，因山势逶迤，有山峰相对如蛾眉，故名。

③ 凤凰毛：凤凰羽毛五色，此处比喻薛涛富有文采。

④ 梦刀：用王濬梦刀典故，比喻想到蜀地为官。《晋书·王濬传》："濬梦夜悬三刀于卧屋梁上，须臾又益一刀，濬惊觉，意甚恶之。主簿李毅再拜贺曰：'三刀为州字，又益一者，明府其临益州乎？'及贼张弘杀益州刺史皇甫晏，果迁濬为益州刺史。"此处谓薛涛在蜀，公卿们都想到蜀地做官，以便能结识亲近她。

⑤ 五云：五色祥云。

【评析】

关于元稹与薛涛的情事，《云溪友议·艳阳词》中有此说法："安人元相国，应制科之选，历天禄畿尉，则闻西蜀乐籍有薛涛者，能篇咏，饶词辩，常悄悒于怀抱也。及为监察，求使剑门，以御史推鞫，难得见焉。及就除拾遗，府公严司空绶，知微之之欲，每遣薛氏往焉。临途诀别，不敢挈行。洎登翰林，以诗寄曰：锦江滑腻……乃廉问浙东，别涛已逾十载。方拟驰使往蜀取涛，乃有俳优周季南、季崇及妻刘采春，自淮甸而来。善弄陆参军，歌声彻云，篇韵虽不及涛，容华莫之比也。元公似忘薛涛。"又如《历代诗话·菖蒲花》："元微之

《寄薛涛》诗：'别后相思隔烟水，菖蒲花发五云高。'吴旦生曰：'微之出使西蜀，知营妓薛涛有辞辩，严绶遣涛往侍。后登翰林，涛献松花纸百幅，微之就于所献纸寄赠一篇。涛尝好种菖蒲，故有是句。'"

元稹此诗感情深挚，一片深情，委婉道出。黄叔灿《唐诗笺注》卷五评其："起言涛为山川名秀所生，却妙以文君伴说。'滑腻'二字，'秀'字，切女郎，更工妙。下言其巧于言语，具有文才，故诗人搁笔，官宦争思梦刀，用三刀梦益州事。菖蒲花不得见，五云高不可攀，借以喻会合之难也。此等诗极香艳，却无香奁俗气。"今人谢永芳《元稹诗全集》评析道："元、薛情事，是一桩著名的公案，聚讼纷纭，莫衷一是。狎妓冶游，本为唐代士大夫生活方式之一种，甚至可以说概莫能外。关键的一点，是两人的感情纠葛也是基于才华的相互吸引。所以，诗作所云，尤其是末二句'别后相思隔烟水，菖蒲花发五云高'，可以看出还是寄寓了作者很深的缅怀之情的。"

感事三首 ①

其一

为国谋羊舌②，从来不为身。
此心长自保，终不学张陈③。

其二

自笑心何劣④，区区辨所冤⑤。
伯仁虽到死⑥，终不向人言。

其三

富贵年皆长，风尘旧转稀^⑦。
白头方见绝^⑧，遥为一沾衣。

【注释】

① 此诗长庆元年（821）作于长安，时为中书舍人、翰林承旨学士。题下原注："此后并是学士时诗。"

② 羊舌：春秋时晋国大夫范宣子怀疑栾盈叛乱，栾盈逃亡后，范宣子杀害了栾的同伙羊舌虎。羊舌虎之兄羊舌叔向也因此被囚禁。羊舌氏一宗仅存羊舌肸一人，但他仍然忠心耿耿地为晋国整日思虑、日夜奔走，从不考虑自己。他说："只愿求得好死，不指望有子孙后代祭祀自己。"

③ 张陈：指秦汉之际的张耳与陈余。二人均为大梁名士，彼此为刎颈之交，后投身陈涉义军，成为重要将领，两人因权势之争，最后陈余死于张耳之手。后因作密友成仇的典故。

④ 何劣：多么狭窄。

⑤ 区区：急忙、匆忙。辨所冤：澄清自己所遭受的冤屈。

⑥ 伯仁：据《晋书·周顗传》，周顗字伯仁，元帝时为仆射，与王导交情很深。永昌元年（322），导堂兄江州刺史王敦起兵反，导赴阙待罪。顗在元帝前为导辩护，帝纳其言而导不知。及敦入朝，问王导如何处置顗，导不答，敦遂杀顗。后导知顗曾救己，不禁痛哭流涕，说："吾虽不杀伯仁，伯仁由我而死。幽冥之中，负此良友！"

⑦ 旧：老友、故人。《左传·庄公二十七年》："秋，公子友如陈，葬原仲，非礼也。原仲，季友之旧也。"转稀：变得越来越少。稀，一作移。

⑧ 方：正。见绝：被抛弃，被背弃。

【评析】

元稹与裴度本为关系不错的朋友，在宪宗朝时元稹曾支持裴度弹劾权幸，又曾与裴度一同赶赴贬谪之地洛阳，一起受到故相裴垍的赏识。长庆元年（821）七月河北藩镇叛乱，元稹为翰林承旨学士辅佐穆宗平乱，王播利用元稹与裴度在长庆元年考试事件中产生的矛盾加以挑拨，致使怨恨在心、寻机报复的裴度三次上书弹劾元稹，指责元稹勾结宦官破坏平叛。在裴度的压力下，穆宗只好将元稹从翰林承旨学士降为工部侍郎。本诗即作于降职前夕。诗歌第一首连用两个典故说明自己如羊舌肸一样已经无后，一心谋国，只想苟且自保而已，绝不会像张陈那样好友相残。第二首借东晋周顗救王导的典故说明自己既不会因遭受不白之冤而四处诉说，更不会因曾帮助过裴度而四处张扬。第三首抒发诗人对富贵长在而故友凋零的感慨，并对裴度不顾旧情、断然绝交深表遗憾。全诗真诚大度、从容内敛，合情合理，尤其是在经历了丧子之痛后能如此沉静，体现了元稹作为一个政治人物的理性精神。谢永芳《元稹诗全集》评论说："组诗运用三个非常贴切的典故，来暗喻自己抱冤受屈的境遇，表达内心悲苦愤懑的感受。"

别毅郎二首 ①

其一

尔爷只为一杯酒 ②，此别那知死与生。
儿有何辜才七岁，亦教儿作瘴江行 ③。

其二

爱惜尔爷唯有我，我今憔悴望何人。
伤心自比笼中鹤，翦尽翅翎愁到身④。

【注释】

①此诗长庆元年（821）作于长安，十月罢翰林学士，为工部侍郎。题下原注："此后工部侍郎时诗。"一作"此后三首，工部侍郎时诗"。工部侍郎，唐代各部的侍郎虽为副职，位在各部尚书之下，但尚书仅为荣誉职务，主持实际工作的仍是各部侍郎。毅郎：谏议大夫李景俭之子。

②尔爷：指李景俭，永贞革新的重要成员，诗人密友。

③瘴江：本指南方充满瘴气的江河，此指福建境内的漳水。

④翅翎：翅膀。翎，鸟翅或尾上长而硬的毛。

【评析】

据《旧唐书·李景俭传》载，长庆元年（821）十二月，李景俭乘醉诣中书谒宰相，直呼王播、崔植、杜元颖三人名讳，面疏三位宰相在河朔平叛中的失误，"辞颇悖慢，宰相逊言止之"，李景俭旋即被贬漳州刺史。这就是穆宗朝著名的"使酒骂座"事件。诗中"只为一杯酒"即指此事。不独如此，当时与李景俭同时饮酒的诸官员都受到牵连："（戊寅）贬员外郎独孤朗为韶州刺史、起居舍人温造朗州刺史、司勋员外郎李肇澧州刺史、刑部员外郎王镒郢州刺史，坐与李景俭于史馆同饮，景俭乘醉见宰相谩骂故也。兵部郎中知制诰冯宿、库部郎中知制诰杨嗣复各罚一季俸料，亦坐与景俭同饮，然先起，不贬官。"（《旧唐书·穆宗纪》）

此诗从送别毅郎的角度表现了诗人对李景俭遭贬的深深同情。李景俭仗着杯酒的胆量痛斥高官的治国无能与平叛不力，由此远贬漳州，前途生死未卜！竟连七岁的毅郎也要作瘴江之行！第二首写援手相救者唯有"爱惜尔爷"的我，可我也是憔悴踉跄、无能为力，仿佛笼中鹤一般！诗人当时受弹劾降为工部侍郎，自顾不暇，故有"笼中鹤""翦尽翅翎"之喻。吴伟斌《新编元稹集》评说道："元稹任职工部侍郎，已经从穆宗左膀右臂的'内相'翰林承旨学士降为一般的六部主官，离开了李唐的政治决策、人事任免的核心圈子，失去了参与讨论李唐核心机密、重大朝政的权力与机会，只是负责一些具体的国家事务，裴度弹劾元稹的主要目的应该说已经达到。正因为如此，元稹面对李景俭的出贬外地，只能'我今憔悴望何人'来感慨。"全诗哀悯毅郎真情自然，欲救景俭回天乏术，一种忧伤愤懑贯注于中。《唐诗镜》卷四十六点评说："痛语！"

自责 ①

犀带金鱼束紫袍 ②，不能将命报分毫 ③。
他时得见牛常侍 ④，为尔君前捧佩刀。

【注释】

① 此诗长庆二年（822）作于长安，元稹时为工部侍郎。

② 犀带：即犀角带，饰有犀角的腰带，非品官不能用。金鱼：金质鱼符。唐代亲王及三品以上官员佩带。开元初，从五品亦佩带，用以表示品级身份。见《新唐书·车服志》。紫袍：紫色朝服，高官所服。

③ 命：政令、朝命。

④ 牛常侍：指牛元翼。牛元翼，赵州人，初事王承宗，为诸将冠。

王庭凑叛，擢元翼为深冀节度使，庭凑围攻不胜。后庭凑降唐，朝廷赦其罪，赐以深州，徙元翼为山南东道节度使，加检校工部尚书。后元翼朝京师，庭凑尽杀其部将百八十人，元翼闻之，愤恚而亡。《新唐书》有传。常侍，官名，皇帝的侍从近臣。秦汉有中常侍，魏晋以来有散骑常侍，隋唐内侍省有内常侍，均简称常侍。元翼以检校右散骑常侍的荣衔，任镇州大都督、成德军节度使、冀赵等州观察处置等使，故称。

【评析】

诗歌前二句回忆过去，自己曾为翰林学士，有"金鱼""紫袍"之荣，应该具有影响穆宗和朝政的能力来妥善处理叛镇一事，但由于朝廷诸多官员的消极态度和裴度的不断上书弹劾，导致元稹未能如愿。"不能将命报分毫"，字里行间流露出许多的遗憾、无奈乃至愧疚。后两句写将来若见到牛元翼，要对他表示深深的敬意，赞美他的英勇果敢，为他亲自捧上象征威武的佩刀。关于诗歌创作的时间节点，吴伟斌《新编元稹集》以为："长庆二年二月四日，已'赦免朱克融''昭雪王庭凑'的李唐朝廷不得不向叛镇妥协，将坚持平叛的牛元翼调离成德军节度府，前往山南东道充任节度观察之职，以让叛镇'解气'和放心。但即使这样，嚣张的叛镇也没有领情于李唐王室，紧紧围住牛元翼不肯放他出围而去，让李唐朝廷非常难堪。……诗人既是自责，也是向牛元翼表示歉意，更是向无计可施的李唐皇帝承担自己的责任。"谢永芳《元稹诗全集》评说："元和削藩，是唐王朝力图用武力打击分裂割据势力，维护封建国家统一的行动，元和诗人身处其间，身历其境，作为歌诗，包括元稹的这一首，都有其现实意义。"

赠别杨员外巨源 ①

忆昔西河县下时 ②，青衫憔悴宦名卑 ③。
揄扬陶令缘求酒 ④，结托萧娘只在诗 ⑤。
朱紫衣裳浮世重 ⑥，苍黄岁序长年悲 ⑦。
白头后会知何日，一盏烦君不用辞。

【注释】

① 此诗长庆三年（823）春作，时为同州刺史。一说作于长庆元年
（821）。杨员外巨源：杨巨源，诗人的朋友，曾任虞部员外郎。

② 西河县：唐属汾州，治所在今山西汾阳。《元和郡县志·汾州》：
"管县五：西河、孝义、介休、灵古、平遥。……上元元年改为西河县。"
元稹十五岁明经及第后曾到西河"揭褐入仕"，学习吏治。

③ 青衫：学子之服。又唐制，文官八品、九品服以青色。衫，一作
"山"。

④ 陶令：陶渊明曾任彭泽令，故称。此代指县令。

⑤ 萧娘：为女子的泛称，典出《南史·梁临川靖惠王宏传》，犹称
男子为"萧郎"。

⑥ 朱紫衣裳：古代高级官员的服色或服饰。谓红色、紫色官服。浮
世：人间、人世。旧时认为人世间是浮沉聚散不定的，故称。重：看重。

⑦ 苍黄：《墨子·所染》："见染丝者而叹曰：'染于苍则苍，染于黄
则黄，所入者变，其色亦变。'"以比喻事物变化不定，反复无常。孔稚
珪《北山移文》："终始参差，苍黄翻覆。"岁序：岁时的顺序，岁月。

【评析】

长庆二年（822）五月，李赏受李逢吉指使，诬告元稹派人刺杀裴度，六月罢免元稹工部侍郎平章事之职，贬同州刺史。长庆三年（823）正月初杨巨源至同州探访老友，元稹《酬杨司业十二兄早秋述情见寄》题注说："今春与杨兄会于冯翊，数日而别。此诗同州作。"冯翊，即同州。盘桓数日，杨巨源离去，诗人临别作诗相赠，同时之作还有《第三岁日咏春风凭杨员外寄长安柳》。诗歌前四句回想早年在西河"青衫憔悴"的艰难处境。名位卑下，唯有诗与酒才是他们当初最大的精神享受，故有"揄扬陶令"与"结托萧娘"之行。而"结托萧娘"则被后来认为暗含着与崔莺莺相遇的一段秘闻，引出无数人的遐想。后四句感叹今日，社会上的人们重视的是"朱紫衣裳"的功名富贵，可真正的过来人才知道仕途的坎坷艰辛、政局的翻云覆雨令人长年担心受怕、充满悲凉！最后抒发白首相聚、来日不期的感慨。政治上的沉浮漂荡，让人聚少离多，何况当时杨巨源已是年届七十，更不敢奢望未来！同年秋天的《酬杨司业十二兄早秋述情见寄》诗中更直接地坦露了这种悲凉的心情："白发故人少，相逢意弥远。往事共销沉，前期各衰晚。"

寄乐天二首①

其一

荣辱升沉影与身，世情谁是旧雷陈②？
唯应鲍叔犹怜我③，自保曾参不杀人④。

山入白楼沙苑暮^⑤，潮生沧海野塘春。
老逢佳景唯惆怅，两地各伤何限神。

其二

论才赋命不相干，凤有文章雉有冠。
羸骨欲销犹被刻^⑥，疮痕未没又遭弹。
剑头已折藏须盖，丁字虽刚屈莫难^⑦。
休学州前罗刹石^⑧，一生身敌海波澜。

【注释】

①此诗长庆三年（823）春作，诗人时为同州刺史。

②雷陈：《后汉书·陈重传》："陈重字景公，豫章宜春人也。少与同郡雷义为友，俱学《鲁诗》《颜氏春秋》。太守张云举重孝廉，重以让义，前后十余通记，云不听。"又同书《雷义传》"雷义字仲公，豫章鄱阳人也。……举茂才，让于陈重，刺史不听，义遂佯狂被发走，不应命。乡里为之语曰：'胶漆自谓坚，不如雷与陈。'三府同时俱辟二人。"

③鲍叔：即鲍叔牙，春秋齐国大夫。《史记·管晏列传》："管仲夷吾者，颍上人也。少时常与鲍叔牙游，鲍叔知其贤。管仲贫困，常欺鲍叔，鲍叔终善遇之，不以为言。……管仲曰：'吾始困时，尝与鲍叔贾，分财利多自与，鲍叔不以我为贪，知我贫也。吾尝为鲍叔谋事而更穷困，鲍叔不以我为愚，知时有利不利也。吾尝三仕三见逐于君，鲍叔不以我为不肖，知我不遭时也。吾尝三战三走，鲍叔不以我为怯，知我有老母也。公子纠败，召忽死之，吾幽囚受辱，鲍叔不以我为无耻，知我不羞小节而耻功名不显于天下也。生我者父母，知我者鲍子也。'鲍叔既进管仲，以身下之。……天下不多管仲之贤而多鲍叔能知人也。"此以鲍叔牙喻白居易，以管仲自喻。

④ 曾参不杀人：据《战国策·秦策二》，曾参春秋时人，费人有与曾参同姓名者杀人，人告曾母曰："曾参杀人。"曾母曰："吾子不杀人。"织自若。顷之又有告，其母织如故。第三人来告，曾母惧，投杼逾墙而走。后以喻流言之可畏。

⑤ 白楼：在同州，《陕西通志·古迹》："白楼，同州有白楼。唐贤眺咏之所。令狐楚作赋刻其上（《集古录》）。"沙苑：在同州境内，设有沙苑监，负责牛马事宜。《水经注》："洛水东经沙阜北，俗名沙苑。"《元和郡县志》："沙苑，一名沙阜，在（冯翊）县南十二里，东西八十里……今以南北三十里，其处宜六畜，置沙苑监。"

⑥ "羸骨"二句：指长庆元年（821）十月十九日遭受裴度"谋乱朝政"的弹劾，自翰林承旨学士降为工部侍郎；次年二月十九日拜相，随后又受李逢吉指使他人诬奏元稹"谋刺裴度"而罢相出贬同州刺史。

⑦ 丁字：钉子。

⑧ 罗刹石：一名镇江石、罗刹矶，在浙江钱塘江中。据《舆地纪胜》载："秦望山有大石崔嵬，横绝江涛，商船经此，多为风浪所倾，因呼为'罗刹'。"

【评析】

元稹寄诗时，白居易已经在杭州刺史任上。好友远隔千里，不得面晤，只能作诗相寄，倾诉内心的情愫。第一首主要叙写元白两人弥足珍贵的友谊。人生荣辱、仕途升降如影随身，可是当人身处低谷、遭受挫折时又有几人具有陈重与雷义般的真情厚意与生死不渝的友谊？颔联先以鲍叔牙喻白居易，感谢白居易像鲍叔牙信任、帮助管仲那样无私地帮助和支持自己；同时也表达了自己不曾"谋杀"裴度，而流言杀人的事实真相。颈联分写同州与杭州两地风景，铺垫尾联抒发两地相思之情，"佳景"固然可赏，可对白发老人却只能引发更多的惆怅与无限的神伤！第二首，诗人直接逗露心迹、抒发感慨：人之才华与人之命运完全风马牛不相及，正如凤与雉都有华丽的外表，可本质上却有天壤之别！颔联写自己两度遭受诬陷的愤懑，"欲销""未没"写旧伤未愈旋遭新创，"犹""又"极力表达政治斗争的残酷无情和自己面对诬陷时无力反抗、任人宰割！颈联以"剑头""丁字"自喻，虽然以前锋利刚强、无所畏惧，可如今却只能"藏须盖""屈莫难"；尾联甚至告诫自己，"休学"钱塘江上"一生身敌海波澜"的罗刹石，兀然地对抗整个汹涌澎湃的大海！全诗至此，诗人泣血涟如，无限的冤屈愤懑与懊恼沮丧才倾泻而出！《重订唐诗别裁集》卷十五评说："此微之伤弓之言！"《唐诗快》卷十一黄周星评道："此皆伤弓后语也。故其第二首又云'羸骨欲销犹被刻，疮痕未没又遭弹'，甚矣！才人之难为也！"吴伟斌《新编元稹集》评论说："诗人在褒扬白居易背后，真正的意图是在宣泄自己被冤屈被诬陷之后的不平与不满，想来读者与我们都不难感受到这一点。未见白居易对元稹这两首诗的回酬，不知何故。"

旱灾自咎贻七县宰 [①]

吾闻上帝心，降命明且仁。
臣稹苟有罪，胡不灾我身？
胡为旱一州，祸此千万人。
一旱犹可忍，其旱亦已频。
腊雪不满地，膏雨不降春。
恻恻诏书下 [②]，半减麦与缗。

半租岂不薄，尚竭力与筋。
竭力不敢惮，惭戴天子恩。
累累妇拜姑③，呐呐翁语孙④。
禾黍日夜长，足得盈我囷。
还填折粟税，酬偿贳麦邻⑤。
苟无公私责⑥，饮水不为贫。
欢言未盈口，旱气已再振。
六月天不雨，秋孟亦既旬⑦。
区区昧陋积⑧，祷祝非不勤。
日驰衰白颜，再拜泥甲鳞⑨。
归来重思忖，愿告诸邑君。
以彼天道远，岂如人事亲。
团团囹圄中，无乃冤不申⑩？
扰扰食廪内，无乃奸有因？
轧轧输送车，无乃使不伦⑪？
遥遥负担卒，无乃役不均？
今年无大麦，计与珠玉滨⑫。
村胥与里吏⑬，无乃求取繁？
符下敛钱急⑭，值官因酒嗔。
诛求与挞罚⑮，无乃不逡巡？
生小下里住⑯，不曾州县门。
诉词千万恨，无乃不得闻？
强豪富酒肉，穷独无刍薪。
俱由案牍吏，无乃移祸屯？
官分市井户⑰，迭配水陆珍。
未蒙所偿直⑱，无乃不敢言？

有一于此事，安可尤苍旻 ⑲！
借使漏刑宪 ⑳，得不虞鬼神 ㉑。
自顾顽滞牧 ㉒，坐贻灾沴臻 ㉓。
上羞朝廷寄，下愧闾里民。
岂无神明宰 ㉔，为我同苦辛。
共布慈惠语，慰此衢客尘。

【注释】

① 此诗长庆三年（823）七月作，诗人时为同州刺史。题下原注："同州时。"一无"时"字。自咎：自责。七县：同州管辖冯翊、朝邑、韩城、白水、夏阳、澄城、郃阳七县，治所冯翊（今陕西大荔）。

② 恻恻：恳切貌。

③ 累累：瘦瘠疲惫貌。

④ 呐呐：语言迟钝貌。

⑤ 贳（shì）：借贷。

⑥ 责：债。

⑦ 既旬：终旬，十天。

⑧ 区区：自谦之词。昧陋：愚昧浅陋的习俗，指下文"祷祝"之类。

⑨ 泥甲鳞：泥塑的龙，拜以求雨。

⑩ 无乃：莫非，恐怕是，表示推测的语气词。

⑪ 不伦：不匹配，不相当，谓有出入。

⑫ 滨：接近。

⑬ 村胥：犹村正，古代基层官吏。里吏：里长。

⑭ 符：一种盖有官府印信的下行公文。

⑮ 诛求：强行征收。

⑯ 生小：自幼，小时。下里：乡下，乡野。里，一作"俚"。

⑰ 市井户：商贾之家。

⑱ 直：通"值"，价钱。

⑲ 尤苍旻：怪罪老天。

⑳ 借使：假使。刑宪：刑法。

㉑ 得不：能不，岂不。虞：本为古代一种祭祀名，此指祭祀。一说虞，欺。

㉒ 自顾：自念、自视。顽滞：愚妄固执。牧：州牧，诗人自称。

㉓ 坐贻：于是致使。灾沴：自然灾害。臻：降临，来到。

㉔ 神明宰：高明的县令。

【评析】

长庆三年（823）七月，同州连月未雨，七县大旱，诗人以为自己未尽职责，因此自责自咎。首十句说上天是仁爱圣明的，如果是自己的错就降罪自己好了，何必牵连无辜百姓呢？一旱也便罢了，何必连连干旱呢？甚至冬天无雪，春天无雨！"恻恻"以下二十二句写皇恩浩荡，降旨减免一半赋税，可是老百姓即使竭尽精力、不敢懈怠也难以完成，因此还"有愧"于皇恩！接着写农民的种种苦衷与难堪，种种生活景象与心理愿望，乃至于拜神求雨！所闻所见让诗人不禁反思并告七县"诸邑君"："归来"以下三十六句连用九个"无乃"列举各种不平无法、盘剥欺压、巧取豪夺等社会现象，指出这才是导致百姓贫穷的根本原因，又怎能"尤苍旻"呢！吏治不严、贪腐丛生、法网不张，又岂能"虞鬼神"呢！末尾八句回应开头"自咎贻七县宰"。诗歌借久旱不雨对当时的社会进行了毫不留情的批评，"自顾顽滞牧，坐贻灾沴臻。上羞朝廷寄，下愧闾里民"，其深深自咎也体现了作为一个地方官员应该承担的责任，也充分体现了元白倡导的新乐府精神！王应麟《困学纪闻·考史》评论说："元稹守同州，《旱旱

352

自咎诗》曰'上羞朝廷寄，下愧闾里民'……積可谓知所职矣！其言不可以人废。"《唐诗镜》卷四十六点评道："谆恳处不厌其烦。"杨军、吕燕芳《元稹诗文选》评道："题意是面对旱灾给老百姓带来的苦难，与辖境中各位县官一起反省为政之失。"

初除浙东妻有阻色因以四韵晓之 [①]

嫁时五月归巴地 [②]，今日双旌上越州 [③]。
兴庆首行千命妇 [④]，会稽旁带六诸侯。
海楼翡翠闲相逐 [⑤]，镜水鸳鸯暖共游 [⑥]。
我有主恩羞未报，君于此外更何求！

【注释】

　　① 此诗长庆三年（823）秋作于长安，授浙东观察使时。除：拜官、授职。浙东：《旧唐书·地理志》："浙江东道节度使。治越州，管越、衢、婺、温、台、明等州。或为观察使。"观察使，《新唐书·百官志》："节度使掌总军旅，颛诛杀。初授，具帑抹兵仗诣兵部辞见，观察使亦如之。辞日，赐双旌双节。行则建节、树六纛，中官祖送，次一驿辄上闻。入境，州县筑节楼，迎以鼓角，衙仗居前，旌幢居中，大将鸣珂，金钲鼓角居后，州县赍印迎于道左。视事之日，设礼案，高尺有二寸，方八尺。判三案：节度使判宰相，观察使判节度使，团练使判观察使。"

　　② 嫁时五月：指元和十一年（816）五月与继室裴淑于兴元结婚之时。

　　③ 双旌：唐代节度使领刺史者出行的仪仗。越州：《元和郡县图志·浙东观察使》："越州，会稽，都督府。今为浙东观察使理所。管州七：越州，婺州，衢州，处州，温州，台州，明州。"

④兴庆：即兴庆宫，为唐代三大宫殿，又称南内。首行：即行列之首。命妇：妇人受封号之称，有内命妇、外命妇之分。原注："予在中书日，妻以郡君朝太后于兴庆宫，猥为班首。"

⑤翡翠：鸟名。嘴长而直，生活在水边，吃鱼虾之类。羽毛有蓝、绿、赤、棕等色，可做装饰品。

⑥镜水：镜湖，古代长江以南大型农田水利工程之一。在今浙江绍兴会稽上北麓。东汉永和五年（140）在会稽太守马臻主持下修建，以水平如镜，故名。

【评析】

诗人除浙东观察使要南下越州，妻子裴淑有些不乐意，诗人便写下此诗来加以劝慰。首联说昔日之苦与今日之幸，两相对比，高下自分。颔联写皇恩之隆，妻子得位列班首，自己得雄倨一方，恩荣自不待言。颈联推想越州美事，夫妻可如翡翠、鸳鸯相逐共暖，享受美景。尾联为报君恩，夫复何求。宋邦绥《才调集补注》卷五对诗作的时间、地理均有较为详细的介绍，但说"巴地"属江陵则误，不可不知："（宋邦绥注：）《唐书·元稹传》'罢宰相，出为同州刺史，再期徙浙东观察使。'（冯班评：）何以选此诗？……'归巴地'（宋邦绥注：）《纪事》：'稹先妻京兆韦氏，名蕙丛，后娶河东裴氏，字柔之，归巴地，当是参军江陵时，所娶盖裴氏也。江陵有巴东县，县有巴山，故曰巴地。''双旌'（宋邦绥注：）唐《百官志》：'节度使初授，具兵仗，诣兵部辞见，观察使亦如之。辞日赐双旌双节，行则建节，树六纛。''兴庆'（宋邦绥注：）唐《地理志》：'兴庆宫在皇城东南，距京城之东，开元初置，至十四年又增广之，谓之南内。'"六诸侯"（宋邦绥注：）《后汉书》左雄曰：'今之墨绶，犹古之诸侯。'注：'墨绶谓令长，即古子男之国也。'按唐《地理志》，会稽郡会稽县，县旁有六县，故曰六诸侯。曰山阴，曰诸暨，曰余姚，曰剡，曰萧山，曰上虞。'海楼'（宋邦绥注：）胡燮亭曰：'越滨海，故曰海楼。李诗"玉楼巢翡翠海楼"句本此''镜水'（宋邦绥注：）《寰宇记》：'镜湖在会稽、山阴两县界。'按《舆地志》云：'山阴南湖，萦带郊郭，白水翠岩，互相映发若图画，故逸少云："山阴路上行，如在镜中游。"''

金圣叹《贯华堂选批唐才子诗》卷五则从诗歌艺术表现方面给予评析："（前解）因夫人是新婚，先生是新除，故以'五月''双旌'字对写为戏也。言昨者登车远来，其时正值五月，犹尚触热相就；今何被命南上，俨然已发双旌，顾反娇啼见难郎？三、四即双旌先报越州之头行，言夫人是兴庆宫中命妇班首，相公是中书门下平章观察一任，算是夫荣妻贵亦得，算是夫唱妇随亦得，言更不可不行也。（言外宛然新婚相谑。）（后解）前解盛述恩荣，此解细商恩义也。言陆则有翡翠，水则有鸳鸯，既是配合雄雌，无不宛转相逐，何以人不如鸟而作差池背飞耶？末因更以五伦大义压之，言我于朝廷为君臣，子于闺房为夫妇，既我君臣义在莫逃，即子夫妇胡可相失也？"

重赠①

休遣玲珑唱我诗，我诗多是别君词。
明朝又向江头别，月落潮平是去时。

【注释】

① 此诗作于长庆三年（823）赴越州经杭州时。本诗为《赠乐天》之续篇。题下原注："乐人商玲珑能歌，歌予数十诗。"商玲珑：余杭的

歌妓。

【评析】

　　此诗为留别诗。元稹赴越州经杭州与白居易相聚数日，临别留诗相赠。"唱我诗"固然是一番美意，可是"我诗多是别君词"，岂非撩起更多的伤心之事与别离之情？更何况"明朝又向江头别"呢！诗情婉转，别意浓浓。《唐人绝句类选》说："商〔高〕玲珑为余杭歌者，元为越州，曾向白借玲珑至越州唱曲半载，故此诗如此措辞，亦见两人私交之深也。"

　　后之诗论家多有评论。如《诗法易简录》评此诗："一气清空如话。"《碛砂唐诗》论析此诗笔法云："闻家书有三折笔法，意在笔先，笔留余意，故用力直透纸背。今读此篇首句，非意在笔先乎？意在笔先则此七字并未着墨也。次句似与上下不相蒙，实是轻轻一点墨矣。独至第三句正当用力取势，兔起鹘落之时，而偏用缩笔，只换'月落潮平是去时'结，非笔留意者乎？若拙手则必出锋一写，了无余味，故知此道亦有三折法也。"《诗式》言此诗："说相别之难，托于诗词入。首句从唱者兜起，不特起势远而寄意亦愈切，言莫教人唱我之诗，以我诗不堪入听也。二句言我之诗多是别诗。首句、二句只自冒起，为三句先垫一层。三句言相别又在明朝，'又'字为眼，亦为主。四句从别后着笔，言月落潮平，正是去之之时，题后涵咏，含情不尽，与李白《送孟浩然之广陵》结句云'惟见长江天际流'同一用意。此首与《赠乐天》一首合读。〔品〕凄切。"高士奇辑、何焯评《唐三体诗评》卷一："寄君诗则无非离别之辞，起下二句轻巧无痕。不忍更听，便藏得千重别恨。末句只从将别作结，自有黯然之味，正用覆装以留不尽。"俞陛云《诗境浅说续编》评道："首二句非但见交情之厚，酬唱之多，兼有会少离多之意，故第三句以'又'字表明之，言明日潮平月落，又与君分手江头。题曰《重赠乐天》，见临别言之不尽也。"

沈祖棻《唐代七绝诗浅释》评析此诗说："'我诗多是别君词'，可见别离之频数。往事不堪回首，况明朝又别乎？曰'明朝'，时之促，曰'又'，别之频，皆令人益增愁思者也。收句是虚拟，盖凭已往经验，从想象中摹出。将别未别，已觉难堪，况当其时而临其境邪？是言外有更深之离绪在也。"谢永芳《元稹诗全集》说："这首赠别诗，前两句实写当前情景，是说两位老友久别重逢后，喜不自禁，诗人再也不愿听到离别的歌声。后两句以虚笔写出想象中的'明朝'与老友再次分别的情景，也是补充说明，不愿意听到离歌，是因为明朝月落潮平之际，是老友又将离别之时，以悬想别时情境作结，见往日离情不堪重忆，今日之欢弥堪珍重。这种虚实相生的艺术手法，恰到好处地描述了人生聚散无常的普遍现象，正如陆时雍《诗镜总论》所评：'凡情无奇而自佳者，景不丽而自妙者，韵使之然也。'"

以州宅夸于乐天 ①

州城回绕拂云堆②，镜水稽山满眼来③。
四面常时对屏障，一家终日在楼台。
星河似向檐前落，鼓角惊从地底回④。
我是玉皇香案吏，谪居犹得住蓬莱⑤。

【注释】

① 此诗长庆三年（823）作于越州。《文苑英华》卷二五八题作《越中寄白乐天》。

357

②拂云：触到云。极言其高。越州州宅在龙山上，居高临下，故谓。

③镜水稽山：镜水，鉴湖。稽山，会稽山，相传越王勾践曾屯兵于此。

④地底回：从地下传来。《重订唐诗别裁集》卷一五："州宅即越王台，在卧龙山上，人民城郭，俱在其下，故有'鼓角惊从地底回'句。"

⑤蓬莱：海上仙山，此处喻指州宅所在之龙山。

【评析】

此诗描写越州州宅地势高峻、背山面水的风景，抒发了居于其间的快乐心情。历代诗论家对此诗颇多评述，如《唐诗贯珠》言："通首光彩流利。"《唐诗成法》认为此诗："稍觉高亮。"《唐宋诗举要》说："吴云：'一洗哀怨，变为平易和乐，此元、白所开。'"《唐诗快》卷一一言此诗："岂非仙吏乎？抑何修而得此？"《唐诗绎》言此诗："其写'夸'字，俱以诙谐之笔出之，须知句句自夸，实句句自嘲也。却妙在含蓄不露。"陈增杰《唐人律诗笺注集评》分析此诗说："通篇夸美州宅盛景。颔联写四望开阔，'对屏障''在楼台'，已见所居高旷，是横面描画；颈联复从天（接近星河）地（迴临平地）两间着笔，作纵向比较，突出居高临下之势，形容极致。结句以得越州佳山水为慰，若不介意于谪居者，而实含自嘲，特出以'诙谐之笔'，怀抱达观。"

此诗用语新颖，想象奇特，亦为人所道，如黄叔灿《唐诗笺注》卷五："州宅在城中高处。起言州城回绕，而镜湖之水、会稽之山皆在眼前，'屏障''楼台'，形容尽致。星河在檐，鼓角在地，俱言其高。结语虽系夸美，亦风流极矣。按本传，微之入相，李逢吉构罢之，出为同州刺史，再徙浙东观察使，故曰'谪居'。"余成教《石园诗话》卷二言："元微之通州诗云：'暗蛊有时迷酒影，浮尘向日似

358

波流。''入衙军吏声疑鸟，下峡舟船腹似鱼。'他日以州宅夸于香山云：'四面常时对屏障，一家终日在楼台。''绕郭烟岚新雨后，满山楼阁上灯初。'念前此之'苦境万般君莫问'，抚后此之'仙都难画亦难书'，作者固情随事迁，读者亦不能不为之动色也。"

此诗结句也为人所称道，如《小清华园诗谈》卷下："结句贵有味外之味，弦外之音。"《瀛奎律髓汇评》卷四："（冯班评：）以结句至今有蓬莱驿。（陆贻典评：）微之比乐天较能修饰，然本质近，又不如也。（无名氏评：）宅在绍兴。与左司'身多疾病'二句并看，便见身分。"

谢永芳《元稹诗全集》则从诗歌酬唱风气的变化说道："元稹作次韵律诗，当兴致勃发时，就会出现同一主题循环吟咏的情况。如在江陵期间作《送崔侍御之岭南二十韵》，于是引起白居易的兴趣，拟元诗作《送客春游岭南二十韵》，这又进一步激发元稹的诗情，次用白氏原韵作《和乐天送客游岭南二十韵》，这实际上构成以送别为线索的一组岭南风俗诗。这种情况，到元稹后期在浙东显得尤为突出，往往是由元稹挑起话头，让对方作答，最后再以次韵的形式酬答，直到战胜而罢。如元稹作此诗，白氏以《答微之夸越州州宅》作答却并未和韵，而元稹又以次韵方式作《重夸州宅旦暮景色》，这样就也构成了一组以越州为中心的景物诗。这样的"组"诗，既有传统联句特性，又独立成篇；有传统组诗的影子，区别在于作者不同而主题更集中。总之，它是律体的又一新的尝试，需要丰富的想象力和高超的用韵技巧。这种酬唱，元稹甚至将次韵对象扩展到两人以上，如同期所作与白居易、李谅酬唱之篇，实际上是进一步加大了创作的难度。"

重夸州宅旦暮景色兼酬前篇末句 [1]

仙都难画亦难书，暂合登临不合居。
绕郭烟岚新雨后，满山楼阁上灯初。
人声晓动千门辟 [2]，湖色宵涵万象虚。
为问西州罗刹岸 [3]，涛头冲突近何如？

【注释】

① 此诗长庆三年（823）作于越州。前篇末句：即白居易《答微之夸越州州宅》末句"知君暗数江南郡，除却余杭尽不如"。

② 辟：开启，打开。

③ 西州：此指杭州，因在元稹任职地越州之西，又在浙江即钱塘江之西，故称西州。罗刹：梵语的略译。最早见于古印度颂诗《梨俱吠陀》，相传原为南亚次大陆土著名称。自雅利安人征服印度后，凡遇恶人恶事皆称罗刹，遂成恶鬼名。此为罗刹江之省称，因江中有罗刹石而得名。陶宗仪《南村辍耕录·浙江潮候》："浙江一名钱塘江，一名罗刹江。所谓罗刹者，江心有石，即秦望山脚，横截波涛中。商旅船到此，多值风涛所困而倾覆，遂呼云。"

【评析】

元稹以《以州宅夸于乐天》赠白居易，白居易以《答微之夸越州州宅》相酬，元稹复以此诗针对其末句重赠。陈增杰《唐人律诗笺注集评》述其始末说："白居易读元稹《以州宅夸于乐天》诗后，作《答微之夸越州州宅》云：'贺上人回得报书，大夸州宅似仙居。厌看冯翊风沙久，喜见兰亭烟景初。日出旌旗生气色，月明楼阁在空虚。知君暗数江南郡，除却余杭尽不如。'意谓元稹在北方住久了，乍见'兰亭烟景'，便赞为'蓬莱仙居'，越州山水其实是比不上杭州的。元稹不服，故又作此篇酬答，用的是白诗原韵原字（书、居、初、虚、如）序次亦同，这即所谓'次韵'，是和诗中限制最严格的一种。次韵酬唱，滥觞于元、白；晚唐皮、陆，北宋苏、黄，翕然继起，诗家遂蔚为风气。"

此诗与《以州宅夸于乐天》一样，是元稹以越州风景夸示于白居易。《瀛奎律髓汇评》卷四对此夸耀之风批评道："长庆中，乐天知杭州，微之知越州，以简寄诗自此始。微之《夸州宅》，蓬莱阁所以名亦自此始。二公前贬九江、忠州、江陵、通州，往来诗不胜其酸楚，至此乃不胜其夸耀，亦一时风俗之弊，只知作诗，不知其有失也。"纪昀评："此论甚确，大抵元、白为人皆浅，小小悲喜必见于诗。全集皆然，不但此也。"查慎行评："'千门'无乃太夸。"

更多诗评则注重于诗歌艺术，如黄叔灿《唐诗笺注》卷五评道："首句跟上首'蓬莱'说，次句言仙都似可暂临登望，不宜为人世之居，正以答前篇'居''住'二字，更极形州宅之妙也。中四句俱分贴旦暮说，雨后烟岚，灯初楼阁，景色可想。三联'湖色宵涵'句，从空际写照，更非寻常笔墨。西州指杭州。钱塘江一名罗刹江。"《唐诗别裁集》说："浙江亦名'罗刹江'。末二语嘲乐天也。乐天有《解嘲》诗。"此诗其颔联尤为人所赞誉，如《小清华园诗谈》言："唐人佳句，有可以照耀古今者，如……元微之之'绕郭烟岚新雨后，满山楼阁上灯初'……此等句当与日星河岳同垂不朽。"又如俞陛云《诗境浅说》所言："上句谓山当雨后，则湿云半收，苍翠欲滴，胜于晴霁时之山容显露，所谓'雨后山光满郭青'也。下句谓群山入夜，则楼台隐入微茫，迨灯火齐张，在林霭中见明星点点。乐天诗云：'楼阁参差倚夕阳'，乃言向晚之景；此言夜景，各极其妙。凡远观灯火，最得幽静之致。'两三星火是瓜洲'与此诗之'满山灯火',虽多少不同,皆绝妙夜景,为画境所不到。此二句之写景,胜于前诗《夸州宅》之'四面常时对屏障,一家终日在楼台'句也('绕郭烟'二句下)。"

酬复言长庆四年元日郡斋感怀见寄 [1]

腊尽残销春又归,逢新别故欲沾衣。
自惊身上添年纪 [2],休系心中小是非。
富贵祝来何所遂 [3],聪明鞭得转无机。
羞看稚子先拈酒 [4],怅望平生旧采薇 [5]。
去日渐加余日少,贺人虽闹故人稀。
椒花丽句闲重检 [6],艾发衰容惜寸辉 [7]。
苦思正旦酬白雪 [8],闲观风色动青旂 [9]。
千官仗下炉烟里 [10],东海西头意独违。

【注释】

① 此诗作于长庆四年(824)浙东观察使任。复言:苏州刺史李谅,其原唱为《苏州元日郡斋感怀寄越州元相公杭州白舍人》。郡斋,郡守住所。

② 年纪:年岁。

③ "富贵"二句:原注:"祝富贵、鞭聪明,皆正旦童稚俗法。"所遂:所往。无机:任其自然,没有心计。

④ 拈酒:唐人口语,拿起酒杯喝酒。

⑤ 采薇:《史记·伯夷列传》载,周武王灭殷之后,"伯夷、叔齐耻

之，义不食周粟，隐于首阳山，采薇而食之。"后因以"采薇"指归隐或隐遁生活。

⑥椒花：《晋书·列女传》："刘臻妻陈氏者，亦聪辩能属文。尝正旦献《椒花颂》，其词曰：'旋穹周回，三朝肇建。青阳散辉，澄景载焕。标美灵葩，爰采爰献。圣容映之，永寿于万。'"

⑦艾发：苍白头发。

⑧正旦：即农历正月初一。白雪：喻指李谅高雅之诗篇。

⑨青旂：青色之旂。《礼记·月令》："孟春之月……天子居青阳大庙，乘鸾路，驾仓龙，载青旂，衣青衣，服仓玉，食麦与羊，其器疏以达。"

⑩千官：众多官员。仗下：此指朝堂。炉烟：此指御炉中的香烟。

【评析】

　　正月新春本来是开心高兴的时候，可在诗中诗人表现出的却是衰暮、感伤、叹老、失落甚至绝望的感情。首四句寒尽春来、逢新别故，诗人没有些许的高兴，反倒只有"欲沾衣"，更多的是体味着自己又增加了年岁，是非之心也随之淡化。次四句感叹自己膝下无子，老来只怕唯有归隐江湖了。"去日"四句写增加的是年岁，减少的却是生命；增加的是贺岁的官员同僚，减少的是故旧老友！但转而思量，还是应当重新检点《椒花颂》，虽然已是衰容白发也要珍惜时光。末四句转入"酬白雪"应题，既称赞其诗美，又祝愿他"动青旂"。末二句，含蕴颇深，"千官仗下炉烟里"既可视作李谅来日的入朝场景，也可视作今日朝廷的朝见场面，但不管哪种，均与自己毫无关系，"东海西头意独违"其意正在于此！全诗"感怀"抒情，含蓄哀婉，节奏舒缓，反复缠绵，似有无数难以言说的痛楚，读来令人一唱三叹！

和乐天早春见寄①

雨香云淡觉微和，谁送春声入棹歌②。
萱近北堂穿土早③，柳偏东面受风多。
湖添水剂消残雪，江送潮头涌漫波④。
同受新年不同赏⑤，无由缩地欲如何⑥。

【注释】

①此诗作于长庆四年（824）浙东观察使任。白居易原唱为《早春忆微之》："昏昏老与病相和，感物思君叹复歌。声早鸡先知夜短，色浓柳最占春多。沙头雨染斑斑草，水面风驱瑟瑟波。可道眼前光景恶，其如难见故人何？"

②棹歌：行船时所唱之歌。

③萱近北堂：《诗经·卫风·伯兮》"焉得谖草，言树之背"，毛传："谖草，令人忘忧。背，北堂也。"谖草，即萱草，俗名忘忧草。北堂，古代居室东房的后部。

④漫波：大波。

⑤新年：一年之始，指元日或其后几天。

⑥缩地：传说中的化远为近的神仙术。

【评析】

此诗用语明快晓畅，绘景如画，在对早春景色的描写中寄寓了对白居易的思念之情。后世诗评较多，如《网师园唐诗笺》说："新辟（'柳偏东面'句下）。"《唐三体诗评》说："涵见寄，蕴藉（"谁送春声"句下）。"还有对全诗作分析的，如《山满楼笺注唐诗七言律》说："上半写早春，一是天气，二是人事，三是物情，不但有次序，风流可爱真不减灵和柳色也。下半写和乐天，湖添水色，似可放棹相寻；江送潮头，又难一苇飞渡。离群索居之叹，其谁能已耶？"《贯华堂选批唐才子诗》卷五上说："一，从雨云写一'觉'字，言体中已有早春消息。二，从棹歌写一'谁'字，言耳畔又有早春消息。三、四，从萱柳写一'穿'字、'受'字，言眼前果已尽是早春消息也。看他写早春，渐渐由微而著，真笔墨与元化为徒也。前解写早春，此解写乐天见寄，而欲缩地同赏也。五，言雪消水添，本可放船直下也。六，言潮涌波漫，于是欲泛还止也。七、八易解。"另外，此诗首联构思新颖，备受后人赞誉，如杨慎《香云香雨》言："雨未尝有香也，而李贺诗'依微香雨青氛氲'，元微之诗'雨香云淡觉微和'。"《逸老堂诗话》卷一说："老杜《竹》诗：'雨洗娟娟净，风吹细细香。'太白《雪》诗云：'瑶台雪花数千点，片片吹落春风香。'李贺《四月词》云：'依微香雨青氛氲。'元微之诗云：'雨香云淡觉微和。'以世眼论之，则曰：'竹、雪、雨何尝有香也？'"周弼《三体唐诗》评额联说："时微之以李赏之谤，自同州移浙东。乐天守杭在北，故以北萱喻乐天可忘己忧，以东柳喻之之受侮不少也。"

谢永芳《元稹诗全集》评析说："诗作通过对美好春景的描写，抒发对白居易的深沉思念之情，表达二人之间的深挚友谊。首联写春意渐浓：细雨中飘来花香，春云淡薄，已经逐渐感受到春天温和的气息；春的声音还融入了船工的棹歌。后面这层意思用问句来表述，显得更加空灵而耐人寻思。额联写春天的萱草和柳树：种植在北堂边的萱草早已破土发芽，偏于东面的柳树感受风最多。选择能忘忧的萱草，是针对白居易原诗叹老嗟卑的衰颓情绪的，希望他乐观旷达些，忘去忧愁；选择赠别的柳树，是为了加重抒写'受侮不少'（高士奇辑注《三体唐诗》卷三）的他与好友的别离之情。颈联写湖边残雪消融，江中春潮澎湃，进一步放笔渲染春天的气息。白居易原诗写早春的景象，带有较浓的惨淡色彩，而元稹和诗写仲春的景象，则已显得较为明媚温煦了。尾联写两人不能共同欣赏新春的景色，又没有缩地之术可以缩短两人间的距离，真是无可奈何！这一神来之笔把元稹对于白居易的思念之深和两人友谊的挚厚抒写得非常充分。"

寄乐天 ^①

莫嗟虚老海壖西 ^②，天下风光数会稽 ^③。
灵汜桥前百里镜 ^④，石帆山崦五云溪 ^⑤。
冰销田地芦锥短，春入枝条柳眼低 ^⑥。
安得故人生羽翼，飞来相伴醉如泥。

【注释】

① 此诗作于长庆四年（824）春浙东观察使任上。

② 虚老：等闲地老去。海壖（ruán）：海边地，亦泛指沿海地区。柳宗元《南省转牒欲具江国图令尽通风俗故事》诗："圣代提封尽海壖，狼荒犹得纪山川。"

③ 会稽：《元和郡县图志·越州》："会稽县，山阴，越之前故灵文国也。秦立以为会稽山阴。汉初为都尉。隋平陈，改山阴为会稽县，皇朝因之。《吴越春秋》云：'禹巡狩天下，会计修国之道，因以会计名山，仍为地号。'山阴县，秦旧地，隋改为会稽。……《宋略》云：'会稽山阴，编户三万，号为天下繁剧。'"时为越州治所，即今浙江绍兴。

④ 灵汜桥：在今浙江绍兴南。百里镜：即镜湖，古人号称镜湖三百里，亦称百里镜湖。

⑤石帆山：在今浙江绍兴东南。崦：山曲。五云溪：即若耶溪，在今浙江义乌西北二十五里，源出五云山，入大溪。

⑥柳眼：早春初生柳叶如人睡眼初展。

【评析】

此诗起句言己并非"虚老"海越，而是有幸亲临会稽，享受这里的美好山川与秀丽风光。中四句即描写会稽美景：颔联写山川，镜湖、若耶溪这些令人企盼难至的著名胜景，诗人却可坐拥饱览！颈联写春日田园景象，芦笋、柳条在春风里荡漾，显出勃勃的生机。末二句邀请老友前来赏美景、饮美酒，写得馋人！果然，白居易酬作《答微之见寄》："可怜风景浙东西，先数余杭次会稽。禹庙未胜天竺寺，钱湖不羡若耶溪。摆尘野鹤春毛暖，拍水沙鸥湿翅低。更对雪楼君爱否，红阑碧甃点银泥。"白居易并不服输，会稽的山水固然不错，相较余杭到底略逊一筹："先数余杭次会稽"！老友写诗斗嘴较劲，别有一番情致。黄叔灿《唐诗笺注》卷五曾评析此诗说："中四句皆是夸会稽，'灵氾'一联，天然图画之山水也。而'冰销'一联，又就眼前景色言之，造句新颖，画工布景，俱有经营匠心，不是一味铺写。末句是寄。"谢永芳《元稹诗全集》说："诗作描写并赞美杭越优美的山水风光，抒发自己被'摇荡'起来的感情。"

游云门①

遥泉滴滴度更迟，秋夜霜天入竹扉。
明月自随山影去，清风长送白云归。

【注释】

① 此诗长庆四年（824）作于越州。云门：在浙江绍兴南，亦名东山。南朝梁处士何胤曾居于此。《梁书·文学传下》："（王籍）除轻车湘东王谘议参军，随府会稽。郡境有云门、天柱山，籍尝游之，或累月不反。"山有云门寺，在越州镜湖南，若耶溪旁。晋义熙三年（407）始建，唐会昌年间（841—846）毁废。

【评析】

云门寺为越州著名佛寺，唐人题咏甚多。本诗写游寺景象清丽悠然。孙安邦、蓓蕾《元稹集》评说："题作《游云门》，写夜宿云门寺的夜景。前两句着重渲染描写云门寺清幽宁静、洒遍清晖的秋夜景色；后两句则着力摹绘展现云门寺外山中的秋夜景色。造语新奇，意境静谧，写景细腻，遣词精当。全诗看似写景，无一字写诗人自身的活动，但处处有人物在活动。是通过人物的目光在描绘景物，是通过人物的移动在描写行动，也是通过人物的心灵在欣赏美景！"谢永芳《元稹诗全集》评道："诗作前两句着重渲染云门寺的宁静清幽、遍洒清晖，后两句着力展现寺外山中秋夜景色。全篇看似单纯写景，实无一字离开诗人自身的活动，是在通过人物的移动及其目光描绘、欣赏美景。"

酬乐天余思不尽加为六韵之作 ①

律吕同声我尔身 ②，文章君是一伶伦 ③。
众推贾谊为才子 ④，帝喜相如作侍臣。

次韵千言曾报答^⑤，直词三道共经纶^⑥。
元诗驳杂真难辨^⑦，白朴流传用转新^⑧。
蔡女图书虽在口^⑨，于公门户岂生尘^⑩？
商瞿未老犹希冀^⑪，莫把簏金便付人^⑫。

【注释】

① 此诗长庆四年（824）作于越州，一说作于长庆三年（823）。

② 律吕同声：犹格调一致，情投意合。律吕：古代校正乐律之器具，用竹管或金属制成，共十二管，管径相等，以管之长短定音之不同高度。从低音管算起，奇数之六管称律，偶数之六管称吕，合称律吕。

③ 伶伦：传说为黄帝时之乐官，古以为律吕之创始者。

④ "众推"二句：原注："乐天先有《秦中吟》及《百节判》，皆为书肆市贾题其卷云：'白才子文章。'又乐天知制诰词云：'览其词赋，喜与相如并处一时。'"贾谊：雒阳（今河南洛阳）人，二十三岁被汉文帝召为博士，后升太中大夫。因主张改革政治，遭权贵忌毁，贬为长沙王太傅、梁怀王太傅。著《过秦论》《陈政事疏》等。因抱负无从施展，忧郁以终。有《新书》。事迹详见《史记·屈原贾生列传》。相如：汉司马相如（前179—前117），字长卿，蜀郡成都人，汉武帝好辞赋，召至长安，任为郎。有《子虚》《上林》《大人》等赋。此以贾谊、司马相如比白居易。

⑤ "次韵"句：原注："乐天曾寄予千字律诗数首，予皆次用本韵酬和。后来遂以成风耳。"

⑥ "直词"句：原注："乐天与予同应科制，并求前辈切直词策，以尽经邦之术。其事已具之字诗注中尔。"之字诗注，指所言之事在《酬翰林白学士代书一百韵》"那能作牛后，更拟助洪基"句下注。三道：三道试题。

⑦ "元诗"句：原注："后辈好伪作予诗，传流诸处，自到会稽，已有人写《宫词》百篇及《杂诗》两卷，皆云是予所撰，及手勘验，无一篇是者。"

⑧ "白朴"句：原注："乐天于翰林中书，取书诏批答词等，撰为程式，禁中号为'白朴'。每有新入学士求访，宝重过于《六典》也。"

⑨ "蔡女"句：原注："蔡琰口诵家书四百余篇。"蔡女：蔡琰字文姬，陈留圉（今河南杞县）人。蔡邕之女。博学有才辩，妙解音律。初嫁河东卫仲道，夫亡无子，归母家。兴平中，天下丧乱，被胡骑虏陷南匈奴十二年，与左贤王生二子。曹操素与邕友善，遣使以金璧赎之。再嫁董祀。史载董祀为屯田都尉，犯法当死。文姬诣曹操请赦，操见之，因问："闻夫人家先多坟籍，犹能忆识之否？"文姬即就所诵忆者缮送四百余篇，文无遗误。

⑩ "于公"句：原注："乐天常赠予诗言：'其心如肺石，动必达穷民。东川八十家，冤愤一言申。'因感无儿之叹，故予自有此句。"于公：《汉书·于定国传》："其父于公为县狱吏、郡决曹，决狱平，罗文法者，于公所决皆不恨。郡中为之立生祠。……始定国父于公，其门闾坏，父老方共治之。于公谓曰：'少高大门闾，令容驷马高盖车。我治狱多阴德，未尝有所冤，子孙必有兴者。'至定国为丞相，永为御史大夫，封侯传世云。"后用以咏子孙通显。

⑪ 商瞿：《孔子家语·七十二弟子解》："梁鳣，齐人，字叔鱼，少孔子三十九岁。年三十未有子，欲出其妻，商瞿谓曰：子未也。昔吾年三十八无子，吾母为吾更取室。夫子使吾之齐，母欲请留吾。夫子曰：'无忧也。瞿年过四十，当有五丈夫。'今果然。吾恐子自晚生耳，未必妻之过。从之，二年而有子。"后用作晚年得子之典故。

⑫ 籝（yíng）金：一籝之金。籝，竹器，古人常用以存放金银财宝。《汉书·韦贤传》载，韦贤，邹（今山东邹城）人，质朴笃学，以《诗》

教授，兼通《礼》《尚书》，号称邹鲁大儒。本始三年（前71），代蔡义为丞相。少子玄成，后以明经位至丞相。故邹鲁谚曰："遗子黄金满籝，不如一经。"后遂以籝金盛业称颂诗礼传家。

【评析】

此诗为酬和白居易原唱《余思未尽加为六韵重寄微之》之作。原唱道："海内声华并在身，篋中文字绝无伦。遥知独对封章草，忽忆同为献纳臣。走笔往来盈卷轴，除官递互掌丝纶。制从长庆辞高古，诗到元和体变新。各有文姬才稚齿，俱无通子继余尘。琴书何必求王粲，与女犹胜与外人。"两诗结构相同，前部叙述了元、白二人当时在诗歌、辞章方面的努力、优胜与影响，末了感叹有女无子的悲哀，最终以有女如蔡琰、诗书可传家自宽自慰。两诗中反映的当时文坛实况，是今人研究不可或缺的重要史料。谢永芳《元稹诗全集》认为："元、白之诗并自注两相结合，不仅写出二人改革朝廷官文书方面的努力，也可见他们对自身的次韵之创体还是很得意的。"

刘阮妻二首^①

其一

仙洞千年一度开^②，等闲偷入又偷回^③。
桃花飞尽东风起，何处消沉去不来^④。

其二

芙蓉脂肉绿云鬟^⑤，罨画楼台青黛山^⑥。

千树桃花万年药^⑦，不知何事忆人间。

【注释】

①此诗作于长庆四年（824）越州任浙东观察使时，一说作于元和五年（810）任江陵府士曹参军时。刘阮妻：指入天台山所遇见的二位仙女。刘阮，东汉刘晨和阮肇的并称。刘义庆《幽明录》载：相传永平年间，刘阮至天台山采药迷路，遇二仙女，蹉跎半年始归。时已入晋，子孙已过七代。后复入天台山寻访，旧踪渺然。后常用为游仙或男女幽会的典故。

②仙洞：仙人洞府。

③等闲：无端，平白。偷：暗地里。

④消沉：沉湎。

⑤芙蓉：荷花的别名。脂肉：形容滑腻的皮肤。元稹《估客乐》："越婢脂肉滑，奚僮眉眼明。"云鬟：高耸的环形发髻。

⑥雘（yǎn）画：色彩鲜明的绘画。杨慎《丹铅总录·雘画》："画家有雘画，杂彩色画也。"多用以形容自然景物或建筑物的艳丽多姿。青黛：青黑色的颜料，古代女子常用以画眉，故多以形容山色。

⑦药：丹药。

【评析】

刘阮入天台山是一个广泛流传的故事，既有游仙之意，也有猎艳之情。当然作为一首好诗，艺术技巧的呈现与诗歌意境的塑造是更为重要的标准，而本诗正是此处得到后代诗评家的佳评。如都穆《南濠诗话》："元微之《题刘阮山》诗云云。后元遗山云：'死恨天台老刘阮，人间何恋却归来。'正祖此意。予顷见杨廉夫诗迹，亦有是作云：'两婿原非薄幸郎，仙姬已识姓名香。问渠何事归来早，白首糟糠不下堂。'较之二元,情致不及,而忠厚过之。"

钱良择《唐音审体》卷一七评其结构说:"三句叠下六事,一句挽出正意,此格从太白《越中览古》脱胎,而作法尤奇。"宋邦绥《才调集补注》卷五则以为是借刘阮说双文事:"刘阮妻是借以说双文。……'罨画',郝天挺云:'罨画,丹青生色图画也。'"王闿运《王闿运手批唐诗选》卷一三:"三句堆砌,又是一格。"今人或认为是元稹自己对过往恋情的回忆,如谢永芳《元稹诗全集》评道:"作者借刘晨、阮肇游仙之典,以富于象征性的画面,婉曲流露情感方面因为曾经短暂拥有而留下的深刻记忆,以及失去之后的莫名惆怅。沈祖棻《唐人七绝诗浅释》即云:'表面上是咏叹古代一个仙凡恋爱的故事,事实上却是怀念旧日情人崔莺莺的。'"或以为也可能是现实情怀的抒发,如吴伟斌《新编元稹集》即说:"我们以为本诗作于元稹履任浙东观察使期间,因为相传东汉刘晨和阮肇入天台山采药遇仙的故事就发生在浙东地区,元稹身临其境,见抒情在所必然。也许元稹前两年冤屈罢相的不满情绪,也许毛仙翁长庆三年年末的'惠然'来访,也许唐敬宗登位之后的无所作为以及李逢吉弄权误国的种种举动,一再激发了元稹问道求仙的欲望,舒其情而赋其诗,本组诗即应该作于其时。而本组诗'桃花飞尽东风起''千树桃花万年药'的诗句,虽然是对仙界的描述,但未尝不是眼前实景的描摹。"

寄浙西李大夫四首①

其一

柳眼梅心渐欲春,白头西望忆何人?

金陵太守曾相伴②，共蹋银台一路尘③。

其二

蕊珠深处少人知④，网索西临太液池⑤。
浴殿晓闻天语后⑥，步廊骑马笑相随。

其三

禁林同直话交情⑦，无夜无曾不到明。
最忆西楼人静夜，玉晨钟磬两三声⑧。

其四

由来鹏化便图南⑨，浙右虽雄我未甘⑩。
早渡西江好归去，莫抛舟楫滞春潭⑪。

【注释】

① 此诗作于大和元年（827）浙东观察使任。一说作于长庆四年（824）。浙西：《元和郡县志》："润州，今为浙西观察使理所，管润州、常州、苏州、杭州、湖州、睦州。……本春秋吴之朱方邑，始皇改为丹徒，……后汉献帝建安十四年，孙权自吴理丹徒，号曰京城，今州是也。十六年迁都建业，于此为京口镇。"李大夫：李德裕，长庆二年（822）九月带御史大夫衔为浙西观察使、润州刺史。

② 金陵：中晚唐人常以指润州（今江苏镇江）。李绅《宿瓜州》诗："烟昏水郭津亭晚，回望金陵若动摇。"杜牧《杜秋娘》诗序："杜秋，金陵女也。"冯集梧注："……唐人谓京口亦曰金陵。"王楙《野客丛书·北固甘罗》："赵璘《因话录》言李勉至金陵，屡赞招隐寺标致。盖时人称京口亦曰金陵。"

③ 银：即银台门，宫门名。唐时翰林院、学士院都在银台门附近，

后因以银台门指代翰林院。元稹与李德裕于穆宗时曾共事翰林院，担任翰林学士之职，故言。

④蕊珠：即蕊珠宫，道教经典中所说的仙宫，此喻皇宫。

⑤网索：句下注："网索在太液池上，学士候对，歇于此。"程大昌《雍录·梁恩》引此诗及注语按云："网索乃是无壁及有窗处以索挂网，遮护飞雀，故云网索，犹挂铃之索为铃索也。"太液池：在唐大明宫含凉殿后，中有太液亭。故址在今陕西西安东北。

⑥浴殿：皇宫内的浴室，唐代皇帝常在此召见文人学士。

⑦禁林：翰林院的别称。同直：指朝臣一同当值。

⑧玉晨：句下原注："玉晨观在紫宸殿后面也。"紫宸殿，天子居处。

⑨"由来"句：用《庄子·逍遥游》典，以"图南"比喻具有远大志向。

⑩浙右：即浙东。面北背南则以东为右。《仪礼·士相见礼》："主人揖入门右。"贾公彦疏："入门则以东为右，以西为左，依宾西主东之位也。"

⑪春潭：指镜湖。

【评析】

　　元稹与李德裕是老朋友，两人一在浙东任观察使，一在浙西任观察使，两郡遥遥相望，其间曾有多首诗作唱和。本组诗第一首表现初春西望相忆之情。中间二首回忆曾在翰林共事的友谊与经历。第四首表达了诗人"未甘"之心与"图南"之志，展现了诗人的政治抱负。吴伟斌《新编元稹集》说："我们明显感到诗人不甘长期滞留在浙东的焦急心态。而诗人产生这样的心态，跟当时的政局变化有着直接的联系。……一月之内（宝历二年十二月），敬宗被害，文宗即位，元稹与李德裕的政治盟友、一向正直的韦处厚出任宰相，元稹看到了自己与李德裕回京复职的希望，故情绪激昂地赋诗，寄给李德裕，表达自己兴奋的心情。"谢永芳《元稹诗全集》说："组诗用绝大篇幅回忆与李德裕同在翰林禁苑的一段生涯，不仅在于写出两人秉性、情趣相投，更在于表明自己不甘心屈居浙郡，盼望东山再起，重归魏阙，再展鸿图的迫切心愿，正第四首末二句所谓'早渡西江好归去，莫抛舟楫滞春潭'。"

醉题东武 ^①

役役行人事^②，纷纷碎簿书^③。
功夫两衙尽^④，留滞七年余。
病痛梅天发^⑤，亲情海岸疏。
因循未归得^⑥，不是忆鲈鱼^⑦。

【注释】

①此诗作于大和三年（829）浙东观察使任。东武：山名，在今浙江绍兴镜湖。《会稽志·山》："龟山在府东南二里二百七十步，隶山阴，一名飞来，一名宝林，一名怪山。……《寰宇记》又云：龟山下有东武里，即琅琊东武山，一夕移于此，东武人因徙此，故里不动。"后元稹于山上建亭，其处春秋为竞渡之所。

②役役：犹劳劳，谓久役不休。

③簿书：官署中的簿册文书。

④功夫：犹精力、时间。两衙：两个衙门，元稹时任浙东观察使，兼任越州刺史，故言。一说两衙，为上午与下午官吏两次坐衙处理公务，故云。

376

⑤梅天：梅雨天。

⑥因循：延宕、拖延。言任期已满，未得按期调职。

⑦鲈鱼：刘义庆《世说新语·识鉴》："张季鹰辟齐王东曹掾，在洛，见秋风起，因思吴中菰菜羹、鲈鱼脍，曰：'人生贵得适意尔，何能羁宦数千里以要名爵？'遂命驾便归。俄而齐王败，时人皆谓为见机。"此喻不是贪图鲈鱼美味而滞留于浙东。

【评析】

元稹自长庆三年（823）年十月来越州至大和三年（829），正好七个年头。诗歌以醉述志，初来时的那种热情，徜徉于山水之间的那种雅兴，已被时间消磨得荡然无存！首联直写日常事务，"役役""纷纷"已经是厌烦之极的心态。颔联概写七年两衙的生活已经将诗人折磨得筋疲力尽。颈联写诗人自己收获所得却是一身的病痛与亲情的疏远。尾联写自己调任回京之事一再拖延，并非是自己留恋这里的鲈鱼莼羹。全诗直抒胸怀，毫不隐讳，表现了诗人的另一种风格。另外《古今诗话·镜湖春色》说："元稹廉察浙东，喜官妓刘采春。稹尝有诗云：'因循归未得，不是恋鲈鱼。'人注之曰：'恋镜湖春色耳。'谓刘采春也。"实为好事之徒的附会之言，不足为信。

过东都别乐天二首①

其一

君应怪我留连久，我欲与君辞别难。
白头徒侣渐稀少②，明日恐君无此欢。

其二

自识君来三度别^③，这回白尽老髭须。
恋君不去君须会，知得后回相见无。

【注释】

①此诗作于大和三年（829）拜左丞自越州赴长安途经洛阳时。题下原注："乐天在洛，太和中，稹拜左丞，自越过洛，以二诗别乐天。未几，死于鄂。乐天哭之曰：'始以诗交，终以诗诀。兹笔相绝，其今日乎？'见《纪事》。"此当为后人所加。

②徒侣：朋辈，同伴。

③三度别：指元和五年（810）贬江陵、元和十年（815）出为通州司马及元和十四年（819）在夷陵晤别。一说指元和十年（815）出为通州司马、元和十四年（819）夷陵、长庆三年（823）元稹赴越州时别于杭州。

【评析】

元稹此次自越赴京，途经洛阳，盘桓数月，至"穷冬""岁杪"方至长安。临别之际，留下二绝。第一首写此次相聚复别，"留连久""辞别难"加上一个"怪"、一个"欲"表现了老友之间那种难舍难离、依依惜别的情感。末二句道出了原委：老朋友越来越少，我离开后，只恐怕你再无如此欢愉之时！不说自己无欢快之时，而是更深一层地去揣测"恐君"再无欢愉之时！简直是暖心之语、痛心之言！第二首写此生相聚相别，聚少离多，匆匆之间便已是"白尽老髭须"！而我此次"恋君"不忍离去，"君须会"不知还有下次没有？无限感伤、无限凄凉，世间再难有此等伤心之句！诗人一语成谶，洛阳之别竟成两人的诀别！吴伟斌《新编元稹集》说："这次分别竟成了唐代来往最长、酬唱最多的两位诗人的永诀，这是元稹、白居易当时所始料不及的，也是当时的人们所始料不及的。"谢永芳《元稹诗全集》评道："元白二人一生交游，别多会少，此次一见，可谓分外动情。……第二首诗中颇有感伤之意的那句'知得后回相见无'，竟然不幸成为'诗谶'，直至一年多以后突然去世，元稹再也没有和白居易见过面，正白居易《祭微之文》所谓'终以诗诀'者。"

赠柔之 ①

穷冬到乡国 ②，正岁别京华 ③。
自恨风尘眼 ④，常看远地花。
碧幢还照耀 ⑤，红粉莫咨嗟 ⑥。
嫁得浮云婿 ⑦，相随即是家。

【注释】

①此诗作于大和四年（830）春，时在长安，是岁元稹出镇武昌。柔之：元稹继配妻子裴淑之字。

②穷冬：隆冬、深冬，指大和三年（829）十二月。乡国：元稹祖籍洛阳，生于长安，故称长安为乡国。

③正岁：夏历正月。

④风尘：喻仕途、官场。葛洪《抱朴子·交际》："驰骋风尘者，不懋建德业，务本求己。"《晋书·虞喜传》："伏见前贤良虞喜，……处静味道，无风尘之志，高枕柴门，怡然自足，宜使蒲轮纤衡，以旌殊操。"

⑤碧幢：隋唐以来，高级官员身车上张挂以青油涂饰的帷幔，是节

度使的仪仗之一。

⑥红粉：此指诗人妻子裴淑。咨嗟：叹息。

⑦浮云：浮动飘忽不定，喻诗人仕途坎坷、身不由己，生活不安定。

【评析】

《旧唐书·文宗纪》："大和四年春正月丙子朔。……辛丑，以尚书左丞元稹检校户部尚书，充武昌军节度、鄂岳蕲黄安申等州观察使。"关于此诗，《云溪友议·艳阳词》还有这样一段记载："（元稹）复自会稽拜尚书右丞，到京未逾月，出镇武昌。是时，中门外构缇幕候天使送节次，忽闻宅内恸哭，侍者曰：'夫人也！'乃传问：'旌钺将至，何长恸焉？'裴氏曰：'岁杪到家乡，先春又赴任，亲情半未相见，所以如此。'立赠柔之诗曰：'……'裴柔之答：'侯门初拥节，御苑柳丝新。不是悲殊命，唯愁别是亲。黄莺迁古木，珠履徙清尘。想到千山外，沧江正暮春。'元公与柔之琴瑟相和，亦房帏之美也。余故编录之。"诗歌首联写才回"乡国"，旋别"京华"，自然流露出无限遗憾，诗人之情与柔之何曾相异！颔联前句"自恨"承上，"风尘眼"启下"常看远地花"，饱览"远地花"——山水自然景物，既是对"自恨"的弥补，也是对柔之的劝慰！颈联仍写劝慰，有"碧幢照曜"、旌钺仪仗相送，又是何等荣耀与威武！这是很多妻子企慕难及的啊，所以你也就别叹息埋怨啦！尾联仍然是劝慰，如果说前面可以看到许多的山水景物、风土人情，可以享受威武与荣耀，那么尾联则是从命运与责任的角度来说了，嫁夫随夫是命运，"相随即是家"是责任！全诗语气柔婉，层层展开，颇好地表现了夫妻"琴瑟相和"的情意！谢永芳《元稹诗全集》说："诗作劝慰之意甚明，也包含一己屡遭贬谪的苦涩心绪。'嫁得'末二句，是说既然嫁给了一个有如浮云般漂泊天涯的夫婿，只要时时跟随着他，任何地方都可以当作是自己的家。"

鄂州寓馆严涧宅 ①

凤有高梧鹤有松，偶来江外寄行踪。
花枝满院空啼鸟，尘榻无人忆卧龙 ②。
心想夜闲唯足梦，眼看春尽不相逢。
何时最是思君处，月入斜窗晓寺钟。

【注释】

① 此诗作于大和四年（830）暮春武昌军节度使任。鄂州：在今湖北武昌。寓：寄居。严涧：据《唐尚书省郎官石柱题名考》卷一五、卷二二、卷二五，涧曾任祠部员外郎、金部郎中、主客郎中。又见于御史台碑额监察题名。余未详。本诗题下原注："时涧不在。"时：一本无此字。

② 尘榻：《后汉书·徐稚传》载，陈蕃为太守，在郡不接宾客，唯稚来特设一榻，去则悬之。稚不至则灰尘积于榻。后因以"尘榻"为优礼宾客、贤士之典。卧龙：《三国志·诸葛亮传》："时先主屯新野。徐庶见先主，先主器之，谓先主曰：'诸葛孔明者，卧龙也，将军岂愿见之乎？'先主曰：'君与俱来。'庶曰：'此人可就见，不可屈致也。将军宜枉驾顾之。'"后因以"卧龙"代称诸葛亮，亦用以喻指怀才隐居之士。此指严涧。

【评析】

大和四年（830）正月，元稹为检校户部尚书、御史大夫、武昌军节度使、鄂州刺史。诗人初至任所，暂时借居在曾于江陵任职时结识的友朋严涧的馆宅，诗歌一则赞美馆宅环境之优美，以烘托主人之高洁，一则表达思念之情并为其高卧松云而惋惜。思念之情、怜惜之意与清雅的自然环境浑然一体。后人论析颇细，如金圣叹《贯华堂选批唐才子诗》卷五说："（前解）此'偶来江外寄行踪'，非云偶来寄行踪，乃云虽偶来江外，而必于君乎寄行踪也。盖凤必有梧，鹤必有松，观远人必以其所为主，若使我来江外，而不于君寄寓，且当于谁寄寓者？故虽满院啼鸟，空榻无人，君自不在，我自竟住，言更无处又他去也。（后解）前解寓严宅，后解想严人也，易解。"复如王尧衢《古唐诗合解》卷一一评析则更为详尽："'凤有高梧'，凤非梧桐不栖，以比高士宅。'鹤有松'，鹤多巢松，亦比高士宅。'偶来江外寄行踪'，写'寓'字，言严涧高雅，卜宅江边，聊以寄托行迹于此。'花枝满院'，涧宅中花虽满枝，而主人不在。'空啼鸟'，无人在院，有鸟啼花，故谓之空。'尘榻无人'，涧已出，榻虽设而尘满，以无人之故。'忆卧龙'，是榻也，向有卧龙，今何往乎？只令人虚忆而已。孔明有卧龙之称。'心想夜闲惟足梦'，此以己之忆涧作转，因寓馆故心想于夜间之时，惟有梦足，而相逢杳然。'眼看春尽不相逢'，此时已春尽矣，眼睁睁看他过去，若说相逢，则今春未有期也。'何时最是思君处'，夜想已深，相逢念切，岂不是思，然尚未为最也。试问最思君处，却在何时，所以喝起下句。'月入斜窗晓寺钟'，此是最思君时也，月入斜窗，天色将晓，此际之梦已醒，而晨钟乍发，万虑澄清，静里怀人，思当十倍，且晓天寂寂，尤人所难尽也。"今人谢永芳《元稹诗全集》认为此诗："诗作创造出一种雅洁空灵的境界，表达出隐约朦胧的情思。前四句点明环境气氛，后四句作自由联想，表达某种特定的思念之情。"

竞舟 ①

楚俗不爱力 ②，费力为竞舟。
买舟俟一竞，竞敛贫者赇 ③。
年年四五月，茧实麦小秋 ④。
积水堰堤坏，拔秧蒲稗稠。
此时集丁壮，习竞南亩头。
朝饮村社酒，暮椎邻舍牛 ⑤。
祭船如祭祖，习竞如习雠 ⑥。
连延数十日，作业不复忧 ⑦。
君侯馈良吉 ⑧，会客陈膳羞 ⑨。
画鹢四来合 ⑩，大竞长江流。
建标明取舍 ⑪，胜负死生求。
一时欢呼罢，三月农事休 ⑫。
岳阳贤刺史 ⑬，念此为俗疣 ⑭。
习俗难尽去，聊用去其尤 ⑮。
百船不留一，一竞不滞留。
自为里中戏，我亦不寓游。
吾闻管仲教，沐树惩堕游 ⑯。
节此淫竞俗，得为良政不？
我来歌此事，非独歌此州。
此事数州有，亦欲闻数州。

【注释】

①此诗作于大和四年（830）武昌军节度使任上。一说作于元和九年（814）自江陵赴潭州途中。竞舟：龙舟竞渡。相传战国时楚国屈原于农历五月五日投汨罗江以死，民俗因于是日举行龙舟竞渡，以示纪念。一说竞渡之戏始于越王勾践，为纪念伍子胥。其他传说尚多。宗懔《荆楚岁时记》："按五月五日竞渡，俗为屈原投汨罗日，伤其死所，故并命舟楫以拯之。……邯郸淳《曹娥碑》云：'五月五日，时迎伍君，逆涛而上，为水所淹。'斯又东吴之俗，事在子胥，不关屈平也。《越地传》云起于越王勾践，不可详矣。"

②不爱力：不惜人力物力。

③赇（qiú）：贿赂的财物。

④茧实：谓蚕茧饱满。小秋：谓春季作物成熟，即夏收，秋熟为大秋。

⑤椎：用椎打击。《史记·魏公子列传》："朱亥袖四十斤铁椎，椎杀晋鄙。"

⑥习雠：谓如对待仇人一般，毫不妥协退让。

⑦作业：生产劳动。《史记·高祖本纪》："常有大度，不事家人生产作业。"

⑧君侯：对达官贵人的尊称。馔：一作"撰"，同"选"。《文选·东征赋》："时孟春之吉日兮，撰良辰而将行。"李善注引郑玄《礼记》注："撰，犹择也。"

⑨膳羞：美味食物。

⑩画鹢：《淮南子·本经训》："龙舟鹢首，浮吹以娱。"高诱注："鹢，大鸟也。画其象著船头，故曰鹢首。"后以"画鹢"为船的别称。

⑪建标：树立标识。《文选·游天台山赋》"赤城霞起而建标，瀑布

飞流以界道。"李善注："建标，立物以为之表识也。"

⑫ 三月：谓三、四、五三个月。农事休：耽误农事。

⑬ 岳阳：为岳州州治所在，唐时为武昌军节度使所管辖。今属湖南。
贤刺史：杜师仁大和三、四年间为岳州刺史，一说指韦丹。

⑭ 俗疣：谓民俗中之坏风气。疣，《庄子·大宗师》："彼以生为附
赘悬疣。"

⑮ 尤：最恶劣的。

⑯ 沐树：芟除树枝，使之无荫。谓使民无游憩之所，各归治业。《管
子·轻重丁》："桓公问管子曰：'民饥而无食，寒而无衣，应声之正，无
以给上，室屋漏而不居，墙垣坏而不筑，为之奈何？'管子对曰：'沐涂
树之枝也。'"堕游：犹惰游，游手好闲。《礼记·玉藻》："垂緌五寸，
惰游之士也。"

【评析】

竞舟是广泛流传于江南水乡的一种古老的民间风俗，"此事数州
有"，尤其是作为楚地核心地区的两湖之间尤其盛行。诗歌的前半部
分极力描写竞舟的种种弊端：浪费钱财、引发贿赂、耽误农事、饮酒
椎牛、习竞如仇、生死求胜，等等。后半部分充分肯定了岳州刺史改
革旧俗的"良政"："百船不留一，一竞不滞留。自为里中戏，我亦
不寓游。"这既保留了原有民俗活动，也不使之过度、泛滥成灾，浪
费大量人力物力；作为州郡长官既不参加也不支持，让竞舟只作为乡
里自发组织的活动，从而有力地遏制了"淫竞"之风的蔓延。诗人对
楚地楚俗的"淫竞"之风持明确的批评态度，不仅当时对当地的社会
生产具有重要意义，即使今天仍对我们保存和发展民间风俗具有正面
的借鉴意义。另外，诗中所写每年五月间楚地的竞舟活动，客观上也
为我们今天研究唐代楚地竞舟活动的历史状貌提供了十分宝贵的历

史资料。

戏酬副使中丞见示四韵 [1]

莫恨暂櫜鞬 [2]，交游几个全。
眼明相见日，肺病欲秋天 [3]。
五马虚盈枥 [4]，双蛾浪满船 [5]。
可怜俱老大，无处用闲钱。

【注释】

① 此诗作于大和四年（830）武昌军节度使任。副使中丞：指窦巩。《窦氏联珠集》卷五："故武昌军节度副使、朝散大夫、检校秘书监兼御史中丞扶风窦府君诗，府君讳巩，字友封，家世所传载于首序。……故相左辖，元公出镇夏口，固请公副戎。"

② 櫜鞬（tuójiàn）：马上藏箭和弓的器具。《左传·僖公二十三年》："其左执鞭弭，右属櫜鞬，以与君周旋。"杜预注："櫜以受箭，鞬以受弓。"戎服櫜鞬为武将装束，借指武将，此指窦巩为节度副使。

③ 肺病：肺因某时某事而更形病重。

④ 五马：汉时太守乘坐的车用五匹马驾辕，因借指太守的车驾。《玉台新咏·日出东南隅》："使君从南来，五马立踟蹰。"元稹时为武昌军节度使兼鄂州刺史，故云。枥：马槽，亦指关牲畜的地方。曹操《龟虽寿》："老骥伏枥，志在千里。烈士暮年，壮心不已。"

⑤ 双蛾：借指美女。浪：徒然，白白地。

【评析】

元稹节度武昌请老朋友窦巩为副使，作为自己的副手，并带御史中丞衔。窦巩作《忝职武昌，初至夏口，书事献府主相公》诗云："白发放鸾辔，梁王爱旧全。竹篱江畔宅，梅雨病中天。时奉登楼宴，闲修上水船。邑人兴谤易，莫遣鹤支钱。"诗歌表达了自己对老友的感谢，流露出怕惹来"兴谤"的担忧和一丝淡淡的感伤之情。本诗"戏酬"则一一给予回应，以宽慰老友的顾虑。吴伟斌《新编元稹集》说："本诗是元稹与窦巩在武昌唱和的诗篇，是留在文坛的许多佳话之一。窦巩原有诗篇……元稹自然不会毫无反应以辜负老朋友的好意，有本诗次韵酬和，元稹不仅酬和，而且还把窦巩的原诗以及自己的酬和之篇寄给在河南尹任上的白居易，白居易与元稹、窦巩都是多年的老朋友，自然马上以《戏和微之答窦七行军之作依本韵》……窦巩也把自己与元稹的唱和之作寄给了在京城任职的裴度与令狐楚，裴度与令狐楚分别有诗酬和窦巩。……窦巩与元稹、元稹与白居易、白居易与窦巩、窦巩与裴度、令狐楚与窦巩之间的两两唱和，应是当时文坛的一段佳话，故元代方回《瀛奎律髓》评曰：'观此五言诗，足见一时人物风流之盛。'"

赛神 ①

楚俗不事事 ②，巫风事妖神 ③。
事妖结妖社，不问疏与亲。
年年十月暮，珠稻欲垂新。
家家不敛获，赛妖无富贫。

杀牛贳官酒^④，椎鼓集顽民。
喧阗里闾隘^⑤，凶酗日夜频。
岁暮雪霜至，稻珠随陇湮^⑥。
吏来官税迫，求质倍称缗^⑦。
贫者日消铄，富亦无仓囷^⑧。
不谓事神苦，自言诚不真。
岳阳贤刺史，念此为俗屯^⑨。
未可一朝去^⑩，俾之为等伦^⑪。
粗许存习俗，不得呼党人。
但许一日泽^⑫，不得月与旬。
吾闻国侨理^⑬，三年名乃振。
巫风燎原久，未必怜徙薪^⑭。
我来歌此事，非独歌政仁。
此事四邻有，亦欲闻四邻。

【注释】

①此诗作于大和四年（830）武昌军节度使任。一说作于元和九年（814）自江陵赴潭州途中。

②不事事：不理事务。《慎子·民杂》："人君自任而躬事，则臣不事事，是君臣易位也。"

③巫风：巫觋以歌舞事神。《尚书·伊训》："敢有恒舞于宫，酣歌于室，时谓巫风。"孔颖达疏："巫以歌舞事神，故歌舞为巫觋之风俗也。"

④贳（shì）：赊欠。

⑤喧阗：喧闹。里闾：乡里。隘：通"溢"，满。

⑥陇：通"垄"，畦，田块。湮：淹没。

⑦"求质"句：意为要求以加倍之钱粮作抵押。称：古代量词，十五

斤为一称。缗：量词，通常以一千文为一缗。

⑧ 仓囷：古代粮仓，方形曰仓，圆形曰囷。

⑨ 屯（zhūn）：艰难，困顿。项斯《落第后归觐喜逢僧再阳》："见僧心暂静，从俗事多屯。"

⑩ 去：革除此类恶习。

⑪ 俾：使。等伦：同辈，同类；亦谓与之同等或同类。

⑫ 泽：通"怿"，乐。

⑬ 国侨：即春秋郑大夫公孙侨。侨字子产，穆公之孙。父公子发，字子国，以父字为氏，故又称国侨。以德治郑四十余年，晋楚不能加兵，有政绩。临终告诫其子曰："唯有德能以宽服民，其次莫如猛。"事见《史记·郑世家》。

⑭ 徙薪：即"曲突徙薪"。《艺文类聚》卷八十引桓谭《新论》："淳于髡至邻家，见其灶突之直而积薪在傍，谓曰：'此且有火。'使为曲突而徙薪。邻家不听，后果焚其屋，邻家救火，乃灭。烹羊具酒谢救火者，不肯呼髡。智士讥之曰：'曲突徙薪无恩泽，燋头烂额为上客。'盖伤其贱本而贵末也。"突，烟囱。又见《汉书·霍光传》、刘向《说苑·权谋》。后用以比喻事先采取措施，防患于未然。

【评析】

东汉王逸《楚辞补注》说："昔楚国南郢之邑，沅湘之间，其俗信鬼而好祠，其祠必作歌乐鼓舞以乐诸神。"诗歌首先描绘了楚地巫风炽盛的状况，阐明了巫风影响社会生产劳动和耗费大量物质财富，加之官府的盘剥，民不聊生却执迷不悟。此诗无论章法结构还是所描绘的社会现象乃至施政态度上均与《竞舟》完全相同。吴伟斌《新编元稹集》说："诗中的语气不像是一个路经岳州的士曹参军的口气，而像是一个地方方面大员的口吻。元稹大和四年正月至五年七月任职武昌军节度使，分辖鄂、岳、蕲、黄、安、申六州，而岳州正在他的管辖区内。作为节度使，有可能也应该视察过岳州，对岳州刺史的仁政加以赞扬，并以诗歌的形式要鄂、蕲、黄、安、申等地方长官效仿。"

鹿角镇 ①

去年湖水满 ②，此地覆行舟。
万怪吹高浪 ③，千人死乱流。
谁能问帝子 ④，何事宠阳侯 ⑤？
渐恐鲸鲵大 ⑥，波涛及九州 ⑦！

【注释】

① 此诗作于大和五年（831）武昌军节度使任。一说作于元和九年（814）。原注："洞庭湖中地名。"鹿角镇：《湖广通志·山川志》："鹿角山在洞庭湖中，有鹿角巡检司。"在今湖南岳阳南，洞庭湖滨。

② "去年"句：指大和四年之大水。《旧唐书·文宗纪》："是岁（大和四年），京畿、河南、江南、荆襄、鄂岳、湖南等道大水害稼，出官米赈给。"

③ 万怪：无数的怪物。

④ 帝子：本指娥皇、女英。传说为尧的女儿，嫁于舜死于湘水，后为湘妃。《楚辞·九歌·湘夫人》："帝子降兮北渚，目眇眇兮愁予。"王逸补注："帝子，谓尧女也。降，下也。言尧二女娥皇、女英，随舜不反，没于湘水之渚，因为湘夫人。"此暗指唐文宗。

⑤ 阳侯：古代传说中的波涛之神。《战国策·韩策二》："塞漏舟而轻阳侯之波，则舟覆矣。"鲍彪注："说阳侯多矣。今按《四八目》，伏

羲六佐，一曰'阳侯'，为江海。盖因此为波神欤？"此暗指割据各地的叛乱藩镇。

⑥鲸鲵：《晋书·愍帝纪》："扫除鲸鲵，奉迎梓宫。"《资治通鉴》引此文，胡三省注曰："鲸鲵，大鱼，钩网所不能制，以比敌人之魁桀者。"

⑦九州：《尚书·禹贡》以冀、兖、青、徐、扬、荆、豫、梁、雍为九州，后泛指天下。

【评析】

诗歌前四句追述"去年"洞庭湖涨大水的一片惨景，接天高浪汹涌澎湃，颠覆了来往的行舟，成千上万的人死于乱流。颈联追问"帝子"为什么偏偏宠爱波涛之神"阳侯"，让它为非作歹、祸害人间？尾联表现了诗人对九州前途的深深担忧。吴伟斌《新编元稹集》评论说："这是诗人爱民忧国的重要诗篇之一，也是诗人最后存留人世的重要作品之一，理应引起我们的高度重视。"又说后面四句："是元稹就眼前水灾的借题发挥，……这是元稹对李唐朝廷骄宠跋扈藩镇的批评，是诗人对国家前途、百姓苦难的忧虑。"《全唐诗广选新注集评》说："（大和四年）鄂州等地大水，作为武昌军节度使的诗人，曾前往视察。第二年，即诗人去世这一年，鄂州等地又是大水。当时河北及各地藩镇相继拥兵自据，而朝廷往往姑息，反授以高官厚爵，故诗人借洪水泛滥而有感于藩镇割据的时事。"谢永芳《元稹诗全集》说："此前一年，元稹从严绶讨张伯靖，曾经过洞庭湖。诗作即由此而生发感慨，谓乱虽已平息，但如果根源不除，势必会危及整个神州。吴伟斌《元稹考论》认为，诗中是借阳侯喻叛藩。无论如何，元稹此诗都堪称'切当时务'（刘麟《元氏长庆集序》）之作。"

主要参考书目

冀勤点校《元稹集》，中华书局，1982年8月版。

杨军《元稹集编年笺注·诗歌卷》，三秦出版社，2002年6月版。

周相录《元稹集校注》，上海古籍出版社，2011年10月版。

吴伟斌《新编元稹集》，三秦出版社，2015年6月版。

谢永芳《元稹诗全集》，崇文书局，2016年4月版。

卞孝萱《元稹年谱》，齐鲁书社，1980年5月版。

陈寅恪《元白诗笺证稿》，三联书店，2001年4月版。

苏仲翔《元白诗选注》，中州书画社，1982年8月版。

吴大逵、马秀娟《元稹白居易诗选译》，巴蜀书社，1991年10月版。

杨军、吕燕芳《元稹诗文选》，人民文学出版社，2004年6月版。

孙安邦、蓓蕾《元稹集》，山西古籍出版社，2005年1月版。

郭自虎《新译元稹诗文选》，三民书局，2014年1月版。

达州市《元稹与通州》编委会、达州市元稹诗文研究会《元稹与通州》，1998年版。

刘永济《唐人绝句精华》，人民文学出版社，1981年9月版。

沈祖棻《唐代七绝诗浅释》，中华书局，2008年1月版。

霍松林主编《万首唐人绝句校注集评》，山西人民出版社，1991年版。

陈伯海主编《唐诗汇评》，浙江教育出版社，1995年1月版。

袁闾琨主编《全唐诗广选新注集评》，辽宁人民出版社，1994年8月版。

孙琴安《唐七律诗精评》，上海社会科学院出版社，1989年6月版。

陈增杰《唐人律诗笺注集评》，浙江古籍出版社，2003年4月版。

俞平伯等著《唐诗鉴赏辞典》，上海辞书出版社，2013年8月版。